Marc Wortmann
Der Witwentröster

SERIE PIPER

Zu diesem Buch

Kein Ort, an dem man Abenteuer erwartet: die Luisenstiftung, ein Altersheim für Frauen in Altona. Aber was Jan Oltrogge, der Witwentröster, zu erzählen hat, ist außergewöhnlich und spannend: die besessene Suche nach dem Geheimnis der Witwen. Seine Diagnosen sind fragwürdig, seine Maßnahmen sind drastisch und stehen quer zu allen Pflegeplänen. Und natürlich stößt er auf Widerstand. Die Schwestern sitzen ihm im Nacken und pochen auf Erfüllung des Arbeitspensums, die Angehörigen benutzen ihn, um ihr schlechtes Gewissen zu beruhigen. Ganz auf sich gestellt, verfolgt Jan sein geheimes Programm. Bald zeigen sich die ersten Erfolge: Die Witwen beginnen sich zu erinnern – und wieder zu leben. Doch dann kommt das Sommerfest, und Jan verliert die Kontrolle über das Geschehen. Marc Wortmanns eindrucksvolles Romandebüt erzählt sehr direkt und unterhaltsam von einer Generation, die nicht ohne Grund vergesslich geworden ist, und von einem Helden, der die Geister nicht mehr loswird, die er rief.

*Marc Wortmann*, geboren 1966 in Hamburg, arbeitet als Redakteur im Hamburger Jahreszeiten-Verlag. Er übersetzte zwei Short-Story-Sammlungen der britischen Autorin Bridget O'Connor. »Der Witwentröster« ist sein erster Roman.

# Marc Wortmann
# Der Witwentröster

Roman

Piper München Zürich

Die Arbeit am Roman wurde gefördert durch das Autorenseminar »textwerk« in München.

Handlung und Figuren dieses Romans sind frei erfunden. Etwaige Ähnlichkeiten mit lebenden Personen sind rein zufällig und nicht beabsichtigt.

Ungekürzte Taschenbuchausgabe
Piper Verlag GmbH, München
Oktober 2003

Umschlag/Bildredaktion: Büro Hamburg
Isabel Bünermann, Julia Martinez/
Charlotte Wippermann, Kathrin Hilse
Foto Umschlagvorderseite: Leslie Williamson/Getty Images
Foto Umschlagrückseite: Anton Seidel
Satz: Greiner & Reichel, Köln
Druck und Bindung: Clausen & Bosse, Leck
Printed in Germany ISBN 3-492-23937-4

www.piper.de

# ERSTER TEIL
# DIE TROSTLOSEN WITWEN

# 1. GESTANK

Ich konnte die Witwen an ihren Gerüchen erkennen, bevor ich ihre Namen wusste. Jedes Paar Witwenaugen, das mir morgens durch die Bettgitter entgegensah, bedeutete für mich einen bestimmten Gestank. Es gab Witwengesichter, die mir in die Magengrube schlugen, und Witwengesichter, die sträubten mir die Haare auf dem Unterarm. Bei manchen Gesichtern schüttelte es mich, und mir rasten Kälteschauer über den Rücken, andere Gesichter drückten mir auf die Lunge und auf die Atemwege und trieben mich zur Eile an. Und wieder andere Gesichter bedeuteten warmen, süßen Dunst; die waren erst frühmorgens, kurz bevor der Dienst begann, auf die Töpfe gestiegen. Da war noch heißer Urin in der Luft, und wenn ich die Decken zurückschlug, schimmerten frische Tropfen am Nachthemd oder auf der Unterlage oder auf dem Laken.

Und dann gab es die Gesichter, die mich daran erinnerten, dass die Töpfe geleert werden mussten. Gesicht, Topf (sie waren in meiner morgendlichen Schläfrigkeit eine feste Verbindung eingegangen), und dann roch ich es auch schon. Ich wollte nie in diese Töpfe hineinsehen, ich kniff Mund und Augen zusammen und versuchte, an etwas anderes zu denken, aber spätestens vor der Spülanlage, wenn ich den Topf in den Kippmechanismus einhängte, gab ich meinen Widerstand auf: Ich spähte hinein. Ich musste einfach wissen, was da war. Ich musste wissen, was mir so den Atem zu rauben imstande war. Und dann sah ich: Ködel, Würste, Kringel, Darmflöze und Splitter und Fäden und Matsch, spröde oder breiige Gebilde und einzelne ehrwürdige Objekte.

Der Gestank drang den Witwen aus allen Körperöffnungen: Sie tränkten die Kleider, die sie trugen, und die Betten, in denen sie schliefen, und die Zimmer, in denen sie wohnten, mit ihrem Gestank. Die Tischdecken, die sie bekleckerten, stanken, die Vorhänge, mit denen wir sie vor dem Licht schützten, stanken, die Tassen, aus denen sie ihren dünnen Kaffee getrunken hatten, stanken, die Sessel, in denen sie gesessen hatten, stanken, und sogar die Luft, die sie geatmet hatten, stank. Die Teppiche, auf die sie urinierten, stanken, ihre Gardinen stanken, im Wohnzimmer und im Fahrstuhl stank es, und auf den Korridoren stank es. Es stank bis hinunter in den Personal-Umkleideraum. Es stank, obwohl die Schwestern den ganzen Tag lang den Gestank bekämpften, und es stank so sehr, dass ich mich auf nichts anderes konzentrieren konnte.

Ich erinnere mich kaum mehr an meine ersten Unterhaltungen mit den Witwen und mit den Kindern und Enkelkindern der Witwen. An die vielen hundert Kleinigkeiten, die Schwester Sabine mir erklärte. An das goldene Laub der Bäume draußen auf der Elbchaussee und an die Eicheln und Kastanien, die braun und rötlich im Garten der Luisenstiftung lagen. Golden hieß für mich Urin, und statt Eicheln und Kastanien aufzusammeln, studierte ich die Kotklumpen, die mir morgens entgegendampften. Golden und braun und dampfend und warm: Das war es, was ich damals von Herbstfarben wusste.

Morgens leerte ich die Nachttöpfe in der Spülanlage, ich stopfte Laken und Bezüge in den Wäschesack, und ich wusch die schläfrigen Witwen mit warmem Seifenwasser ab. Ich hörte kaum zu, wenn Schwester Sabine auf mich einredete, denn das Seifenwasser lief mir aus dem Waschlappen über den Unterarm, und meine Hände schwitzten in den engen Plastikhandschuhen, und ich trat unruhig von einem Fuß auf den anderen. Roch Schwester Sabine denn nicht, wie es hier stank? Schwester Sabine sagte: »Hörst du mir überhaupt zu?«

Zum Beispiel Zimmer 1, ein Dreierzimmer, morgens ganz früh. Ich öffnete die Tür. Es war dunkel und so warm in diesem Zimmer, dass ich glaubte, ich werde ersticken. Ich schnappte nach Luft. Ich zog die Plastikhandschuhe fester. Dann sah ich mich um. Die beiden Witwen in den hinteren Betten schliefen noch. Die eine hatte das Gesicht gegen das Bettgitter gedrückt, und ein Speichelfaden lief aus ihrem Mundwinkel auf das Kopfkissen, und ihr Arm lag merkwürdig verdreht. Die zweite hatte den Kopf zur Wand gekehrt und schnarchte. Nur die dritte Witwe lag wach. Im Lichtschein, der vom Korridor ins Zimmer fiel, sah sie mir direkt in die Augen. Ich hatte das Gefühl, dass sie seit Stunden darauf wartete, aus ihrem Bett erlöst zu werden. Und ich roch nun: Es war nicht die Wärme im Zimmer, die mir den Atem raubte, es war der Gestank.
Wie soll ich den Gestank beschreiben? Es nützt ja nichts, nur zu sagen, dass es nach Scheiße stank. Scheiße stinkt auf viele verschiedene Arten, und wer sich im Witwentrösten versuchen will, soll wissen, was ihn erwartet. Ich muss daher etwas genauer werden. Was ich roch, als ich diese Witwe sah, waren Anbiederei und heimliches Schokoladefressen am Abend; nach verborgener Lust stank

der Urin, mit dem sie im Schlaf ihre Decke getränkt hatte, und nach Angst und mitternächtlichem Stöhnen stank das dunkel verschmierte Laken, das sie gegen Morgen mit dem nassen Nachthemd abzuwischen versucht hatte. Das Nachthemd selbst stank säuerlich nach Schweiß, das Kissen stank nach Haarspray und Speichel, und auf dem Nachttisch stand ein kleiner Teller mit bräunlichen Apfelresten, die ebenfalls stanken: süßlich und faul. Und ein paar zerfledderte Saugunterlagen, geschwärzt und vom Urin fast aufgelöst, waren beiseite geschafft und zu Boden geworfen worden und flogen in Flocken und Strähnen um den Nachtschrank und unter dem Bett herum und stanken. Das war die Szenerie, und so, in etwa, roch der Gestank.

Und dann kam auch schon Schwester Sabine ins Zimmer. Sie warf den Wäschestapel, den sie aus dem so genannten Fundus zusammengesucht hatte, auf einen Stuhl, riss die Vorhänge auf, drehte sich um und rief munter zu dieser Witwe hin: »Na, meine Süße, haben Sie wieder eine unruhige Nacht gehabt?«

## 2. DIE WITWEN ERINNERN SICH NICHT

Oktober 1985

Ich heiße Jan Oltrogge. Ich bin Witwentröster. Ich weiß: eine ungewöhnliche Berufsbezeichnung. Ich weiß: Man wird den Beruf nicht beim Arbeitsamt im Schlagwortregister finden. Aber ich weiß auch: Es ist einer der ältesten Berufe der Welt. Es gibt ihn schon so lange, wie es Witwen gibt, d.h. so lange, wie die Männer vor den Frauen sterben, und das ist eine lange Zeit.

Mein erster Arbeitsplatz: die Luisenstiftung, ein kleines Frauen-Altersheim in Hamburg-Altona. Das war 1985, und ich war damals 19 Jahre alt. 45 Witwen lebten in der Luisenstiftung und warteten darauf, von mir getröstet zu werden. Natürlich nicht alle von ihnen; es gab auch Witwen, die zu stumpf waren oder bei denen der Verfall schon zu weit fortgeschritten war. Aber die meisten zeigten sich äußerst empfänglich. Es waren jedenfalls genug, dass ich meine Fähigkeiten entdecken und entwickeln konnte. Andererseits waren es nicht so viele, dass ich die Übersicht verloren hätte. Bis auf eine Ausnahme, die Witwe Meldorf, aber davon erzähle ich später.

Ich habe ausgerechnet: Ich habe über 5000 Jahre hinweggetröstet. Diese 5000 Jahre sind nicht als chronologische Abfolge zu betrachten, sondern als eine Vielzahl von Leben, die nebeneinander existieren. Wie ich das gerechnet habe? Ganz einfach: 45 Witwen lebten in der Luisenstiftung; 16 von ihnen starben, während ich dort arbeitete, 16 neue kamen hinzu. Macht 61 Witwen. Ihr Durchschnittsalter betrug 84 Jahre. 61 multipliziert mit 84 ergibt 5124. (Ich brauche dafür keinen Taschenrechner. Jahreszahlen, Lebensalter, die einfache Mathematik: Das gehört zum Handwerkszeug.) Diese Zahl runde ich ab, damit es überschaubar wird: 5000 Jahre.

In einem Haus wie der Luisenstiftung sind die Verhältnisse kompliziert. Unter den Witwen herrschen Eifersucht und Konkurrenz, dem Witwentröster gegenüber herrschen Argwohn und Scheu, und viele Witwen sind äußerst nervös. (Sie haben ihre Gründe.) Bei jedem Schritt, den ich unternahm, musste ich aufpassen: Manchmal musste ich wochenlang präsent sein, bis eine Witwe bereit war, sich von mir trösten zu lassen, dann wieder waren schon drei Sätze zu viel, und sie schreckte zurück, und ich musste lange warten, bis ich eine neue Chance bekam.

Witwentrösten ist ein leiser Beruf. Der Witwentröster wird leise, vorsichtig und wenig mitteilsam. Vorsicht ist unbedingt angebracht, nicht nur den Witwen gegenüber, sondern auch bei denen, die keine Witwen sind, d. h. gegenüber den Angehörigen und dem Personal. Sie hegen feste Vorurteile, wie mit Witwen umzugehen ist (nämlich: beschwichtigend, begütigend, besänftigend). Sie spüren zwar, wie notwendig meine Arbeit ist; sie spüren es am Verhalten der Witwen, an den Fortschritten der Witwen, an der, wenn auch selten auftretenden, Gelöstheit der Witwen, und sie spüren es an der Unruhe, die unter den Witwen entsteht, wenn ich an meiner Arbeit gehindert werde. Und sie spüren es natürlich am Gestank. Dennoch würden sie nicht zögern, wenn sie Einzelheiten meiner Arbeitsweise erführen oder den ihr zu Grunde liegenden Anspruch, mich sofort an der Fortsetzung meiner Arbeit zu hindern.

Witwentrösten ist ein Beruf, in dem man immer ein Anfänger bleibt. Jede Witwe ist anders, jede Witwe hat in ihrem langen Leben eine andere Art von Bedürftigkeit entwickelt, und daher stellt jede Witwe den Witwentröster vor neue Anforderungen. Witwentrösten ist eine Sache fürs Leben, keine Arbeit auf Zeit. Obwohl andererseits Zeitsinn eine große Rolle spielt (Jahreszahlen, Lebensalter, die einfache Mathematik). Außerdem braucht man Disziplin, Bescheidenheit und Durchhaltevermögen, um Witwentröster zu werden. Und man braucht Freude an der Vielgestaltigkeit.

Man muss Opfer bringen, wenn man Witwen trösten will. Man muss im Geheimen agieren, und man verzichtet auf Anerkennung. Das fällt gelegentlich schwer; gerade dem Witwentröster, der in der Regel ein junger Mensch ist und einen natürlichen Wunsch nach Anerkennung verspürt. Andererseits gilt: Wer Witwen tröstet, wird reich belohnt. Ich spreche nicht von Geld. Die Witwen in der Luisenstiftung hatten kein Geld. (Vielen von ihnen wurde der Aufenthalt vom Sozialamt bezahlt.) Ich spreche von Erfahrungen. Ich spreche von der Möglichkeit, ein interessantes und vielgestaltiges Leben zu führen. Nur die Witwe, und sie per Definition – ich werde das sofort erklären –, lässt Spielraum für die Vielgestaltigkeit. Bei einer Witwe, um es verkürzt zu sagen, findet sich immer ein freier Platz.

Ich brauchte einige Zeit, bis ich mir darüber Gedanken machte, was es bedeutet: eine Witwe zu sein. Dabei wurde ich schon am ersten Tag auf die Frage gestoßen. Die Witwe Piehl brachte mich darauf. Als mich Schwester Sabine von Zimmer zu Zimmer führte, um mich bekannt zu machen, sagte die Witwe Piehl zur Begrüßung zu mir: »Ich habe mich schon sehr darauf gefreut, Sie kennen zu lernen, junger Mann! Ich heiße Anni Piehl, Witwe, Witwe.«

Ich sagte dazu erst einmal nichts (ich weiß noch, ich nickte höflich mit dem Kopf und fühlte mich etwas eingeschüchtert – auch später sollte es der Witwe Piehl immer wieder gelingen, mich einzuschüchtern), aber als wir weitergingen, sagte ich zu Schwester Sabine: »Was meint die denn damit: ›Witwe, Witwe‹? Sagt sie das immer?«

Schwester Sabine sagte: »Das ist doch ganz klar. Sie hat zwei Ehemänner überlebt, und deshalb ist sie jetzt zweifache Witwe.«

Ich sagte: »Ja, schön, das habe ich mir schon gedacht. Aber warum erwähnt sie es? Es klingt ja wie ein Doktortitel oder so.«

»Sie ist wahrscheinlich stolz darauf«, sagte Schwester Sabine. »Das heißt doch, sie hat viel erlebt – oder sie hat ihre Männer eigenhändig um die Ecke gebracht. Haha! – Ist natürlich nur ein Scherz. Spaß muss sein.«

Heute weiß ich: Die Witwe Piehl war eine geniale Frau. Wie sie mich gleich im zweiten Satz auf ihren Witwenstatus hinwies und mir für die folgenden 20 Monate die Richtung vorgab – das war unglaublich einfach und unglaublich effektiv. Das Gespräch ging mir nämlich nicht mehr aus dem Kopf, obwohl es in den ersten Tagen jede Menge neue Eindrücke zu verarbeiten gab. (Von Schwester Sabine angelernt zu werden war nicht gerade ein Vergnügen: ihr Kommandoton, ihre Besserwisserei, dann wieder ihre öden Witze. Und sie hatte diese seltsame Art, wie sie mir die Witwen ankündigte, kurz bevor wir ein Zimmer betraten. Sie sagte zum Beispiel: »Jetzt gehen wir ins Zimmer 1. Hier wohnt eine gewisse Frau Schulz.« – Genau so sagte sie das: eine »gewisse« Frau Schulz. Ich erfinde das nicht. – Oder sie sagte: »Wir kommen jetzt in den Wäschekeller. Hier wirst du bestimmt noch deine Freude haben.«)

Jedenfalls, einige Tage später, an einem Nachmittag, als ich gerade in der kleinen Heimbibliothek herumstöberte, die hauptsächlich aus Konsalik- und Arztromanen bestand, fiel mir die Bemerkung der Witwe Piehl wieder ein. (Am Nachmittag war für solche Dinge manchmal Zeit.) Es gab in der Bibliothek ein Wörterbuch, einen »Wahrig«, und dort schlug ich die Vokabel »Witwe« nach. Ich fand nicht viel, es war nur ein sehr kurzer Artikel, aber er genügte, um mir die Augen zu öffnen. Dort stand: »Witwe«, lateinisch »Vidua«, »die ihres Mannes Beraubte«, indogermanisch »uidheua«, zu »uidh«, »leer werden«, »Mangel haben«.

Ein Witwentröster ist also einer, der die Leere zu füllen versucht. Der den Mangel behebt. Ein Witwentröster nimmt frei gewordene Plätze ein. Das sind die wesentlichen Kennzeichen meines Berufs. Und wie wird man Witwentröster? Jedenfalls nicht, indem man auf die Schwestern hört. Auf Schwester Sabine, Schwester Martina, Schwester Wiebke und die anderen. Oder auf die zwergenhafte Marianne. Sie waren völlig ahnungslos, wie mit Witwen umzugehen ist. (Nur Schwester Therese, die Stationsleiterin, war nicht ganz so ignorant. Weil sie sich selbst dem kritischen Alter näherte, vermute ich. Doch davon später.) Wie also wird man Witwentröster? Indem man die Augen öffnet. Indem man den Mangel erspürt. Und indem man lernt, die richtigen Fragen zu stellen.

Ich werde mit einem ganz einfachen Beispiel beginnen: mit der Witwe Antoni. Bei ihr war mit einem Auftaktbesuch alles getan. Ich konnte danach gleich mit dem Witwentrösten beginnen. Ich sage vorweg: Es war nicht angenehm bei der Witwe Antoni, aber das Witwentrösten war bei ihr sehr einfach und klar.
»Andrea Antoni. Das ist ein schöner Name«, sagte ich etwas blöde, als Schwester Sabine gegangen war. »Sind Sie Italienerin?«
Sie hörte mich nicht. Ich hatte zu leise gesprochen. Sie starrte mich an, als wären wir einander nicht gerade eben vorgestellt worden, und dann brüllte sie heiser: »Was wollen Sie hier? Ich bin dabei, ins Bett zu gehen, das sehen Sie doch!«
Ich sagte: »Ja, das sehe ich. Und ich bin hier, um Ihnen zu helfen.«

Von da an war es, wie gesagt, einfach. Abends um halb acht schob ich die Milchglastür zu ihrem Zimmer zurück, und sie stand ganz nah vor mir, damit sie erkennen konnte, wer gekommen war. »Aha, es ist der junge Mann!«, sagte sie und drehte sich um. Sie ging zum Bett. Sie zitterte vor Kälte und Rheumatismus. Sie hatte alles vorbereitet: den Kleiderbügel, die Plastikhandschuhe (obwohl ich immer welche bei mir hatte) und die Tube mit der Rheumasalbe. Sie sagte: »Dann mal los!«
Ich half ihr beim Ausziehen. Ihr Kleid, ihre Bluse und ihr Unterhemd machte sie selbst. Vom Korsett an hüftabwärts zog ich sie aus. Sie rieb sich über ihre Brüste, die für ihre fünfundachtzig Jahre noch sehr voll und kräftig wa-

ren – aber wie sie stank! Ich tat keinen Handgriff ohne ihre Anweisungen:
»Tun Sie den Bügel in den Schrank!«
»Die Unterwäsche kommt auf den Stuhl!«
»Das Korsett obenauf!«
»Nein, erst zusammenlegen!«
»Und nun einreiben!«
Sie sprach heiser und im Befehlston. Ich zog die Plastikhandschuhe über und verrieb einen Streifen Salbe auf den Handflächen. Sie stand nackt vor mir und stützte sich auf den Tisch. Sie hielt ihre Beine gespreizt. Ich ging in die Hocke und massierte mit den eingecremten Handschuhen ihre Knie. Ich begann zu schwitzen. Ich arbeitete schweigend. Ich bekam kein Wort heraus.
»Höher!«, befahl sie. Bei den Oberschenkeln waren meine Handschuhe trocken. Ich drückte noch einmal Salbe aus der Tube. Die Witwe Antoni zitterte ungeduldig.
»Die Oberschenkel!«, befahl sie.
»Die Innenseite! Fester! Machen Sie doch fester!«
Ich rieb und rieb, und sie rief heiser: »Höher! Sie können ganz hinauf!« oder »Kommen Sie höher, höher, höher, junger Mann!«

Die erste Erfahrung des Witwentrösters ist: Gestank. Seine zweite Erfahrung ist: Er kann mit den Witwen nicht reden, denn sie erinnern sich an nichts. Er kann sie nichts fragen, und sie wissen nichts zu erzählen, und er erfährt überhaupt nichts über sie, obwohl das doch die Voraussetzung wäre, um einen Mangel aufzuspüren. Und wenn sich die Witwen an etwas erinnern, dann ergibt es so wenig Sinn, dass der Witwentröster nichts damit anzufangen weiß. So ist es im Witwentrösten. Jeder, der sich in meinem Beruf versucht, wird diese Erfahrung machen. Es ist eines der Merkmale des Witwentröstens, dass der Witwentröster erst mühsam freilegen muss, worüber er später hinwegtrösten wird. Den Witwen selbst ist ihr Mangel nicht bekannt.

Ein Vormittag: Ich kam vom Frühstück auf die Pflegestation zurück und wurde von der Witwe Felter gestoppt. Sie hielt ihren Stock quer in den Gang, um mir den Weg zu versperren. (Eine Gewohnheit von ihr.)

WITWE: »Helfen Sie mir, junger Mann! Ich kann meine Schuhe nicht finden!«

WITWENTRÖSTER: »Sie haben Ihre Schuhe doch an.«

WITWE: »Ich habe sie an? Nein. Sie verstehen mich nicht. Ich meine die anderen Schuhe. Die braunen.«

WITWENTRÖSTER: »Das sind doch Ihre braunen Schuhe.«

WITWE: »Ja, nein ...« (Sie wirft einen hilflosen Blick in den Korridor. Ihre Augen füllen sich mit Tränen.) »Die anderen braunen Schuhe meine ich.«

WITWENTRÖSTER (er sieht nun ebenfalls etwas hilflos aus): »Warten Sie, ich sehe mal in Ihrem Kleiderschrank nach.« (Er sieht tatsächlich im Kleiderschrank nach. Er ist noch nicht erfahren genug, um zu wissen, dass er sich die Mühe sparen kann.)

WITWENTRÖSTER (mit wiedergewonnener Sicherheit): »Hier sind keine anderen Schuhe.«

WITWE (als wäre der Witwentröster gerade erst zur Tür hereingekommen und mit gesteigerter Verzweiflung): »Wo sind meine Schuhe? Wissen Sie es? Meine schönen braunen Schuhe! Helfen Sie mir!«

Ich ging zu Schwester Therese ins Dienstzimmer. Ich sagte: »Frau Felter vermisst ihre braunen Schuhe. Nicht das Paar, das sie trägt, sondern ihre anderen braunen Schuhe.«

Schwester Therese sagte: »Ihre anderen braunen Schuhe? Was ist das jetzt wieder für ein Unsinn? Frau Felter hat nur ein Paar Schuhe, nämlich die, die sie trägt. Die sind doch braun. Und dann hat sie noch ihre Slippers unter dem Bett, aber die sind kariert.«
»Okay!«, sagte ich.

Ich ging zurück zur Witwe Felter. Sie stand noch immer im Korridor und umklammerte ihren Stock.
Witwentröster: »Schwester Therese sagt, es gibt keine anderen braunen Schuhe. Das Einzige, was ich Ihnen anbieten kann, sind Ihre Slippers. Aber die sind kariert.«
Witwe: »Oh je! Oh Gott. Helfen Sie mir, junger Mann! Bitte helfen Sie mir!«

Ein zweites Beispiel. Eine Angelegenheit, die zunächst ganz interessant klang. Die Witwe Thoms erzählte mir nämlich, dass ihr Sohn mit dem Nabelstrang um den Hals geboren worden war: »Er war schon ganz blau angelaufen, als sein Kopf zum Vorschein kam. Die Hebamme war aber sofort zur Stelle. Tüchtige Frau. Befreite den Jungen aus der Schlinge, schlug ihn kräftig und massierte ihn und kriegte ihn zum Atmen. Hatte den Nabelstrang um den Hals, der Jung, und konnte nicht atmen!«
Zunächst dachte ich: »Was für ein extremes Erlebnis! Der wichtigste Augenblick im Leben dieser Witwe!« Aber ich hörte die Sache nicht nur einmal, sondern von da an täglich, sobald ich das Zimmer der Witwe Thoms betrat, und sie fügte nichts Neues hinzu, kein einziges Detail, und sie veränderte kein einziges Wort: »Hatte den Nabelstrang um den Hals, der Jung, und konnte nicht atmen.«

Und dann kam dieser Sohn zu Besuch. Er war selbst schon über sechzig Jahre alt, sehr klein und mager, und sein Gebiss sah noch fleckiger aus als ihrs. Und die Witwe Thoms fing gleich wieder an.
»Hatte den Nabelstrang um den Hals, der Jung, und konnte nicht atmen.«
»Nun hör endlich auf damit!«, sagte der Sohn. »Das kann ja keiner mehr hören.«
»Sie sind also der berühmte Jung«, sagte ich.
»Hat sie Ihnen auch schon die Geschichte erzählt?«
»Na klar. Die erzählt sie jeden Tag.«
»Sie sollten nicht darauf hören. Das ist so eine Art Familienlegende, aber sie stimmt nicht. Das Gleiche hat schon meine Großmutter, als sie alt wurde, von der Geburt meines Onkels behauptet. ›Hatte den Nabelstrang um den Hals, der Jung, und konnte nicht atmen.‹ Das hat die Großmutter bei jeder Gelegenheit erzählt, zuerst beim Essen, dann noch mal beim Nachtisch und noch mal beim Kaffee. Bis wir es nicht mehr hören konnten: jedes Mal die alte Geschichte. Am liebsten, wenn wir es überhaupt nicht gebrauchen konnten. Wenn wir etwas zu besprechen hatten oder wenn Gäste da waren und sogar an dem Abend, als ich ihr meine Verlobte vorstellte. Das war natürlich ein toller Augenblick für mich. Aber eines Tages nahm mich mein Onkel beiseite und sagte: ›Junge, nun glaub mal nicht alles, was deine Großmutter erzählt. Sie wird langsam alt und fängt an zu spinnen.‹ Also: Sie können sich vorstellen, wie verblüfft ich war, als später meine Mutter mit diesem Gerede anfing.«

Ein drittes Beispiel: »Frau Steffen hat geklingelt. Jan, gehst du hoch?«, sagte Schwester Therese.
Ich ging hinauf ins Dachgeschoss. Die Witwe Steffen packte gerade ihre Sachen zusammen. Zwei Reisetaschen

und ein Koffer standen vor dem Waschbecken, und ein zweiter Koffer lag aufgeklappt auf dem Bett. Ein zerknitterter Rock und eine Bluse lagen obenauf, darunter hingen Tischdecken, Bettlaken und Handtücher heraus; feucht und grau und mit gelben und braunen Flecken gesprenkelt. Die Witwe Steffen wickelte eben die Glühbirne ihrer Leselampe in Zeitungspapier ein.

WITWENTRÖSTER: »Wo wollen Sie denn mit der Glühbirne hin?«

WITWE: »Wie schön, dass Sie kommen, junger Mann! Können Sie mir helfen? Ich werde in zwei Stunden abgeholt, und ich habe noch so viel zu erledigen.«

Ich fiel tatsächlich darauf herein.

WITWENTRÖSTER: »Wer holt Sie denn ab?«

WITWE: »Meine Tochter.«

WITWENTRÖSTER: »Aha. Wenn das so ist. Erlauben Sie, dass ich noch einmal umpacke? Dann kriegen wir sicher alles hinein.«

WITWE: »Ja, machen Sie, junger Mann, machen Sie! Sehr freundlich von Ihnen.«

Irgendwann stand Schwester Wiebke in der Tür: »Sagt mal, spinnt ihr jetzt beide?«

Im Dienstzimmer spottete Schwester Martina: »Ich glaube, den Alten wird ganz schwindlig davon, dass du da bist. Zum ersten Mal ein junger Mann im Haus! Und dann noch so gutgläubig!«

Schwester Sabine war nicht ganz so tolerant. »Hör mal, wir haben hier eine Menge zu tun. Es wäre schön, wenn du uns dabei helfen würdest.«

Dem Witwentröster stellt sich schon bald die Frage: Wem soll er glauben, den Witwen oder den Angehörigen der Witwen? Es war ja offensichtlich, dass mir die Witwen Unsinn erzählten. Wie die Witwe Felter, die Witwe Thoms, die Witwe Steffen. Andererseits: Sicher hatten auch die Angehörigen einiges zu verbergen. Wie möglicherweise der Sohn der Witwe Thoms. Wem sollte ich glauben? Und welchen Unterschied machte es überhaupt, ob die Geschichten, die die Witwen erzählten, stimmten oder nicht? War nicht alles, was sie sagten, ob nun wahr oder gelogen, Ausdruck ihres Mangels? War nicht alles, was die Angehörigen sagten, ob nun wahr oder gelogen, Ausdruck ihres schlechten Gewissens? Weil ihre Mütter im Altersheim waren und nicht bei ihnen?

Das sind sicherlich schwierige Fragen. Und für eine Antwort auf solche Fragen ist es zu früh. Für den folgenden Hinweis dagegen ist es nicht zu früh: »Kann-ich-nicht liegt auf dem Friedhof. Will-ich-nicht liegt daneben.« Schon mal gehört? Das ist ein alter Spruch, der für den Witwentröster entscheidende Bedeutung gewinnt. Denkt jemand, die Witwen erinnern sich nicht, weil sie sich nicht erinnern können? Sie erinnern sich nicht, weil sie sich nicht erinnern wollen! Und sie haben ihre Gründe. Die werden sich jedoch erst mit der Zeit entdecken lassen.

Schwester Sabine sagte beim Bettenmachen zu mir: »Es gab ein paar Meinungsverschiedenheiten, bevor du kamst. Therese wollte, dass wir uns dabei abwechseln, dich einzuarbeiten. Dass jede von uns dich mal mitnimmt auf ihre Runde. Ich habe ihr gesagt, dass ich davon nichts halte. Ich finde, man übernimmt entweder zu hundert Prozent die Verantwortung, oder man lässt es bleiben. Deshalb habe ich durchgesetzt, dass ganz allein ich dich einarbeiten werde. Hundert Prozent meine Verantwortung. Also: Mach mir keine Schande!«

Schwester Sabine: mager, ehrgeizig, sommersprossig, schnell. Wenn ich morgens die Tür zu einem Witwenzimmer öffnete, schlüpfte sie an mir vorbei durch die erst halb offene Tür hinein, zog am Fenster die Vorhänge auf, drehte die Heizung höher, legte mit ein paar schnellen Bewegungen Kleidungsstücke und Handtücher und Waschlappen bereit und ließ bereits Wasser ins Waschbecken laufen, während ich noch auf der Türschwelle stand und in meiner Kitteltasche nach den Plastikhandschuhen suchte. Und während wir die Witwen wuschen, redete sie ununterbrochen auf mich ein. »Wichtig ist«, sagte sie immer wieder zu mir, »dass wir den Alten die Grundversorgung garantieren. Und du siehst ja: Damit haben wir genug zu tun. Mehr als genug.«

Schwester Sabine sagte zu den Witwen: »Sehen Sie mal, das ist jetzt unser junger Mann!« Die Witwen sagten: »Ach, haben wir jetzt einen jungen Mann?« Nach ein paar Tagen hatten die Witwen sich angewöhnt zu sagen: »Jetzt haben wir hier also einen jungen Mann!« Und nach ein paar Wochen sagten sie: »Schließlich haben wir jetzt unseren jungen Mann!« Dabei blieben sie, sie nutzten jede Gelegenheit, um zu sagen: »Schließlich haben wir jetzt unseren jungen Mann!«, und es klang genießerisch und zufrieden, wenn sie es sagten, und Schwester Sabine lachte, wenn sie es hörte, als wäre es ein besonders gelungener Witz.

Es war ein heller Oktobervormittag. Schwester Therese sortierte im Dienstzimmer Medikamente, Schwester Sabine war nach oben in den ersten Stock gegangen, um der Witwe Backhaus beim Baden zu helfen, und ich verteilte Wäsche auf der Pflegestation. Die Witwen Trittau und Stockhusen saßen in ihrem Zimmer am Tisch. Die Herbstsonne beleuchtete die Fettgeschwulst auf der Wange der Witwe Stockhusen. Eine schimmernde, hautbespannte Kugel wie ein rätselhaftes Organ. Der Witwe Stockhusen stand ihr Mangel ins Gesicht geschrieben. Sie sah aus wie eine Außerirdische.
»Schade um ihn!«, sagte die Witwe Trittau. »Schade, dass er die Backen immer so voll machen muss.«
WITWENTRÖSTER: »Dann fassen Sie sie doch mal an. Das ist nur eine Fettgeschwulst: ein Lipom. Ganz harmlos. Sie hat die Backen gar nicht voll gemacht.«
WITWE: »Ich soll ihn anfassen?« (Sie sieht den Witwentröster misstrauisch an.)
WITWENTRÖSTER: »Nicht ihn. Sehen Sie mal genau hin. Das ist eine Frau. Das ist Frau Stockhusen, Ihre Zimmernachbarin. Die kennen Sie doch!«
Die Witwe Trittau wollte aber nicht noch einmal hinsehen. Sie schüttelte den Kopf und wandte sich wieder ihrer Milchsuppe zu.

Ich hatte Unrecht. Die Witwe Trittau hatte Recht. Die Witwe Stockhusen hatte die Backen doch voll gemacht. Der Sohn erzählte mir einige Tage später, wie sie das getan hatte:
»Meine Mutter ist so unglaublich starrsinnig, das können Sie sich gar nicht vorstellen. Sie hat sich einfach geweigert, die Operation machen zu lassen, obwohl es damals völlig ungefährlich gewesen wäre. ›Ganz unproblematisch‹, hat der Arzt gesagt. Wir haben ihr zugeredet wie

einem kranken Gaul, aber sie wollte nicht hören. Und dann fing es an zu wuchern. Es wurde jedes Jahr ein bisschen größer, das Ding. Morgens saßen wir beim Frühstück und konnten es einfach nicht glauben: Da wucherte dieses Geschwür, und die Mutti weigerte sich, etwas dagegen zu unternehmen. ›Mutti, du musst etwas unternehmen!‹, sagten wir. Aber sie schwieg einfach. Das macht sie ja immer. Man redet und bittet und bettelt, und sie antwortet nicht. Und das Geschwür wucherte weiter. Als wenn es sich langsam aufblasen würde. Meine Frau ist ganz krank davon geworden. Sie hatte keinen Appetit mehr. Sie stocherte auf ihrem Teller herum und mochte meine Mutter kaum ansehen. Sie hat sechzehn Kilo verloren. Deshalb musste Mutti hierher.«

Auf dem Korridor zog die Witwe Roth ihre Bahnen. Ihre Schritte waren so langsam und so gleichmäßig wie die Schwimmzüge einer Schwimmerin im Hallenbad. Die Witwe Roth schwamm durch den Korridor. Und wenn sie eine Badekappe getragen hätte, dann wäre es eine blassrosa oder blassgrüne Badekappe mit Noppen gewesen. Die Witwe Roth trug aber keine Badekappe, sondern einen Morgenmantel und nur ein Nachthemd darunter, und der Morgenmantel stand halb offen, und ihr Haar hing grau und strähnig und ungekämmt in den Kragen. Mit einer Hand hielt sie die Schöße ihres Morgenmantels zusammengerafft, und sie ließ die Fingerspitzen der anderen Hand über das Metallgeländer schleifen, das zur Sicherheit an allen Wänden angebracht war. Am Ende des Korridors machte sie kehrt und wechselte die Hände, um ihre Rockschöße zu halten und um das Metallgeländer zu fühlen, und sie maß mit einem kurzen Blick, als wäre sie am Beckenrand kurz aus dem Wasser aufge-

taucht, die Strecke, die sie eben zurückgelegt hatte und die nun wieder vor ihr lag. Dann machte sie sich erneut auf den Weg.
Wir mussten sie am Ende einer Bahn erwarten, wenn wir sie zum Essen oder zum Waschen oder zur Toilette bringen wollten. Unterwegs ließ sie sich nicht aufhalten. Sie gab sich eine feste Zeit für jede Durchquerung, neunzig Sekunden, ich habe es einige Male mit der Armbanduhr gestoppt, und sie wurde brutal, wenn ihr jemand in den Weg geriet: Sie stieß um sich und schlug mit den Fäusten, als ob sie gleich ertrinken würde, sie stieß und kniff und kratzte so lange, bis wir sie passieren ließen, auch wenn ihr der Urin schon aus der Windel tropfte, und sie hielt die Luft an und atmete nicht, bis sie nach neunzig Sekunden den gegenüberliegenden Beckenrand erreichte.

Als Witwe war die Witwe Roth ungewöhnlich, besonders in einer Hinsicht: Sie schämte sich nicht, wenn der Wunsch, getröstet zu werden, sie überfiel. Und sie zeigte keine Dankbarkeit. Ihre Sehnsucht tauchte auf wie ein Naturereignis: Sie war unerklärlich, und sie kam ohne Vorankündigung. Und Nachwirkungen zeigte sie nur bei den anderen Beteiligten, d. h. bei denen, denen sie sich in den Arm geworfen hatte. Das war das eigentlich Erstaunliche: ihre starke Wirkung auf alle, mit denen sie zu tun bekam. Sie selbst blieb völlig unberührt. Nachdem sie sich fünf Minuten Geborgenheit gesucht hatte (sie warf sich einfach in den nächsten starken Arm), war sie imstande, ihren Tröster oder ihre Trösterin (bei der Witwe Roth hatte ich kein Monopol, denn auch die Schwestern hatten starke Arme) grob von sich zu stoßen und höchstens noch bekannt zu geben: »Lass mich, ich will jetzt allein sein.«

Schwester Martina: fleißig, aber ohne besonderen Ehrgeiz, stark geschminkt, bei jeder Gelegenheit eine Zigarette im Mund, ein riesiger Busen, unter dem weißen Schwesternkittel trug sie einen roten BH.
Ich stand mit ihr im Stationsbadezimmer, und sie füllte Wärmflaschen mit heißem Wasser und reichte sie zu mir herüber, damit ich die Flaschen verschraubte, und draußen lief die Witwe Roth halb nackt über den Korridor.
»Ziehen Sie sich etwas über«, rief ich hinaus zur Witwe Roth. »Es ist doch zu kalt.«
»Was willst du?«, sagte die Witwe Roth und ging weiter.
»So wirst du dich hier nicht durchsetzen«, sagte Schwester Martina, ohne den Blick vom Wasserhahn zu wenden. Und zwei Minuten später sagte sie, so als gäbe es da einen Zusammenhang: »Die Alten sind schon in Ordnung. Man muss sie nehmen, wie sie sind. Sie haben schlimme Zeiten erlebt.«

Die Prozession der Witwen begann im Dachgeschoss. Sie wurde durch den Gongschlag eingeleitet, mit dem Marianne, das Serviermädchen, im Saal zum Mittagessen rief: ein tiefer, lang anhaltender und vibrierender Ton, der bis hinauf ins Dachgeschoss reichte.
Die Witwe Weinert eröffnete, dann folgten die Witwen Neffe und Blunck. Vor dem Fahrstuhl holte die Witwe Becker auf ihren Krücken sie ein.
»Da kommt ja endlich Frau Becker!«, sagte die Witwe Weinert. Das sagte sie immer. Es klang wie ein Tribut, und so war es auch gemeint, und die Witwe Becker nickte ihr zu.
Eine zweite Fahrstuhlladung enthielt die Witwen Rau, Hofer, Steffen und Jansen. Eine dritte Ladung die Witwen Benken, Sudek, Gebhardt und Schumann, und eine vier-

te die Witwen Nemethy, Möller, Schubert und Schröder. (Ich kannte damals all diese Namen noch nicht. Aber Schwester Sabine sagte sie mir immer wieder vor.)
Unten im Erdgeschoss, bevor sie die Pflegestation betraten, formierten sie sich: eine vierköpfige Spitzengruppe, angeführt von der Witwe Becker, ein Mittelfeld von acht Witwen und eine Schlussgruppe, die wiederum aus vier Witwen bestand.
Wenn die Zusammensetzung dieser Gruppen sich veränderte, dann war der Grund nicht, dass eine Witwe sich verspätet hätte (der Witwentröster wird lernen: Witwen verspäten sich nicht), sondern es lag eine Veränderung in der Rangordnung zu Grunde. Eine Witwe aus der Spitzengruppe hielt das Tempo oder das Konversationsniveau nicht mehr, sie fiel, von den anderen sofort zurückgelassen und abgedrängt, zurück ins Mittelfeld oder in die Schlussgruppe, und eine andere Witwe rückte auf.
Schwester Therese hatte ein Gespür für solche Veränderungen. Sie konnte exakt vorhersagen, in welcher Ordnung die mittägliche Prozession die Pflegestation passieren würde: »Frau Blunck läuft heute im Mittelfeld, wollen wir wetten? Und Frau Gebhardt oder Frau Jansen rücken auf.«
So war es dann auch jedes Mal: Die Witwe Blunck lief nicht in der Spitzengruppe, sondern im Mittelfeld, und die Witwe Gebhardt oder die Witwe Jansen rückten auf. Schwester Therese hatte bei ihren Voraussagen eine Trefferquote von 100 Prozent, und deshalb nahm niemand ihre Wetten an.

Die Witwe Becker an der Spitze: Ihre Krücken kreischten metallisch bei jedem Schritt, mit dem sie sich vorwärtswuchtete. Die Gummistopper waren abgenutzt, und das Aluminium der Krücken stieß hart auf den Steinfuß-

boden. Die Witwe Becker lächelte huldvoll, sie grüßte freundlich und verbindlich in die Zimmer hinein, aber ihre Augen wurden kalt, wenn sie der Witwe Roth begegnete. »Das Gretchen!«, sagte sie sanft, und ihre Augen wurden noch kälter: »Das arme Gretchen!«
»Armes Gretchen!«, murmelten auch die anderen Witwen, während die Witwe Roth sich mit angehaltenem Atem durch sie hindurchkämpfte, »Armes Gretchen!«, und so zogen sie zum Speisesaal.

Die Sprache der Witwen ist eine Fremdsprache, und wer Witwen trösten will, muss diese Sprache erlernen. Es ist ein Sprung über zwei Generationen. Es ist auch ein Sprung in eine andere Lebensform: in die Lebensform des Mangel-Habens. Mangel wird in den meisten Fällen nur indirekt ausgedrückt, und diese Ausdrucksweise muss man verstehen lernen.

»Hören Sie mal!«, sagte die Witwe Jansen. »Die Vögel!« Ich hörte keine Vögel. Es war Herbst, und es wurde schon am frühen Nachmittag dunkel, und es war kein einziger Vogel zu hören. Die Witwe Jansen saß in ihrem Sessel, spitzte die Ohren und hörte Gespenster.

»Riechen Sie mal!«, sagte die Witwe Rau zu mir. »Es riecht hier im Zimmer. Finden Sie nicht?«
»Ich rieche nichts.«
»Aber ich rieche es doch. Es riecht hier.«
»Wonach denn?«
»Nach Huhn.«

»Sehen Sie mal!«, sagte die Witwe Randow. »Da steht ein Mann hinter der Tür!«

»Ich sehe keinen Mann!«, sagte ich.
»Doch! Sehen Sie mal nach! Er hat sich hinter der Tür versteckt!«
»Frau Randow, hier ist niemand, ich schwöre es Ihnen!«

Der Witwentröster hört nicht, riecht nicht, sieht nicht, worauf die Witwen ihn hinweisen, er hält den Waschlappen in der Hand und versucht, seine Arbeit zu tun, und er weiß nicht, was die Witwen ihm mitteilen wollen. Aber anders als die Schwestern wird er diesen Zustand nicht auf sich beruhen lassen.

Die Witwe Coch stolperte und fiel zu Boden. Das tat sie jeden Tag. Mehrmals am Tag. Sie beschwerte sich nie. Sie murmelte: »Das ging auf die Hüfte. Ich muss besser aufpassen.« Sie kam immer allein wieder auf die Beine. Nur mit Hilfe der Sicherheitsstange. Wenn sie im Zimmer fiel, nahm sie ein Bettgitter oder einen Sessel, um sich daran aufzurichten.
WITWE: »Lassen Sie nur. Ich schaffe das schon.«
WITWENTRÖSTER: »Sehr professionell, Frau Coch!«
WITWE: »Finden Sie?«

Im Wohnzimmer zeigte das Fernsehen einen Besuch von Prinzessin Diana in Berlin. Prinzessin Diana lächelte wie ein Popstar, Bürgermeister Diepgen lächelte wie ein Schaf. Dann kamen Soldaten und salutierten, und Prinzessin Diana stieg mit einem der Soldaten in einen Panzer.
»Sie ist sehr hübsch«, sagte die Witwe Becker.
»Sehr hübsch«, sagte die Witwe Ahrens.
»Wirklich sehr hübsch«, sagte die Witwe Neffe.
»Sehr hübsch«, wiederholte die Witwe Becker.

Und in Zimmer 3 führte ich ein kurzes Gespräch mit der Witwe Schneider (in Gegenwart ihrer Schwiegertochter).
WITWENTRÖSTER: »Sind Sie früher berufstätig gewesen?«
WITWE: »Ich hatte einen Wäscheladen auf Sankt Pauli.«
WITWENTRÖSTER: »Wow.«
SCHWIEGERTOCHTER DER WITWE: »In Eimsbüttel, Mutti.«
WITWE: »Wir haben Dessous und Spitzenwäsche verkauft.«
WITWENTRÖSTER: »Reizwäsche.«
WITWE: »Ja.«
SCHWIEGERTOCHTER DER WITWE: »Mutti, was redest du da? Wäsche habt ihr verkauft. Textilien. In Eimsbüttel.«

Der Oktober 1985: ein golden und gelb und braun gesprenkelter Oktober, der mir den Atem raubte und der mir morgens auf den Magen schlug. Die Witwen stanken, und sie erinnerten sich nicht, und ich, Jan Oltrogge, Witwentröster in der Grundausbildung, noch nicht aus Leidenschaft, sondern weil ich keine andere Wahl hatte, hatte beschlossen, mich auf die Suche nach dem Mangel zu machen.
Warum ich keine Wahl hatte? Wer den Gestank der Witwen gerochen hat, der wird so nicht fragen. Ich will trotzdem die Alternativen skizzieren.
Was hätte ich tun sollen? Einen Dienst tun, wie die Schwestern ihn taten? Einer Witwe, die stinkt, weil sie Mangel leidet, kommt man mit dem Waschlappen nicht bei, das wusste ich schon nach ein paar Tagen. Das ganze Wesen dieser Witwen war Gestank, der Gestank kam tief von innen heraus, und mit dem Waschlappen war da überhaupt nichts zu machen.
Hätte ich den Dienst quittieren sollen? Hätte ich bekannt geben sollen: »Schwester Therese, es tut mir Leid,

diese Arbeit ist nichts für mich«? Das konnte ich nicht. Meine Musterung auf dem Kreiswehrersatzamt hatte Tauglichkeitsstufe eins ergeben, und damit war ich auf zwanzig Monate zum Dienst verpflichtet, und ein Rücktrittsrecht war im Gesetz nicht vorgesehen.

Hätte ich eine Versetzung beantragen sollen? Auch das war nicht möglich. Von siebzig Dienststellen, die ich nach meiner Musterung angeschrieben hatte, war die Luisenstiftung die Einzige gewesen, die mir eine Unterkunft angeboten hatte, und eine andere Unterkunft hatte ich nicht, und ich würde von meinem Sold auch keine bezahlen können.

Ich war dem Gestank der Witwen also ausgeliefert, und meine einzige Möglichkeit war, dass ich mich auf die Suche nach dem Mangel begab.

»Schön, dass Sie kommen!«, sagte die Witwe Schubert, wenn ich ihr Zimmer betrat. »Schön« war ihr Lieblingswort. Sie fand es schön, dass sie in der Luisenstiftung war. Sie fand es schön, dass ich mit ihr sprach. Sie fand es sogar schön, dass sie ein halbes Jahr zuvor aus dem Dachgeschoss in den ersten Stock verlegt worden war.

»Und wie kommen Sie mit den Schwestern zurecht?«, fragte ich. »Mit Schwester Sabine? Mit Schwester Martina?«

»Ja, ist das nicht schön?«, sagte die Witwe Schubert. »Ist es nicht schön, wie diese jungen Mädchen sich um uns kümmern?«

In Zimmer 2 auf der Pflegestation suchte die Witwe Trittau in ihrem Kleiderschrank nach dem angebissenen Butterbrot, das sie beim Frühstück dort versteckt hatte. (Schwester Sabine hatte es längst in den Abfall geworfen.)

Ich fragte: »Frau Trittau, was suchen Sie denn?«
»Nichts, nichts!«, sagte die Witwe Trittau wie ertappt. »Ich suche ja gar nichts.«
»Wenn ich Ihnen helfen kann, sagen Sie es mir bitte!«
»Aber ich suche ja gar nichts!«
Also gab ich es auf und ließ sie weitersuchen.

Im ersten Stock sprach ich mit der Witwe Bettin. (Sie war Anwärterin für eine Verlegung auf die Pflegestation.) Sie sagte: »Sagen Sie Hans, er soll eine Decke mitnehmen! Sagen Sie es ihm! Vergessen Sie es nicht!«
»Wer ist Hans?«
»Haben Sie ihn gesehen?«
»Wer ist denn Hans?«
»Bist du Hans?«

Und die Witwe Eilers (erster Stock) fragte nach Schnee. Schon Anfang Oktober ging es los: der Schnee, der Schnee. Wann liegt in Hamburg schon Schnee? Und im Oktober schon gar nicht. Aber die Witwe Eilers hörte nicht auf, nach Schnee zu fragen:
»Wann gibt es wohl den ersten Schnee?«
»Noch lange nicht. Wir haben doch gerade erst Oktober.«
»Aber es fällt doch sicher bald Schnee.«
»Hm. Ich sage Ihnen Bescheid, wenn ich welchen entdecke.«

Dass die Witwe Piehl genial war, sagte ich schon ganz zu Anfang. Sie war hässlich wie ein alt gewordener Säugling, und sie sah aus, als wäre sie auch als junge Frau schon hässlich gewesen. Ihr Kopf war zu groß und zu schwer für ihren Körper, ihre Haare waren wie ein dünner

weißer Flaum, und ihre wässrigen, wasserblauen Augen schienen durch mich hindurchzusehen.
Sie sprach sehr leise. Ihr Zimmer lag gleich neben der Frühstücksküche, und wenn Marianne, das Serviermädchen, beim Abwaschen sang und mit den Tellern klapperte (eigentlich sollte es zur Grundausbildung jedes Witwentrösters gehören, dass er einmal gehört hat, wie Marianne sang), musste ich mich anstrengen, um zu verstehen, was die Witwe Piehl mir zu sagen hatte. Meistens war sie es jedoch, die sich etwas erzählen ließ, und ich war es, der erzählte. Ich nahm mir vor, diese Arbeitsteilung nicht auf sich beruhen zu lassen.
Die Witwe Piehl trug eine hellblaue Strickjacke. Sie lutschte Würfelzucker und liebte alles, was süß war. Und ihre Beine! Die Witwe Piehl hatte Wasser in den Beinen (das war der Ausdruck, den die Schwestern benutzten), und deshalb konnte sie keinen Schritt mehr tun. Sie saß in ihrem Sessel, und zwanzig oder dreißig grellbunte Häkeldeckchen lagen als Polsterschoner auf den Sessellehnen, und der Sessel selbst war mindestens so alt wie sie und völlig zerschlissen, und ihre Beine hielt sie dick und aufgedunsen und weiß vor ihrem Sessel aufgestemmt.

Die Witwe Piehl ließ sich von mir Klatsch erzählen. Sie liebte jede Art von Klatsch, allerdings nur, soweit er die Witwen oder das Personal betraf. Wenn ich andere Themen anschnitt, Dinge, die außerhalb der Luisenstiftung geschahen, winkte sie ab.
»Ich habe nicht mehr die Zeit, mich um solche Dinge zu kümmern«, sagte sie. »Ich bin jetzt in einem Alter, wo man sich auf das Wesentliche konzentriert.«
»Was ist denn das Wesentliche?«, fragte ich.
Die Witwe Piehl lachte leise. »Gute Frage, junger Mann. Das Wesentliche ist das, was am nächsten liegt.«

Wenn ich aber von den Witwen oder vom Personal sprach, war sie hochkonzentriert: »Warum war eigentlich Schwester Martina heute beim Frühstück so fröhlich? Ich habe ihre Stimme bis hierher gehört.«
»Stimmt es, dass Frau Becker einen Brief an den Vorstand geschrieben hat? Und was wollte sie?«
»Gefällt Ihnen Martina?«
»Hat es Klagen von den Angehörigen gegeben? Warum denn?«
Und wenn ich ihr daraufhin erzählte, was vorgefallen war, sagte sie so rätselhafte Dinge wie: »Darauf habe ich mich schon lange gefreut!« Oder: »Schön, dass das nun endlich passiert ist.«
Und zum Abschied sagte sie immer: »Kommen Sie mal wieder vorbei, wenn Sie nichts Besseres zu tun haben! Es ist so sterbenslangweilig hier. Ein junger Mann wie Sie ist hochwillkommen. Ich bin sicher, nicht nur bei mir.«

Es ist spät am Abend, lange nach Dienstschluss. Die Nachtwache hat gerade ihre Runde absolviert. Sie wird erst am Morgen wieder durch die Zimmer gehen. Die Witwe Schulz liegt wach, wie jeden Abend. Sie ist enttäuscht zu Bett gegangen. Sie geht jeden Abend enttäuscht zu Bett. Ein alter Kummer fällt ihr ein: ein Todesfall, ein Abschied. Oder sie hat ein liebloses Wort von den Schwestern zu hören bekommen. Oder sie hat gar kein Wort zu hören bekommen, als sie sich eines erhoffte. Es gibt immer einen Grund zur Enttäuschung. Auch wenn die Witwe Schulz ihren Täuschungen selbst kaum noch glaubt. Sie glaubt gerade noch so weit daran, dass es reicht, um enttäuscht zu werden.

Rita, die Nichte, hat sie am Nachmittag besucht. Rita hat zu den Schwestern gesagt: »Sie wissen ja, dass Tante Magda ein Problem mit der Verdauung hat.« Rita hat sie verraten. Nein, nicht ganz: Rita hat mit der Möglichkeit des Verrats gespielt. Sie hat so laut damit gespielt, dass die Witwe Schulz es hören musste. Und die Witwe Schulz hat gelächelt, als Rita ins Zimmer zurückkam. Sie hat gelächelt, als habe sie nichts gehört. Daran denkt sie, als sie abends im Bett liegt.
Dann fällt ihr ein, dass Rita ihr eine Tafel Schokolade mitgebracht hat. Genauer gesagt: Die Witwe Schulz spielt sich selbst vor, dass ihr die Schokolade in diesem Augenblick einfällt. Sie hat die ganze Zeit von der Schokolade in ihrem Nachtschrank gewusst; sie hat davon gewusst, als sie Rita zum Fahrstuhl brachte und sich von ihr verabschiedete, sie hat davon beim Abendessen gewusst, sie hat beim Ausziehen davon gewusst, als Schwester Sabine so fröhlich und so barsch mit ihr sprach: »Mal los jetzt, Frau Schulz! Nun helfen Sie mir mal!« Aber gleichzeitig hat sie die Schokolade so lange vergessen, bis sie ihr spät am Abend wieder einfallen kann. Erst müssen die traurigen Gedanken gedacht werden. Erst die traurigen Gedanken verleihen dem Gedanken an die Schokolade im Nachtschrank seinen Sinn.

Rita ist eine Spielerin: Rita spielt mit ihr. Die Witwe Schulz denkt daran, wie Rita gelächelt hat: »Tantchen, ich habe eine Überraschung für dich!« Rita hat das schöne, verschwörerische, grausame Lächeln gelächelt, das sie so traurig macht.
Rita weiß, wozu Schokolade gut ist. Rita hat selbst erfahren, was zu tun ist, wenn die Witwe Schulz Schokolade gegessen hat. Rita hat selbst getan, was dann zu tun ist. Rita nahm einen Waschlappen und eine Schüssel mit warmer

Seifenlauge, und sie half der Tante, die Schokolade wieder loszuwerden. Und es dauerte mehr als eine halbe Stunde, und Ritas schöne Hände wurden ganz schmutzig. Und es roch. Und für die Witwe Schulz war es schön, Ritas schöne Hände zu spüren, aber für Rita war es nicht schön. Rita sagte: »Tantchen, das machen wir nicht wieder. Wenn du das noch mal machst, dann kommst du in ein Heim. Dann müssen dir die Schwestern deine Wünsche erfüllen.«
So ist Rita. Rita ist unbarmherzig. Und dann wieder so verschwörerisch und lustig und lieb, dass es umso stärker schmerzt, wenn sie geht.

Und die Witwe Schulz konnte es nicht lassen. Sie aß weiter Schokolade. So viel Schokolade, wie sie bekommen konnte, dazu Schwarzbrot und Tee, bis sie so verstopft war, dass Rita ihr wieder helfen musste. Und wieder war es schön, aber Rita meinte, was sie sagte. Sie schickte sie ins Heim. Und sie bringt ihr Schokolade mit, wenn sie zu Besuch kommt, und sie lächelt: »Tantchen, ich habe eine Überraschung für dich.«

Schwester Therese hat sie heute gewarnt, nachdem Rita gegangen ist: »Keine Schokolade, Frau Schulz! Sie wissen, wie das auf Ihre Verdauung wirkt!« Und die Witwe Schulz, für deren tägliches Leben nun Schwester Therese die wichtigste Person geworden ist, hat folgsam die Schokolade im Nachtschrank verborgen. Aber später, spät am Abend, wenn die Nachtwache gegangen ist, kommen die traurigen Gedanken, und dann fällt ihr die Schokolade wieder ein.
Und jetzt schämt sich die Witwe Schulz, noch während sie nach der Schokolade tastet. Und sobald sie merkt, dass sie sich schämt, will sie sich entschädigen für ihre

Scham. »Jetzt habe ich mich sowieso schon geschämt«, denkt die Witwe Schulz, und sie reißt mit zittrigen Fingern das Papier und die Folie auf. Sie versucht, einen Brocken von der Tafel abzubrechen, aber ihre Finger sind zu schwach. Sie spürt das Rheuma. Sie braucht lange, bis sie es geschafft hat, und ihre Fingerknöchel schmerzen. Sie stopft den ersten Schokoladebrocken in den Mund. Sie kann in der Dunkelheit nichts sehen, aber sie weiß, sie hinterlässt eine verräterische Spur von dunklen Schokoladespänen auf dem Bettlaken. Und später, morgen, wenn man ihr geholfen hat, wird es andere Spuren geben.

Jeder im Haus weiß, dass Schokolade stopft. In diesem Haus ist man spezialisiert auf solche Dinge: auf den Darm und auf die Verdauung. Vor allem die Witwe Schulz hat die Schwestern zu Spezialistinnen gemacht. In diesem Haus weiß man, dank der Unterweisung durch die Witwe Schulz: Schokolade blockiert den Darm und setzt sich fest und verhärtet sich und schmerzt bis zu dem Augenblick, wo die Schwester mit dem Handschuh und dem Waschlappen und dem warmen Seifenwasser Erleichterung bringt. Dieser Augenblick, in dem die Witwe Schulz Tränen weinen möchte vor Schmerz und vor Erleichterung und vor Glück. Die Schwestern können ein Lied davon singen, was das für ein Erlebnis ist. Sie alle können ein Lied davon singen: das Lied von der Schokolade. Und was die Witwe Schulz betrifft, so ist es ein schönes Lied. Ein klammheimlich schönes Lied, denkt die Witwe Schulz, aber ganz so heimlich ist es nicht mehr.

Sie wird wieder bitten müssen. Sie wird Schwester Sabine bitten: Schwester Sabine, die so barsch mit ihr spricht. Und dann wieder so lieb. »Na, meine Süße, haben Sie eine unruhige Nacht gehabt?« Sie wird nicht Schwester

Wiebke bitten, mit der es schöner ist, weil Schwester Wiebke sanft ist und so schöne Hände hat, denn bei Schwester Wiebke wäre die Scham zu groß.

Es ist spät in der Nacht: Die Witwe Schulz schämt sich. Und sie fürchtet sich vor dem Wecken. Und sie sehnt sich nach dem heißen Waschlappen. Sie liebt das heiße Wasser früh am Morgen. Sie liebt die milde Seifenlauge und das vertraute Plätschern und den frischen Geruch. Sie liebt die Wärme, die in sie hineindringt. Jetzt fragt sie sich: Welche Schwester hat morgen früh Dienst? Wiebke, Therese, Sabine, Martina? Sie kennt die Namen; sie gehört noch nicht zu denen, die die Namen nicht mehr kennen. Wiebkes sanfte, weiche Hände. Sabine ist fröhlich, aber ruppig. Therese ist zu alt. Und Martina stinkt nach Parfum. Es ist unangenehm, von Martinas großen Brüsten berührt zu werden. Brüste wie bei einer Kuh.

Wer wird sie morgen früh entdecken? Wer wird morgen früh die Schokoladespäne auf dem Bettzeug entdecken? Etwa der junge Mann? Um vier Uhr morgens spricht die Witwe Schulz ein Stoßgebet: »Bitte, bitte, nicht der junge Mann! Lieber Gott, wenn du mich noch lieb hast, dann schick nicht den jungen Mann! Ich schäme mich so!«

## 3. DER WITWENTRÖSTER SCHAFFT SEINE ARBEIT NICHT
November 1985

Wer gerade aus der Schule kommt, steckt voller Pläne. Er hat soeben das Elternhaus verlassen, er ist zum ersten Mal sein eigener Herr, er steckt voller Träume und Tatendrang. Er wartet auf eine Berufsausbildung, er plant Reisen, ein Studium, vielleicht einige Semester oder ein paar Jahre im Ausland. Er hat sich bereits um einen Studienplatz beworben, oder er will sich erst einmal den Wind anderer Länder um die Nase wehen lassen: durch ein Praktikum, durch eine Hospitanz, durch ein Austauschprogramm. Kurz: Er macht alle möglichen Pläne für die Zukunft. Doch wer ein Witwenheim betritt, der sollte alle Pläne fahren lassen. Wer ein Witwenheim betritt, der sollte nicht darüber nachdenken, dass eine Zukunft vor ihm liegt, denn er wird alle Mühe haben, sich der Vergangenheit zu erwehren. Und wie erwehrt sich der Witwentröster der Vergangenheit? Indem er lernt, selbst ein Teil der Vergangenheit zu werden. Aber davon später.

Anfang November sah es so aus, als hätte ich Schwester Sabine abgeschüttelt. Ich hatte einen Monat Einarbeitungszeit hinter mir, und laut Dienstplan galt ich nun als vollwertige Arbeitskraft, und ich wurde allein auf mei-

ne Runde geschickt. Der Dienstplan sah vor, dass ich Schwester Therese ersetzte, damit sie sich auf ihre Aufgaben als Stationsleiterin konzentrieren konnte.
Morgens bei der Dienstbesprechung bekam ich meine Instruktionen: »Jan, du machst die Zimmer 4, 3 und 2. Denk daran, dass Frau Seligmann nach dem Waschen Betaisodona auf die Wundstelle kriegt. Du musst sie vorher vorsichtig trockentupfen. Und Frau Thoms soll unbedingt die Unterwäsche wechseln. Sie will bestimmt das alte Zeug anbehalten; du kennst das ja schon. Lass dich auf nichts ein! Und wenn Gretchen Roth abhaut, gib ihr wenigstens ein Milchbrötchen in die Hand. Das isst sie dann unterwegs.«

Ich begann in Zimmer 4. Ich war müde, und ich hatte eine Gänsehaut auf den Armen, als ich die Plastikhandschuhe überzog. Ich schaltete das Licht ein, schob einen Klostuhl ans Bett der Witwe Greimel, blockierte die Rollen und nahm die Sitzfläche ab. Die Witwe Greimel öffnete die Augen und beobachtete mich dabei, wie ich das Bettgitter aus der Arretierung löste.
»Guten Morgen!«, sagte ich.
»Guten Morgen!«, murmelte sie undeutlich. Ein dicker Speichelfaden lief von ihrem Mundwinkel aufs Kissen.
Ich schlug ihre Decke zurück. Ich legte mir ihre Arme um den Hals und richtete ihren Oberkörper auf. Ich fasste sie um die Hüfte und zog sie zur Bettkante. Von dort hob ich sie auf den Klostuhl. Sie klammerte sich an meinem Kittel fest und atmete schwer.
»Sie sind jetzt auf der Toilette, Frau Greimel«, sagte ich. »Ganz in Ruhe, bitte! Sie haben Zeit.«

Ich ging zum zweiten Bett: zur Witwe Seligmann. Sie war dünn im Gesicht, und ihr Nasenrücken sah aus wie ein spitzer Hähnchenknochen, und ihre Haut war hauchdünn und hatte Tausende von feinen weißen Kratzern. (Ich hatte vergessen, Schwester Sabine zu fragen, was diese Kratzer bedeuteten.) Ich legte der Witwe Seligmann eine Hand auf den Arm, weil ich mir nicht sicher war, ob sie wach war oder ob sie schlief.

»Guten Morgen, Frau Seligmann!«, sagte ich.

Sie schlief nicht. Sie schlug die Augen auf und sagte: »Guten Morgen, Herr Jan!«

Ich löste das Bettgitter, schlug die Decke zurück, schob das Nachthemd bis zur Hüfte hinauf und streifte die Netzhose herunter. Dann nahm ich vorsichtig die Windel zwischen den Beinen heraus. Ein Geruch stieg auf: scharf und vergiftet – der Zellstoff der Windel hatte sich vollgesogen mit einer schwarzen, dünnflüssigen und alkoholisch stechenden Flüssigkeit. An den Rändern der Windel lag ein rötlicher Schatten, als wenn die Witwe Seligmann geblutet hätte.

Ich warf die Windel in den Mülleimer unter dem Waschbecken. Die Saugunterlage und das Gummilaken warf ich auf den Fußboden. Mit dem Waschlappen fuhr ich über den Unterleib der Witwe Seligmann. Auch hier die feinen weißen Kratzer. Ich drehte sie auf die Seite, um ihren Rücken abzuwaschen. Die Wundstelle auf dem Rücken war so groß wie der Deckel einer kleinen Cremedose und lag knapp oberhalb der Windelzone. Die Witwe Seligmann stöhnte leise auf, als ich mit dem Waschlappen versehentlich den Rand der Wunde berührte.

Vom anderen Ende des Korridors hörte ich, wie Schwester Martina die Witwe Randow zur Eile antrieb: »Mach mal voran, Mädchen! Wir wollen doch bis zum Frühstück fertig werden!«

Ich tupfte die Witwe Seligmann mit einem Handtuch ab.

Ich war etwas zaghaft, weil ich fürchtete, dass die Witwe Seligmann wieder stöhnen werde. Ich wechselte meine Plastikhandschuhe. Ich trug eine dünne Schicht Betaisodona-Salbe auf die Wundstelle auf. Dann wechselte ich erneut die Handschuhe, legte der Witwe Seligmann eine frische Windel um, zog ihr eine frische Netzhose über die Windel und schließlich ein frisches Nachthemd. Ich riss den feuchten Bezug von der Bettdecke und warf ihn zu Saugunterlage und Gummilaken auf den Wäschehaufen am Boden.

Es war zehn Minuten vor acht. Ich war zu langsam. Die Witwe Greimel saß noch immer auf dem Klostuhl. Sie war halb vornübergesackt und atmete schwer, und der dicke Speichelfaden aus ihrem Mundwinkel glitzerte und hatte beinahe ihren Oberschenkel erreicht. Die Witwe Jakob schlief. In die Zimmer 3 und 2 hatte ich noch nicht einmal einen Blick geworfen. Und bis um halb zehn sollte ich fertig sein.

Ich zog die Handschuhe fester und legte mir wieder die Arme der Witwe Greimel um den Hals. Ich hob sie vom Klostuhl. Nun schwang der Speichelfaden glitzernd gegen meinen Kittel, und ich spürte einen kurzen kalten Schauer auf der Brust.

Die in den Klostuhl eingehängte Schüssel war leer, bis auf ein paar Tropfen am Boden. Aber an den Innenseiten der Oberschenkel war die Witwe Greimel schwarz verschmiert. Ich ließ sie auf den Klostuhl zurücksinken, löste die Rollen und fuhr sie zum Waschbecken. Dort setzte ich die Rollen wieder fest.

»Ich wasche Sie jetzt«, sagte ich. »Bitte stellen Sie sich hin. Ich halte Sie fest. Sie können nicht fallen.«

Sie nickte, als wenn sie mich verstanden hätte. Sie sagte kein Wort. Aber die Witwe Seligmann hatte den Kopf ge-

dreht, als ich sprach, und verfolgte nun vom Bett aus jede meiner Bewegungen.
Ich legte die Hände der Witwe Greimel auf den Rand des Waschbeckens. Ich fasste sie unter die Achseln und stemmte sie hoch. Ihr Nachthemd rutschte über die Hüften herunter und war nun ebenfalls verschmiert. Als ich es ihr auszog, zog ich eine Schmutzspur über ihren Rücken und über ihre Schultern. Ich warf das Nachthemd auf den Boden und ließ Wasser ins Becken laufen und gab Seife dazu. Zu früh: Die Seife schäumte auf und stieg bis über den Beckenrand.
Ich hatte nur die rechte Hand zur Verfügung, denn mit der linken Hand hielt ich die Witwe Greimel fest an mich gepresst, damit sie nicht in sich zusammensackte, und gleichzeitig versuchte ich, mich nicht an ihrem Rücken zu beschmutzen, auf dem das Nachthemd die dunkle Spur gezogen hatte. Ich hatte sie daher nicht sicher im Griff. Jeden Augenblick würde sie in sich zusammenfallen wie eine Marionette, der man die Fäden durchgeschnitten hat. Nur dass die Witwe Greimel eine Marionette von über achtzig Kilogramm war.

Die Tür flog auf: Schwester Sabine. Sie trug einen Stapel Handtücher unter dem Arm, eine Rolle Müllsäcke unter dem anderen. Sie sah sich um. Sie sah den überquellenden Schaum im Waschbecken und die Wäschehaufen am Fußboden und die Witwe Seligmann, die uns beobachtete, und die Witwe Jakob, die immer noch schlief. Und sie sah die mit schwarzen Spuren verschmierte Witwe Greimel in meinem Arm.
»Was ist das für ein Chaos hier?«, sagte sie. »Beeil dich, Jan! Frau Thoms hat schon zweimal geklingelt, hast du das nicht gehört?«
»Ich gehe gleich rüber«, sagte ich.

»Im Ernst jetzt: Beeilung!«
Sie warf die Handtücher auf einen der Sessel, die Müllsäcke behielt sie unter dem Arm. Sie ließ die Tür halb offen, als sie hinausging. Die Witwe Seligmann beobachtete mich noch immer.

Als Schwester Sabine verschwunden war, ließ ich mit meiner freien rechten Hand das Wasser aus dem Waschbecken ablaufen. Mein Plastikhandschuh füllte sich mit Seifenwasser und rutschte mit dem Saum über mein Handgelenk. Die Witwe Greimel knickte in den Knien ein. Ich riss sie an mich. Ein heißer Stich schoss mir durch die Schulter und in den Rücken. Ich zerrte die Witwe Greimel an mich gepresst zum Klostuhl und ließ sie langsam herab, bis sie saß. Ich schleuderte den rechten Handschuh, der noch halb mit Wasser gefüllt war, auf den Fußboden, wo er zerplatzte und eine Pfütze hinterließ, und ich rieb mir mit nasser Hand die Schulter. Ich sagte: »Jetzt mal ganz in Ruhe, Frau Greimel, sonst passiert noch was.«
Sie saß auf dem Klostuhl und antwortete mir nicht.
Ich wischte mit einem Handtuch die Pfütze am Fußboden auf. Ich fuhr die Witwe Greimel mit dem Klostuhl ans Waschbecken und ließ noch einmal Wasser einlaufen. Dann gab ich einen Spritzer Seife ins Wasser. Ich klatschte der Witwe Greimel den nassen Waschlappen auf den Rücken. Meine Schulter und mein Rücken schmerzten, und ich spürte, wie verschwitzt und müde ich war. Die Witwe Greimel zuckte nicht einmal zusammen, als der Waschlappen ihren Rücken berührte.

Um halb zehn, ich war inzwischen mit der Witwe Jakob beschäftigt, kam Schwester Martina herein.
»Jan, es ist halb zehn. Es gibt Frühstück. Kommst du mit?«
Von neun Witwen, die ich waschen sollte, hatte ich gera-

de eben drei geschafft. Die anderen sechs hatte Schwester Therese gewaschen, als sie um viertel nach acht merkte, dass ich mich immer noch in Zimmer 4 aufhielt.
»Tut mir Leid, Therese«, sagte ich beim Frühstück. »Ich habe mich wirklich beeilt.«
»Du musst dich konzentrieren, Jan«, sagte sie. »Denk daran, dass diese Frauen uns brauchen. Dann lernst du es schon.«
»Hoffentlich!«, kicherte Schwester Wiebke, und Schwester Sabine warf mir einen Blick zu.

Auf Schwester Wiebkes Spind im Umkleideraum klebte ein Zettel. Dort stand in runder, lesbarer Handschrift: »Herr, gib mir die Kraft, die Dinge zu ändern, die ich ändern kann. Herr, gib mir die Geduld, die Dinge hinzunehmen, die ich nicht ändern kann. Herr, gib mir die Weisheit, das eine vom anderen zu unterscheiden.«
Sie sagte Anfang November zu mir: »Ich glaube, für Sabine bist du ein Problem. Du weißt ja, dass sie Stationsleiterin werden will. Und dich hat sie eingearbeitet, um zu beweisen, dass sie organisieren und mit Personal umgehen kann. Aber so langsam und ungeschickt, wie du dich immer noch anstellst … Was hat sie da bewiesen, fragt sie sich jetzt.«

Die Witwe Becker winkte mich im Saal an ihren Tisch. Sie sagte leise: »Ich habe gehört, Sie waren heute Morgen bei Frau Nemethy?«
Weil ich die Namen noch nicht hinreichend kannte, sagte ich vorsichtig: »Ja, ich glaube, da war ich.«
Die Witwe Becker sagte: »Sie müssen aufpassen: Das ist eine Zigeunerin! Die wäscht sich nicht!«

Und die Witwe Möller, die neben ihr saß, fügte lauter hinzu: »Und stehlen tut sie! Jeder weiß das! Sie schleicht sich in die Zimmer und stiehlt!«

Nachts träumte ich. In einem meiner Träume war ich Rettungsschwimmer bei der Witwe Roth. Die Witwe Roth schwamm über den Korridor, so wie sie es immer tat, sie senkte den Kopf auf die Brust und zog ihre Bahnen, aber diesmal drohte eine Gefahr, und die Witwe Roth hörte nicht auf unsere Warnrufe.

»Gretchen, Gretchen, komm ans Ufer!«, riefen wir, aber sie hörte nicht auf uns.

»Gretchen, Gretchen, du bist in Gefahr!«, riefen wir, aber die Witwe Roth schwamm weiter. Sie hatte jetzt sogar die Hand von der Sicherheitsstange gelöst.

»Einer muss zu ihr hinaus«, sagte Schwester Therese in meinem Traum.

»Ich mache das«, sagte ich.

Ich stieß mich vom Ufer ab. Ich trieb ihr entgegen. Ich schwamm so schnell, wie ich konnte. Es gab eine starke Strömung, die mich ihr entgegentrug. Aber als ich näher kam, spürte ich, dass ich einige Meter weit an ihr vorbeitreiben würde. Ich musste nun gegen die Strömung arbeiten. Die Witwe Roth hustete. Ich dachte: »Sie hat Wasser geschluckt.« Ich dachte: »Sie wird vor meinen Augen ertrinken, und ich werde nicht rechtzeitig bei ihr sein.« Schließlich erreichte ich sie. Ich wollte sie fassen, aber sie schlug um sich. Sie schlug mich mit der Faust in die Niere. Ich schnappte nach Luft. Ich schluckte Wasser. Ich verschluckte mich. Ich spürte, wie Wasser in meine Luftröhre drang. Ich dachte: »Ich bin derjenige, der ertrinken wird. Ich werde vor den Augen dieser Witwe ertrinken, und sie wird mir nicht helfen.« Dann wachte ich auf.

Ein paar Nächte darauf war es die Witwe Becker, von der ich träumte. Sie war auf dem Weg in den Speisesaal, sie humpelte durch den Korridor auf mich zu, ihre Krücken kreischten metallisch bei jedem Schritt, und sie hob drohend eine Krücke in meine Richtung. »Sie sollten sich schämen!«, rief sie. »Was stehen Sie herum? Gehen Sie an Ihre Arbeit!«

Von diesem zweiten Traum erzählte ich der Witwe Piehl. »Ha!«, sagte die Witwe Piehl. »Sie haben Angst vor Frau Becker? Fühlen Sie ihr auf den Zahn! Übrigens: Die anderen haben auch Angst vor ihr. Haben Sie das schon gemerkt?«
»Nein«, sagte ich. »Das ist mir noch nicht aufgefallen.«
»In einem hat Frau Becker Recht«, sagte die Witwe Piehl. »Worauf warten Sie denn noch? Gehen Sie an Ihre Arbeit!«

Jeder Anfänger wird feststellen, dass ihn die Witwen bis in den Schlaf verfolgen. Ich kann versichern: Das ändert sich im Lauf der Zeit. Ich träume heute nur noch selten von den Witwen. (Heute träumen eher die Witwen von mir.) Damals allerdings träumte ich jeden Tag von ihnen. Meine Erklärung lautet: Ich war auf der Suche nach dem Mangel, und ich suchte mit allen Mitteln nach einem Anknüpfungspunkt.

Die Witwe Sudek, erster Stock, hatte eine Schwester, die im Pflegeheim Bahrenfeld lebte, und von dieser Schwester erhielt sie einen Brief. Die Witwe Sudek war so verängstigt, als sie den Umschlag sah, dass sie mich bat, bei ihr zu bleiben, bis sie den Brief gelesen hatte. Die Schwester schrieb nur einen Satz: »Es geht mir gut.« Das Wort »gut« war doppelt unterstrichen.

Die Witwe Sudek rief: »Immer schreibt sie mir diese Briefe! Sie soll damit aufhören! Ich will nicht wissen, wie es ihr geht.«

»Warum denn nicht?«, sagte ich. »Es ist doch Ihre Schwester.«

»Junger Mann, Sie haben keine Ahnung! Meine Schwester wird mich ins Grab bringen, und es gibt nichts, was sie sich stärker wünscht.«

»Und wie soll das gehen? Wie soll Ihre Schwester Sie ins Grab bringen?«

»Sie wird krank und steckt mich an. Und dann ist es um mich geschehen. So ist es schon immer gewesen. Nichts konnte mir etwas anhaben, die Menschen konnten Ruhr und Schwindsucht und Gelbsucht haben und tot neben mir umfallen, das machte mir nichts, ich blieb immer gesund. Aber wenn meine Schwester nur einen Schnupfen hatte, dann war ich auch gleich angesteckt. Und was ich dann für einen Schnupfen hatte! Schon zweimal hat sie mich beinahe umgebracht! Und jetzt schreibt sie mir alle vier Wochen, damit ich bloß nicht vergesse, dass sie noch da ist und dass jederzeit etwas passieren kann.«

»Oha!«, sagte ich. »Dann sind Sie ja in ständiger Gefahr! Wo Ihre Schwester doch jetzt alt und hinfällig ist.«

»Ganz recht, junger Mann!«, sagte die Witwe Sudek. »Sie sind der Erste, der mich versteht! Bitte sagen Sie es auch den Schwestern: Ich bin in äußerster Gefahr!«

»Was sind das eigentlich für Kratzer bei Frau Seligmann auf der Haut?«, fragte ich Schwester Sabine.

»Altersflecken«, sagte sie. »Haha! ... Nee, ganz im Ernst jetzt, wir wissen es nicht. Ihr Hausarzt war zweimal deswegen hier, aber er konnte es sich nicht erklären. Und er meinte, mit der Wundstelle auf ihrem Rücken und mit

ihrer Gewichtsabnahme sind die Kratzer jedenfalls das geringste ihrer Probleme.«
Ich sagte: »Was ich außerdem fragen wollte: Warum frühstücken wir so spät? Nach drei Stunden Nachttöpfe-Auskippen habe ich gar keinen Hunger mehr.«
»Wir machen es wie die Cowboys«, sagte Schwester Sabine. »Zuerst werden die Pferde versorgt!«
Sie lachte.
»Ach so«, sagte ich.
»Du«, sagte Schwester Sabine, die plötzlich auf Scherze keine Lust mehr hatte, »die Alten finden es übrigens nicht ganz so lustig, wenn sie morgens nicht rechtzeitig fertig werden.«

Später hörte ich, wie sie zu Schwester Wiebke sagte: »Hast du gesehen, wie er sich anstellt, wenn er den Alten an die Windeln soll? Wie ein kleines Mädchen!«
Und als ich einmal verspätet von der Witwe Piehl zur Dienstbesprechung kam, sagte sie: »Dir macht's wohl Spaß, den Alten ihre Extrawürste zu braten.«
»Wieso?«, sagte ich. »Was ist denn?«
»Hör doch auf. Du weißt genau, was ich meine. Du setzt dich nicht durch und lässt dir von Frau Piehl Märchen erzählen, und die Arbeit, die du eigentlich tun sollst, bleibt liegen. Als Pfleger bist du der Totalausfall.«
»Wenn du das meinst«, sagte ich, »dann lass mich doch einfach zufrieden.«
»Das könnte dir so passen. Ich lass dich erst zufrieden, wenn du deine Arbeit machst.«
»Ich geb mir doch Mühe.«
»Ach ja?«

Ein paar Tage später, beim Personalfrühstück: Ich trank meinen Kaffee, und die Köchin warf mir besorgte Blicke

zu, weil ich schon wieder nichts aß, und Schwester Wiebke und Schwester Martina kauten ihre Brötchen und blätterten in der Morgenpost. Plötzlich sagte Schwester Sabine: »Jan, wie weit bist du eigentlich mit den Betten?«
»Mir fehlen noch die Zimmer 2 und 3.«
»Ich hab dir doch gesagt, du musst ein bisschen Gas geben. Bis zum Mittag muss das fertig sein.«
Schwester Martina sagte: »Mensch, Sabine, nun hack doch nicht andauernd auf ihm rum!«
Schwester Sabine sagte: »Willst du die fehlenden Betten machen?«
»Nee, nee«, sagte Schwester Martina, »schon gut.«

Ich machte mich nach dem Frühstück sofort an die Arbeit. Ich kämpfte in Zimmer 3 mit den Bettbezügen. Die Witwe Thoms saß in ihrem Rollstuhl und sah mir zu.
»Das habe ich auch schon mal schneller gesehen«, sagte sie.
»Sehr witzig, Frau Thoms«, sagte ich.
Schwester Sabine und Schwester Wiebke kamen rein, zur Kontrolle. Die Witwe Thoms sagte: »Der junge Mann hat gekämpft wie ein Löwe. Aber das Bettzeug war stärker.«
Schwester Sabine sagte: »Du musst die Bezüge umkrempeln, damit die Knöpfe nach innen zeigen, sonst liegen sich die Alten daran wund. Ich habe es dir doch tausendmal erklärt.«
»Und du musst wirklich schneller werden«, sagte Schwester Wiebke. »Viel schneller.«
»Habe ich ihm auch schon gesagt«, sagte die Witwe Thoms. »Dass ich das schon mal schneller gesehen habe.«

Am Nachmittag stand Blutdruckmessen auf dem Programm. Wir schwärmten aus, jeder mit einem Messgerät bewaffnet.
Schwester Sabine beim Blutdruckmessen: »Nun machen Sie mal. Ich habe nicht ewig Zeit. Wir haben das doch oft genug durchexerziert.«
Schwester Martina beim Blutdruckmessen: »Haha. Ich sehe schon. Ihnen ist gerade ein Mann über den Weg gelaufen. War das etwa unser junger Mann?«
Schwester Wiebke beim Blutdruckmessen: »Ist doch gar nicht so schlimm. Sie brauchen nur den Ärmel aufkrempeln. So ist's gut.«
Witwentröster beim Blutdruckmessen: »Nun warten Sie mal! Halten Sie doch mal still! Bitte! Halten Sie doch bitte mal still!«

Mitte November bat mich Schwester Therese ins Dienstzimmer. Sie sagte, sie wollte mit mir über meine bisherigen Eindrücke reden. Aber sie redete dann hauptsächlich von sich selbst.
»Weißt du, Jan«, sagte sie, »ich kann ja verstehen, dass das hier nicht dein Traumjob ist. Wahrscheinlich würdest du jetzt lieber studieren oder eine Berufsausbildung machen. Schließlich kommst du gerade erst aus der Schule, und du hast sicher Pläne, und die Arbeit hier ist ungewohnt für dich. Ich kann's mir vorstellen. Aber du siehst ja selbst: Es nützt nichts. Die Arbeit muss gemacht werden.«
Ich nickte.
Sie sagte: »Bei mir ist das ganz anders. Ich bin vor fünf Jahren geschieden worden, damals war ich zweiundfünfzig, und ich dachte, in meinem Alter finde ich nie mehr einen Job. Aber dann hatte ich Glück: Die Luisenstiftung suchte eine Stationsleiterin, die bereit war, im Haus

zu wohnen. Sabine war damals noch nicht hier, und von den anderen Schwestern wollte keine. Ich wollte sofort. Ich habe lange genug ein Haus und zwei Kinder gehabt. Jetzt lebe ich wieder, wie ich als Schwesternschülerin gelebt habe. Mein Zimmer ist fast genauso wie damals mein Zimmer im Schwesternwohnheim. Und ich genieße es. Ich fühle mich wieder jung.«

Ich nickte wieder. Ich wusste nicht, was ich dazu sagen sollte. Ich sagte: »Ich wusste gar nicht, dass du mal verheiratet warst.«

»Tja. Ich bin froh, dass das vorbei ist. Nur: Meine Kinder werfen mir vor, dass ich selbstsüchtig bin.«

»Das verstehe ich nicht.«

»Sie finden, ich sollte lieber ihren Vater ertragen, als mich hier mit alten Frauen zu vergnügen.«

»Du übst halt Frauensolidarität«, sagte ich scherzhaft.

»Du wirst lachen: So ist es!«, sagte Schwester Therese. »Und jetzt zurück mit dir an die Arbeit.«

Ein paar Tage später. Das Personalfrühstück war beendet, die Köchin schob den Servierwagen zum Fahrstuhl, im Dienstzimmer klingelte das Telefon: Die Heimleiterin bat mich in ihr Büro.

Sie saß hinter ihrem Schreibtisch. Sie trug eine schwarze Sonnenbrille, obwohl es nicht sehr hell im Zimmer war. Sie sagte: »Wie gefällt es Ihnen bei uns? Ich höre, es gibt noch Probleme mit dem Arbeitspensum.«

Ich sagte: »Das stimmt.«

»Viele Frauen, die bei uns wohnen, haben kein funktionierendes Kurzzeitgedächtnis mehr.«

»Ja.«

»Und bei vielen ist auch das Langzeitgedächtnis nicht mehr zuverlässig.«

»Ja.«
»Bei uns sollen diese Frauen beides bekommen: körperliche und seelische Betreuung. Man braucht beides.«
»Ja.«
»Nicht nur eines.«
»Ja.«
»Haben Sie unseren Pastor schon kennen gelernt?«
»Nein.«
»Na ja. Werden Sie noch. Also: Seien Sie froh, dass man Sie fordert! Später an der Universität werden Sie noch genug Zeit haben, um herumzugammeln. Hier sollen Sie arbeiten. Ich werde mich von Schwester Therese auf dem Laufenden halten lassen.«
»Ja.«
»Das war's, junger Mann. Sie können gehen. Sie werden unten sicherlich gebraucht.«

Am Nachmittag ging die Fußpflegerin durchs Haus. Sie klappte einen Lederkoffer voller Instrumente vor den Witwen auf, sie rollte Feinstrumpfhosen und Gummistrümpfe herunter und bearbeitete mit Feilen, Bimssteinen, Scheren und kleinen Meißeln die verhornten Zehennägel der Witwen. »Stillhalten!«, kommandierte sie, wenn eine Witwe mit den Füßen zuckte, und das war ein Ton, den die Witwen verstanden: Sie hielten still.
Als die Witwe Randow sah, dass ich die Fußpflegerin bei ihrer Arbeit beobachtete, rief sie mir zu: »Da sehen Sie's! So macht man das!« Und dann lachte sie schallend, wie sie es neuerdings häufig tat, wenn sie mich sah.

Ich kniete vor der Witwe Heesch (Dachgeschoss), um ihr die Gummistrümpfe anzuziehen. Ihre Krampfadern waren so zahlreich und voluminös, dass ihre Beine blaurot schimmerten. Ich zog so kräftig, wie ich konnte, aber der Gummistrumpf quietschte wie ein Luftballon und bewegte sich nicht. Ich schnaufte und wischte mir den Schweiß von der Stirn. Dann lachte ich.
WITWENTRÖSTER: »Es geht nicht!«
WITWE: »Wer lacht, hat noch Reserven, junger Mann!«
WITWENTRÖSTER: »Puh. Wo haben Sie das denn her?«
WITWE: »Wozu wollen Sie das wissen?«
WITWENTRÖSTER: »Ich habe das noch nie gehört.«
WITWE: »Das haben wir beim Aufbau immer gesagt, wenn jemand lachte, statt mit anzufassen.«
WITWENTRÖSTER: »Beim Aufbau nach dem Krieg?«
WITWE: »Natürlich beim Aufbau nach dem Krieg.«
WITWENTRÖSTER: »Irgendwie klingt das unheimlich.«
WITWE: »Sie sind zu zart besaitet, mein Lieber! Deshalb sind Sie also nicht beim Militär.«
Ich holte noch einmal tief Luft, dann zog ich weiter an ihren Strümpfen. Zentimeterweise kam ich voran. Die Witwe Heesch schwieg und beobachtete mich, bis ich es geschafft hatte.
»Na also«, sagte sie schließlich. »Warum nicht gleich so? Warum stellen Sie sich so an?«

Auch dem Sohn der Witwe Sudek blieb nicht verborgen, dass ich Schwierigkeiten mit dem Arbeitspensum hatte. Er trat mir nachmittags im Wohnzimmer in den Weg. Er stand ganz nah vor mir und redete mit starkem Mundgeruch auf mich ein: »Sie haben Schwierigkeiten, habe ich mir sagen lassen? Reißen Sie sich zusammen! Diese Frauen haben es verdient, dass man sich um sie kümmert! Diese Frauen haben zwei Kriege miterlebt! Einen, als sie noch Kinder oder Jugendliche waren, den zweiten, als sie selbst schon Familie hatten. Und nach dem zweiten Krieg standen sie in den Trümmern und hatten ihr Heim und ihre Männer und ihre Söhne verloren! Und haben unser Land wieder aufgebaut! Haben Sie sich das mal bewusst gemacht?«

Am vierten November gab es einen Neuzugang: die Witwe Meldorf. Sie kam drei Tage zu spät. Sie fuhr im Taxi vor. Sie trug einen sandfarbenen Trenchcoat und einen beige-karierten Burberry-Schal. Der Taxifahrer schleppte ihr zwei große Koffer hinterher. Durch die Sprechanlage sagte die Witwe Meldorf: »Hier ist Meldorf, ich habe per 1. November ein Apartment bei Ihnen gebucht.«
Schwester Wiebke gackerte und drückte auf den Summer. »Da ist eine Frau Meldorf, die ein ›Apartment‹ bei uns gebucht hat.«
Schwester Sabine sagte: »Das ist die Neue. Wird ja auch Zeit. Die sollte schon vor drei Tagen hier sein.«
Sie nahm die Witwe Meldorf am Fahrstuhl in Empfang.
»Sie kommen spät, Frau Meldorf.«
»Ich weiß. Aber machen Sie sich keine Sorgen. Die Rechnung wird für den vollen Monat bezahlt.«
»Das meinte ich nicht.«
»So? Was meinten Sie denn?«
»Schon gut. Das besprechen wir später. Herzlich willkommen. Ich bringe Sie erst mal hinauf.«

Schwester Sabine führte sie nicht zum Fahrstuhl, sondern über die Pflegestation zur Treppe. Auf dem Korridor der Pflegestation war die Witwe Roth gerade beim Bahnenwechsel. Die Witwe Roth sah die Witwe Meldorf in ihrem Trenchcoat und steuerte auf sie zu. Sie sagte: »Wie heißt du?« Sie schob beim Sprechen das Gebiss im Mund hin und her und verlor einen Spuckefaden. Und sie wartete keine Antwort ab, sondern machte sich gleich wieder auf den Weg.

»Bin ich hier überhaupt im richtigen Gebäude?«, sagte die Witwe Meldorf zu Schwester Sabine.

»Natürlich!«, sagte Schwester Sabine. »Hier gehört alles zusammen.«

Nach einigen weiteren Schritten über die Pflegestation und nach einigen Blicken durch die halb geöffneten Türen sagte die Witwe Meldorf: »Ich bitte Sie, das ist doch nicht möglich. Das ist ja wie im Lazarett. Wie können Sie Ihren Gästen einen solchen Anblick zumuten?«

Sie schien zu überlegen, ob sie umkehren sollte. Der Taxifahrer stellte die Koffer ab. Aber dann ging es doch weiter, und sie stiegen zu dritt die Treppen hinauf.

Eine halbe Stunde später kam Schwester Sabine zurück. »So, die ist untergebracht. Ich glaube, die wird sich noch wundern.«

Und die Witwe Piehl sagte abends zu mir: »Großartig, junger Mann, das ist ja wirklich großartig, dass diese Frau zu uns gekommen ist. Sie können mir glauben: Ich habe schon lange auf diesen Tag gewartet.«

Die Witwe Meldorf machte sich schnell unbeliebt. Sie versäumte es, sich pünktlich mit dem Gongschlag auf den Weg in den Saal zu machen. Und sie weigerte sich, den Fahrstuhl zu benutzen. Sie nahm die Treppe und kam jeden Tag verspätet zum Essen. Sie sagte hartnäckig »Fräulein« zu den Schwestern und zu den Serviermädchen im Saal, auch nachdem Schwester Sabine und Schwester

Wiebke sich diese Anrede verbeten hatten. Sie sagte: »Meine Liebe!« zu den Witwen Becker und Benken, obwohl die Witwen Becker und Benken nicht müde wurden, sich der Witwe Meldorf mit ihren Namen vorzustellen. Kurz: Die Witwe Meldorf schien darauf versessen zu sein, sich binnen kürzester Frist Schwestern und Witwen gleichermaßen zu Feinden zu machen.

Ein paar Tage nach ihrer Ankunft stieß sie auf dem Korridor mit der Witwe Roth zusammen.
»Können Sie nicht aufpassen?«, sagte die Witwe Meldorf.
»Was willst du?«, sagte die Witwe Roth.
»Passen Sie gefälligst auf! So vertrottelt können Sie doch gar nicht sein!«
Und als sie im Saal ihren Platz neben der Witwe Blunck einnahm, sagte sie: »Sie scheinen ja schon sehr gewartet zu haben! Ziemlich langweilig hier, nicht? Das Essen ist wohl die einzige Abwechslung.«
»Oh nein, da täuschen Sie sich!«, antwortete die Witwe Blunck. »Wir haben hier immer eine Menge zu tun.«
»Was denn zum Beispiel?«, fragte die Witwe Meldorf. »Geben Sie mir drei Beispiele. Ich zähle bis zehn.«

Nachmittags erschien Schwester Wiebke mit einem Blutdruckmessgerät vor ihrer Tür und klopfte. Als die Witwe Meldorf öffnete, zeigte Schwester Wiebke auf die Seidenbluse der Witwe Meldorf und sagte bloß: »Würden Sie bitte mal Ihren Ärmel hochkrempeln?«
Die Witwe Meldorf starrte sie an. Dann schrie sie: »Fräulein, ich entscheide selbst, welche Dienstleistungen des Hauses ich in Anspruch nehme! Verschwinden Sie!« Und sie knallte die Tür zu.
Schwester Wiebke sagte abends im Dienstzimmer: »Mann, ist das eine Zicke!«

Schwester Therese kuckte über den Rand ihrer Brille. »Nun gebt ihr doch ein bisschen Zeit, um sich einzugewöhnen!«

Auch mit den Angehörigen kriegte die Witwe Meldorf Ärger.
»Das machen die netten Schwestern bestimmt gerne für dich!«, sagte die Nichte der Witwe Schulz zu ihrer Tante.
»Da würde ich mir aber nicht so sicher sein!«, sagte die Witwe Meldorf im Vorbeigehen.
Die Nichte wollte etwas entgegnen, aber die Witwe Meldorf winkte ab. »Mit mir brauchen Sie nicht so zu reden. Ich bin noch nicht schwachsinnig.«

Nur Marianne, das Serviermädchen, war von der Witwe Meldorf begeistert. Wenn die Witwe Meldorf nach den Mahlzeiten den Saal verließ (sie war immer die Letzte, die kam, und die Erste, die ging), lief Marianne eilig voran, um ihr die Saaltür zu öffnen und ihr noch einen schönen Tag oder einen schönen Abend zu wünschen: »Tschüs, Frau Meldorf, einen schönen Tag wünsche ich Ihnen noch!« Das tat sie bei keiner anderen Witwe; nicht mal bei der Witwe Becker.
Und zu den Schwestern sagte Marianne: »Frau Meldorf ist eine richtige Dame. Das merkt man an den Kleinigkeiten. Zum Beispiel, wenn sie zum Essen kommt, dann immer erst am Rande der Verspätung.«

Ende November erschien der Halleysche Komet. Den genauen Tag habe ich vergessen, und auf dem Zeitungsausschnitt, den ich aufgehoben habe, ist das Datum abgeschnitten. Es war aber in der letzten oder vorletzten Novemberwoche, da bin ich mir ziemlich sicher.

Alle Welt redete plötzlich von diesem Kometen. Das Fernsehen und die Zeitungen warfen mit Fachausdrücken um sich: »größte Erdnähe auf der Umlaufbahn«, »größte Sonnennähe«, »zyklische Wiederkehr« usw. Ich glaube, die Leute waren so fasziniert, weil der Halleysche Komet das Vergehen von Zeit veranschaulichte. Denn viel zu sehen gab es eigentlich nicht, darauf wurde immer wieder hingewiesen. Nur spät in der Nacht und nur wenn man sich am richtigen Ort befand (ich glaube, am besten war dafür ein bestimmter Berg in Chile oder Argentinien), ließ sich am Himmel etwas erkennen. Nein, die Faszination lag in der Zeitspanne, die seit dem letzten Erscheinen des Kometen vergangen war: 76 Jahre. Ein »Menschenalter«, wie man sagt. Wie auch das Fernsehen und die Zeitungen sagten.

Am Nachmittag legte ich einigen Witwen, die im Wohnzimmer saßen, den Zeitungsartikel auf den Schoß. Ich fragte: »Können Sie sich an das letzte Mal erinnern, als der Komet zu sehen war?«
»Frag Frau Jakob«, sagte Schwester Therese. »Aber mach's kurz. Sabine hat vorhin schon nach dir gefragt.«
Die Witwe Jakob: die »Unsterbliche«, wie die Schwestern sie nannten. Aber mit der Witwe Jakob konnte ich nicht reden. Niemand konnte mit der Witwe Jakob reden, nicht einmal Schwester Therese, die sonst mit allen reden konnte.
Es war die Witwe Benken, von der ich schließlich etwas erfuhr. Sie war begeistert, als ich mich bei ihr erkundigte. Sie hatte eine Menge zu erzählen, wenn auch nicht direkt über den Halleyschen Kometen.
Als der Halleysche Komet das letzte Mal zu sehen war, im Jahr 1909, war sie acht Jahre alt gewesen. Es war noch Kaiserzeit, und sie besuchte eine Mädchenschule, wo

man vor allem Handarbeiten lehrte. Sie kam ganz aufgeregt von der Schule nach Hause. Sie rief: »Heute Abend gibt es einen Kometen.«
Ihr Vater nickte. »Das ist richtig, mein Kind. Der Halleysche Komet. Alle 76 Jahre führt ihn seine Umlaufbahn an der Erde vorbei. Habt ihr darüber im Unterricht gesprochen?«
»Darf ich ihn sehen?«, fragte die Witwe Benken. (Natürlich war sie damals noch nicht die Witwe Benken. Sie hieß Hilde Frerichs, als sie klein war. Die kleine Hilde.)
Zur Verblüffung der Mutter sagte der Vater ja. Und nahm die kleine Hilde abends mit sich in die Veranda, und dort suchten sie gemeinsam den Kometen am Himmel. Gesehen hatten sie ihn nicht. Doch was nebenher geschehen war, der Abend mit ihrem Vater, der Zigarrenrauch, die Dunkelheit, das wusste sie alles noch sehr genau. Denn wie er an jenem Abend mit ihr gesprochen hatte, das war nie wieder vorgekommen.

Sie saßen gemeinsam in der Veranda, und der Vater fragte, ob ihr warm genug war, und er legte ihr eine Decke um die Schultern und strich ihr über das Haar. Und er redete mit ihr über Dinge, über die noch nie jemand mit ihr geredet hatte: über das Weltgeschehen. Über Politik. Darüber, dass Menschen eines Tages sterben. Er sagte: »Ich werde den Kometen nicht noch einmal sehen. Du vielleicht schon, wenn du ein langes Leben hast.«
Natürlich sprach der Vater über Politik. Auch mit der Mutter sprach er ständig über Politik. Die Politik war seine Leidenschaft. Er erzählte vom Dreiverband, der das Reich bedrohte. Er erklärte ihr, warum es eine Krise in Marokko gegeben hatte. Er erzählte von der Krise in Bosnien, das annektiert worden war. Er sagte: »Heute sieht jeder zu, was er kriegen kann. Und niemand fragt

nach Recht und Gesetz.« Er rauchte Zigarren und nippte an einem Glas Weinbrand, und er sagte: »Warte, Kind, wo habe ich die Streichhölzer nun wieder hingelegt?« Sie unterdrückte das Husten, sie reichte ihm die Streichhölzer, sie saß mucksmäuschenstill, denn sie fürchtete, wenn sie jetzt das Gespräch unterbrach, wenn sie jetzt die Laune ihres Vaters unterbrach, dann wäre es vorbei und käme niemals wieder.

So war es dann auch. Einen solchen Abend mit dem Vater gab es nicht wieder. Als sie ins Bett kam, war es spät in der Nacht, und am Morgen hatte sie Fieber und blieb zu Hause. Die Mutter schimpfte. Nicht mit dem Vater, aber mit ihr. »Hilde, musst du immer so unvernünftig sein? Jetzt versäumst du die Schule, und wir müssen zusehen, wie wir den Stoff nachholen können.«
»Beinahe hätten wir den Kometen gesehen«, sagte die kleine Hilde.
»Na ja«, sagte die Mutter, »vielleicht klappt es beim nächsten Mal!«

Und der Vater? Er starb an dem Tag, an dem auch Gustav Stresemann starb. Das war zwanzig Jahre später. Die Witwe Benken erzählte mir, wie sie die allgemeine Bestürzung erlebte und wie sie ihr auch dem Tod ihres Vaters zu gelten schien. Die Zeitungsjungen am Bahnhof riefen: »Deutschland in Trauer: Stresemann tot.« Und aus der Wohnung der Eltern hatte man den Vater abgeholt. Für die Witwe Benken waren die beiden Ereignisse eins. In der Kapelle auf dem Friedhof von Ohlsdorf schien es ihr, als würde sie von Millionen Augen beobachtet. (Und bei dieser Gelegenheit trumpfte sie auf. Sie sagte: »Sie haben das bestimmt in der Schule gehabt. Wissen Sie das Datum noch?«)

# 4. WARUM DER WITWENTRÖSTER IM WINTER KEINE CHANCE HAT

Dezember 1985

Morgens beim Witwenwaschen hatte sich die Witwe Rüther in ihren Ausscheidungen gewälzt, und die Witwe Schumann kam ins Zimmer herein und sagte: »Ach Minna! Ach Minna!«, und die Witwe Nemethy hatte drei gestohlene Gebisse auf ihrem Waschbecken liegen. Morgens beim Witwenwaschen war die Witwe Greimel so schwer, dass ich sie kaum halten konnte, wenn sie vor dem Waschbecken stand. Die Witwe Seligmann stöhnte, wenn ich mit dem Waschlappen die Wundstelle an ihrem Rücken berührte, und die Wunde, sagte Schwester Sabine, fraß sich langsam, aber sicher bis in die Knochen hinein. Ich wollte das zunächst nicht glauben, aber Schwester Therese sagte, es stimmte. Morgens beim Witwenwaschen lief die Witwe Roth mir davon, und ich lief mit einem Milchbrötchen hinter ihr her, aber die Witwe Roth achtete nicht auf mich und verlor am Ende des Korridors ihre klitschnasse, vollgesogene Windel, und Schwester Sabine brachte mir die Windel wortlos ins Zimmer herein. Morgens beim Witwenwaschen krallte sich die Witwe Thoms in meinen Arm, als ich sie auf den Klostuhl heben wollte, und sie sagte aufgebracht zu mir: »Hatte den Nabelstrang um den Hals und konnte nicht atmen!«, und auch ich konnte nicht atmen, denn die Witwe Thoms hatte ihre Windel und ihr Nachthemd und das Bettzeug mit scharfem, beißendem Urin getränkt.

Für Witwen ist der Winter die artgemäße Jahreszeit. Im Winter stellt das Leben keine Forderungen. Nichts erinnert daran, dass es draußen, außerhalb des Witwenheims, überhaupt noch Leben gibt. Die Bäume sind kahl, und aus grauem Himmel fällt lautloser Regen. Ein Wind kippt den Regen, und der Regen scheint die Erde nicht zu erreichen. Kein Tropfen rinnt über die Aussicht, keine Regenwassersprenkel tanzen auf den Gehwegplatten. Der Regen ist aufgehängt und schräggespannt, lautlos und spurlos.
Die Witwen in der Luisenstiftung lebten in ihrer eigenen Welt: Wenn sie aus den Fenstern blickten, sahen sie dünne Regenfäden, sie sahen graue Vögel, die über den grauen Boden huschten, kahle Bäume und die kahle Buchenhecke, die das Grundstück umgab. Was im Herbst golden und gelb und braun gefleckt war, das war jetzt grau.

Ich lernte, dass die Witwen die Schwestern zu künftigen Witwen erziehen: »Sie sind hochmütig! Warten Sie ab! Auch Sie werden eines Tages allein sein!«, sagte die Witwe Schulz zu Schwester Sabine. Ich lernte, dass Witwen alt sind, aber starke Herzen haben: »Du musst dir mal die Beipackzettel der Medikamente ansehen. Dann wirst du sehen: Diese Frauen sind unglaublich zäh«, sagte Schwester Therese. Ich lernte, dass Witwen sich von Ärzten, die ihre Söhne sein könnten, das Leben verlängern ließen: »Am Donnerstag bin ich beim Kardiologen. Ich habe ihm letztes Mal gesagt: So alt wie Sie würde mein Bernd jetzt sein, wenn er noch lebte«, erzählte die Witwe Schubert im Saal. Und ich lernte langsam die Namen der Witwen und die Namen der Köchin und der Küchenhelferin und die Namen der Putzfrauen und den Namen des Pastors und den Namen des Küsters, der gleichzeitig der Hausmeister und Gärtner der Luisenstiftung war. Und ich lernte Marianne näher kennen.

Marianne: 1,45 Meter groß, morgens Putzfrau auf der Pflegestation, mittags und abends Serviermädchen im Saal, spätabends Gesellschafterin, wenn sich die Heimleiterin, wie Schwester Martina behauptete, auf ihrem Zimmer betrank. Marianne arbeitete rund um die Uhr. Sie bekam dafür ein Taschengeld, 150 Mark im Monat, das war sogar noch weniger als der Sold, den ich für meinen Dienst bekam, aber sie hatte außerdem, so sollte die Heimleiterin es ihr zugesichert haben, ein Wohnrecht im Haus auf Lebenszeit. Marianne: etwas langsam von Verstand, Verehrerin der Witwe Meldorf, fleißig und schwerhörig.

In der zweiten Dezemberwoche begann sie mit den Weihnachtsvorbereitungen. Sie reckte die Arme und befestigte grüne Tannenzweige mit grellbunten Schleifen an den Wänden. Aber weil sie nur 1,45 Meter groß war, hingen die Zweige viel zu niedrig, und die Flure der Luisenstiftung sahen aus wie die Flure in einem Zwergenheim.

»Nimm dir doch einen Hocker«, sagte Schwester Wiebke.

»Nee«, sagte Marianne. »So kriege ich es nachher leichter wieder ab. Von euch hilft mir ja keiner.«

»Da hast du Recht«, sagte Schwester Wiebke. »Wir haben für solche Sachen beim besten Willen keine Zeit.«

An einem dieser Dezembernachmittage hatte die Witwe Eilers Besuch von ihrem Bruder. Sie saßen im Saal, am Tisch neben der Tür, wo sie für sich waren, und sie

sprachen gedämpft. So gedämpft, wie sie es eben vermochten. Daher verstand ich jedes Wort.
»Ach, Martha. Fängst du schon wieder damit an. Ich bin nicht schuld. Ich habe die beiden zuletzt in deiner Küche gesehen. Weißt du nicht mehr? Wir haben gesagt, dass wir uns schreiben.«
»Das habt ihr aber nicht getan.«
»Das hat niemand getan. So etwas nimmt man sich vor, aber dann macht man es nicht. Man denkt doch, man sieht sich wieder.«
»Ich habe sie nicht wiedergesehen.«
»Ja, ich weiß.«
»Langweile ich dich?«
»Nein, Martha. Hör zu. Du langweilst mich nicht. Aber was soll ich denn sagen?«
»Du brauchst gar nichts zu sagen.«
»Bist du auf dem Friedhof gewesen?«
»Ja. Montag.«
»Alles in Ordnung?«
»Ja. Der Gärtner war da.«
»Und? Wie sieht es aus?«
»Wie geht es den Enkelkindern?«
»Martha. Jetzt sei doch nicht so.«
»Wieso? Darf ich nicht nach den Enkelkindern fragen?«
»Natürlich darfst du mich nach ihnen fragen. Denen geht's gut.«
»Schön.«
»Martha.«
»Noch Kaffee?«
»Ja, gern.«
»Wann kommst du wieder?«
»Ich bin doch jetzt hier.«
»Ja. Aber wann kommst du wieder?«
»Hm. Bestimmt nächste Woche. Wann passt es dir?«

»Mir passt es immer. Weißt du doch.«
»Gut. Vielleicht Montag.«
»Montag bin ich am Friedhof.«
»Dann Dienstag.«
»Willst du noch Kuchen? Probier den Bienenstich. Der ist von Bäcker Hagedorn. Da ist er am besten.«

Ich las den Witwen im Wohnzimmer die Postkarten vor, die sie erhalten hatten.
– »Liebe Tante! Hier ist natürlich noch Frühling, aber Dir in Deinem neuen Daheim wünschen wir ein schönes Weihnachtsfest!« Das war eine Karte an die Witwe Schröder. Poststempel: Namibia. Motiv: ein Sonnenuntergang.
– »Liebe Mutti! Herzliche Grüße aus dem schönen Italien schicken Dir Herbert und Inge. Zu den Feiertagen sind wir zurück. Küsschen bis dahin.« Motiv: der Petersdom.
– »Liebe Mutti! Wie geht es Dir? Wir verbringen unseren wohlverdienten Urlaub auf Mallorca. Wir verleben wirklich eine wunderschöne Zeit. Gestern hat uns eine Zigeunerin aus der Hand gelesen. Sie war Katalanin, und sie sagte, es werden alle bei guter Gesundheit bleiben. Das ist doch schön, nicht? Die herzlichsten Grüße von Johannes und Annemarie.«

Ich kannte die Unruhe der Witwe Roth, und nun erlebte ich die Unruhe ihrer Tochter. Und irgendetwas gab mir das Gefühl, dass es eine ererbte Unruhe war. Die Witwe Roth hatte ihre Unruhe an ihre Tochter weitergegeben. Die Tochter tänzelte auf hohen Hacken um den Sessel ihrer Mutter herum. Sie redete. Sie ging zum Waschbe-

cken und überprüfte ihr Make-up im Spiegel. Sie kehrte zum Sessel ihrer Mutter zurück. Sie hielt eine Tasse Kaffee in der Hand. Sie setzte sich auf die Sessellehne. Sie stand wieder auf. Sie redete noch immer.
»Und dann hat er gesagt, ich soll mich mal beruhigen. Dieser Herr Jürgens. Wie kann der sowas sagen?«
»Mutti, du trinkst deinen Kaffee ja gar nicht. Ich habe extra die Schwestern gebeten, dass sie uns frischen aufsetzen.«
»Ich habe zu ihm gesagt, Herr Jürgens, wenn Sie so mit mir reden, werde ich mich bestimmt nicht beruhigen. Und zur Weihnachtsfeier werde ich auch nicht kommen!«
»Mutti, du musst mir zuhören!«
»Mutti, du kannst dir gar nicht vorstellen, wie ich mich geärgert habe! Was fällt dem ein, dass er so mit mir redet?«
»Mutti, hörst du mir überhaupt zu?«

Sie redete anderthalb Stunden lang. Über Herrn Jürgens, ihren Chef. Über die anderen Sekretärinnen in ihrem Büro. Die Herrn Jürgens nach dem Mund redeten. Die sich alles gefallen ließen. Die es nicht anders wollten. Denen nicht zu helfen war.
»Mutti, nie hörst du mir zu!«
»Mutti, ich bin den ganzen Weg aus Wandsbek gekommen, und du hörst mir wieder nicht zu!«
Schließlich blieb sie vor dem Spiegel stehen und schwieg. Sie zupfte an ihrem Haar herum. Sie zog ein Taschentuch heraus und presste es an ihre Lippen.
Die Witwe Roth saß teilnahmslos in ihrem Sessel; schob ihr Gebiss aus dem Mund; legte es sich in den Schoß; schob es in den Mund zurück; behielt einen Speichelfleck auf dem Schoß, den sie nicht zu bemerken schien.

Zwei Tage später kam ihr Sohn zu Besuch. »Wo bist du gewesen?«, sagte die Witwe Roth. Sie legte den Kopf auf seine Schulter und schloss müde die Augen. Der Sohn hielt sie eine Weile im Arm. Dann führte er sie ins Wohnzimmer. Sie setzten sich an den achteckigen Kaffeetisch neben der Tür, und die Witwe Roth fuhr mit dem Zeigefinger die Strecke zwischen einer Ecke des Tisches und der nächsten ab, und an der Ecke wechselte sie die Richtung und fuhr mit dem Finger wieder zurück. Die Witwe Neffe aus dem Dachgeschoss zwinkerte ihnen zu, und der Sohn der Witwe Roth zwinkerte höflich zurück.
Gut zehn Minuten saßen sie da und redeten kein Wort. Nur der Zeigefinger der Witwe Roth war in Bewegung. Dann stand sie auf, verließ das Wohnzimmer und machte sich auf ihre Reise über den Korridor. Der Sohn blieb im Wohnzimmer sitzen und schlug nervös mit dem Löffel gegen seine Kaffeetasse. Schließlich stand auch er auf und ging. Er ging durch den Haupteingang hinaus, sodass er seiner Mutter gar nicht mehr begegnete.

Er ließ ihr eine Ansichtskarte auf der Tischkante zurück. Die Prager Karlsbrücke. Da war er gewesen. Ich wollte der Witwe Roth den Text auf der Karte vorlesen, aber sie hörte mir nicht zu. Sie schob ihr Gebiss im Mund hin und her und machte sich wieder auf ihre Reise.
Auf der Karte stand: »Liebe Mutti! Leider habe ich in Prag vergessen, diese Karte an Dich in den Kasten zu werfen. Jetzt bringe ich sie Dir persönlich vorbei. Es waren sehr schöne Tage (mit meiner neuen Lebensgefährtin Barbara), und Prag ist eine wunderschöne Stadt. Wir haben lange Stunden auf dem jüdischen Friedhof verbracht (Barbara ist Bildhauerin), Pilsener Bier getrunken (das echte!) und ein Kabarett angesehen. Herzliche Grüße und die besten Wünsche für Dich!«

Dezember. Adventszeit. Aus grauem Himmel fiel grauer Regen, und die Witwen lebten ganz in ihrer eigenen Welt. Aber Adventszeit bedeutete auch: Die Luisenstiftung wurde mit Schokolade überschwemmt. Die Witwen bekamen Weihnachtsmänner, Weihnachtssterne, Schokolade gefüllt mit Knickebein und mit Eierlikör, Vollmilchschokolade in Stanniolumhüllung und in Weihnachtspapier eingewickelte Zartbitterschokolade. Je weiter der Weg war, den eine Sendung zurückgelegt hatte, desto edler war die Schokolade. (Die teuerste Sendung: »Belgische Meeresfrüchte« und eine 1,5-Kilogramm-Dose »Quality Street«.) Überall flogen kleine Stanniolkügelchen herum, die sich in den Reifen der Rollstühle und der Geh-Wagen, unter den Schuhsohlen und unter den Krücken festsetzten, und die Angehörigen schickten immer mehr Schokolade in ihren Weihnachtspaketen und schleppten immer mehr Schokolade heran.

Schwester Wiebke und Schwester Martina standen am Fenster im Dienstzimmer und analysierten die Einkaufstaschen der Besucher, die auf dem Parkplatz aus den Autos stiegen.

»Besuch für Frau Randow. Margot und Monika. Mindestens sechs Weihnachtsmänner à 100 Gramm«, sagte Schwester Martina.

»Die behält sie nicht lange«, sagte Schwester Wiebke. »Die kriegt Frau Schulz.«

»Der Sohn von Frau Thoms«, sagte Schwester Martina. »Hat den Nabelstrang um den Hals und trägt eine Schachtel Mon Chéri unterm Arm.«

»Oh, là, là! Wie zärtlisch!«, hauchte Schwester Wiebke.

»Und da kommt der Sohn von Frau Stockhusen. Was schätzt du?«

»Vier Kilo Marzipanbrot und zwei Flaschen Likör.«

»Ach Quatsch. Dazu ist der viel zu geizig. Der schenkt höchstens ein paar Pralinen mit Knickebein-Füllung.«

Auch die Kinder der Witwe Antoni brachten Schokolade, eine zweistöckige Geschenkschachtel »Merci«, und der Sohn brüllte der Witwe Antoni ins Ohr: »Das ist Französisch. Willst du wissen, was es heißt?« Aber die Witwe Antoni brüllte zurück: »Was soll ich damit? Das brauche ich nicht. Das könnt ihr wieder mitnehmen.«
»Ist schon gut, Mutti!«, sagten die Kinder. »Es war ja nur lieb gemeint!«
»Lieb gemeint!«, schnaubte die Witwe Antoni und kramte zitternd zwischen den Salbetuben auf ihrem Tisch.

Die Witwe Schulz verlangte bereits den dritten Einlauf binnen 48 Stunden. »Ich habe Schokolade gegessen«, sagte sie mit gepresster Stimme vor dem Dienstzimmer.
»Ach nee!«, sagte Schwester Wiebke. »Da wäre ich jetzt nicht drauf gekommen!«
»Bitte«, sagte die Witwe Schulz, »helfen Sie mir!«
»Okay«, sagte Schwester Wiebke. »Heute noch einmal. Weil bald Weihnachten ist.«

Die Auswirkung des Schokoladesegens: Die Verdauungssysteme von mindestens 25 Witwen brachen in der dritten Dezemberwoche zusammen. Schwester Therese und Schwester Sabine liefen mit Plastikhandschuhen und Klistieren und Schüsseln mit warmer Seifenlauge durch das Haus. Schwester Martina, Schwester Wiebke und ich kümmerten uns um den normalen Betrieb. Ich machte einen Bogen um die Zimmer, in denen Schwester Therese und Schwester Sabine sich aufhielten. Jeder Einlauf, den sie vornahmen, brachte eine Explosion von Gestank: verhärtete Gebilde, dünnflüssige, alkoholisch riechende

Flüssigkeiten, schwarze, blutige, unter Schmerzen zutage geförderte Solitäre, die angereichert und vergiftet waren mit den kranken Körperflüssigkeiten der Witwen und mit den Sedimenten aus langen Jahren und Jahrzehnten des Witwentums. Jahrzehnte der Entbehrung und des Mangels hatten sich an den Darmwänden abgelagert, ein Teil dieser Stoffe wurde nun von den Schwestern herausgespült, entließ sein Aroma, einen ungeheuerlichen Gestank.

An einem der Adventssonntage hörte ich, wie wieder einmal die Schwestern über mich redeten. Diesmal Schwester Sabine und Schwester Therese.

»Fang keinen Streit an, so kurz vor Weihnachten«, sagte Schwester Therese. »Jan wird das schon hinkriegen. Er gibt sich doch Mühe. Lass ihm noch ein bisschen Zeit.«

»Ich lasse ihm schon seit zweieinhalb Monaten Zeit«, sagte Schwester Sabine.

»Ich weiß«, sagte Schwester Therese. »Trotzdem.«

»Wieso denn trotzdem? Immerhin habe ich ihn eingearbeitet. Meinst du, ich habe Lust, mich seinetwegen zu blamieren?«

»Du, Sabine«, sagte Schwester Therese, »das mit dem Einarbeiten war dein eigener Wunsch. Und noch leite ich diese Station!«

Aber sogar Schwester Therese schüttelte den Kopf, als sie am nächsten Morgen zufällig sah, wie ich das Bett der Witwe Randow neu bezog.

»Jan, so geht das nicht. Hat dir Sabine nicht gezeigt, wie man das macht?«

»Doch, hat sie. Und nicht nur einmal!«, sagte die Witwe Randow vergnügt.

Nachts träumte ich keine zusammenhängenden Szenen mehr, sondern nur noch Fetzen: rote Augen hinter dicken Brillengläsern, ein Hut, ein Stock, ein Regenschirm, eine Kehrtwendung am Ende einer Bahn. Morgens um halb sechs, wenn der Wecker klingelte, war ich erschöpft. Mein Kittel war schon nass geschwitzt, bevor der Dienst begonnen hatte. Mein Magen war hart und klein, und ich kriegte beim Frühstück keinen Bissen herunter. Die Köchin warf mir besorgte Blicke zu. Schwester Martina sagte: »Na, schon wieder keinen Appetit?« Und die Witwe Piehl sagte, wenn ich nachmittags ihr Zimmer betrat: »Junger Mann, was ist los, Sie sind ja genauso trostlos geworden wie unsere Frauen hier! So leicht wollen Sie sich unterkriegen lassen?«

Schwester Sabine sagte: »Was glaubst du eigentlich, warum du hier bist? Wir haben einen Zivi beantragt, damit der uns ein bisschen von unserer Arbeit abnimmt.«
Schwester Wiebke sagte: »Gott im Himmel! Immer deine Nervosität und Unausgeschlafenheit!«
Schwester Martina sagte: »Was ist bloß los mit dir? Was haben dir die Alten denn getan?«
Schwester Therese sagte: »Junge, im Arbeitsleben brauchst du ein bisschen Professionalität. Aber bei dir habe ich den Eindruck, du nimmst alles persönlich.«
Und als ich schließlich den Pastor kennen lernte, sagte er gleich bei unserer ersten Begegnung zu mir: »Die Frauen, die hier wohnen, haben ihr Leben gelebt. Und Sie laufen herum mit einem Gesicht, als würden Sie sie unerträglich finden! Warten Sie mal ab, bis Sie in diesem Alter sind.«

Der Pastor war ein Zwei-Meter-Mann, Ende vierzig, breitschultrig, stoppelbärtig und mit dröhnender Bass-Stimme. Er kam zweimal im Monat zur Abendandacht ins Haus. Die Witwen aus den oberen Stockwerken hingen an seinen Lippen, als wären sie ausgehungert nach einem gesprochenen Wort. Schwester Wiebke, die sowieso sanft war, wurde noch sanfter, wenn der Pastor in der Nähe war, Schwester Martina reckte ihren riesigen Busen in ihrem roten BH, und Schwester Sabine hatte beinahe so etwas wie Schmelz in der Stimme, wenn sie mit dem Pastor sprach. In der dritten Dezemberwoche, in der Erwartung des Weihnachtsabends, drehten sich alle Gespräche nur noch um ihn.

Für mich, den Witwentröster in der Grundausbildung, ohne jede Erfahrung und bisher ohne jeden Erfolg, war die Weihnachtszeit eine schwierige Zeit: die feierliche Stimmung, die Erwartungen der Witwen, die Besuche der Angehörigen, das überreichliche Essen, die Gerüche infolge verzögerter Verdauung usw. Der Auftritt des Pastors am Heiligabend im Saal ist mir in besonders deutlicher Erinnerung. Anstelle einer Predigt las der Pastor eine Geschichte vor, die er sich, wie er behauptete, eigens für diesen Anlass ausgedacht hatte: »Die Schildkröten-Legende«. Ich habe mir später von Schwester Wiebke den vollständigen Text beschafft und gebe ihn hier im Wortlaut wieder.

»Früher, vor unvorstellbar langer Zeit, sagen wir: vor 5000 Jahren, war es üblich, dass sich die alten Leute in Schildkröten verwandelten. Es war eine stille und nahezu heimliche Verwandlung. Sie begann, wenn den alten Leuten die letzten Zähne aus den Mündern fielen. Ihr Kiefer sank nach und nach in sich zusammen, ihre Wangenknochen senkten sich, und ihr Schädel, auf dem schon lange kaum noch Haare wuchsen, schrumpfte. Ihre faltige Haut, die von Sorgen und Jahren geknittert war, wurde hart und ledrig. Ihr Rücken, der so viele Lasten getragen hatte und der gebeugt und bucklig war, krümmte sich zu einem halbrunden Schild und verhornte. Die Arme und Beine der Alten schrumpften und verlederten, bis sie zu kleinen Stummeln geworden waren, die sich unter den runden Panzer zurückziehen ließen.«

»Auf diesem Panzer aber wuchs ein Bild. Es waren nur einige feine, kaum sichtbare Linien erst. Wenn die Verwandlung abgeschlossen war, und das brauchte lange, sehr lange Zeit, wenn sich die Alten ganz und gar in stumme, kieferlose Schildkröten umgebildet hatten, dann war die Zeichnung auf dem Rückenschild nur eben begonnen: eine feine, blasse Zeichnung, millimeterdünn eingeritzt und noch ganz ohne Tiefe und Relief.«

»Dann wurden die Schildkröten scheu und zogen sich an einsame Plätze zurück: auf Felsen, an stille Flussufer, in Moore, an Strände und ins Meer. Nur noch einen Zweck kannten sie und wollten dabei vom Menschen nicht gestört sein: so lange in der Sonne zu dörren, im Regen zu weichen, im Wind zu trocknen und im Salzwasser zu gerben, bis die Zeichnung ihres Rückenschildes vollendet sei.«

»Einige von ihnen, wenn sie wussten, dass auch ein langes Schildkrötenleben dazu nicht ausreichen würde, vermehrten sich gar, brachten Schildkrötenjunge in die Welt, die eigens dazu geboren waren, die ererbte Zeichnung, das Bild auf dem Rücken weiterzutragen, damit es weiterdörren, weitergerben, weiterwachsen könne.«

»Und die Menschen von damals, wenn es ihnen gelang, eine der Schildkröten in ihrem Versteck aufzuspüren, gingen zart und vorsichtig mit ihr um. Sie fütterten sie mit Gras und grünen Blättern und gaben ihr frisches Wasser zu trinken, und dann kopierten sie das Muster, so weit schon eines zu erkennen war. Sie webten es in ihre Teppiche hinein oder flochten es in Körbe und malten es auf ihre Becher und Krüge. Und zuweilen, wenn es Not gab oder Bedrängnis, und guter Rat war teuer, dann lasen sie Orakel aus der Zeichnung des Rückenschildes, denn sie wussten, oder sie ahnten es wenigstens, und auch die Überlieferung sagte es ihnen, dass es das Leben ihrer Alten war, das sie dort abgebildet fanden.«

So also, im Wortlaut, die Predigt des Pastors. Er trug sie vor mit dröhnender Bass-Stimme, seine breiten Schultern und sein stoppliges Kinn dabei warm beleuchtet vom Kerzenschein. Und die Witwen und die Angehörigen und die Schwestern lauschten ihm wie ausgehungert nach einem tröstlichen Wort.
Der Rest des Abends: ein gemeinsames Vaterunser, ein kurzer Auftritt der Witwe Voß am Klavier, Weihnachtslieder aus einem silbernen Kassettenrekorder, schließlich die Heimleiterin, die mich aus irgendeinem Grund durch ihre dunkle Brille beobachtete.

Ich fand, die Predigt des Pastors war so abgeschmackt, dass man darüber hätte lachen sollen. Witwen als Schildkröten. »Und wollten von den Menschen nicht gestört sein.« Es war zum Lachen, aber außer mir lachte niemand. Und auch ich lachte ja nicht, sondern beobachtete ungläubig die Reaktionen: Die roten Witwenaugen waren feucht geworden, die Angehörigen fuhren seufzend nach Hause, und die Schwestern waren so ergriffen, dass sie beinahe vergessen hätten, was sie zu tun hatten: die Witwen ausziehen, die Witwen waschen, die Witwen anziehen und füttern, Betten machen und Wäsche waschen

und Medikamente verteilen und mich, ihren Zivi und jungen Mann, herumkommandieren.
Nur die Witwe Meldorf war überhaupt nicht ergriffen. Im Gegenteil: Niemand war sicher vor ihren spöttischen Bemerkungen. Sie drehte richtig auf.
»Was sollen die gedämpften Stimmen?«, sagte sie am ersten Weihnachtstag im Saal. »Kann mal jemand dieser Dame dort drüben sagen, dass ihre Tischmanieren unerträglich sind?«
Die »Dame«, das war die Witwe Bettin. Die Witwe Meldorf tat immer noch so, als würde sie die Namen ihrer Mitbewohnerinnen nicht kennen, aber sie kannte sie natürlich. Sie war seit mittlerweile acht Wochen im Haus, sie sprach die Witwen am Tisch inzwischen auch mit ihren Namen an, und nur den Schwestern gegenüber leugnete sie, dass sie die Namen kannte.
Das mit den Tischmanieren stimmte. Die Witwe Bettin verlor langsam die Kontrolle über ihre Muskulatur (sie »baute ab«, wie die Schwestern sagten), und bei den Mahlzeiten rann ihr das Essen in Brocken und Bächen aus den Mundwinkeln, und am Ende der Mahlzeiten waren ihr Kleid und die Tischdecke und der Fußboden mit Krümeln und Spuckefäden und halb zerkautem Essen bedeckt.
Die Witwe Meldorf nahm sich auch die Schwestern vor. »Steht das in Ihrer Dienstvorschrift, dass Sie zu Weihnachten nur halb so laut reden dürfen?«, sagte sie zu Schwester Sabine. »Sie sind doch sonst nicht gerade leise!«
»Ach, Sie sehen so ergriffen aus«, sagte sie zu Schwester Wiebke. »Weinen Sie doch bitte nicht. Wollen Sie vielleicht meinen Blutdruck messen? Ich hätte gerade Zeit dafür.«

Schwester Wiebke hatte sich noch am Heiligabend vom Pastor das Manuskript der Schildkrötenpredigt erbeten – wie eine Autogrammjägerin hatte sie vor der improvisierten Kanzel gestanden, die Hände in die Taschen ihres weißen Kittels gestemmt, der rechte Fuß spielte mit der hölzernen Schwesternlatsche, und auch in ihren Augen ein feuchter Glanz –, jetzt lag das Manuskript bei ihren Sachen im Dienstzimmer. Zwei Tage nach Weihnachten, spät am Nachmittag, während die Schwestern die Witwen schon für das Zubettgehen vorbereiteten, schnappte ich mir die Zettel und rannte damit ins Büro, wo ich sie fotokopierte. Ein paar Minuten später lagen sie wieder an ihrem Platz, und ich bin sicher, dass niemand etwas bemerkt hat.

Und dann fand ich Schwester Wiebkes Brief. Er fiel mir in die Hände, als ich in den Spinden im Umkleideraum herumstöberte. (Ich machte öfter eine kleine Pause im Umkleideraum, wenn Schwester Sabine mich allzu sehr mit Aufträgen überhäufte oder wenn ich im Keller bei der Witwe Wiese gewesen war.) Den Brief zu kopieren schien mir zu riskant, weil es mitten am Tag war und weil ich nicht wusste, wo die Schwestern gerade steckten, deshalb kann ich nur aus dem Gedächtnis wiedergeben, was Schwester Wiebke dem Pastor geschrieben hatte:
»Lieber Herr Pastor! Die Predigt, die Sie uns am Heiligabend gehalten haben, fand ich sehr schön. Ich habe sie in den letzten Tagen noch mehrmals durchgelesen. Ich finde, es ist eine sehr hoffnungsvolle Geschichte. Sie werden sich wahrscheinlich wundern, dass ich Ihnen schreibe, wo ich es Ihnen doch auch einfach sagen könnte, wenn wir uns hier im Haus begegnen. Aber das passiert ja nicht sehr oft, und jetzt ist gerade der Eindruck Ihrer Predigt noch so stark. Außerdem finde ich, manche

Dinge lassen sich besser schriftlich sagen. Vielleicht finden Sie das altmodisch von mir. Vielleicht bin ich wirklich ein bisschen altmodisch. Ich würde mich freuen, wenn Sie mal wieder einen so schönen Gottesdienst bei uns halten würden. Es grüßt Sie herzlich, Ihre Schwester Wiebke.«

Ich stand am nächsten Morgen mit ihr im Zimmer der Witwen Stockhusen, Trittau und Roth. Die Witwe Trittau zeterte laut vor dem Waschbecken, und die Witwe Roth starrte missmutig auf ihre Medikamente. Schwester Wiebke ließ Wasser einlaufen und sprach beruhigend auf die Witwe Trittau ein.
Ich sagte laut zur Witwe Roth: »Gretchen, wenn du jetzt deine Medizin nicht nimmst, wirst du morgen in eine lahme Schildkröte verwandelt. Das hast du doch gehört. Und wo willst du dann hin, das sag mir mal!«
Schwester Wiebke unterbrach ihre Arbeit und strich sich die Haare aus der Stirn. »Du bist echt ein Arschloch, Jan!«

Zur Erinnerung: Die Witwen erinnern sich nicht. Ein Witwentröster muss in der Lage sein, sich zu fragen, warum. Früher oder später wird er auf die Antwort stoßen: Sie könnten schon, aber sie wollen nicht. Kann-ich-nicht liegt auf dem Friedhof. Will-ich-nicht liegt daneben. Überhaupt liegen ja eine ganze Menge Leute auf dem Friedhof. Nicht zuletzt die Ehemänner der Witwen.

Ich schlief unruhig. Wenn ich aufwachte, fühlte ich mich übernächtigt, und schon eine halbe Stunde vor Dienstbeginn war ich verschwitzt. Meine Ernährung bestand aus Kaffee, Zigaretten und Witwen-Träumen: Witwen riefen nach mir, Witwen klingelten nach mir, Witwen stanken, Witwen stammelten, Witwen versperrten mir mit ihren Stöcken den Weg. Witwen erinnerten sich nicht, Witwen verbargen ihren Mangel, Witwen wälzten sich in ihren Ausscheidungen, und Witwen sahen mir im Dunkeln in die Augen. Witwen liefen halb nackt über den Korridor, Witwen ließen sich Einläufe verabreichen, Witwen erkannten ihre eigenen Kinder nicht mehr. Witwen hatten 5000 Jahre erlebt und konnten sich an nichts erinnern, Witwen waren ausgebombt worden und hatten wieder aufgebaut, Witwen lachten, solange sie noch Reserven hatten, und Witwen erinnerten sich nicht. Witwen griffen mit ihren Witwenarmen nach mir, Witwen sackten in sich zusammen, wenn ich sie halten wollte, Witwen brachen mir das Kreuz. Witwen wiesen mich darauf hin, dass sie Witwen waren, und Witwen erzogen Schwestern zu künftigen Witwen. Witwen fragten nicht, Witwen antworteten nicht, Witwen betrachteten meine Schweißausbrüche so gleichgültig wie ihren eigenen Mangel.

# ZWEITER TEIL
# UNRUHE

## 5. DER WITWENTRÖSTER FASST EINEN ENTSCHLUSS
### Januar 1986

Kann man sich an Gestank gewöhnen? Ich habe Leute sagen hören: »Man kann sich an alles gewöhnen.« Der Witwentröster kann es nicht. Der Gestank in einem Witwenheim hat nichts zu tun mit dem Gestank in einem voll besetzten Eisenbahnabteil oder dem Gestank in einer Fischfabrik oder dem Gestank auf einem Bauernhof oder auf einer öffentlichen Toilette oder mit irgendeiner anderen Form von Gestank. Der Gestank in einem Witwenheim ändert ständig sein Wesen und seine Gestalt und findet immer neue Ausdrucksformen und Angriffsflächen. Der Gestank in einem Witwenheim ist ein Lebewesen, das die Zimmer und die Korridore beherrscht, das frühmorgens mit den Witwen erwacht, das gähnt, das sich reckt, das müde mit dem Schwanz schlägt, das sich schüttelt, das sich erhebt. Der Gestank in einem Witwenheim ist ein gewaltiger Drache, der in der Dunkelheit den Schlaf der Witwen bewacht, der nun, am Morgen, seine Dämpfe ausstößt, der seinen übel riechenden, schuppigen Leib von einer Seite auf die andere wälzt, der seinen Schwanz wie eine Peitsche knallen lässt, und stinkende Schuppen segeln herab. Und der Witwentröster ist der einzige, der erkennt, dass das ganze Witwenheim von diesem gewaltigen Lebewesen beherrscht wird, dass der gesamte Tagesrhythmus des Witwenheims ausgerichtet ist am Tagesrhythmus dieses gewaltigen Drachens. Und der Witwentröster hat niemanden, dem er diese Entdeckung mitteilen kann, denn die Schwestern hören ihm nicht zu, und mit den Witwen und mit den Kindern der Witwen kann er über solche Dinge nicht reden. Der Witwentröster, 19 Jahre alt, gerade aus der Schule entlassen und durch nichts auf seine Aufgabe vorbereitet, steht jeden Morgen allein vor diesem gewaltigen Drachen. Übernächtigt und müde, unbewaffnet und ohne Rüstung, hält er den Atem an und spürt die Gänsehaut auf seinen Armen und auf seinem Rücken und auf seiner Brust.

Ich verbrachte den Silvesterabend allein. Die Schwestern waren irgendwo in Altona auf Partys eingeladen. Nur Schwester Therese wollte sich einen ruhigen Abend machen und später mit ihren Kindern und mit ihrem Ex-Mann telefonieren.

»Ich dachte, du willst mit dem nichts mehr zu tun haben?«, sagte ich.

»Ach, Junge«, sagte Schwester Therese, »du denkst zu viel.«

Ich hatte mir angewöhnt, mich gleich nach Dienstschluss schlafen zu legen, aber weil Silvester war, hatte ich keine Lust, schon auf mein Zimmer zu gehen. Deshalb drehte ich noch eine Runde durchs Haus. Durch die angelehnten Türen auf der Pflegestation hörte ich das Schnarchen der Witwe Schneider, das Tröpfeln des Wasserhahns im Zimmer der Witwen Stockhusen, Trittau und Roth und ein Rascheln und Knistern und Seufzen vom Bett der Witwe Schulz. Und sogar im Dunkeln, durch den Türspalt hindurch, konnte ich erkennen, wie steif und regungslos die Witwe Coch in ihrem Bett lag. »Sie erholt sich von ihren Fallübungen«, sagte ich mir.

Im Dienstzimmer telefonierte die Nachtwache flüsternd mit ihrem Freund. »Ich komme morgen früh gleich nach dem Dienst zu dir. Wir machen uns ein schönes Frühstück. Und trink nicht so viel!«
Sie saß mit dem Rücken zur Tür und bemerkte mich nicht. Ich ging weiter. Hin und wieder blieb ich vor den angelehnten Zimmertüren stehen. Gestank wehte zu mir heraus, wenn eine Witwe sich im Schlaf bewegte.

Als ich am Fuß der Treppe angekommen war, hörte ich Geräusche aus den oberen Stockwerken und aus dem Korridor, der hinter mir lag: gedämpfte Stimmen. Ein Zischen. Ein Wispern. Ein schläfriges Murmeln. Es klang wie ein Sausen in meinen Ohren. Draußen heulten die ersten Silvesterraketen und warfen rotes und gelbes flackerndes Licht, als wäre es Feuerschein.
»Warum stellt er sich so an?«, murmelte eine Witwe im Schlaf. »Er soll sich an die Arbeit machen!«
Eine Zweite murmelte: »Ich habe mein ganzes Leben gearbeitet. Ich habe keine Zeit gehabt, mich auf die faule Haut zu legen.«
Eine Dritte: »Von nichts kommt nichts. Wir haben die Ärmel hochgekrempelt und wieder aufgebaut.«
Eine Vierte: »Pah. Die Männer. Sie lassen einen im Stich, und dann lassen sie einen wieder im Stich.«
Eine Fünfte: »So sind die Männer. Zu nichts zu gebrauchen.«
Eine Sechste: »Die Männer.«

Ich stand ganz still und lauschte. Es war halb elf Uhr am Silvesterabend, ich hatte seit Monaten nicht mehr richtig geschlafen, ich war seit halb sechs Uhr morgens auf den Beinen. Und durch die langen Korridore der Luisenstiftung sausten die Stimmen der Witwen. Es dauerte zwei, drei Minuten, dann war es still.

Ich beschloss, ins Bett zu gehen. Aber trotz meiner Müdigkeit schlief ich lange nicht ein. Um Mitternacht hörte ich die Schiffe im Hafen. Und im minutenlangen Lärm der Sirenen, die das neue Jahr ankündigten, fasste ich einen Vorsatz: »Es muss Schluss sein mit dem Versteckspiel!«, sagte ich mir. »Ich werde mich nicht länger an der Nase herumführen lassen!«

Am nächsten Morgen stand ich bei der Witwe Neffe im Dachgeschoss und half ihr beim Anziehen. Ich sagte: »Frau Neffe, jetzt ist Schluss mit dem Versteckspiel!«
»Wovon reden Sie?«, fragte die Witwe Neffe.
»Davon, dass Sie Ihren Mangel verstecken. Aber mich täuschen Sie nicht. Jede Witwe hat einen Mangel.«
»Junger Mann, Sie sind nicht ganz dicht!«, sagte die Witwe Neffe.
»Wir sprechen uns wieder!«, sagte ich.

»Jede Witwe hat einen Mangel«, sagte ich eine Viertelstunde später zur Witwe Backhaus. »Wo ist Ihrer?«
»Wie bitte?«, sagte die Witwe Backhaus. »Ich verstehe Sie nicht.«
»Sie verstehen mich sehr gut«, sagte ich. »Ich habe gefragt: Wo ist Ihr Mangel?«
»Junger Mann, ich möchte nicht, dass Sie so mit mir reden!«

»Frau Backhaus, Sie können sich jetzt nicht mehr aussuchen, wie ich mit Ihnen rede.«

»Ich werde mich bei Schwester Therese über Sie beschweren.«

»Das wird Ihnen nichts nützen. Schwester Therese wird Ihnen nicht glauben.«

»Dann werde ich mich bei Schwester Sabine beschweren.«

»Schon besser. Aber Schwester Therese wird auch Schwester Sabine nicht glauben.«

»Junger Mann, gehen Sie!«

»Wenn Sie wollen. Ich gehe. Aber ich komme wieder.«

Zur Witwe Eilers sagte ich: »Es hat Schnee gegeben. Jetzt sagen Sie mal: Was haben Sie vor mit dem Schnee?«

Sie antwortete nicht.

Zur Witwe Schubert sagte ich: »Warum tun Sie so harmlos? Warum finden Sie alles so schön? Hier ist es nicht schön.«

Die Witwe Schubert sagte: »Was haben Sie denn?«

Ich gab natürlich so schnell nicht auf.

»Wer ist Hans?«, fragte ich die Witwe Bettin. Ihr Kleid war mit Krümeln und Spuckefäden und halb zerkautem Essen bedeckt. Sie antwortete mir nicht.

»Wo sind Ihre Schuhe?«, fragte ich die Witwe Felter, aber die Witwe Felter hielt ihren Stock in den Gang und tat so, als habe sie mich nicht gehört.

»Wollen Sie mich verarschen?«, rief ich laut in Zimmer 3, aber niemand reagierte auf mich.

Schließlich stellte ich mich ans Ende des Korridors und wartete auf die Witwe Roth.

»Deine Kinder sind unruhig«, sagte ich, als die Witwe Roth ihre Bahn beendet hatte. »Sie sind genauso unruhig wie du.«

»Woher weißt du das?«, sagte die Witwe Roth.
»Ich habe sie gesehen.«
»Waren sie hier?«
»Natürlich waren sie hier. Dein Sohn war vor Weihnachten hier, und deine Tochter ist jede Woche hier. Bekommst du das gar nicht mit?«
Sie nickte. Sie schob uninteressiert das Gebiss im Mund hin und her und machte kehrt, um eine neue Bahn zu ziehen.
»Ich krieg dich, Gretchen!«, sagte ich leise.

Auch Schwester Sabine hatte einen Neujahrsvorsatz gefasst. Wir standen morgens zusammen in Zimmer 1, und sie sagte zu mir: »Jan, pass auf: Deine Schonzeit ist um! Du hast dich lange genug geziert. Du wirst jetzt deine Arbeit machen wie alle anderen auch.«
Zur Witwe Randow sagte sie: »Frau Randow, der junge Mann muss nachgeschult werden. Haben Sie etwas dagegen, wenn ich dableibe und ihm ein bisschen auf die Finger kucke, während er Sie wäscht?«
»Nein, gar nicht«, sagte die Witwe Randow.
»Dann zeig mal, was du kannst«, sagte Schwester Sabine zu mir. Sie setzte sich auf die Fensterbank. »Stell dir einfach vor, es ist deine eigene Mutter, die du wäschst.«
Und die Witwe Randow, halb gelähmt und zittrig von zwei Schlaganfällen, lachte schallend.

Als Nächstes verhinderte Schwester Sabine, dass ich morgens beim Witwenwaschen weiterhin Hilfe von Schwester Therese bekam: »Ich dachte, du willst dich jetzt endlich mal auf die Abrechnungen konzentrieren!«
»Mache ich ja auch«, sagte Schwester Therese. »Ich helfe nur kurz ein bisschen mit.«

»Ich frage mich, wozu wir überhaupt unseren Stellenschlüssel haben!«, sagte Schwester Sabine.
Offenbar wirkte das. Schwester Therese sah alarmiert aus.
»Jan«, sagte sie, sobald wir allein waren, zu mir, »du musst dein Pensum in den Griff kriegen.«
»Ich werd's versuchen«, sagte ich.
»Versuchen reicht nicht. Du musst es auch schaffen. Und damit du es lernst, werde ich dir jetzt erst mal nicht mehr helfen.«

Also saß Schwester Therese nun schon frühmorgens im Schwesternzimmer am Schreibtisch und füllte mit winziger, akkurater Handschrift die Abrechnungsformulare für die Krankenkassen aus. Und Schwester Sabine gab sich keine Mühe, ihren Triumph zu verbergen: »Da hast du es. Mit dir war ja nicht zu reden. Jetzt werden wir sehen, ob du es schaffst.«

Zwei Wochen lang verpassten neun Witwen ihr Frühstück und wurden von der Köchin behelfsweise mit Milchsuppe in Plastikbechern versorgt, weil ich fast bis zum Mittagessen brauchte, bis ich alle gewaschen hatte. Und ich: Ich kriegte beim Mittagessen vor Erschöpfung keinen Bissen herunter. Und Schwester Sabine grinste zufrieden.
»Alles klar, Jan?«, sagte sie nach zwei Wochen.
»Ja«, sagte ich. »Ich glaube, ich habe es kapiert.«
Am nächsten Morgen wurde ich für den ersten Stock eingeteilt, und dort schaffte ich mein Pensum zum ersten Mal in der vorgesehenen Zeit.
»Jetzt weißt du hoffentlich, worum es hier geht«, sagte Schwester Sabine.

Der Oberschenkelhals ist ein Knochen, der für die Witwen von höchster Bedeutung ist. Ein gebrochener Oberschenkelhals bedeutet den Anfang vom Ende. Der Knochen wächst nicht mehr zusammen, die Witwe wird unbeweglich, ihr körperlicher und in der Folge auch ihr geistiger Zerfall beschleunigen sich. Die ganze Angst der Witwen gilt dem fatalen Sturz, der den Schenkelhalsbruch zur Folge haben könnte. Es scheint immer genau dieser Knochen zu sein. Dabei wachsen auch andere Knochen im hohen Alter nicht mehr zusammen. Die Angst gilt aber immer dem Oberschenkelhals. Es liegt wohl an der Art und Weise, wie die Witwen fallen. Oder es liegt daran, dass jeder sich immer genau das bricht, was er sich keinesfalls brechen möchte.

Grau und kühl hing der Tag vor den Fenstern. Bärbel und Annegret, die Putzfrauen für die oberen Stockwerke, hatten zu nass gewischt. Noch gegen Mittag stand eine trübe Seifenpfütze auf der Treppe. Die Witwe Meldorf, auf dem Weg in den Saal und wie immer am Rande der Verspätung, rutschte aus, stürzte fünf, sechs Stufen treppab und blieb in einer jugendlichen Grätsche auf dem Treppenabsatz sitzen. Ihre Verwirrung war kurz. Sie blickte an sich hinunter und hatte die Diagnose bereits formuliert: Das rechte Bein war gebrochen – am Oberschenkelhals.

Der Lärm der Witwen, die im Saal ihre Plätze einnahmen, hatte den Sturz übertönt. Nun war es still im Haus, bis auf ein schwaches Murmeln und gelegentliches Tellerklappern. (Es gab Königsberger Klopse mit Reis.) Von der Pflegestation drang gedämpft ein Streit herüber. Die Witwe Trittau schimpfte, und irgendjemand entgegnete etwas, und dann verebbten die Stimmen.

Die Witwe Meldorf versuchte nicht, sich bemerkbar zu machen. Sie saß unbewegt auf dem Treppenabsatz, sie fühlte noch immer keinen Schmerz, aber sie bereitete sich auf den Augenblick vor, wo man sie finden würde. »Hoffentlich nicht Schwester Sabine!«, dachte sie kurz.

Es dauerte knapp fünf Minuten, bis Schwester Sabine sie fand. Und zwanzig Minuten später stand ein Rettungswagen des Arbeiter-Samariter-Bundes vor der Tür. Die Witwe Meldorf wurde von zwei Sanitätern auf eine Trage gelegt. Sie war bleich und nervös. Sie versuchte es mit einem Scherz: »Hätte ich gewusst, dass es Königsberger Klopse gibt, hätte ich mich weniger beeilt.« Aber niemand war bereit, über einen Scherz der Witwe Meldorf zu lachen. Schwester Therese war zu erschrocken, Marianne war zu wütend auf Bärbel und Annegret, und Schwester Sabine triumphierte im Stillen. Niemand lachte also, und die Witwe Meldorf wurde ins Auto geladen, und man fuhr sie ins Allgemeine Krankenhaus Altona.

Am nächsten Tag wurde Schwester Therese benachrichtigt, dass die Witwe Meldorf mindestens sechs Wochen dort bleiben würde.
»Da kann sie mal die Ärzte scheuchen, wenn sie sich das traut«, sagte Schwester Sabine bei der Besprechung.
»Und mit ihrem ›Apartment‹ angeben!«, sagte Schwester Wiebke.
»Oder sich einen Kurschatten zulegen«, sagte Schwester Martina. »Der kann uns dann erzählen, ob sie vertrocknet ist oder nicht. Damit endlich klare Verhältnisse herrschen.«

Schwester Sabine war plötzlich richtig zufrieden, das sah ich ihr an. Und ich war aufgeregt. Es hatte mit meinem Vorsatz vom Silvesterabend zu tun. Ich ahnte, dass der Beinbruch der Witwe Meldorf mir neue Möglichkeiten eröffnete: dass ich Zugang zu ihrem Mangel finden und dass die Witwe Meldorf, so stolz und unnahbar sie war, weit eher als jede andere Witwe für das Witwentrösten empfänglich sein würde. Meine Aufregung war also die Vorfreude auf eine kommende Herausforderung und Bewährungsprobe in meinem neuen Beruf.

Der Witwe Piehl, bei der ich abends zu tun hatte, entging mein Zustand nicht.
»Sie sind so aufgedreht, junger Mann. Ich nehme an, es hängt mit dem Unfall von Frau Meldorf zusammen. Habe ich Recht? Es wurde ja höchste Zeit, dass etwas passierte. Junger Mann, hören Sie mir zu: Bald ist Ihr Typ gefragt!«

Ende Januar explodierte die amerikanische Weltraumrakete »Challenger« im Fernsehen, und elf Witwen saßen im Wohnzimmer in ihren Sesseln, und der Feuerball der Explosion spiegelte sich rot und flackernd in ihren Brillengläsern, und die Witwen zeigten keine Regung. Brennende Raketenteile wirbelten um die eigene Achse und rasten schlingernd zu allen Seiten davon, sie schossen hinaus in den endlosen Himmel, hinaus über die Ränder von 22 Brillengläsern, sie zogen merkwürdig dünne, helle Qualmspuren hinter sich her, und die Witwen saßen dort, als betrachteten sie ein missglücktes Silvesterfeuerwerk, und der Sprecher im Fernsehen sprach mit fiebriger Stimme von den Astronauten, die an Bord der Rakete gewesen waren, zwei Frauen und fünf Männer; die waren nun tot. Und dann zeigte das Fernsehen die Angehörigen der Astronauten, die vom Boden aus diesem Feuerwerk zusehen mussten, und der Schrecken der Angehörigen flackerte über 22 Brillengläser, es flackerten Augen, die weit aufgerissen waren, Hände, die vor Gesichter geschlagen wurden, damit die Gesichter nicht sehen mussten, was am Himmel geschah, es flackerten brennende Trümmer, Schreie, Tränen und Zusammenbrüche über 22 Brillengläser, aber elf Witwen saßen da und regten sich nicht.

# 6. DER WITWENTRÖSTER SPRICHT MIT DEN KINDERN DER WITWEN

Februar 1986

Auf den ersten Blick verfolgen der Witwentröster und die Angehörigen entgegengesetzte Interessen. Der Witwentröster wird zutage fördern, was Witwen und Angehörige zu vergessen suchen. Der Witwentröster übernimmt eine Funktion, die niemand ihm zugewiesen hat. Er nimmt eine Mühe auf sich, um die niemand ihn gebeten hat. Seine Stellung ist schwierig. Er ist jung, er ist der einzige Mann im Haus, er hat keine Pfleger-Ausbildung, und er steht in der Hierarchie des Witwenheims am untersten Ende.

Auf den zweiten Blick zeigt sich: Langfristig verfolgen der Witwentröster und die Angehörigen die gleichen Interessen. Zwar glaubt der Anfänger zunächst, die Witwen seien ohnmächtig und isoliert, aber er täuscht sich: Die Witwen sind mächtig. Sie beherrschen die nachfolgenden Generationen noch aus dem Witwenheim heraus. Ihr Mangel lastet auf den nachfolgenden Generationen und raubt den Kindern und den Enkelkindern alle Kraft.

Auf den dritten Blick wird es noch komplizierter. Die Angehörigen haben das gleiche Interesse wie der Witwentröster, nämlich: die Last des Mangels abzuschütteln, aber sie wissen nichts vom Mangel, und sie können sich die Last, die auf ihnen liegt, nicht erklären. Und da der Witwentröster ihren Müttern gegenüber einen Ton anschlagen wird, den sie nicht kennen, einen Ton, der nicht beschwichtigt, nicht besänftigt, einen Ton, der darauf besteht, auf eine Frage eine Antwort zu erhalten, werden die Angehörigen den Witwentröster an seiner Arbeit zu hindern versuchen. Gleichzeitig jedoch ahnen sie, ohne dass sie sich diese Ahnung einzugestehen vermögen, dass sie die Nutznießer sein werden, wenn die Arbeit des Witwentrösters gelingt. Und sie ahnen, dass sie im Witwentröster zum ersten Mal jemanden gefunden haben, dem sie anvertrauen können, dass die Last des Mangels auf ihnen liegt. Obwohl sie, das ist wiederum die Komplikation, den Mangel selbst als solchen gar nicht genau zu benennen vermögen. Kurz: Es sind komplizierte und uneindeutige Verhältnisse, und sie zwingen den Witwentröster zur Vorsicht.

Der Witwentröster schafft Gelegenheiten, um mit den Kindern der Witwen zu sprechen. Er leert Aschenbecher in der Raucherecke am Fahrstuhl. Er platziert eine Thermoskanne mit starkem Kaffee auf dem Tisch. Immer wieder vergewissert er sich im Lauf des Nachmittags, dass noch ausreichend Milch und Zucker in den kleinen Kännchen und Schälchen vorrätig sind. Immer wieder füllt er die Thermoskanne mit frischem, heißem, starkem Kaffee auf. Er murmelt: »Oh, Mann!« oder »Auf zum Fronteinsatz!«, wenn er losgeht, um einer Witwe auf die Toilette zu helfen, und er zwinkert den Witwensöhnen, die in der Raucherecke sitzen, zu und sperrt die Ohren auf.

Und schon bald wird er erleben, dass ein Witwensohn ihn beiseite nimmt, sagen wir, es ist der Sohn der Witwe Möller, dass der Witwensohn sich eine Zigarette ansteckt, dass der Witwensohn einen Blick in Richtung Pflegestation wirft, um sich zu vergewissern, dass keine der Schwestern in Hörweite ist, und dann wird der Witwensohn zu reden beginnen.

»Als ich ein Kind war«, sagte der Sohn der Witwe Möller zu mir, »hatte ich abends beim Einschlafen einen seltsamen Ton im Ohr: ein hohes, dünnes Piepen. Es war ganz leise, und ich war mir nicht sicher, ob es diesen Ton wirklich gab oder ob ich ihn mir nur einbildete. Oft weiß man ja beim Einschlafen nicht, ob man sich noch in der Realität oder schon im Traum befindet. Aber dieser Ton kehrte immer wieder, und nach einer Weile hörte ich ihn auch bei Tag. Mal war er deutlicher, zum Beispiel, wenn ich müde war oder allein, wenn ich in einer langweiligen Schulstunde müde zum Fenster blickte, mal war er schwächer, etwa nachmittags, wenn ich mit Freunden spielte und mit anderen Dingen beschäftigt war. Es war ein sehr unangenehmer Ton: hoch und dünn und irgendwie mahnend. Er hat mir Angst gemacht.

Zwar kam es manchmal vor, dass ich den Ton für ein paar Tage oder ein paar Wochen vergaß. Und ein paar Mal, wenn ich einige Zeit Ruhe gehabt hatte, glaubte ich schon, ich sei nun ganz von diesem Ton befreit. Aber dann kehrte er doch immer wieder.

So ging es während meiner ganzen Kindheit. Ich habe niemandem ein Wort darüber erzählt. Dieser Ton in meinem Ohr war mein Geheimnis, und ich hätte keinem Freund, keinem Lehrer und nicht einmal meiner Mutter davon erzählt. Seltsam: gerade meiner Mutter nicht.

Oft verbrachte ich die Minuten vor dem Einschlafen damit, dass ich auf den Ton wartete. Und auch wenn er nicht kam, war ich mit ihm beschäftigt. Ich wartete darauf, dass er kam, dass er mein Ohr besetzte und mich am Einschlafen hinderte, und ich wartete so angespannt auf diesen Ton, dass er im Grunde auch beim Warten schon da war. Manchmal wusste ich gar nicht zu unterscheiden, ob er schon da war oder ob ich noch wartete. Ich hatte mich so sehr an diesen Ton in meinem Ohr gewöhnt, und wenn er da war, dann fragte ich mich, was er bedeutete, und wenn er nicht da war, dann fragte ich mich, warum er nicht da war und was das wiederum bedeutete.

Es gibt ein Kindheitsfoto von mir: Ich stehe im Hinterhof, meine Hosenbeine sind vom Spielen staubig, die anderen Kinder sind offenbar schon zum Essen gerufen worden, und ich bin in der Mitte des Hofes stehen geblieben, selbstvergessen, lauschend, mit einem Finger in meinem Ohr. Ich habe nicht gewusst, dass ich fotografiert werde. Das Foto ist von oben, von unserem Küchenfenster aus aufgenommen worden.

Auch als ich erwachsen wurde, als ich studierte, arbeitete, heiratete, blieb dieser Ton. Ich hatte das Gefühl, mit den Jahren wurde er immer drängender, dringlicher, immer höher in der Schallfrequenz. Noch unangenehmer und noch rätselhafter als zuvor. Aber ich wusste noch immer nicht, was er bedeutete oder wozu er mich drängen wollte oder woran er mich mahnte.

Nachts träumte ich von dem Ton, und häufig reichte schon die Angst vor dem Ton, um mich aus dem Schlaf zu reißen. Ich wachte auf und glaubte, der Ton sei da, aber ich hatte nur geträumt, dass er sich näherte, und dann schlief ich lange nicht wieder ein, weil ich die Fortsetzung des Traumes fürchtete. Immer häufiger schreckte ich nachts hoch, während meine Frau neben mir schlief, und hörte ihn kommen: den Ton.

Besonders deutlich war der Ton, wenn ich außerhalb unserer Wohnung schlief; im Urlaub auf dem Zeltplatz oder im Hotel. Ich erinnere mich genau an diese Urlaube: Ich starrte die ganze Nacht lang ins Dunkel, und erst mit der Morgendämmerung schlief ich ein, weil der Ton oder die Angst vor dem Herannahen des Tons mich wach gehalten hatten, und wenn meine Frau mich schließlich um neun Uhr weckte, war ich übernächtigt und zermürbt. ›Was ist los mit dir?‹, hat meine Frau mich gefragt. ›Weiß ich nicht‹, habe ich gesagt. ›Ich habe nicht sehr gut geschlafen.‹

Ich bin fast wahnsinnig geworden. Ich bin von einem Arzt zum anderen gerannt. Ich habe meine Arbeit verloren. Ich habe mich von meiner Frau getrennt. Ich konnte keinen Menschen neben mir ertragen. Ich hörte nur noch auf den Ton in meinem Ohr.

Es war damals eine Sache auf Gegenseitigkeit: Der Ton wich nicht aus meinem Ohr, aber wenn er plötzlich verstummt wäre, dann hätte ich mich auf die Suche nach ihm gemacht, denn ich hatte mich so an ihn gewöhnt, dass ich mir gar nicht mehr vorstellen konnte, ohne ihn zu leben. Heute denke ich: Ich bin damals wirklich beinahe wahnsinnig gewesen.

Und dann machte ich die Entdeckung. Ich fuhr zu Besuch zu meiner Mutter nach Hause. Ich blieb über Nacht. Das hatte ich seit meiner Schulzeit nicht mehr getan: in der Wohnung meiner Mutter übernachtet. Aber in meiner Verfassung, arbeitslos und geschieden und verzweifelt, halb wahnsinnig durch den Ton in meinem Ohr, sehnte ich mich nach einem Zuhause, und meine eigene Wohnung war für mich kein Zuhause mehr.

In dieser Nacht konnte ich wieder nicht schlafen. Ich lag in meinem früheren Kinderzimmer, das natürlich nicht mehr so aussah wie damals, ich wartete auf den Ton in meinem Ohr, ich starrte an die Decke und erinnerte mich an das Einschlafen und Aufwachen in meiner Kindheit, und plötzlich, es muss so gegen drei Uhr morgens gewesen sein, hörte ich, wie es begann: ein hohes Piepen, leise, kaum hörbar, drängend und kaum noch erträglich – der Ton. Aber der Ton war nicht in meinem Ohr, er kam nicht von innen, er kam durch die Zimmertür, aus dem Schlafzimmer meiner Mutter. Sie verursachte diesen Ton. Sie weinte. Sie weinte, und ihr Weinen war wie ein hohes, dünnes Piepen, wie ein Schrei, den sie im Kissen verbarg. So hat sie nachts vor sich hin geweint. So muss sie schon geweint haben, als ich ein Kind war, spät in der Nacht, wenn sie annehmen konnte, dass ich schlief.«

Wie schafft der Witwentröster Gelegenheiten? Indem er sich für Aufgaben meldet, die ihm erlauben, auf unauffällige Weise überall anwesend zu sein: Er verteilt am Nachmittag die Wäsche für den Abend, er wechselt Handtücher, er füllt Windelvorräte in den Schränken auf, er geht in allen Witwenzimmern ein und aus.

Der Sohn der Witwe Thoms. Nicht nur seine fleckigen Zähne fielen mir auf, sondern auch seine Steifheit. Sein Gesicht war so regungslos, als hätte man ihn per Spritze betäubt. Vor dem Fahrstuhl kamen wir ins Gespräch.
SOHN: »Ich hasse diese Besuche. Sie hat mir ja gar nichts getan. Aber mir bleibt jedes Wort im Halse stecken, wenn ich mit ihr zu reden versuche.«
WITWENTRÖSTER: »Als hätten Sie einen Strick um den Hals.«
SOHN: »Einen Nabelstrang. Genau. Das haben Sie sich also gemerkt.« (Er lacht mit seinem fleckigen Gebiss. Er

zeigt die Zähne, aber Wangen und Augen bleiben unbewegt.)

WITWENTRÖSTER: »War das schon immer so?«

SOHN: »Ja. Aber als Kind ist es mir nicht weiter aufgefallen. Da dachte ich, es wäre ganz normal.«

WITWENTRÖSTER: »Und was denken Sie jetzt?«

SOHN: »Keine Ahnung. Ich versuche, nicht darüber nachzudenken. Ich rede trotzdem mit ihr. Aber es ist wirklich peinlich – ich vermeide es, sie mit einem Namen anzureden. Ich sage einfach du zu ihr. Ich bringe es nicht über mich, Mama oder Mutti zu sagen. Und beim Vornamen, wie die jungen Leute es machen, habe ich sie nie genannt. Und jetzt ist es zu spät, um damit anzufangen.«

WITWENTRÖSTER: »Weiß Ihre Mutter das?«

SOHN: »Ich glaube schon. Aber sie lässt sich nichts anmerken.«

Später, als er mit einer Zigarette in der Raucherecke stand, fragte ich weiter:

WITWENTRÖSTER: »Was ist denn so schwierig daran, mit Ihrer Mutter zu reden?«

SOHN: »Sie fällt mit ihrer Stimme über mich her.«

WITWENTRÖSTER: »Was meinen Sie damit?«

SOHN: »Sie will mich immer zwingen. Sie will mich dazu zwingen, dass ich fröhlich bin. Dass ich mich freue. Aber das kann ich nicht. Nicht, dass ich keine Gefühle hätte. Bloß: Sie ersterben, wenn ich die Stimme meiner Mutter höre.«

WITWENTRÖSTER: »Das ist sehr traurig.«

SOHN: »Tja. Vielleicht. Ich habe mich daran gewöhnt.«

WITWENTRÖSTER: »Und Sie kommen trotzdem zu Besuch …«

SOHN: »Ich kann meine Mutter doch nicht allein hier sitzen lassen. Außerdem hoffe ich immer, dass es mal anders wird.«

WITWENTRÖSTER: »Jetzt noch? Aber sie hat doch gar nicht mehr lange zu leben.«

SOHN: »Woher wollen Sie das wissen? Was reden Sie da? Sie wissen doch gar nicht, wovon Sie reden!«

Er drückte seine Zigarette im Aschenbecher aus und verschwand wütend in Richtung Pflegestation.

Ein paar Tage später: Ich war müde, ich hatte auch während der Mittagspause gearbeitet, ich saß in der Raucherecke, und mir fielen fast die Augen zu. Mir gegenüber, tief im Sessel versunken, die Schwiegertochter der Witwe Schneider. Sie zog an ihrer Zigarette und stieß Ewigkeiten später eine kleine Qualmwolke aus, und als mir die Augen schon beinahe zufallen wollten, begann sie, leise mit mir zu reden.

»Wenn ich meine Schwiegermutter besuche, denke ich an Fleisch. Gekochtes Fleisch, gebratenes Fleisch. Rohes Fleisch. Fleisch in allen Variationen. Nein, eigentlich denke ich vor allem an rohes Fleisch.

Als ich der Familie zum ersten Mal vorgeführt wurde, hatte mein Mann meine Schwiegermutter gebeten, vegetarisch zu kochen. Mir zuliebe, weil ich seit meiner Jugend Vegetarierin bin. Und das machte sie auch. Aber den ganzen Abend lang wurde über nichts anderes gesprochen als darüber, wie gut es meiner Schwiegermutter gelungen war, auch ohne Fleisch ein gutes Essen zu kochen.

– Dieses Essen ist so gut, dass man das Fleisch kaum vermisst!, sagten sie.

– Man muss nicht immer Fleisch essen!

– Wir hatten doch auch früher nicht immer Fleisch!
– Es soll auch gar nicht gesund sein!
– Und wenn man schon Fleisch isst, dann wenigstens gutes Fleisch. Lieber sonntags ein Stück Filet als jeden Tag Bratwurst!
So redeten sie den ganzen Abend lang. Den ganzen Abend lang war von nichts anderem als von Fleisch die Rede. Und dann fiel meiner Schwiegermutter ein, dass ich ja der Ehrengast war und dass das ganze Familientreffen meinetwegen abgehalten wurde, und sie wandte sich zu mir und sagte: Schmeckt es dir, meine Liebe?
Damals habe ich gedacht: Ich setze mich nie wieder an diesen Tisch! Aber das habe ich natürlich nicht durchgehalten. Seit sechs Jahren, seitdem mein Mann tot ist, sind wir allein miteinander, meine Schwiegermutter und ich. Und wahrscheinlich erinnert sie sich schon lange nicht mehr an mein erstes Essen in ihrer Familie. Aber ich erinnere mich daran. Ich erinnere mich daran, als wäre es gestern gewesen. Und mich packt so eine sinnlose Wut, und ich stelle mir vor, dass ich ihr, wenn sie tot ist, einen Klumpen Fleisch auf den Sargdeckel werfe! Rohes Fleisch! Wenn Sie verstehen, was ich meine.«

# 7. DIE WITWEN IM FRÜHLING
## März 1986

Die Witwe Jakob: Die Schwestern nannten sie »die Unsterbliche« und behaupteten, dass sie seit siebzehn Jahren in der Luisenstiftung war. Doch das war mehr ein Gerücht als gesichertes Wissen, denn schließlich war keine der Schwestern so lange im Haus, und eine Akte der Witwe Jakob habe ich nie zu Gesicht bekommen.
Sie wohnte in Zimmer 4 auf der Pflegestation. Sie nahm von ihren Zimmernachbarinnen, den Witwen Greimel und Seligmann, keine Notiz. Für sie existierten nur ihre Bügel und darum herum ihr Territorium. Hinten an der Stirnwand des Zimmers stand ihr Bett. Links, am Kopfende des Bettes: ihr Sessel. Rechts, dem Sessel gegenüber: eine hohe Kommode. Ein nach einer Seite offenes Viereck also, die Öffnung zur Tür hin.
Die Witwe Jakob verbrachte die Tage im Sessel und hatte von morgens acht Uhr, wenn sie gewaschen und angezogen worden war, bis abends sieben Uhr, wenn wir sie wieder auszogen, direkten Blick auf ihre Kommode. An deren Vorderkante waren zwei Bügel aufgehängt, schwarze Plastikbügel mit drehbaren Metallhaken. Die beiden Bügel trugen ihre Garderobe, oder das, was davon übrig geblieben war: eine grüne Strickjacke, ein graues Baumwollkleid und ein blaues Baumwollkleid. Die Unterwä-

sche war ihr im Lauf der Jahre verschlissen, und sie wurde nun aus dem Fundus des Hauses versorgt: Unterhemden, Strumpfhosen und Schlüpfer von größtenteils unklarer Herkunft. Nur in wenigen Stücken fanden sich noch die eingenähten Namensschildchen der Vorbesitzerinnen, d.h. von Witwen, die in der Luisenstiftung gestorben waren und die wahrscheinlich keine siebzehn Jahre durchgehalten hatten.

Da die Witwe Jakob keine eigene Unterwäsche mehr besaß, war ihre Kommode leer, und nur ihr Starrsinn verhinderte, dass wenigstens dasjenige ihrer beiden Kleider, das sie gerade nicht am Körper trug, in der Kommode untergebracht wurde. Stattdessen gab es das System mit den Bügeln.

Im Winter trug die Witwe Jakob das graue Kleid und die grüne Strickjacke. Im Sommer trug sie nur das blaue Kleid, keine Strickjacke. Auf Blusen verzichtete sie, denn beide Kleider waren langärmlig und am Hals eng geschlossen. Es war den Schwestern nicht möglich, das graue Kleid im Winter zum Waschen zu bekommen; die Witwe Jakob gab es nicht her. »Dann hätte ich ja nur noch das blaue Kleid«, sagte sie. »Ich kann nicht das blaue Kleid zur grünen Strickjacke anziehen.« Eher gelang es Schwester Therese, im Sommer das blaue Kleid zum Waschen zu bekommen, aber auch nur selten, denn beinahe ebenso sehr wie unpassende Farbkombinationen, blau und grün, fürchtete die Witwe Jakob ungleiche Abnutzung. Wenn Schwester Therese – und nur Schwester Therese – die Witwe Jakob dennoch ab und zu überreden konnte, das blaue Kleid zum Waschen herzugeben, dann nur deshalb, weil im Sommer mehr Licht ins Zimmer fiel, sodass selbst die Witwe Jakob im Sommer die Kleckerflecken auf ihrem Kleid nicht leugnen konnte.

Im Sommer hing also auf einem der Bügel das graue Kleid, auf dem anderen die grüne Strickjacke. Im Winter war nur einer der Bügel besetzt, nämlich mit dem blauen Kleid. Der andere Bügel war leer, hing aber ebenfalls an der Kommodenkante.
Die Oberfläche der Kommode war sehr glatt; hartes, altes, dunkles Holz, und die Bügel fanden nur wenig Halt. Eine kleine Erschütterung oder ein Luftzug genügte, und sie fielen zu Boden. Dabei war der behängte Bügel, da ja das Kleid eine gewisse Fläche bot, eher empfindlich gegen Luftzug, während der leere Bügel wegen seines geringen Gewichtes eher bei Erschütterungen fiel. Und offenbar riss der behängte Bügel den leeren im Fallen mit sich, denn wenn nur einer der Bügel am Boden lag, dann war es immer der leere.

Die Witwe Jakob wartete nur auf den Augenblick, wo ihre Bügel fielen. Von morgens um acht bis abends um sieben saß sie in ihrem Sessel und starrte auf die Kommode. Manchmal döste sie ein, aber spätestens das Klappern der Bügel, wenn sie auf den Boden schlugen, weckte sie auf, und dann tastete sie an die linke Sessellehne, wo mit einem Klebestreifen die elektrische Klingel angebracht war.
Jeder von uns wusste natürlich, worum es ging, wenn über Zimmer 4 das rote Licht leuchtete. Die Witwen Greimel und Seligmann klingelten nie, und die Witwe Greimel wusste nicht einmal, dass sie eine Klingel hatte. Zumindest vergaß sie es in den entscheidenden Augenblicken, nämlich wenn sie aufs Klo musste. Sie ging immer allein los, obwohl sie hätte wissen müssen, dass sie es nicht schaffen würde, und jedes Mal fiel sie nach ein paar Metern. Mehr als einmal machte ich mich auf den Weg zu den Bügeln der Witwe Jakob und fand dann

die Witwe Greimel am Boden liegend, eingekotet, stinkend, keuchend, bis hinab auf die Schenkel schwarz verschmiert und unfähig, um Hilfe zu rufen.
Nicht, dass die Witwe Jakob wegen der Witwe Greimel geklingelt hätte. Ich sagte es schon: Sie nahm von ihren Nachbarinnen keine Notiz. Wir wussten nie, wie lange die Witwe Greimel schon dort lag, konnten aber annehmen, dass ihr Fall den Fall der Bügel unmittelbar zur Folge gehabt hatte, sodass sie nicht allzu lange auf Hilfe hatte warten müssen. Die Bügel der Witwe Jakob hatten, wie Schwester Therese einmal bemerkte, insofern auch ihr Gutes: Sie sorgten dafür, dass das Zimmer nie lange unbeobachtet blieb.

Wenn die Witwe Jakob geklingelt hatte und eine der Schwestern oder der Witwentröster kam herein und kümmerte sich nicht als Erstes um sie, begann sie, leise und beharrlich zu wimmern. Sie hatte von Natur aus, vom Alter noch verstärkt, eine hohe, irritierende, weinerliche Stimme, die, wenn sie zu wimmern begann, durchdringend und in höchstem Grade alarmierend wirkte, sodass man entweder den Raum gleich wieder verlassen musste oder tun, was sie wollte, oder sie niederbrüllen. Der schnellste und einzig gangbare Weg war, zu tun, was die Witwe Jakob wollte, also die Bügel aufheben, denn das Zimmer verlassen konnten wir nicht, weil die Witwe Greimel da noch lag, außerdem hätte die Klingel der Witwe Jakob nach einer Minute doch wieder geleuchtet, und Niederbrüllen war natürlich verboten, denn Angehörige, die sich im Haus aufhielten, hätten etwas hören können, und natürlich erschreckte es auch die Witwe Greimel und die Witwe Seligmann.
Meistens mussten wir also, bevor wir uns um die Witwe Greimel kümmern konnten, noch schnell die Bügel der

Witwe Jakob aufhängen, und wenn sie merkte, dass wir es schnell machen wollten, fand sie garantiert irgendetwas auszusetzen. Entweder hängten wir die Bügel falsch herum, oder zu nah an die Kante, oder die Witwe Jakob entdeckte einen Fussel auf dem gefallenen Kleid, den sie eigentlich auf die Entfernung, mit ihren schlechten Augen, gar nicht sehen konnte. Sie verlangte, dass man sich Zeit nahm für sie und ihre Bügel, und wenn wir versuchten, das Verfahren zu beschleunigen, dauerte es am Ende nur länger.

Wenn die Witwe Jakob geklingelt hatte und jemand von uns kam, um ihre Bügel aufzuheben, trug sie ihr Anliegen im immer gleichen Wortlaut vor. Sie erlaubte sich keine Nachlässigkeiten. Niemals sagte sie nur: »Die Bügel, Schwester!«, oder etwas Ähnliches, was ja vollauf genügt hätte. Sie sagte stets, so als hätten wir Grund zum Aufatmen: »Ja, Schwester, es ist nur eine Kleinigkeit, ob Sie wohl meine Bügel aufheben könnten?« (Auch zu mir sagte sie: »Schwester«; so schlecht waren ihre Augen.) Dabei lächelte sie uns an, als sei sie mit uns in einem Einverständnis, es kam mir sogar vor, als erwartete sie, dass wir unsere Erleichterung kundtaten, weil wir doch, wie sie wusste, die meiste Zeit mit sehr viel unangenehmeren und zeitraubenderen Aufgaben konfrontiert wurden.

Ich habe nie gezählt, wie oft am Tag die Witwe Jakob eigentlich klingelte. Es hing stark von den Jahreszeiten ab. Im Winter waren die Fenster geschlossen, die Witwen waren ruhig, und nach dem morgendlichen Witwenwaschen hatten wir einigermaßen Zeit, uns um alles zu kümmern. Ich würde sagen, dass die Witwe Jakob im Winter fünf- bis zehnmal am Tag klingelte. Auf vier oder fünf Leute verteilt, war das eben noch auszuhalten.

Natürlich verloren die Schwestern dennoch, obwohl sie sich im Winter eigentlich nicht zu beklagen brauchten, manchmal die Geduld. Sie schmissen hin und wieder, wenn sie keine Lust mehr hatten, die Bügel einfach aufs Bett und schrien die Witwe Jakob an, dass es jetzt genug sei mit dem Quatsch, dass sie sich, wenn einmal Zeit sei, eine vernünftige Lösung ausdenken würden: »Wir müssen das jetzt klären!«, rief mehr als einmal Schwester Sabine. »Und zwar ein für alle Mal! Wir haben keine Zeit für diesen Schwachsinn!«

Aber dazu kam es nie. Wenn die Bügel auf dem Bett gelandet waren, schien die Witwe Jakob zu wissen, dass sie die Schwestern nicht weiter reizen durfte. Sie verzichtete auf ihr Wimmern und auf nochmaliges Klingeln, sie verlegte sich aufs Warten, sie tat schicksalsergeben bis zum Abend und brachte dann, wenn Schwester Sabine oder Schwester Wiebke oder Schwester Martina zum Ausziehen kamen, das Thema in aller Unschuld wieder vor. Abends ging es nicht anders, das sahen auch die Schwestern, die Bügel mussten wieder an die Kommode, denn auf dem Bett konnten sie nicht bleiben, weil die Witwe Jakob da schlafen sollte, und so kurz vor Feierabend hatte niemand mehr Kraft für Streit oder große Veränderungen. Die Witwe Jakob hatte den längeren Atem, siebzehn Jahre eben.

Richtig anstrengend wurde es im Frühling. Nach langen Monaten schien wieder Sonne in die Zimmer, draußen zeigten sich Blumen und Vögel, die Witwen wurden von Unruhe erfasst. Der Aufbruch in der Natur drückte ihnen aufs Gewissen, sie erinnerten sich mit einem Mal, dass auch sie noch am Leben waren, und sie wollten teilnehmen am allgemeinen Erwachen. Die Witwe Randow schrie alle zehn Minuten vom Bett aus, dass sie nun aufstehen wolle, es werde ihr zu viel, sie sei es nicht gewohnt, den hellichten Tag zu verschlafen. »Holt mich aus diesem Bett raus!«, brüllte sie direkt hinüber ins Dienstzimmer, und ihre Stimme überschlug sich vor Angst und Panik und vor Wut, und ihre Hände, zittrig von zwei Schlaganfällen, rüttelten am Bettgitter. Die Witwe Schneider in Zimmer 3 probierte die Morgenmäntel ihrer Zimmernachbarinnen über und erklärte, sie gehe nach Hause, und wenn es nötig sei zu Fuß. Die Witwe Trittau wollte mit den angebissenen Brotscheiben, die sie in ihren Verstecken gehortet hatte, die Vögel füttern, und die Witwe Roth hatte ihre Schwimmbahnen über die Station aufgegeben: Sie stand am Fahrstuhl, den sie nicht mehr bedienen konnte, hielt ihre Rockschöße und wartete darauf, dass die Fahrstuhlkabine sie wer weiß wohin entführen möge.

Nur die Witwe Jakob blieb unberührt. In ihren siebzehn Jahren hatte sie gelernt, dass der Frühling sie doch überfordern würde. Sie regte sich nicht, wandte nicht einmal den Blick zum Fenster und brachte für die Umtriebe der anderen Witwen kein Verständnis auf. Inmitten der Unruhe bewachte sie weiter ihre Bügel. Für sie wie für uns war es Schwerstarbeit.

In allen Zimmern, außer Zimmer 4, waren nun Fensterklappen geöffnet; ein Hauch von Zugluft ging über die Station. Die Bügel, die im Winter fünfmal, zehnmal am Tag gefallen waren, fielen jetzt fünfzehnmal, zwanzigmal. Die Klingel leuchtete im Halbstundentakt, die Schwestern fluchten, und auch die Witwe Jakob zeigte Zeichen der Erschöpfung.

Hinzu kam, die Witwe Greimel, so hinfällig sie war, war nicht mehr an ihrem Platz zu halten, der Frühling versetzte auch sie in Panik, sie geisterte ziellos durchs Zimmer und geriet immer wieder, die Warnrufe der Witwe Jakob missachtend, auf deren Territorium, wo sie mit schwankendem, schwerfälligem Körper die Bügel weitere fünfmal, sechsmal, zehnmal von der Kommode riss.

Dann, endlich, Ende März, war wohl die Witwe Schneider in Zimmer 3 der Meinung gewesen, sie müsse die Fenster putzen. Sie lag mit dem Waschlappen in der Hand am Boden. Sie hatte sich nichts getan, aber auf den umgekippten Stuhl war der Vorhang herabgesegelt, an dem sie sich hatte festhalten wollen, und die Vorhangstange hing von der Decke herab. Schwester Therese rief Herrn Ruppelt, den Küster und Hausmeister. Der fuhr zwei Stunden später vor, hob einen Werkzeugkasten aus seinem Kofferraum und lief scheppernd damit über die Pflegestation. Er begutachtete den Schaden, stellte seinen Werkzeugkasten im Dienstzimmer ab und versprach, am Nachmittag wiederzukommen.

Nach dem Mittagessen führte ich die Witwe Jakob zum Klo. Sie war so regelmäßig in ihren Gewohnheiten, dass ich genau wusste, wie viel Zeit ich hatte: fünfzehn Minuten. Im Dienstzimmer griff ich Hammer und Nagel aus dem Werkzeugkasten. Die Schwestern legten die anderen Witwen zur Mittagsruhe. Nur die Witwe Roth schlich über den Korridor. In Zimmer 4, wo die Witwen Greimel und Seligmann schon schliefen, Wolldecken über die Knie gebreitet, nahm ich die Bügel von der Kommode und legte sie aufs Bett. Die Witwe Jakob auf dem Klo ließ noch nichts von sich hören. Ich wollte erst den Nagel benutzen, entschied dann aber, dass es klüger wäre, die Kommode nicht sichtbar zu beschädigen. Ich steckte also den Nagel in die Tasche und legte ein Handtuch auf die Kommode, um den Aufprall des Hammers zu dämpfen. Ich schlug mit der Hammerecke zwei kleine Beulen in die Oberfläche der Kommode, etwa da, wo immer die

Bügel hingen. Dann nahm ich die Bügel vom Bett. Die Schläge waren so dumpf gewesen, dass niemand etwas gehört hatte. Auch die Witwen Greimel und Seligmann rührten sich nicht. Ich hängte die Bügel in die beiden kleinen Beulen. Ich rüttelte zur Probe: Die Bügel schwankten, aber sie fielen nicht. Ich brachte das Werkzeug in den Kasten zurück. Die Schwestern waren noch unterwegs. Und während ich noch überlegte, ob jemand etwas entdecken würde, klingelte schon die Witwe Jakob, die Unsterbliche, auf der Toilette nach mir.

Im März beherrscht die Unruhe der Witwen das Haus, die Schwestern sind überlastet und gereizt, bei einzelnen Witwen steigert sich die Unruhe zu Panik, befeuert von Sonnenschein und milder Luft und Vogelgesang. Gleichzeitig damit steigt jedoch das Mitteilungsbedürfnis der Witwensöhne, sie fliehen vor der Panik der Mütter ebenso wie vor der Tüchtigkeit der Schwestern, und sie nutzen die Zigarettenlänge, die kurze Kaffeepause und erzählen dem Witwentröster, wie und in welcher Weise die Last des Mangels auf ihnen liegt.

So erlebte ich es beim Sohn der Witwe Schubert. Er besuchte seine Mutter selten, und wenn er kam, dann schien er von schlechtem Gewissen getrieben, und wenn er einmal da war, dann schien er nicht zu wissen, wie er sich wieder verabschieden sollte. Er blieb einen ganzen Nachmittag, setzte sich jedoch alle halbe Stunde in die Raucherecke am Fahrstuhl. Also setzte ich mich dazu.
Er trank Kaffee und rauchte, und die Köchin klapperte mit den Resten vom Mittagessen an uns vorbei: Pommes frites und Brathähnchen. Die Witwen hatten kaum etwas angerührt.

»Als ich ein Kind war«, sagte der Sohn der Witwe Schubert, »aß ich Brathähnchen lieber als irgendetwas anderes. Ich sagte immer ›Hähnchen!‹, wenn meine Großmutter mich fragte, was ich mir zum Essen wünschte. ›Am liebsten möchte ich Hähnchen!‹ Meine Großmutter machte dann zwei große Hähnchen mit Currysauce und Reis. Und weil ich der Mann im Haus war, kriegte ich allein ein ganzes Hähnchen. Meine Mutter, meine Großmutter und mein kleiner Bruder teilten sich das zweite. Ich bekam ein ganzes Hähnchen als Belohnung dafür, dass ich so erwachsen war. Als Belohnung dafür, dass ich der Mann im Haus war. Denn meine Mutter hatte meinen Vater vertrieben, und nun war er fort, und wir brauchten ihn nicht mehr. Und ich hatte seinen Platz eingenommen. Als wir zu viert am Esstisch meiner Großmutter saßen, gab es eine stillschweigende Übereinkunft (und das Hähnchen war mein Lohn): Keiner sagte, dass jemand fehlte.
Ich weiß noch genau, wie es damals ausgesehen hat: Ich bekam den Platz am Kopfende des Tisches. Meine Mutter saß rechts von mir, mein Bruder saß links. Am anderen Ende war der Platz meiner Großmutter. Reis und Currysauce standen schon auf dem Tisch, und nun trug meine Großmutter die Hähnchen aus der Küche herein: zwei große, goldbraune Hähnchen, die sie im letzten Augenblick, bevor sie sie aus dem Ofen nahm, noch einmal mit heißem Fett übergossen hatte, und das heiße Fett warf Blasen auf der knusprigen Hähnchenhaut und lief auf dem Servierteller zu einer goldenen Pfütze zusammen. Und dann sagte meine Großmutter, was sie jedes Mal sagte: ›Weil du der Mann im Haus bist, sollst du ein ganzes Hähnchen kriegen, mein Junge!‹ Und ich sagte: ›Lecker!‹, und mein Bruder warf mir einen Blick zu, aber er sagte nichts.

Und dann aßen wir, und meine Mutter und meine Großmutter unterhielten sich beim Essen, und hin und wieder sagte auch ich etwas mit meiner tiefen Stimme (ich hatte schon mit acht Jahren eine sehr tiefe Stimme), und wenn ich etwas sagte, glühte meine Mutter vor Stolz, und meine Großmutter nickte ihr zustimmend zu, und sie hatten nichts dagegen, dass ich es sah.
Und ich weiß noch, dass meine Großmutter eine ekelhafte Art zu essen hatte. Sie riss das Fleisch mit den Händen vom Knochen und lutschte sich andauernd die Finger ab, und ihre Serviette war vollgekleckert mit Reis und Currysauce. Und das, erklärte meine Mutter meinem Bruder auf dem Heimweg, lag entweder daran, dass sie schon so lange allein lebte, oder es lag daran, dass sie auf dem Land aufgewachsen war, oder es war beides: Jetzt, wo sie allein lebte, aß sie wieder so, wie sie als Kind gegessen hatte.
Und ich, obwohl ich ein Kind war, aß ganz manierlich und erwachsen. Und ich aß immer das ganze Hähnchen auf, obwohl es viel zu viel für mich war, aber ich hatte das Gefühl, ich dürfte nichts liegen lassen, und dafür aß ich nur ganz wenig Reis. Und ich sagte kein Wort davon, dass ein ganzes Hähnchen viel zu viel für mich war und dass ich auf dem falschen Platz saß und dass jemand fehlte.«

Pause. Schweigen. Eine Zigarette. Eine Tasse Kaffee. Auch der Witwentröster schweigt. Er hofft, dass nicht im nächsten Moment eine der Schwestern ihn erblickt und ihn zurück zur Arbeit ruft.
SOHN: »Wieso erzähle ich Ihnen das?«
WITWENTRÖSTER: »Irgendjemandem muss man so etwas ja erzählen.«
SOHN: »Ja, genau. Sie haben Recht. Irgendjemandem muss man so etwas erzählen. Und bei den Schwestern

geht das nicht. Erzählen Sie es bitte den Schwestern nicht! Aber entschuldigen Sie, junger Mann. Ich halte Sie auf.«

Von der Witwe Coch hatte ich bisher nichts erfahren. Ich hatte gesehen, wie sie ihre seltsamen Fallübungen machte, ich wusste, dass sie nachts streng und stocksteif unter ihrer Bettdecke lag, ich wusste, dass sie sich nie über irgendetwas beklagte, aber sonst wusste ich nichts über sie. Ich wusste auch nicht, dass sie einen Enkelsohn hatte, bis dieser Enkelsohn nachmittags in der Raucherecke neben mir saß. Er sagte hastig zwischen zwei Zigarettenzügen zu mir: »Sie denken, Sie kennen meine Großmutter. Aber Sie kennen sie nicht. Sie kennen die Härte dieser Frauen nicht. Ich bin jetzt fünfzig Jahre alt. Meine Mutter ist siebzig. Meine Großmutter ist neunzig. Meine Generation ist von Frauen erzogen worden. Nur von Frauen. Vergessen Sie das nicht. Es gab nur Frauen! Es gab keine Männer!«
Ich nickte vorsichtig. Ich wartete darauf, dass der Enkel der Witwe Coch weiterreden würde, aber offenbar hatte er mir gar nichts weiter zu sagen, denn im gleichen Augenblick war er aufgesprungen, hatte seine Zigarette ausgedrückt und war in Zimmer 1 bei seiner Großmutter verschwunden.

Man darf es sich nicht falsch vorstellen: Die Raucherecke am Fahrstuhl war kein gemütlicher Ort. Die Aschenbecher stanken, von der Pflegestation drang der Gestank der Witwen herüber, die Fahrstuhltüren öffneten sich und entließen Zugluft aus dem Eingangsbereich und neue Wellen von Gestank. Schwester Sabine steckte immer wieder ihren Kopf um die Ecke, wenn sie auf der Suche nach mir war, und dann blieb mir nichts anderes übrig, als meinen Platz aufzugeben, dem Witwensohn bedauernd zuzunicken, darauf zu hoffen, dass unser Gespräch eine Fortsetzung finden würde, darauf zu hoffen, dass das, was er mir erzählte, mir helfen würde, später der Witwe die richtigen Fragen zu stellen.

Im Sessel in der Raucherecke am Fahrstuhl, umweht von Zugluft und Unruhe, sitzt ein Großneffe der Witwe Hermann. Er wirkt erschöpft und widerwillig, er hat die erste Gelegenheit zu einer Zigarettenpause ergriffen, er hat es nicht eilig, zurück ins Wohnzimmer zur Witwe Hermann und zu den anderen Witwen zu gehen. Als der Witwentröster sich zu ihm setzt, fängt der Großneffe sofort zu reden an.

»Wissen Sie, manchmal denke ich, dass ich dafür verantwortlich bin, dass meine Tante in diesem Altersheim lebt. Vor sechs Jahren, kurz bevor sie hierher gekommen ist, bestahl ich sie bei einem Besuch; es war ein wirklich lächerlicher kleiner Diebstahl, und ich weiß bis heute nicht, warum ich das getan habe. Sie hatte mir Butter, Schinken, Käse und ein Glas eingelegte Paprika zum Mitnehmen eingepackt, es war ein richtiges Fresspaket, und ich kämpfte gegen ein Gefühl der Beschämung, weil ich sie so selten besuchte, und dann, sozusagen aus heiterem Himmel, stahl ich noch eine Tube Meerrettich aus dem Seitenfach ihres Kühlschranks. Es war so einfach: Meine Großtante stand vor mir und hatte sich tief in den Kühlschrank hineingebeugt, sodass ich mich ungesehen bedienen konnte, und ich griff ohne nachzudenken ins Seitenfach und stopfte die Meerrettichtube in die Innentasche meiner Jacke, und ich hatte das Gefühl, ein solcher Diebstahl geschehe ihr recht. Dieses Gefühl verste-

he ich bis heute nicht. Und ich wusste gar nicht, was ich mit einer Tube Meerrettich anfangen sollte. Ich hatte einfach den Wunsch, ihr etwas zu stehlen.
Das war mein letzter Besuch in ihrer Wohnung. Kurz darauf hörte ich von meiner Mutter, dass meine Großtante ins Altersheim ziehen werde. Und hier ist sie nun. Und seitdem sie hier ist, habe ich das Gefühl, mein Diebstahl habe damit zu tun. Ach, es ist ja noch viel verrückter: Ich wünsche mir geradezu, mein Diebstahl habe damit zu tun. Ich wünsche mir, ihr mit meinem kleinen Diebstahl etwas gezeigt zu haben. Dabei hat sie das Fehlen der Meerrettichtube wahrscheinlich nie bemerkt.
Wissen Sie, ich habe der Großzügigkeit meiner Tante nie geglaubt. Ich habe sie immer für eine harte und irgendwie böse alte Frau gehalten. So sah ich sie vor mir, wenn ich an sie dachte. Und wenn ich sie hin und wieder leibhaftig traf, bei einem Familienfest oder auf einer Beerdigung, war ich überrumpelt von ihren roten Wangen, von ihrem strahlenden Lächeln, von ihrer Freundlichkeit und Freigiebigkeit. Ich wusste, dass etwas daran nicht stimmte. Ich wusste nur nicht, warum.
Immer wenn ich an meine Großtante dachte, fiel mir ein, wie die Hexe im Lied von Hänsel und Gretel beschrieben wird: ›Sie stellte sich recht freundlich, ach Hänsel, welche Not! Sie wird dich braten im Ofen braun wie Brot! …‹ Sie kennen dieses Lied. Jeder kennt es. Aber keiner denkt darüber nach. Nur ich habe darüber nachgedacht, wann immer meine Tante mir einfiel. Irgendwie habe ich immer diese Zeile aus dem Lied im Sinn gehabt. Dabei hat meine Mutter nie etwas davon gesagt, dass meine Tante mich braten wollte.
Jedenfalls stellte ich dann fest, dass der Umzug in dieses Heim sie genauso hat werden lassen, wie ich sie immer empfunden habe. Hier tut sie nicht mehr freundlich.

Hier ist ans Licht gekommen, was für ein Mensch sie ist: eine gierige und bittere und böse alte Frau.«

Er schwieg. Ich saß in meinem Sessel und spürte, wie müde ich war: seit halb sechs Uhr morgens auf den Beinen, hungrig, weil ich nichts gegessen hatte, erschöpft. Von der Station war nichts zu hören. Niemand schien mich zu vermissen. Jetzt fiel dem Großneffen noch etwas ein.
»Zwei Jahre vor ihrem Umzug in die Luisenstiftung hat sie sich einen Adressaufkleber machen lassen, auf dem ein kleiner roter Marienkäfer neben ihrem Namen abgebildet war. Geht es noch harmloser? Alle vier Wochen bekam ich Post von dieser bitterbösen alten Frau, und jedes Mal quälte ich mich mit der Frage, wie ich ihr antworten sollte, und jedes Mal starrte ich den kleinen roten Marienkäfer an, der mich auf dem Briefumschlag freundlich begrüßte. Sie tat so, als sei sie ein kleines Schulmädchen! Meine Mutter fand es rührend, als ich ihr davon erzählte. Finden Sie es rührend? Ich fand es aberwitzig.«

Am 15. März kehrte die Witwe Meldorf aus dem Krankenhaus zurück. Die Schwestern hatten längst beschlossen, dass sie ins Erdgeschoss umziehen werde. Sie hielten es für eine Selbstverständlichkeit. So selbstverständlich, dass sie es mir nicht mal sagten.
Die Witwe Meldorf fuhr wieder im Taxi vor, wie bei ihrem Einzug. Und wieder trug sie ihren Trenchcoat. Nur war sie diesmal auf den Arm des Taxifahrers gestützt, und sie sah erschöpft aus und humpelte stärker, als ich erwartet hatte. Sie schien jedoch entschlossen, sich auch nach ihrem Beinbruch von den Schwestern nichts vorschreiben zu lassen. Sie sagte zu Schwester Wiebke: »Ich weiß, was Sie vorhaben. Man hat es mir im Krankenhaus

gesagt. Lassen Sie bitte Fräulein Therese und Fräulein Sabine ausrichten, dass ich nicht ins Erdgeschoss umziehen werde. Ich denke, ich selbst weiß am besten, was ich mir zutrauen darf.«
Sie sah Schwester Wiebke ein paar Sekunden lang herausfordernd an, dann humpelte sie, von ihrem Taxifahrer gestützt, ins Dachgeschoss hinauf.

Noch am gleichen Tag fand eine Art Krisensitzung statt. Schwester Therese hatte die Heimleiterin hinzugebeten, die nun mit dunkler Brille in der Ecke des Dienstzimmers saß.
»Wenn ihr mich fragt: Es reicht jetzt! Wir müssen ihr jetzt mal klarmachen, dass sie hier nicht machen kann, was sie will!«, sagte Schwester Sabine.
»Frau Meldorf ist nicht entmündigt!«, sagte die Heimleiterin.
Schwester Therese sagte: »Wir müssen eine Lösung finden, die allen Beteiligten zumutbar ist.«
Ich sagte: »Ich kann ja Frau Meldorf zu den Mahlzeiten in den Saal bringen. So lange dauert das doch nicht. Fünf oder zehn Minuten vielleicht.«
»Vorher zehn Minuten und nachher zehn Minuten macht zwanzig Minuten«, sagte Schwester Wiebke.
»Und du bist vielleicht nicht immer da, Jan«, sagte Schwester Martina.
»Ich glaube, ich spinne!«, sagte Schwester Sabine. »Dann haben wir hier bald das Grand Hôtel Luise!«
»Und? Wäre das so schlimm?«, sagte die Heimleiterin.
Schwester Sabine sagte: »Sie kennen doch die Alten. Was die eine kriegt, wollen die anderen auch. Das ist doch wie im Kindergarten.«
»Aber ich bitte Sie!«, sagte die Heimleiterin. »Was ist denn das für ein Vokabular!«

Schwester Therese traf die Entscheidung. Sie sagte: »Danke, Jan, das ist nett von dir. Für den Übergang ist es keine schlechte Idee. Du wirst das natürlich nicht allein machen können. Aber wir können es zumindest versuchen, bis eine andere Lösung gefunden ist. Ich werde Frau Meldorf darauf hinweisen, dass es keine Dauerregelung ist.«
Die Heimleiterin stand auf. Sie nickte Schwester Therese anerkennend zu und verließ das Dienstzimmer.
Schwester Martina griff nach ihren Zigaretten.
Schwester Sabine warf mir einen wütenden Blick zu.

Schwester Therese sagte am Nachmittag zur Witwe Meldorf: »Frau Meldorf, lassen Sie uns vernünftig miteinander reden. Wir sind doch erwachsene Leute.«
Die Witwe Meldorf sagte schnippisch: »Gilt das für alle in diesem Haus?«
Schwester Therese sagte: »Wir können hier nicht jeden machen lassen, was er will. Wir sind haftbar. Wir müssen die Zustände verantworten können. Natürlich sind wir daran interessiert, eine einvernehmliche Regelung zu finden.«
Die Witwe Meldorf sagte dazu nichts.
Schwester Therese sagte: »Es ist ja sowieso nichts von heute auf morgen machbar. Wir müssen erst mal einen Platz für Sie finden.«
»Ich habe doch schon erklärt, dass ich nicht umziehen werde!«
»Lassen wir das erst mal. Ich habe auch eine gute Nachricht. Bis wir uns geeinigt haben, wird unser junger Mann Sie unterstützen. Dann haben Sie eine Hilfe beim Gehen und brauchen das Bein nicht so zu belasten. Er hat das freundlicherweise von sich aus vorgeschlagen. Er wird Sie zu den Mahlzeiten in den Saal begleiten.«

Wieder sagte die Witwe Meldorf nichts. Das konnte sie ganz gut.
»Sehen Sie, Frau Meldorf«, sagte Schwester Therese, »ich verstehe Sie ja.«
»Da täuschen Sie sich!«, sagte die Witwe Meldorf. »Sie verstehen überhaupt nichts.«

Ich ging ein paar Stunden später zur Witwe Meldorf hinauf. Sie tat so, als wüsste sie nicht, warum ich kam.
»Ich wollte Sie abholen«, sagte ich. »Zum Abendessen.«
»Ja, danke, das ist nett von Ihnen. Würden Sie noch einen Augenblick draußen warten?«
Das hatte noch nie eine Witwe verlangt.
»Klar«, sagte ich. »Das mache ich.«

Nach ein paar Tagen fingen wir an, uns auf dem Weg in den Saal miteinander zu unterhalten. Wir müssen verschwörerisch ausgesehen haben. Die Witwe Meldorf verstummte nämlich, sobald irgendjemand in unsere Hörweite geriet. Und nach einer Weile begann ich, die Situation zu genießen (Schwester Sabines Blicke!), und ich spürte, dass auch die Witwe Meldorf Spaß an der Sache bekam. Wenn wir nach dem Mittagessen zusammen die Treppe hinaufstiegen, mussten wir direkt an Schwester Sabine vorbei, die in Zimmer 2 den Mittagsschlaf vorbereitete. Manchmal rief ich zu ihr hinüber: »Lass mir noch etwas übrig!«, aber die Witwe Trittau machte so ein Geschrei, dass Schwester Sabine mich nicht verstehen konnte. Ich winkte ab und signalisierte: »In fünf Minuten bin ich da und helfe.« Ich klopfte auf meine Armbanduhr und hob fünf Finger und grinste. Das machte Schwester Sabine offenbar wütend, denn sie zerrte die Witwe Trittau grob auf das Bett.

Schwester Sabine Ende März: So wütend, dass sie keine Witze mehr machte. Sie sah noch dünner aus als sonst. Sie arbeitete noch schneller als sonst. Sie fiel auch bei den Witwen aus den oberen Stockwerken in den Kommandoton, den sie sonst nur im Erdgeschoss und bei mir und Marianne verwendete, und mehrfach hörte ich, wie Schwester Therese sie darauf hinwies, dass immer noch sie, Schwester Therese, die Stationsleiterin war.

Schwester Wiebke im März: Gereizt und angestrengt durch die Unruhe der Witwen. Zweimal schrie sie die Witwe Felter an, mehrfach klagte sie morgens über Kopfschmerzen, einmal sagte sie »Alte Hexe!« zur Witwe Piehl.

Schwester Martina im März: Sie rauchte deutlich mehr als gewöhnlich; stehend, im Dienstzimmer, bei geöffnetem Fenster. Sie redete wenig. Beim Frühstück vergrub sie sich in ihrer Morgenpost.

Schwester Therese: Irgendwie abgelenkt und mit sich selbst beschäftigt. Unruhig. Vielleicht war sie angesteckt von der Unruhe der Witwen. Vielleicht hatte sie Ärger mit ihren Kindern oder mit ihrem geschiedenen Mann. Vielleicht Ärger mit der Heimleiterin. Jedenfalls nutzte sie jede Gelegenheit, um sich an den Schreibtisch des Dienstzimmers zurückzuziehen und dort nervös mit dem Kugelschreiber zu spielen.

# 8. DER WITWENTRÖSTER MACHT FORTSCHRITTE

April 1986

Wie erkennt der Witwentröster, ob eine Witwe ihm die Wahrheit sagt? Und wie bringt der Witwentröster eine Witwe zur Wahrheit? Das sind nicht nur Anfängerprobleme. Das beste Argument des Witwentrösters lautet: Sie hat nicht mehr viel Zeit. Aber das ist ein etwas idealistisches und naives Argument, und bei den Witwen zieht es nicht, jedenfalls am Anfang. Am Anfang sind die Witwen gerade nicht daran interessiert, zur Wahrheit gebracht zu werden. Und sie glauben, die Zeit arbeite für sie. Das wirksamste Argument am Anfang lautet daher: Ein Witwenheim ist klein, und die Witwe wird dem Witwentröster nicht ausweichen können. Wo sollte sie denn hin?

Der Witwentröster, der seinen Beruf ernst nimmt, wird sich Tag und Nacht den Kopf über die Einzelheiten seiner Vorgehensweise zerbrechen. Er wird sich fragen: Soll ich die Witwe X damit konfrontieren, dass sie sich widerspricht? Soll ich der Witwe Y erzählen, was ich von ihrem Sohn erfahren habe? Soll ich es vor Zeugen tun? Soll ich es in Gegenwart anderer Witwen tun? Wie viel Druck ist notwendig, um eine Witwe zum Reden zu bringen? Kann die Witwe überhaupt reden? Und was weiß die Witwe

von ihrem Mangel? Und wie viel Druck wäre zu viel und würde sie verstummen lassen?
Die Beschäftigung mit solchen Fragen ist anstrengend, aber der Witwentröster darf sich nicht entmutigen lassen. Er hat ohnehin keine Wahl. Und auch die Witwen sind hartnäckig. Eines haben sie bereits bewiesen: dass sie überleben können. Kaum eine Witwe war unter 80 Jahre alt, und ihre Männer waren teils seit vierzig Jahren tot.

Ich roch, wie das Aprilwetter die Witwen quälte. Ich roch die Regenschauer, ich roch die Sonne, die den Regenschauern folgte, und die spiegelnden Pfützen auf dem Parkplatz, ich roch die böige Bewegung vor den Fenstern, den feuchten Wind von der Nordsee, die Folgen der Unruhe für die Verdauung. Ich roch das angstvolle, getriebene, hastige Urinieren, ich roch die Schmerzen im Unterleib, ich roch den Schweiß auf der Haut. Ich roch, wie viel Kraft es die Witwen kostete, die Unruhe des Frühlings zu bändigen, ich roch ihre Furcht vor dem Sommer, der sich schon ankündigte, der minuten- und viertelstundenweise schon zu den Fenstern hereinschien, die Furcht der Witwen vor der Helligkeit des Sommers, vor den maßlosen und unerschöpflichen Energien der Sonne und der Natur.
Morgens beim Witwenwaschen krallte sich die Witwe Schulz in meinen Arm, und die Witwe Seligmann stöhnte, wenn ich mit dem Waschlappen die Wundstelle auf ihrem Rücken berührte, und die Witwe Felter zitterte und suchte ihre Brille und ihre Schuhe und ihren Stock. Morgens beim Witwenwaschen schnürte sich meine Kehle zu, als ich den Nachttopf der Witwe Schneider aus seiner Halterung zog. Ich spürte, wie mir der Schweiß ausbrach und wie ich stillstand und kostbare Zeit verlor und wie

die Stimmen von Schwester Sabine und Schwester Martina sich näherten und wie die Witwe Thoms mich von ihrem Bett aus beobachtete. Ich spürte, dass mein Magen klein und hart war, und ich rannte mit dem Nachttopf zur Spülanlage, und ich zwang mich, an etwas anderes zu denken und den Blick abzuwenden und zu atmen. Morgens beim Witwenwaschen schoss mir der Schmerz wie eine heiße Nadel in den Rücken, als mir die Witwe Greimel aus den Händen glitt und mit dumpfem Geräusch auf den Boden prallte. Dort lag sie röchelnd und gurgelnd, und ich musste die Schwestern zu Hilfe rufen, und nur gemeinsam brachten wir die Witwe wieder auf die Beine. Und natürlich versäumte es Schwester Sabine beim Frühstück nicht, mir zu sagen: »Jan, solche Dinge dürfen einfach nicht passieren!«

Der Witwentröster kann nur erfolgreich arbeiten, wenn er bereit ist, notfalls eine gewisse Härte zu zeigen. Es braucht manchmal erheblichen Druck, bis eine Witwe ihren Widerstand gegen das Getröstetwerden aufgibt. Natürlich ist es für den Witwentröster nicht angenehm, solchen Druck auszuüben. Ich möchte beinahe sagen, der Witwentröster leidet mehr darunter als die Witwe selbst. Mehr noch als die Witwe ist ja der Witwentröster angewiesen auf eine Atmosphäre des Vertrauens. Dass es aber dennoch manchmal ohne Härte nicht geht, das lernte ich bei der Witwe Wiese.

Ich nannte die Witwe Wiese im Stillen: die Assel. Die Assel hauste im Keller, gegenüber den Personaltoiletten. Sie fühlte sich dort für meinen Geschmack entschieden zu wohl. Sie hatte sich in ihrem Rollstuhl eingerichtet, keine 75 Jahre alt (sie sah sogar noch jünger aus, ich hätte sie auf 65 oder 70 geschätzt), und sie hatte keine Lust mehr, auch nur eines ihrer Asselbeinchen zu bewegen. Dafür trank sie Bier. Ich weiß nicht, woher sie es bekam. Ein, zwei Flaschen in der Woche hätten ihr sicher auch die Schwestern besorgt. Die Assel trank aber fünf, sechs Flaschen am Tag. Ich vermutete, dass sie die Köchin bestochen hatte. Die Küche war nur ein paar Schritte vom Zimmer der Assel entfernt, und die Köchin, dachte ich damals, hätte für Geld sehr viel getan. (Jedenfalls redete sie andauernd über Geld, wenn sie mit Marianne sprach oder mit ihrer Helferin in der Küche.) Obwohl es mir später gelingen sollte, die Trinkerei der Assel zu unterbinden, habe ich nie herausgefunden, wie sie sich das Bier beschaffte. Und falls die Köchin durch mich eine Einnahmequelle verlor, hat sie es sich nicht anmerken lassen.

Die Assel hatte mit 73 Jahren einen Schlaganfall gehabt. Seitdem saß sie im Rollstuhl und sprach nicht mehr richtig. Sie lallte nur noch. Aus ihrem Nachttopf stank es dumpf und säuerlich und schal. Das hing natürlich mit dem Bier zusammen.
Die ersten paar Male empfing sie mich morgens mit fröhlichem Nicken. Sie glaubte offenbar, es machte mir Spaß, mich um ihren Nachttopf zu kümmern. Je näher ich ihrem Nachttopf kam, desto fröhlicher wurde ihr Nicken: ein begeistertes, ein enthusiastisches Nicken.
Abends hob ich die Assel aus dem Rollstuhl ins Bett. Ich stellte die leeren Bierflaschen auf die Fensterbank. (Am nächsten Morgen würden sie verschwunden sein.) Ich imitierte ihr Lallen. Die Assel kuckte verletzt.
Ich sagte: »Mir brauchen Sie nichts vorzumachen. Sie haben einfach keine Lust mehr. Sie sind zu faul, ein normales Leben zu führen. Das ist zwar eklig, aber mehr steckt nicht dahinter.«

Die Assel lallte »Nein, nein!«, wenn ich zu ihr ins Zimmer kam, aber danach beschränkte sie sich auf ihre ängstlichen Blicke. Dafür versuchte sie im Saal, den Schwestern ihren Kummer zu signalisieren.
»Hat Frau Wiese etwas gegen dich?«, fragte mich Schwester Therese.
»Wieso? Ich wüsste nicht, warum.«
»Ich frag ja nur. Sie kuckt immer so komisch, wenn sie dich sieht.«
Ich sagte: »Vielleicht liegt es daran, dass ich auch immer so komisch kucke, wenn ich morgens ihren Nachttopf sehe.«
Schwester Therese fächelte sich Luft zu bei dem Gedanken. »Ja, der Gestank da unten ist furchtbar.«

Ich sagte abends zur Assel: »Wenn Sie sich über mich beschweren wollen, nur zu! Aber vorher müssten Sie wohl wieder mit dem Sprechen anfangen. Da habe ich ja nichts zu befürchten.«
Ich schloss die Vorhänge und nahm ihr die leere Bierflasche aus der Hand. »Und mit dieser Sauferei ist auch bald Schluss!«

Im April benutzte Schwester Wiebke zum ersten Mal den Ausdruck »Witwentröster«, als sie von mir sprach: »Da ist ja endlich unser Witwentröster«, sagte sie, als ich verspätet zur Dienstbesprechung kam, weil die Witwe Antoni mich aufgehalten hatte. Man kann sich vorstellen, wie verblüfft ich war. Aber ich ließ mir nichts anmerken. Und der Ausdruck bürgerte sich sofort ein. »Noch eine Tasse Kaffee, der Herr Witwentröster?«, fragte zum Beispiel Schwester Sabine am nächsten Morgen beim Frühstück, und ich antwortete auch noch: »Ja, danke.«

Und Schwester Sabine sagte höhnisch: »Dann nimm dir doch welchen!«

Ich stand bei der Witwe Heesch im Dachgeschoss. Wieder kämpfte ich mit ihren Gummistrümpfen.
WITWENTRÖSTER: »Ich muss oft an diesen Spruch von Ihnen denken: Wer lacht, hat noch Reserven.«
WITWE: »Ich habe es Ihnen doch erklärt. Wir haben das oft gesagt, als ich jung war.«
WITWENTRÖSTER: »Letztes Mal haben Sie gesagt, dass Sie das beim Aufbau gesagt haben. Da waren Sie doch gar nicht mehr so jung.«
WITWE: »Man ist so jung, wie man sich fühlt. Ist das hier ein Verhör?«
WITWENTRÖSTER: »Ja.«
WITWE: »Dann helfen Sie mir jetzt mal lieber mit den Gummistrümpfen, und dann melden Sie sich auf der Station zurück. Da unten werden Sie sicherlich gebraucht.«
WITWENTRÖSTER: »Oho.«
WITWE: »Werden Sie nicht frech, junger Mann! Ich habe keine Zeit für Ihre Kindereien.«

Am nächsten Morgen.
WITWENTRÖSTER: »Was haben Sie denn aufgebaut? Ein Haus hier in Altona?«
WITWE: »Nein, drüben in Barmbek. Wir haben das Haus in Barmbek wieder aufgebaut. Und die Schule. Und die Kirche.«

Der Witwentröster folgt seinem Gefühl. Anders kann es gar nicht sein, unabhängig vom Grad seiner Erfahrung. Und mein Gefühl sagte mir: Diese Witwe verschwieg mir etwas. Ich fühlte mich beklommen in ihrer Gegenwart, und dafür gab es mit Sicherheit einen Grund. Ich überlegte: Sie hat nicht mehr viel Zeit. Das ist der Ansatzpunkt. Ich muss ihr klarmachen, dass ihr nur wenig Zeit bleibt. Ein paar Jahre. Vielleicht nur ein paar Monate. Niemand weiß, wer mein Nachfolger sein wird und wie er arbeiten wird. Ich werde nicht behaupten, etwas zu wissen. Ich werde ihr einfach vorrechnen, wie wenig Zeit ihr noch bleibt.

Ich war naiv. Ich ging tatsächlich hin und machte ihr meine Rechnung auf.

WITWENTRÖSTER: »Frau Heesch, warum sprechen Sie nicht offen mit mir? Sie haben doch nicht ewig Zeit. Wer weiß, wer mein Nachfolger sein wird und wie er arbeiten wird. Wäre es nicht klüger, Sie würden mir alles erzählen?«

WITWE: »Wovon reden Sie, junger Mann? Was soll ich Ihnen denn erzählen? Ich weiß wirklich nicht, wovon Sie reden.«

Ein paar Tage später. Wieder beim Anziehen der Gummistrümpfe.

WITWE: »Man hat mir erzählt, dass Sie jetzt einen Spitznamen haben. ›Der Witwentröster‹.«

WITWENTRÖSTER: »Blödsinn.«

WITWE: »Das finde ich auch.«

Ich fing damit an, dass ich in Gegenwart der Witwe Heesch besonders häufig lachte. Ich lachte sogar über Schwester Sabines öde Witze.

Schwester Sabine sagte, als zufällig die Witwe Heesch in der Nähe war: »Es gibt Pflaumenkompott zum Nachtisch. Damit werden wir nachher noch unsere Freude haben.«

Ich lachte.
Die Witwe Schneider sagte, als zufällig die Witwe Heesch in der Nähe war: »Ich heiße Schneider und bin geborene Schneider. Als ich meinen Mann traf, Heinz Schneider, und seinen Nachnamen hörte, war es um mich geschehen.«
Ich lachte.
Im Saal lachte ich, wann immer ich in die Nähe des Tisches der Witwe Heesch kam. Natürlich lachte ich so, dass mein Lachen etwas anderem zu gelten schien. Nur die Witwe Heesch sollte wissen, dass sie diejenige war, die gemeint war. »Ich lache nur für Sie, Frau Heesch!«, sollte mein Lachen sagen. »Merken Sie es?« Ich lachte, wenn ich ihr auf dem Korridor begegnete. Ich lachte in der Toilette, wenn ich wusste, dass sie in einer der Kabinen saß. Es war ein leises und künstliches Lachen.
Ich hatte das Gefühl, sie durchschaute mich vom ersten Augenblick an. Sie ließ sich nicht einmal anmerken, dass sie die Künstlichkeit meines Lachens erkannte. Sie ließ sich überhaupt nichts anmerken. Sie ließ mich auflaufen. Die Witwe Heesch war ein Profi.

Ich setzte mich zur Witwe Stockhusen. Ihr stand der Mangel ins Gesicht geschrieben. Und von ihrem Sohn wusste ich, ihre Schwiegertochter hatte sechzehn Kilo verloren. Ich machte also einen Versuch.
Witwentröster: »Wie schwer ist eigentlich die Geschwulst auf Ihrer Wange? Glauben Sie, sie wiegt sechzehn Kilo? So viel hat Ihre Schwiegertochter verloren, wissen Sie das?«
Witwentröster: »16 Kilo. Das sind drei Säcke Kartoffeln. Das ist jetzt alles da drin.« (Ich zeigte auf die Geschwulst.)

Ich redete, sie schwieg. Ihr Sohn hatte ja gesagt, dass sie das immer so machte. Ich wollte mich davon nicht beirren lassen.

WITWENTRÖSTER: »Sie sind doch sonst immer ein Familienmensch gewesen. Ihr Sohn sagt, Sie waren immer von Familie umgeben. Er sagt, Sie haben Ihre Eltern bis zum Tod bei sich gehabt. Und dann Ihren Bruder. Und dann hat Ihr Sohn Sie zu sich geholt.«

Ich redete über Operationen. Schmerzhafte und nicht schmerzhafte Operationen. Komplizierte und unkomplizierte Operationen. Operationen mit lokaler Narkose und Operationen mit Vollnarkose. Ich brachte ihr Fotos von Operationen. Ich zeigte ihr Vorher-nachher-Bilder. Im Wohnzimmer lagen genug Zeitschriften herum, in denen für Schönheitsoperationen und Schlankheitsoperationen usw. geworben wurde. Die Witwe Stockhusen schwieg weiterhin. Ich wusste nicht einmal, ob sie hörte, was ich zu ihr sagte.

WITWENTRÖSTER: »Sie könnten jetzt bei Ihren Kindern sein. Aber Sie wollten ja nicht. Jetzt sind Sie hier. Hier kommt man nicht wieder raus. Jetzt sind wir Ihre Familie.«

Das Wetter blieb unruhig, Aprilwetter, federleichter Regen wurde abgelöst von kräftigem Sonnenschein, wässriger Sonnenschein wurde abgelöst von böigem Regen, und die Witwe Eilers saß am Fenster und schien auszurechnen, wie lange es dauern würde bis zum nächsten Schnee.

»Da werden Sie noch etwas warten müssen«, sagte ich zu ihr. »So schnell gibt's nicht wieder Schnee. Außerdem: Was fasziniert Sie denn so sehr am Schnee?«

Zur Witwe Sudek sagte ich: »Was ist übrigens mit Ihrem

Sohn? Kann der nichts gegen diese Briefe von Ihrer Schwester unternehmen?«
»Pah! Mein Sohn!«, sagte die Witwe Sudek. »Der hat doch meiner Schwester immer am Busen gehangen!«
»Wer ist eigentlich Hans?«, fragte ich die Witwe Bettin.
Und wieder fragte die Witwe Bettin zurück: »Bist du Hans?«
Und diesmal sagte ich: »Und was wäre, wenn? Jetzt erzählen Sie mal!«

Ich sagte zur Witwe Benken, die mir vom Halleyschen Kometen erzählt hatte: »Kennen Sie diese Eselsbrücke? ›Mein Vater erklärt mir jeden Samstag unsere neun Planeten: Merkur, Venus, Erde, Mars, Jupiter, Saturn, Uranus, Neptun, Pluto.‹«
»Das verstehe ich nicht«, sagte die Witwe Benken.
»Das ist ganz einfach«, sagte ich. »Die Anfangsbuchstaben der einzelnen Wörter im Satz zeigen die Reihenfolge der Planeten. Und zwar geordnet nach ihrem Abstand zur Sonne: Mein wie Merkur, Vater wie Venus, Erklärt wie Erde.«
»Wie bitte?«, sagte die Witwe Benken.
»Es ist eine Eselsbrücke«, sagte ich. »Wenn man sich die Eselsbrücke merkt, dann kennt man immer die Reihenfolge der Planeten.«
»Ach so«, sagte die Witwe Benken. »Eine Eselsbrücke. Und wozu haben Sie die?«

Ich verließ schon lange nicht mehr automatisch das Zimmer, wenn eine Witwe Besuch bekam. Ich machte mir am Waschbecken oder am Kleiderschrank oder an den Betten zu schaffen, um möglichst wenig von dem zu verpassen, was sich die Witwe und ihr Besuch zu erzählen hatten. So stand ich einmal auch im Zimmer der Witwe Bettin. Die Witwe Bettin, die »abbaute«, wie die Schwestern es nannten. Und die Nichte der Witwe Bettin kam zu Besuch, und ich fragte die Nichte: »Wer ist eigentlich Hans?«, und die Nichte sagte leise zu mir: »Hans war der Sohn von Tante Johanna. Er ist 1943 ums Leben gekommen. Beim Bombenangriff. Er war erst 14 Jahre alt.«

Die Witwen erinnern sich nicht, doch der Witwentröster macht Fortschritte. Es ist ihm zur Routine geworden, dass er Gelegenheiten schafft, um mit den Kindern der Witwen zu sprechen. Er weiß sich nützlich zu machen, wenn Besucher das Haus betreten, er nimmt Mäntel und Jacken und Schirme in Empfang, er schafft Stühle und Kaffee und Mineralwasser herbei, er sorgt für Blumenvasen und schafft auf Nachtschränken Platz, wenn ein Foto oder eine Zeitschrift oder eine Schachtel Pralinen ihren Ort finden sollen. Er hat gelernt, unauffällig in der Nähe zu sein, wenn eine Witwe Besuch bekommt, er hat gelernt, die Ohren aufzusperren, und es fällt ihm immer leichter, die zwei, drei verbindlichen Sätze zu sagen, die die Witwenkinder vom Personal erwarten, wenn sie ihre Mütter besuchen.

Der Enkel der Witwe Becker stand in leichtem Sommer-Anorak auf dem Korridor und schien es eilig zu haben.
»Haben Sie meine Großmutter gesehen?«
»Die ist auf ihrem Zimmer und hält Mittagsruhe.«
»Ach so. Dann will ich nicht stören. Bestellen Sie ihr einen schönen Gruß.«
»Warum haben Sie es so eilig?«
»Ich wollte sowieso nicht lange bleiben. Ich bin nur hier, um ihr etwas zurückzugeben.«

»Das können Sie doch machen. Sie wird bestimmt nicht böse sein, wenn Sie sie wecken.«
»Wissen Sie was, machen Sie's. Es ist nur ein Brief, den sie mir geschrieben hat. Würden Sie ihr den zurückgeben?«
»Zurückgeben? Wenn Sie meinen – natürlich.«
Der Enkel der Witwe Becker übergab mir den Brief. Der Umschlag war offen. (Heute weiß ich: Der Enkel wollte, dass ich las, was seine Großmutter ihm geschrieben hatte. Damals wusste ich das noch nicht. Dennoch setzte ich mich eine halbe Stunde später in den Umkleideraum, wo niemand mich suchen würde, und las.)

»Lieber Rudolf! Deinen Brief habe ich erhalten und mich zu dem Foto vom kleinen Michael gefreut, aber über den Inhalt des Briefes bin ich entsetzt. Daraus lese ich, dass Du erleichtert bist, dass Mama mit Dir die Verbindung abgebrochen hat. Rudolf, wie ist es nur möglich, dass Du Deine Mutter so hasst. Immer hattet ihr ein gutes Verhältnis, bis Du zu der Therapeutin gegangen bist. Sie muss sehr familienfeindlich sein! Rudolf, wie kannst Du Mama so einen hässlichen Brief schreiben, mit fürchterlichen Ausdrücken, ich kann es nicht begreifen, man kennt Dich ja nicht wieder, was ist nur in Dich gefahren. Rudolf, auch wenn Du es nicht hören willst, Deine Mutter hat euch alleine groß gemacht, war dabei noch voll berufstätig und musste noch die Schulden von eurem Vater abbezahlen. 10.000 DM, das ist sehr viel Geld bei dem kleinen Sekretärinnengehalt, denke doch mal darüber nach! Euer Vater hatte so viel Betrügereien gemacht, er wusste selbst nicht mehr ein noch aus, er hat sich einfach aus dem Staub gemacht, Frau und Kinder sitzen lassen. Es ist ein vollkommener Vertrauensbruch. Rudolf, wie machst Du Dir das Leben schwer und Mama so viel

Kummer. Glaubst Du wirklich, dass Mama sich von Dir getrennt hat? Äußerlich ja, aber innerlich gibt eine Mutter ihr Kind nie auf, es blutet ihr das Herz, auch dass sie jetzt die Enkelkinder nicht mehr sehen kann. Rudolf, was willst Du eigentlich, kannst Du nicht dankbar sein, hast eine gute Frau und zwei gesunde Kinder, was willst Du mehr? Ich wünsche mir, dass Deine Kinder Dir später nicht so viel Herzeleid zufügen, wie Du jetzt Mama tust. Ich hoffe sehr, dass sich nach einer Zeit wieder ein normales Verhältnis herstellt, denn wie es jetzt ist, wollt ihr es doch beide nicht! Auch ich bin sehr traurig, dass Du mir Deine Susanne nie vorgestellt hast. Wie gerne bist Du früher immer bei mir gewesen. Dein Verhalten kann ich nicht begreifen. Rudolf, darauf ruht kein Segen!«

Als ich die Witwe Becker später auf dem Korridor traf, sagte ich zu ihr: »Ihr Enkel war hier. Er wollte Sie sprechen, aber Sie waren in der Mittagsruhe, und er musste schnell wieder los. Er hat mir einen Brief für Sie gegeben.«
Die Witwe Becker sah ihre Handschrift auf dem Briefumschlag, und sie erkannte ihren eigenen Brief. Sie sah natürlich auch, dass der Brief geöffnet war, und sie sah mich misstrauisch an.
»Mein Enkel hat Ihnen diesen Brief gegeben?«
»Ja. Er bat mich, dass ich ihn an Sie weitergebe. Stimmt etwas nicht?«
»Nein, nein, alles in Ordnung«, sagte die Witwe Becker. Sie ließ den Brief hastig in ihrer Handtasche verschwinden.
»Dann ist ja gut«, sagte ich zur Witwe Becker. »Bis später!«

Nachmittags klopfte ich an die Tür der Witwe Meldorf und fragte, ob sie Zeit für einen Spaziergang habe. Ich sagte: »Ein bisschen frische Luft wird uns nicht schaden.« Die Witwe Meldorf nahm es hin, als sei es eine Selbstverständlichkeit. Sie zog ihren Trenchcoat über und hakte sich bei mir ein. Wir gingen in den Garten. Wir drehten zehn, elf Runden um die Apfelbaumwiese. (Der Baum trug seit Jahren nicht mehr.) Falls die Witwe Meldorf Schmerzen im Bein hatte, verbarg sie es gut. Sie warf spöttische Blicke auf die Witwen, die auf den Bänken ausruhten.
»Die können nicht mehr!«, sagte ich.
Die Witwe Meldorf sagte: »Die wollen nicht mehr!«

Nach ein paar Tagen bemerkte Margot, die ältere Tochter der Witwe Randow: »Sind sie nicht ein schönes Paar?« Ich streckte ihr die Zunge raus. Die Witwe Meldorf tat so, als habe sie nichts gehört. Und Schwester Sabine, die neben Margot auf der Bank saß, lächelte verkniffen.

Anfangs versuchte ich noch, ein Gespräch in Gang zu bringen. Es klappte aber nicht so richtig, anders als beim gemeinsamen Treppensteigen. Das lag auch an mir. Der Garten war zu öffentlich, und ich fühlte mich beobachtet, nicht nur von Schwester Sabine. Hin und wieder machte ich eine Bemerkung über die Blumen oder über den Apfelbaum oder über das Wetter, und hin und wieder antwortete mir die Witwe Meldorf. Und nur ein einziges Mal, soweit ich mich erinnere, fing sie selbst zu reden an.
Witwe: »Wer pflegt hier eigentlich das Gelände?«
Witwentröster: »Herr Ruppelt, der Küster der Kirchengemeinde.«
Witwe: »Ist das der, der auch sonntags die Glocken läutet?«

Witwentröster: »Ja. Außerdem macht er bei uns die Hausmeisterarbeiten.«
Witwe: »Tüchtiger Mann.«
Witwentröster: »Klar. Der hat zu tun. Wie geht's Ihrem Bein?«
Witwe: »Danke der Nachfrage. Und selbst? Was macht die Müdigkeit?«
In meinen Witwentrösterohren klang das viel versprechend. Nicht schlecht, dachte ich. Es geht los.

Es ging aber nicht los. Als ich sie ins Dachgeschoss zurückbrachte, war sie wieder höflich und distanziert.
Witwe: »Haben Sie vielen Dank für Ihre Mühe, junger Mann.«
Witwentröster: »War mir ein Vergnügen. Das wissen Sie doch.«
Witwe: »Auf Wiedersehen.«

Als sie nach dem fünften oder sechsten Spaziergang immer noch so distanziert tat, fing ich an, mich zu ärgern. Als wenn sie nicht wüsste, dass sie die Einzige war, mit der ich so häufig spazieren ging. Sie wusste es ganz genau. Auch ihr Zimmer hatte Blick auf den Garten, und sie saß jeden Tag mehrere Stunden am Fenster.
Ich beschloss, sie aus der Reserve zu locken: Am nächsten Tag bot ich ihr keinen Spaziergang an. Ich brachte sie nach dem Mittagessen nach oben, dann verabschiedete ich mich, ohne sie nach ihren Plänen für den Nachmittag zu fragen.
»Bis morgen, Frau Meldorf«, sagte ich.
Aber sie ließ sich nichts anmerken. »Ja ja, bis morgen«, murmelte sie leichthin und machte sich am Waschbecken zu schaffen.

Die Witwen sahen mich mit der Witwe Meldorf im Garten, und ich hörte, wie sie zueinander sagten: »Da ist Frau Meldorf mit ihrem jungen Kavalier«, und ein paar Tage später hieß es: »Da kommt unser junger Kavalier!« Und das war schon der dritte Name, den ich hatte: der junge Mann, der Witwentröster, der junge Kavalier.

»Ich habe Sie gestern Nachmittag im Garten gesehen«, sagte die Witwe Backhaus. »Mit unserer Frau Meldorf. Nett sah das aus! Es hat mich daran erinnert, wie Willi mich beim Gehen stützte, als ich vom Tanzen den schlimmen Knöchel hatte.«
»Willi?«
»Oh«, sagte die Witwe Backhaus und wirkte erschrocken, »Willi war mein erster Mann. Er ist tot. Er ist in der Gefangenschaft vermisst.«
»Das tut mir Leid«, sagte ich, »aber wissen Sie was: Der Sommer steht vor der Tür, vielleicht gehen auch wir beide bald miteinander spazieren.«
»Ja«, sagte die Witwe Backhaus, »wenn Sie das meinen«. Sie wirkte noch immer erschrocken.

Am Sonnabend, den 26. April 1986 ereignete sich der Unfall im Kernkraftwerk von Tschernobyl in der Ukraine. In den darauf folgenden Tagen und Wochen fragte man sich: Wie weit reicht die Strahlung? Wird sie auch Deutschland erreichen? Wie lange wird sie andauern? Was darf man noch essen? Dürfen Kinder noch unter freiem Himmel spielen? Darf man Türen und Fenster geöffnet lassen? Wie gefährlich ist es, das Haus zu verlassen? Es gab unzählige Fragen dieser Art, es gab unzählige Meinungen, und es gab viele neue Wörter: Kernschmelze, Halbwertzeit, Becquerel, GAU. Es gab Krisenstäbe

und Pressekonferenzen, Landwirtschaftsminister und Innenminister und Strahlenfachleute, und im Radio und im Fernsehen spekulierten Experten über Zusammenkünfte des russischen Politbüros, über zurückgehaltene Informationen und über geheimnisvolle Geheimdienstberichte.
In der Luisenstiftung saßen elf Witwen vor dem Fernseher im Wohnzimmer. Sie hatten die Nachrichten auf volle Lautstärke gedreht, und scheppernd und ohrenbetäubend meldete um siebzehn Uhr der Gong die Tagesschau. Diesmal war es anders als bei der Explosion der Weltraumrakete. Die Witwen wussten ihre Aufregung kaum zu verbergen: Die Atomexplosion bedeutete das Ende für alle; nicht nur für Witwen und amerikanische Astronauten.

Drei oder vier Tage nach Bekanntwerden des Unfalls ergriff im Saal die Köchin das Wort. »Es ist wegen der Verstrahlungen. Sie haben es ja alle im Fernsehen gehört. Ich habe deshalb beschlossen, dass wir dem Rat der Experten folgen und bis auf weiteres keinen Spinat und keine Pilze mehr zubereiten. Und die Milchsuppe werden wir mit Milchpulver anrühren müssen. Frischmilch ist zurzeit zu gefährlich. Ich bitte um Ihr Verständnis. Guten Appetit.«
Schwester Wiebke und Schwester Martina, die hinten in der letzten Reihe standen, gackerten.
»Das war ja eine richtige Ansprache! Von unserer Köchin!«
»Du glaubst doch nicht, dass sie sich jemals hingestellt und Spinatblätter gewaschen hat? Die weiß doch gar nicht, was das ist: frisches Gemüse.«
»Und wieso überhaupt Frischmilch? Haben wir sonst Frischmilch?«
Schwester Therese war verärgert. »Was bildet diese Kö-

chin sich ein? Die alten Frauen so in Angst und Schrecken zu versetzen!«

Die Heimleiterin blieb hinter ihrer dunklen Brille versteckt und überließ es Schwester Therese, von Tisch zu Tisch zu gehen und für Beruhigung zu werben. Offensichtlich jedoch hatten die Witwen keine Neigung, sich beruhigen zu lassen. In den folgenden Tagen ließen viele von ihnen ihre Milchpulver-Milchsuppe stehen. »Die schmeckt nicht!«, sagten sie. »So schmeckt Milchsuppe nicht!«
»Es ist halt ein Notfall«, wiederholte die Köchin ständig, während sie das Frühstück im Saal und auf der Pflegestation abräumte. »Bitte haben Sie Verständnis!«
»Sie brauchen sich nicht zu entschuldigen«, sagte die Witwe Becker gespreizt. »Es ist nicht die erste Prüfung in unserem Leben.« (Und demonstrativ aß sie ihre Milchsuppe auf.)

Tschernobyl beschäftigte uns noch einige Zeit. Die Witwen und ihre Kinder konnten gar nicht genug davon bekommen.
»Welche Vorkehrungen treffen Sie?«, fragte eine Tochter. »Greifen Sie auf Konserven zurück? Wird das Leitungswasser abgekocht?«
»Haben Sie den Speiseplan verändert?«, fragte eine zweite Tochter. »Mein Mann ist Arzt. Er rät zur Vorsicht. Auf keinen Fall sollten Waldpilze zubereitet werden! Und auf keinen Fall Wild! Ich habe aus der Ärztezeitung ein paar Hinweise für die Ernährung ausgeschnitten.«
»Jetzt ist es so weit! Die Russen haben uns alle vergiftet!«, erklärte düster und triumphierend die Witwe Neffe.
»Ach Quatsch!«, sagte Schwester Therese. »Die Russen haben doch selbst am meisten darunter zu leiden.«

In den Wochen nach Tschernobyl wurden auf Anordnung von Schwester Therese alle Spaziergänge eingestellt. Das betraf vor allem die Witwe Steffen, die sonst mindestens einmal pro Woche spazieren geführt wurde, damit sie nicht auf eigene Faust losging, es betraf die Witwen Neffe und Hermann (denen allerdings, da sie nicht entmündigt waren, Schwester Therese nur eine Empfehlung aussprach), aber es betraf auch meine Spaziergänge mit der Witwe Meldorf.
»Wir müssen unsere Spaziergänge fürs Erste einstellen«, sagte ich also zur Witwe Meldorf. »Schwester Therese hält die Strahlenbelastung für zu gefährlich.«
»Ja. Schade, mein Lieber. Sehr schade. Es hat mir Freude gemacht.«
»Ja«, sagte ich, »schade, das finde ich auch.«

Als Folge von Tschernobyl tauchte das Thema Verwandlung wieder auf. Im Radio und im Fernsehen wurde erörtert, ob wir bei Neugeborenen oder in nachfolgenden Generationen mit Erbschäden und Mutationen zu rechnen hatten: mit Verkrümmungen und Verhärtungen, mit Rückbildungen und Missbildungen. »Schildkröten!«, dachte ich. »Die reden von Schildkröten!«
Ich erzählte der Witwe Piehl von meiner Idee. »Wissen Sie, diese Atomkatastrophe: Bei all dem Gerede von Mutationen ist mir die Geschichte vom Pastor wieder eingefallen. Wie sich die alten Leute in Schildkröten verwandeln.«
Die Witwe Piehl lachte leise. »Sie sollten mal ein Geschichtsbuch in die Hand nehmen, junger Mann. Die Katastrophen, die uns verwandelt haben, haben sich vor mehr als 40 Jahren ereignet.«

Ende April, vielleicht Anfang Mai, es muss kurz nach dem Ende unserer Spaziergänge gewesen sein, leuchtete über dem Zimmer der Witwe Meldorf die Klingel. Die hatte sie noch nie benutzt. Ich hörte laute Stimmen. Im Zimmer wurde gestritten.

»Sie sind bald achtzig Jahre alt, Frau Meldorf, wann begreifen Sie das?«

Das war Schwester Sabines Stimme. Ich klopfte.

»Kommen Sie rein!«, rief die Witwe Meldorf.

Sie saß in ihrem Sessel. Sie hatte den Kopf zur Seite gedreht und starrte angestrengt aus dem Fenster. Schwester Sabine hatte sich vor ihr aufgebaut und die Hände in die Hüften gestemmt.

»Irgendetwas nicht in Ordnung?«, sagte ich. »Was ist denn los?«

»Ach, der Herr Witwentröster«, sagte Schwester Sabine. »Dann bring du sie runter. War ja sowieso alles deine Idee.«

Sie ging.

»Was war denn los?«, fragte ich noch einmal.

»Ich weiß es auch nicht«, sagte die Witwe Meldorf. »Dieses Fräulein war einfach unverschämt. Ich frage mich, für wen sie sich hält.«

Ich sagte: »Aber irgendetwas muss doch vorgefallen sein!«

Die Witwe Meldorf schüttelte den Kopf.

»Ich werde sie mal fragen, was das sollte«, sagte ich.

»Das können Sie ja machen«, sagte die Witwe Meldorf. »Ich sage nur, es kommt mir keines dieser Fräuleins mehr hier herein!«

»Wie stellen Sie sich das vor? Die Schwestern müssen doch Zugang haben!«

»Nein, müssen sie überhaupt nicht!«

»Jan«, sagte Schwester Therese bei der Besprechung im Dienstzimmer, »dein Engagement für Frau Meldorf in Ehren, aber so geht es nicht.«
»Was wollt ihr denn machen?«, sagte ich. »Ihr wisst doch, wie sie ist. Im Grunde ist sie einfach empfindlich.«
»Ach, die arme Frau!«, sagte Schwester Sabine. »Sie tut mir so Leid. Weißt du was: Von mir aus kann sie sich heute Abend noch einsargen lassen. Dann wird sie niemand mehr stören.«
»Ich werd's ihr vorschlagen«, sagte ich.
»Tu doch nicht so etepetete!«, sagte Schwester Sabine.

Ein paar Stunden nach dem Streit ging ich noch einmal zur Witwe Meldorf hinauf.
WITWENTRÖSTER: »Mir geht Schwester Sabine genauso auf die Nerven wie Ihnen, das können Sie mir glauben!«
WITWE: »Werden Sie mir beistehen?«
WITWENTRÖSTER: »Klar! Sie können sich auf mich verlassen.«
WITWE: »Dann schließen wir also einen Bund?«
WITWENTRÖSTER: »Jawohl, das tun wir. Förmlich und feierlich.«
WITWE: »Also dann: Auf unseren Bund!«

# DRITTER TEIL
# EIN SOMMER DER ERFOLGE

# 9. DER WITWENTRÖSTER BRINGT OBST
## Mai 1986

»Und wenn sie uns fragen, was hält euch hier fest?, dann werden wir sagen: Wir lieben Südwest!« Das war der Wahlspruch der Witwe Schröder. Die Witwe Schröder hatte 61 Jahre ihres Lebens, die Jahre von 1919 bis 1980, in Südwestafrika verbracht, und ihre Fensterbank stand voller Erinnerungsstücke: Masken und Statuen, Steine, Amulette und Fotografien. Andauernd sprach sie über Afrika, sie war besessen von Afrika: von der Schönheit der Landschaft, von der Ruhe, vom Himmel, und sie sprach darüber nicht nur mit mir. Einige Einzelheiten aber, vor allem die Sache mit dem jungen Arzt, die erzählte sie nur mir, und ich brauchte viel Geduld und viele Anläufe dafür.

Wie kam die Witwe Schröder nach Südwestafrika? Wer Witwen trösten will, muss bereit sein, sich auf langwierige Geschichten einzulassen. Wer Witwen trösten will, wird sogar froh sein, wenn es Geschichten gibt, auf die er sich einlassen kann. Im Fall der Witwe Schröder reichte die Geschichte bis ins Jahr 1919 zurück.
Der Vater der Witwe Schröder hieß Joachim Biesterfeld und war Kaufmann in Hamburg. Er kämpfte im Weltkrieg, er fühlte sich verraten und hielt nichts von der

deutschen Republik. Er erlebte die Novemberrevolution von 1918 mit einer bohrenden Wut im Bauch, denn er war ein Kaisertreuer (so nannte es die Witwe Schröder), und deshalb sagte er: »Wir werden dieses Land verlassen!«, als Scheidemann und Liebknecht ihre Reden schwangen. Zwar waren mit dem Reich auch die Kolonien verloren (das ehemalige Deutsch-Südwest wurde nun von Südafrika verwaltet), aber es gab dort Verwandte, die Wandsbeker Biesterfelds, die schon fünfzehn Jahre früher eingewandert waren. Die hatten es zu Wohlstand gebracht in Afrika und wollten auf jeden Fall bleiben. Zuwachs aus Deutschland war ihnen, angesichts der neuen Verhältnisse, willkommen, und so wurden die Neuankömmlinge freundlich aufgenommen (wenn vielleicht auch nicht herzlich; dazu kannte man sich zu wenig), und ein paar Monate lang hatten sie teil an der komfortablen Lebensweise der Wandsbeker Biesterfelds: Es gab ein großes Haus mit einem Garten und Feldern, es gab schwarze Boys und Mädchen, die nachmittags den Tee servierten, es gab einen Fahrer in Uniform und einen Gärtner.
Joachim Biesterfeld versuchte sich als Rinderzüchter, und die Wandsbeker Biesterfelds gaben zum Start etwas Kapital. (»Als Darlehen, versteht sich! Wir mussten Zinsen zahlen wie jeder andere auch«, sagte die Witwe Schröder.) Er nahm einige Hektar Weide in Pacht und umgab sie mit einem teuren Stacheldrahtzaun. Aber er zeigte beim Rinderzüchten nicht viel Geschick. Die Witwe Schröder äußerte sich etwas undeutlich (und der Witwentröster muss wissen, wann er nicht zu genau nachfragen sollte), aber wenn ich es richtig verstanden habe, dann verendete ihm eine beträchtliche Anzahl der Rinder bereits im zweiten Jahr.
Später begann er, mit Kupfer zu handeln, und auf diese Art brachte er es zu Geld. Wer weiß war, brachte es in

Afrika meistens zu Geld. Man musste dabei unbedingt wissen, schärfte die Witwe Schröder mir ein: Im Unterschied zu den Eingeborenen waren sie tüchtig. Sie scheuten sich nicht vor der Arbeit. Sie waren nicht mit dem ersten bisschen zufrieden. Sie wussten nämlich: »Ein Haus braucht ein Dach, und ein Haus braucht einen Garten, und der Garten soll Früchte tragen, wenn nicht heute, dann in ein paar Jahren.« Anders ausgedrückt: Sie dachten voraus. Sie dachten weiter als die Eingeborenen. Die dachten niemals weiter als bis zum Sonnenuntergang. Das musste man wissen, bevor man sich über diese Dinge ein Urteil erlaubte, schärfte mir die Witwe Schröder ein. Und ich hörte ihr zu. Ein Witwentröster hört vor allem erst mal zu.

Die Witwe Schröder schwärmte noch immer von dem Wohlstand, in dem auch sie bald gelebt hatten: zwei Boys, zwei Dienstmädchen, ein Fahrer (auch der trug eine Uniform) und ein Gärtner. Denn nach ein paar Jahren hatten auch sie es geschafft. (Was übrigens Schwester Wiebke einmal dazu brachte, dass sie sagte: »Ich bin doch nicht Ihr Neger, Frau Schröder!« Die Witwe Schröder fand das gar nicht lustig.)

Auf der Fensterbank der Witwe Schröder standen also all die Masken und Statuen und Fotografien, die sie sich mitgebracht hatte aus ihrem schönen Leben in Afrika. Und es gehörte zu unserem Ritual, wenn ich der Witwe Schröder die Gummistrümpfe anzog, dass ich die Masken bewunderte, dass ich eine der geschnitzten Statuen in die Hand nahm und dass ich eine kurze Lektion über Herero und Hottentotten und Weiße erhielt. (Ich habe recherchiert. Wovon die Witwe Schröder beispielsweise nichts erzählte, das war der Aufstand der Herero gegen die Deutschen im Jahr 1904. Das Ergebnis des Aufstands? Das Ergebnis war, dass die Herero zu Tausenden verhungerten. Die Witwe Schröder war also ausgewandert bis ans andere Ende der Welt, aber eine Vergangenheit, über die man nicht spricht, die gab es auch dort.)

Und was Schwester Wiebke nicht wusste (was niemand wusste, außer mir): Die heimliche Liebe der Irmgard Biesterfeld war ein Neger gewesen, ein junger Arzt vom Stamm der Herero, groß und schlank und kräftig und klug. Er war gut erzogen und gebildet. Er schien ihr so unendlich viel bescheidener und kultivierter als die weißen Kaufleute, die sonst im Haus ein- und ausgingen, aber natürlich kam es nicht in Frage. Es kam so wenig in Frage, dass sie selbst nicht daran dachte.
Sie erzählte ihrer Familie kein Wort von ihrer Leidenschaft. Es war so undenkbar. Auch für sie war es undenkbar. Höchstens war es in Träumen noch denkbar. Das waren Träume, aus denen sie schwitzend erwachte, und ihr Herz klopfte so stark, dass sie zum Fenster lief und es öffnete. Dann sah sie hinaus in die Nacht. Irgendwo dort unten war er (er wohnte bei seiner Familie im Dorf), er saß sicher noch wach, er blickte in den Sternenhimmel, oder er blickte in diesem Moment auf ihr Fenster, auf ihren Körper im dünnen Nachthemd, er las ihre Gedanken, er las ihre Träume, wer weiß denn, wozu ein schwarzer Medizinmann in der Lage ist?

Er war noch nicht verheiratet, als die junge Irmgard Biesterfeld nachts an ihrem Fenster stand. Er war nach der Ausbildung in sein Dorf zurückgekehrt und wohnte wieder bei seiner Familie. Er war ihr sofort aufgefallen, als er unten im Dorf auftauchte, denn er war ungewöhnlich sorgfältig gekleidet, und er sah so ernsthaft aus.

Im Dorf gab es keine Arbeit für ihn. Er war ausgezeichnet ausgebildet worden (der Vater sagte: »Das Studium verdankt er dem Kaiser!«), aber er musste sich durchschlagen. Er zog durch die umliegenden Dörfer, er half gegen Zahnweh und Fieber und Verletzungen, und er wurde in Lebensmitteln oder gar nicht bezahlt. Nur selten kam es vor, dass er zu einer weißen Familie gerufen wurde. Die fuhren lieber ins Hospital nach Windhuk, oder sie riefen den weißen Apotheker ins Haus. Aber seine Familie und die Menschen im Dorf, die liebten und bewunderten ihn, das konnte sie sehen. Und sie konnte sehen, dass er nicht glücklich war. Vielleicht bereute er, dass er in sein Dorf zurückgekehrt war. Sie konnte das verstehen, die junge Irmgard Biesterfeld, seine Entwurzelung, seine Ruhelosigkeit, oh ja, das konnte sie verstehen.

Natürlich heiratete sie den fetten Kaufmann, den ihr Vater für sie ausgesucht hatte. Einen Deutsch-Holländer. Er hieß Richard Schröder. Er brachte ihr Pralinen bei seinem ersten Besuch, und er küsste ihre Hand. Sie wehrte sich nicht. Es schien ihr selbstverständlich, dass sie ihn heiratete. Die Namen passten ja auch gut zusammen, scherzte sie: Richard und Irmgard.
Sie heirateten im Mai 1927. Alles schien ihr so natürlich. Denn natürlich wusste ihr Vater am besten, wer zu ihr passte. Erst sechs Jahrzehnte später, während sie die Figuren auf ihrer Fensterbank hin- und herrückte, nervös wie einst das Mädchen Irmgard Biesterfeld, schien es ihr nicht mehr ganz so natürlich, dass sie diesen Richard Schröder geheiratet hatte. Dafür sprach sie jetzt umso geringschätziger von der Rückständigkeit der Schwarzen. Von ihrer Einfalt. Davon, dass sie nie erwachsen wurden. Anders war es wohl für sie nicht auszuhalten.

Den jungen Arzt sah sie nicht wieder. Er fand irgendwo Arbeit; das erfuhr sie von seiner Familie. Sie ging heimlich dorthin; zwei, drei Monate nach ihrer Hochzeit. Sie versuchte, beiläufig nach ihm zu fragen. Sie hatte wochenlang mit dem Gedanken gespielt, dass sie seine Familie nach ihm fragen könnte, denn sie vermisste ihn. Sie dachte nachts an ihn. Und mittags, wenn es heiß war und still. Sie sah aus dem Fenster. Dann machte sie sich eines Tages in der Mittagshitze auf den Weg. Es war wirklich eine abenteuerliche Unternehmung. Ihr zitterten noch immer die Knie.

Seine Familie war erstaunt über ihren Besuch. »Bitte setzen Sie sich«, sagte seine Schwester. Es roch ganz eigenartig in der Hütte: trocken und streng. »Was verschafft uns die Ehre?«, fragte die Schwester. Sie war schrecklich förmlich. (Irmgard Schröder fiel ein: Die Schwester konnte lesen. Deshalb sprach sie so förmlich. Der Bruder hatte ihr das Lesen beigebracht!) Und Irmgard Schröder war verlegen. Niemand durfte je davon erfahren, dass sie hierher ins Dorf gekommen war: Richard Schröder nicht, und vor allem der Vater nicht. Sie brauchte eine Ausrede, dieser Familie gegenüber. Was sollte sie sagen? Ihr fiel nicht ein, was sie als Ausrede sagen könnte. Also sagte sie nichts.

Sie erfuhr von seiner Schwester, dass er in einem kleinen Spital an der Grenze arbeitete. Aus seinen Briefen gehe wenig Persönliches hervor, sagte die Schwester (Was meinte sie damit? Was unterstellte sie ihr? Sie war eine verheiratete, weiße Frau!), aber er schickte regelmäßig Geld an seine Familie, und im nächsten Frühjahr wollte er kommen. Er kam aber im nächsten Frühjahr nicht, und sie sah ihn nicht wieder.

Die Ehe mit dem fetten Kaufmann blieb kinderlos, und sie war nun seit fünfzehn Jahren Witwe. Seit 1970. Und 1980, nach zehn Jahren Witwentum in dem Land, das sie insgeheim hasste, beschloss sie, nach Deutschland zurückzukehren. War denn nicht alles die Schuld ihres Vaters? Die Hitze, die Abgeschiedenheit – das war alles die Schuld ihres Vaters. Und ihre Rückkehr nach Deutschland war ihre Auflehnung gegen den Vater. Sie kehrte zurück in die Republik, von der er nichts gehalten hatte. Jetzt war es ja wieder Republik. Der Bundeskanzler war ein Sozialdemokrat und hieß Helmut Schmidt. Wie hätte ihr Vater das gefunden? Schmidt, das war ja fast wie Hinz und Kunz.

Das hatte er natürlich alles nicht mehr erlebt, aber sie sah die Dinge noch immer mit seinen Augen, und sie rächte sich. Sie wurde richtig wütend, wenn sie mir davon erzählte, dass alles doch die Schuld ihres Vaters war. Ihr Vater. Der Kaiser. Ihr Vater und der Kaiser waren schuld. »Wieso bin ich so lange darauf reingefallen?«, sagte sie einmal.

Ihr Neffe riet ihr ab. Überhaupt rieten alle ihr ab: der Neffe, der Pastor, die Familie, die Bekannten. Es war mehr als bloßes Abraten: Sie redeten ihr ins Gewissen. Sie spürten die Auflehnung, die in ihrer Rückkehr lag. Sie war eine Witwe von 75 Jahren, ihre Gräber waren hier in Afrika, das Grab ihrer Eltern, das Grab ihres Ehemanns, das Grab ihrer Schwester. »Hier ist dein Platz. Dies ist nun Heimat.« So redeten sie.

Aber sie tat es doch. Sie kehrte nach Deutschland zurück. Nach Hamburg, in die alte Heimatstadt der Biesterfelds. Sie kannte dort niemanden mehr. Und sie erkannte die Stadt nicht wieder.

Sie kam mit dem Flugzeug. Sie hatte nicht mehr als zwei

Koffer dabei. Die Reise hatte etwas Eiliges, Überstürztes. Es war nicht wie damals, 1919, als sie mit dem Schiff gereist waren, der Vater, die Mutter, die Schwester und sie. Sie wusste es noch ganz genau: Erst war die Mutter seekrank geworden, dann die Schwester, dann sie. Sie hatten tagelang zu dritt in der Kabine gelegen, weiß im Gesicht. Nur der Vater war an Deck geblieben, hatte sorgenvoll seine ewigen Zigaretten geraucht und hatte die Mitreisenden ausgehorcht über das Leben und die Bedingungen in Afrika.

In Hamburg lebte sie zwei Jahre in einer kleinen Wohnung in Bahrenfeld (eineinhalb Zimmer, 500 Mark). Das war eine Enttäuschung. Der Ort hatte keinen Kern. Der Ort war nur noch ein Autobahnzubringer, und eine Ausfallstraße zerschnitt, was früher der Ortskern gewesen war. Der neue Ortskern, stellte sie bald fest, war der Supermarkt von »Minimal«.
Sie kannte niemanden, nur den Makler, der ihr die Wohnung besorgt hatte. Sie telefonierte dreimal mit seiner Sekretärin, dann wurde es peinlich.
Und dann hielt die Witwe Schröder es allein nicht mehr aus. Sie wollte noch einmal etwas verändern. Sie ging ins Altersheim.

Andererseits, bei den Witwen im Saal, bei denen prahlte sie mit Afrika. Sie erzählte von der Schönheit des Landes. Sie erzählte von ihrer glücklichen Jugend. Sie erzählte von den weiten Ebenen, über die sie mit dem Lastwagen gefahren waren, als ihr Vater noch Rinder züchtete. (Sie erzählte nicht, wie der Versuch gescheitert war.) Sie erzählte von der unglaublichen Stille in Afrika, von der unglaublichen Schönheit. Sie erzählte von der Rückständigkeit der Schwarzen, von ihrem bestürzenden Mangel an Ehrgeiz, an Kaufmannssinn und an Tüchtigkeit. Sie waren wie Kinder. So schnell zufrieden. »Ein Haus braucht ein Dach, und ein Haus braucht einen Garten, und der Garten soll Früchte tragen, wenn nicht heute, dann in ein paar Jahren.« Das brachte denen niemand bei. Aber dann, nur fünf Minuten später, denn Witwen sind vergesslich, erzählte sie der gleichen Tischrunde von den stolzen Kriegern vom Volk der Herero, von den hoch gewachsenen jungen Männern. Es waren sogar Ärzte dabei, die waren höflich und gebildet, die waren groß und schlank und kräftig und klug, und was war das für eine Pracht!

Auf der Fensterbank der Witwe Schröder also: Masken, Statuen und Fotografien. Sie hatte jetzt kein Geld mehr. Sie hatte nie eigenes Geld besessen. Richard Schröder hatte das Geschäft des Vaters weitergeführt, aber reich waren sie nicht geworden, und als er starb, reichte es gerade, um ihr eine Monatsrente einzurichten, über die der Neffe wachte.

Der Neffe sagte: »Tante Irmgard, überleg es dir gut, das Leben ist teuer in Deutschland, es ist zehnmal teurer als hier.« (Das war eine Übertreibung gewesen.) Der Neffe sagte: »Hier bist du gut situiert. Da drüben bist du arm.« Jetzt reichte das Geld nicht einmal, um die Heimkosten zu bezahlen. Das Amt gab einen Anteil dazu. Das war peinlich, aber sie beklagte sich nicht.

Sie war eine ausgesprochen dankbare Witwe. Ich fragte sie: »Liebe Frau Schröder, was hält Sie hier fest?« Sie fand das feinsinnig von mir. Ich war der Einzige, der eine Ahnung hatte, was das für sie bedeutete.

Erst war sie schüchtern, wenn ich zu ihr ins Zimmer kam. Dann wurde sie immer zutraulicher. Sie war ja nur die forschen Schwestern gewohnt. Am liebsten erzählte sie mir von dem jungen Arzt. Wie schlank er gewesen war. So hoch gewachsen. So gebildet. Ganz so wie ich. Er sprach Englisch und Deutsch und seinen Stammesdialekt. »Sie sprechen doch sicher auch mehrere Sprachen, junger Mann«, sagte sie.

»Wollen Sie auch Arzt werden?«, fragte sie mich. Es lag ja nahe: ich in meinem weißen Kittel. Er muss damals fünf bis zehn Jahre älter gewesen sein als ich. Es genügte, um sie zu erinnern.

Der Sommer 1986 war der Sommer meiner Erfolge. Ich werde diese Erfolge hier nicht im Einzelnen ausbreiten. Jedenfalls nicht die Erfolge bei jeder Witwe, nicht jede Intervention und jedes einzelne Resultat. Ich werde lediglich exemplarisch einige meiner Vorgehensweisen darstellen. Der künftige Witwentröster mag sie als taugliche oder weniger taugliche Anregungen für die eigene Arbeitsweise begreifen. Ich werde vor allem nicht in meinen Erfolgen schwelgen. Im Augenblick, wo der Witwentröster sich gestattet, in seinen Erfolgen zu schwelgen, ist er bereits erledigt. Selbstzufriedenheit oder gar Prahlerei sind die größte Gefahr für erfolgreiche Arbeit.

Als Witwentröster bleibt man immer ein Anfänger. Das ist zunächst die Erfahrung, die ich selbst gemacht habe, aber sobald ich darüber nachdenke, wird mir klar, dass es in der Natur der Sache liegt – das Anfängersein ist wesentlicher Bestandteil der Fähigkeit zum Witwentrösten. Jede Witwe ist anders, jede neue Witwe hat andere Bedürfnisse als die vorangegangene, und wenn man Witwen trösten will, muss man bereit sein, die gewohnten Mittel über Bord zu werfen und neue Mittel zu probieren.

Beim Witwentrösten geht es um Details. Details entscheiden darüber, ob der Witwentröster den Zugang zur Witwe findet oder ob ihr Mangel ihm verborgen bleibt. Solche Details können sein: die falsche oder die richtige Tonlage, ein zum falschen Zeitpunkt eingesetzter harscher oder mitfühlender oder spöttischer Ton, eine vorschnell geäußerte Vertraulichkeit und dergleichen mehr. Und was bei der einen Witwe rechtzeitig ist, ist bei der nächsten Witwe zu früh oder zu spät. Es mag paradox klingen: Je mehr Können der Witwentröster sich erworben hat, desto deutlicher weiß er, dass er sich auf sein Können nicht verlassen darf. Die Witwen spüren sehr genau, wenn der Witwentröster sich seiner Sache zu sicher ist. Sie wollen erobert werden, aber sie lassen sich nur erobern, wenn sie auf der Seite des Eroberers ein wenig Unsicherheit spüren. (Natürlich gibt es zu dieser Regel unzählige Ausnahmen. Aber die Regel sollte als solche zumindest einmal formuliert worden sein. Dann kann man sich immer noch mit den Abweichungen befassen.)

Schwester Therese bat mich, das nachmittägliche Verteilen der Obstmahlzeiten zu übernehmen. Sie war wieder mit Abrechnungen beschäftigt. Die Heimleiterin legte ihr immer neue Akten und Verordnungen und Rechnungen auf den Tisch, und stundenlang füllte Schwester Therese in ihrer winzigen Handschrift Tabellen und Berechnungsbögen und Anträge aus.
»Obstmahlzeiten verteilen? Klar«, sagte ich. »Kein Problem.«

Ich machte mich gleich nach der Mittagsruhe auf den Weg. Ich schob einen Servierwagen mit 45 Untertassen: auf jeder Untertasse ein halber Apfel, geschält und in

Stücke geschnitten, ein Stück Apfelsine, ein Stück Birne. Ich ging in jedes Zimmer und wechselte mit jeder Witwe ein paar Sätze. 45 Witwen, 45 kurze Wortwechsel, 45-mal der Mangel. Ich brauchte so lange für meine Runde, dass die Apfelstücke dunkelbraun angelaufen waren, wenn ich im Dachgeschoss angekommen war. Aber das störte die Witwen nicht.

Erdgeschoss: »Obst!, frisches Obst!«, rief ich laut, wenn ich ein Zimmer betrat. »Wer will Obst? Frau Trittau, essen Sie ein Stück Obst! Das ist gesund und hält Sie auf den Beinen.«

Erster Stock: »Obst! Ich bringe das Obst! Wer will Obst? Heute frisch und im Sonderangebot!« So klopfte ich an jede Tür.

»Was haben Sie denn anzubieten?«, fragte die Witwe Backhaus kokett.

»Apfel, Apfelsine, Birne«, sagte ich.

»Das klingt ja köstlich!«, sagte die Witwe Backhaus.

»Ja«, sagte ich. »Bitte greifen Sie zu!«

Dachgeschoss: »Ich bringe Ihnen eine Erfrischung«, sagte ich zur Witwe Schröder. »Frisches Obst. Essen Sie es gleich, sonst verdirbt es in der Wärme. Sie kennen das Problem natürlich aus Afrika.«

»Oh ja«, sagte die Witwe Schröder, »allerdings«. Sie sah mich dabei sehnsüchtig an.

Ich beendete meine Runde bei der Witwe Meldorf. »Geschafft!«, sagte ich. »Ich habe noch einen Teller übrig behalten. Wollen wir uns den teilen?«

»Nein danke«, sagte sie. »Ich mache mir nichts aus Obst. Aber setzen Sie sich doch einen Augenblick.«

»Gern«, sagte ich. »Aber lange kann ich nicht bleiben. Schwester Sabine kuckt bestimmt schon auf die Uhr.«

»Ach ja«, sagte die Witwe Meldorf, »Fräulein Sabine …«.

Auch am nächsten Nachmittag brachte ich Obst zu den Witwen, und die Witwe Schubert fand es schön, dass ich bei ihr vorbeikam, und die Witwe Felter versperrte mir mit dem Stock den Weg und wollte mich nicht passieren lassen, und die Witwe Steffen, die sich keine Namen mehr merken konnte, fragte mich nach meinem Namen, und ich sagte ihn ihr: »Ich heiße Jan, Frau Steffen. Aber wir kennen uns doch!«

Die Witwe Schneider erzählte mir, dass ihr Mann sich jeden Apfel in acht Stücke geschnitten hatte, und sieben Stücke aß er, und das achte Stück bewahrte er auf. »Marschverpflegung«, grinste er, und er wickelte das Apfelstück in ein Taschentuch und steckte es in seine Hosentasche, und die Witwe Schneider ärgerte sich über die verdreckten Hosen, aber abgewöhnen konnte sie es ihm nicht.

Ich brachte Obst zur strengen Witwe Heesch und zur zitternden Witwe Antoni und zur Witwe Sudek, die sich schon fürchtete vor dem nächsten Brief, den ihre Schwester ihr schreiben würde. Ich brachte Obst zur Witwe Eilers, die die Monate zählte bis zum nächsten Schnee, ich brachte Obst zur Witwe Körber, die mir sagte, ich sei ein echter Kavalier, und zu den Witwen Schumann und Ahrens und Gebhardt und Bettin, und wieder beendete ich meine Runde im Zimmer der Witwe Meldorf, und wieder wollte die Witwe Meldorf kein Obst, war aber einverstanden, dass ich mich für einen Augenblick zu ihr setzte.

Jeden Nachmittag machte ich nun meine Runde. Ich servierte Äpfel und Apfelsinen und Birnen und hörte mich um. Ich fragte nach Wünschen und nach Beschwerden. Ich öffnete Fenster, um frische Luft hereinzulassen (»Aber Vorsicht, junger Mann, die Atomstrahlen!«, sagte die Witwe Backhaus pfiffig zu mir), ich verjagte Wespen aus Witwenzimmern, ich begutachtete Möbel und Bilder und Fotografien. Ich wechselte Glühlampen, ich rückte schwere Sessel in den Raum hinein oder näher ans Fenster, ich las Briefe und Rechnungen und Postkarten vor. Ich stolperte über Teppichkanten, um unter Teppichen verborgene Schätze zu finden (einen Zwanzigmarkschein bei der Witwe Steffen, ein Lotterielos bei der Witwe Neffe), ich vergaß meine Uhr (bei der Witwe Weinert) oder meinen Schlüssel (bei der Witwe Nemethy) auf dem Waschbeckenrand und kehrte Stunden später (zur Witwe Nemethy) noch einmal zurück. Und die Witwen sahen mir zu und teilten mit mir ihr Obst und fassten langsam Vertrauen.

»Schön, dass Sie kommen, junger Mann!«, sagte die Witwe Hermann zu mir.

»Ich hatte gehofft, dass Sie kommen würden!«, sagte die Witwe Weinert.

»Darf ich Ihnen einen Keks anbieten?«, fragte die Witwe Steffen.

»Guten Tag, junger Mann!«, sagte die Witwe Felter mit einem geisterhaften Lächeln.

»Guten Tag«, »Guten Abend« und »Vielen Dank« lernte die Witwe Trittau zu sagen.

»Vielen Dank, junger Mann!«, sagte manchmal auch die Witwe Randow, zittrig von zwei Schlaganfällen.

Witwen lassen sich nicht mit Gerede abspeisen. Sie wollen Handlung! Das heißt: Der Witwentröster muss unangemeldet in ihrem Zimmer auftauchen. Der Witwentröster muss dort Spuren hinterlassen. Der Witwentröster muss anwesend und abwesend sein.

In dieser Hinsicht machte besonders die Witwe Hofer es

mir leicht. Sie sagte: »Gestern Abend hat es bei mir an der Tür geklopft. Gegen halb elf. Waren das Sie?«
Ich sagte: »Das sage ich nicht. Aber warum haben Sie denn nicht geöffnet?«
Die Witwe Hofer sagte: »Jetzt werden Sie staunen: Das sage ich nicht!«
Ich lächelte anerkennend und ging weiter.

Die Witwe Greimel stürzte auf dem Weg zur Toilette. Sie lag hilflos am Boden. »Ich hole sofort Hilfe, Frau Greimel!«, sagte ich.
»Danke, junger Mann!«, sagte sie.
»Und wenn die Schwester wieder weg ist, setze ich mich zu Ihnen, okay?«
»Ja.«
»Also dann: Bis später!«

Bei der Witwe Weinert ließ ich (ich erwähnte es schon) meine Armbanduhr neben dem Waschbecken zurück. So gab ich ihr einen Anknüpfungspunkt. Zwar war sie zu schüchtern, um etwas daraus zu machen: Sie gab mir die Uhr einfach im Saal zurück. Ich jedoch hatte ein Zeichen gegeben, und die Witwe Weinert hatte es bemerkt. Und es war nicht zu übersehen, wie nervös sie war, als sie mir meine Uhr entgegenstreckte.

In solchen Fällen braucht gar nicht viel zu passieren. Es reicht, dass der Witwentröster eine Verbindlichkeit herstellt. Eine Gemeinsamkeit. Im besten Fall: ein kleines Geheimnis.

Nachts träumte ich von den Witwen. Es waren wirre und zerrissene Träume, die ich am nächsten Morgen in Fragen verwandelte. »Bist du Hans?«, klang es in meinen Träumen, »Da steht ein Mann hinter der Tür!« und »Vorsicht, es brennt!« Und so geisterte ich als Hans durch meine eigenen Träume, ein Dachstuhl brannte und drohte einzustürzen, und als ich mich zu retten versuchte, stand ein Mann hinter der Tür und packte mich an meinem Arm.

Ich fragte, wenn eine traumreiche Nacht hinter mir lag: »Wie hieß noch gleich die Lehrerin, die Hans in der Quinta so gerne mochte?« Oder ich fragte: »Frau Rau, heute riecht es auch im Fahrstuhl nach Huhn. Wer mag damit gefahren sein?« Die Witwe Benken fragte ich, ob sie auch mit ihrem Ehemann zum Sternenhimmel geschaut hatte, die Witwe Nemethy fragte ich, ob es stimmte, dass sie eine Zigeunerin sei, und ob sie wisse, dass die anderen sich vor ihr fürchteten, und die Witwe Möller fragte ich nach diesem seltsamen Ton in meinem Ohr: »Hören Sie das auch, Frau Möller? Ich habe einen ganz seltsamen Ton in meinem Ohr. Es piept und mahnt und ist irgendwie dringlich.«

Und langsam, millimeterweise kam ich voran. Mal war es ein Hüsteln, das mir verriet, die Witwe hatte meine Frage zumindest verstanden, mal war es ein scheu abgewandter Blick oder ein hastiger Versuch, das Thema zu wechseln. Zum Beispiel sagte ich zur Witwe Sudek: »Mir ist noch immer nichts eingefallen, Frau Sudek. Sie befinden sich wirklich in einer schwierigen Lage. Immer die Briefe von Ihrer Schwester. Und die Gefahr, in der Sie schweben, wo doch Ihre Schwester jetzt alt und hinfällig ist. Aber erzählen Sie doch mal, was mit Ihrem Sohn und Ihrer Schwester gewesen ist.«

»Das hat doch damit überhaupt nichts zu tun!«, keuchte die Witwe Sudek. »Glauben Sie, ich werde mich von Ihnen aushorchen lassen?«
Ich fragte die Witwe Möller, die Witwe Körber und die Witwe Schubert, ich fragte die Witwe Gebhardt, die Witwe Neffe und die Witwen Hofer und Rau. Und sie hüstelten, oder sie vermieden meinen Blick, oder sie versuchten, das Thema zu wechseln, und dadurch wusste ich, ich kam voran.

Ich brachte nachmittags das Obst und stand im Zimmer der Witwe Piehl, und die Witwe Piehl sagte zu mir: »Die meisten von uns sind schon seit dem Krieg Witwen gewesen. Aber wir hatten ja Adenauer. Haben Sie gewusst, dass auch Adenauer Witwer war?«
»Nein, das habe ich nicht gewusst«, sagte ich.
»Ja, er war Witwer, genauso wie wir. Und er hat den Frauen ihre Männer zurückgebracht. Und auch für die, deren Männer er nicht zurückbringen konnte, war er da. Er war wie ein Vater für uns.«

Die Witwe Blunck kramte einen Zeitungsausschnitt hervor. Es war ein Artikel über den Umbau der Englandfähre, die alle zwei Tage auf der Elbe an uns vorbeifuhr. Es hatte sich herumgesprochen, dass ich mit solchen Dingen ein paar Minuten festzuhalten war. Allerdings genierte sich die Witwe Blunck. Offensichtlich befürchtete sie, dass ich ihre Absicht durchschauen könnte.
Ohne ihre Besorgnis offen anzusprechen, beruhigte ich sie. »Das ist sehr nett, dass Sie diesen Artikel für mich ausgeschnitten haben. Solche Berichte interessieren mich sehr.«

Das reichte schon. Sie war jetzt nicht mehr ganz so aufgeregt. Witwen können nervös sein wie junge Fohlen.
Ich sagte: »Ich werde es nach Feierabend lesen, wenn ich ein bisschen Ruhe habe. Ich bringe Ihnen den Artikel in den nächsten Tagen zurück.«

Ich wusste nun, die Witwe Blunck wartete auf meinen Besuch. Das durfte nicht zu lange dauern, sonst verlor sie den Mut. Aber es durfte auch nicht zu schnell gehen, sonst wirkte es bedeutungslos. Zwei, drei Tage mussten schon vergehen. Tage, in denen ich ihr zunicken würde, wenn ich sie im Speisesaal sitzen sah oder wenn ich ihr nachmittags das Obst vorbeibrachte, und sie würde wissen, was gemeint war. Und dieses Nicken und dieses Wissen waren wichtiger und ausbaufähiger als jede mögliche Unterhaltung über die Schiffe, die auf der Elbe an uns vorbeifuhren.

Ich brachte ihr also drei Tage später den Artikel zurück. Ich sagte: »Haben Sie vielen Dank! Das war eine faszinierende Lektüre. Ich nehme an, Sie sind schon mal an Bord einer solchen Fähre gewesen?«
Die Witwe Blunck konnte ihr Glück gar nicht fassen. »Oh ja, junger Mann, allerdings!«
Ich nickte ermunternd, aber die Witwe Blunck brauchte nun keine Ermunterung mehr. Sie sprudelte los.
»Natürlich bin ich an Bord dieser Fähre gewesen. Ich bin jedes Jahr auf der Fähre gewesen. Ich bin mit Walter immer nach England gefahren. Weil er doch damals im Lager gewesen war.«
»Ihr Mann war im Lager?«, sagte ich. »Das wusste ich nicht.«
»Er hat acht Monate bei den Tommies im Lager verbracht, und er hat oft gesagt, das war die schönste Zeit

seines Lebens. Er hatte das Gefühl, er habe sich damals zum ersten Mal in zivilisierten Händen befunden. Er hat immer sehr unter der Dummheit der Propaganda gelitten. Das ganze Gebrüll. Die Lügen. Er war ein geistiger Mensch. Und nun der Witz der Engländer. Ihre Gelassenheit. Der schwarze Humor. Die Menschlichkeit. Die Tommies, sagte er, waren erschüttert von den Verbrechen der Deutschen, aber das hinderte sie nicht, diese Verbrecher wie Menschen zu behandeln. Von da an lernte er Englisch wie ein Wilder.

Später, als wir es uns leisten konnten, sind wir im Urlaub immer nach England gefahren. Über den Kanal nach Harwich. Ich wurde jedes Mal seekrank. Ich spuckte mir die Seele aus dem Leib. Aber Walter war so aufgeregt, dass er gar nicht bemerkte, wie übel mir war.

Natürlich war es in England nicht so wie damals. Damals im Lager. Walter war enttäuscht, als er spürte, dass England mit dem gewonnenen Krieg nichts anzufangen wusste. Dass in England alles immer nur abwärts zu gehen schien. Wirtschaftlich. Und in Deutschland ging es aufwärts. Das hat ihm nicht gefallen, denn er war ein dankbarer Mensch.

Er erzählte den Engländern von seinem Lager. Er wollte sie ermuntern. ›Kopf hoch, Leute. Ihr müsst euch auf eure Stärken besinnen. Ihr habt den Krieg gewonnen. Ihr werdet sehen, wir Deutschen kommen nicht weit. Uns holt der Krieg noch einmal ein. Ihr seid es, denen wir alles zu verdanken haben. Unser so genannter Widerstand – gekränkte Eitelkeit. Adlige und Generäle. Leute, die plötzlich nichts mehr zu melden hatten. Und die haben doch erst angefangen, als eigentlich schon alles verloren war. Um zu retten, was noch zu retten ist. Das ist doch nichts, worauf man stolz sein kann. Das kann man doch vergessen.‹

Ich glaube, die Engländer haben sich über uns gewundert. Dass ein Deutscher so redete. Mir war manchmal komisch zumute. Wir fielen auf. Aber reden konnte er. Sogar auf Englisch.
Wir fuhren jedes Mal nach Blackpool, in die englischste aller Städte, wie Walter gern sagte. Wir aßen Fish und Chips und tranken Lager. Das klingt jetzt verrückt, aber das Wort hatte es ihm angetan: Lager. Mir schmeckte es nicht so sehr, ich bin kein Biertrinker, aber Walter war ganz verrückt danach.
›Noch ein Lager, bitte‹, sagte er laut am Tresen. ›Another lager, please.‹ Und dann prostete er allen zu.«
(Beim letzten Satz hielt die Witwe Blunck ein Stück Apfelsine in der Hand, und wirklich, sie hob die Hand, und mit dem Stück Apfelsine in ihrer zitternden Hand prostete sie mir zu.)

»Wenn Sie so bei mir sitzen, packt mich wieder die Reiselust«, sagte die Witwe Körber. »So ging es mir immer, als Gerhart noch lebte: Jedes Jahr im Mai kriegte ich das Kribbeln und wollte verreisen.«
Sie saß in ihrem Zimmer im ersten Stock und legte eine Serviette und eine Kuchengabel neben ihren Obstteller. Eine zweite Serviette entfaltete sie über ihrem Schoß. Sie erzählte mir von den Reisen, die sie in ihrem Leben unternommen hatte: drei Reisen an die Ostsee, zwei Reisen nach Dänemark und eine Reise in die Schweiz. Sie suchte jeden Hotelnamen, jeden Bahnhof und jedes Schaffnerlächeln aus ihrem Gedächtnis hervor. (Mit anderen Worten: Sie erinnerte sich.) Sie wartete, bis ich mit dem Servierwagen vor ihrer Zimmertür angelangt war, und wenn ich den Teller mit der Obstmahlzeit vor sie hinstellte, holte sie ein paar neue Eindrücke von ihren

Reisen aus ihrem Gedächtnis hervor: die Fischbuden im Hafen von Travemünde, ein Segelschulschiff, das heute dort lag, und sein Schwesterschiff, das tragisch verunglückt war. Ein paar Tage später: ein Bahnschaffner, der ihr einen Fahrplan mit einem Lied überreichte. Eine Fischräucherei am Hemmelsdorfer See, man aß unter offenem Himmel, solche Makrelen hatte sie in ihrem ganzen Leben nicht wieder gegessen. Oder: die Schweiz. Eine Reise, als sie noch ein junges Mädchen war. Der teure Gasthof. Das Geklapper der hölzernen Skier, die man draußen vor dem Eingang von den Füßen band.
»Das klingt, als hätten Sie ein paar wirklich schöne Reisen gemacht, Frau Körber!«, sagte ich zu ihr. »Aber jetzt muss ich weiter. Ich komme morgen wieder herein.«

Später erzählte mir die Witwe Körber von Reisen, die sie zwar nicht unternommen hatte, die sie aber schon immer hatte unternehmen wollen. Das waren Reisen, die sie durch Lektüre vorbereitet hatte: nach Island, nach Norwegen, nach Ungarn und in die Tschechei.
Und schließlich erzählte sie von Reisen, die sie nicht vorbereitet hatte, in Länder, von denen sie nichts wusste. Und da ihre Augen schlecht waren, konnte sie auch nicht mehr lesen. Und da ihr Gedächtnis nachließ, waren es zerrissene, sprunghafte Reisen, und sie begegnete Toten und Tieren und Fabelwesen.
»Ich bin am Waldrand einem jungen Mädchen begegnet.«
»Wie sah sie aus?«
»Sie trug ein hübsches Sommerkleid. So eines habe ich auch als junges Mädchen gehabt. Dunkelblau mit hellen, gelben Sonnenblumen.«
»Haben Sie mit ihr gesprochen?«
»Aber nein! Sie ist doch viel zu schüchtern.«
»Wie schade!«

»Und gestern sah ich einen Hund, der Feuer spuckte. Ich bin ihm heute wieder begegnet. Ein schwarzer, großer, struppiger Hund. Er war außer sich vor Wut. Ich wollte ihn beruhigen, aber als ich in seine Augen sah, waren sie blutunterlaufen und schrecklich, und deshalb bin ich davongerannt. Ich bin gerannt und gerannt, es ging immer bergauf, und schließlich habe ich auf einem steilen Felsen gestanden, aber weil ich immer an den Hund hatte denken müssen, wusste ich gar nicht, wo ich mich befand.«

»Frau Körber, das ist ein interessantes Erlebnis. Leider muss ich jetzt schnell wieder los. Schwester Sabine wartet bestimmt schon auf mich. Aber dieser Hund – über diesen Hund möchte ich noch mehr erfahren. Und eins müssen Sie mir versprechen: Erzählen Sie den Schwestern nichts von diesem Hund!«

Der Witwentröster wäre schlecht beraten, wenn er sich bei seinem Versuch, Zugang zu den Witwen zu finden, nur auf die eigene Fantasie stützen wollte. Es gilt, sich das Material nutzbar zu machen, das die Witwen freiwillig oder unfreiwillig zur Verfügung stellen: ihre Gespräche mit den Kindern, die Gespräche des Witwentrösters mit den Kindern, Briefe und Fotos, die die Witwen in ihren Zimmern aufbewahren. Das lernt man als Witwentröster jedoch erst nach einiger Zeit. Am Anfang will der Witwentröster alles aus sich selbst heraus schaffen.

Die Witwe Neffe hatte ein Achtellos bei der Norddeutschen Klassenlotterie abonniert, und sie erhielt mit ihrem Los monatlich einen Brief vom Lotterie-Einnehmer Walter Müller aus Flensburg. Diesen Brief gebe ich hier im Wortlaut wieder.

»Sehr geehrte Frau Neffe! Hauptgewinne bis zu 2 Millionen Mark in der zweiten Klasse – das kommt zur Sommer- und Urlaubszeit doch genau richtig. Sie können zu den glücklichen Gewinnern gehören, die dann den wundervollsten Traumurlaub ihres Lebens genießen ... und dabei überlegen, wie Sie das viele Geld am besten anlegen. Denn Sie erhalten heute Ihr Los für die millionenschweren Ziehungen der zweiten Klasse: am 15.6., 22.6., 29.6. und 6.7.1986. Sie können also wirklich schon bald ein Vermögen gewinnen! Mit den besten Wünschen für Sie persönlich verbleibe ich bis zu meinem Schreiben in einigen Tagen, mit hochinteressanten Informationen zur NKL-Jubiläumslotterie, inklusive eines Joker-Spiels. Viel Glück!«

Hoffnung, Vorfreude, Zuversicht. Ein schöner Brief. Ich las ihn, als ich nachmittags mit der Obstmahlzeit im Zimmer der Witwe Neffe war. Ein Wort hat es mir besonders angetan: das Joker-Spiel. Es sprang mir ins Auge, als ich den Brief überflog, und deshalb nahm ich ihn an mich. (Nein, ich bat die Witwe Neffe nicht um Erlaubnis.)
Man muss kein Kartenspieler sein, um zu wissen, was der Joker vermag: die freien Plätze besetzen, einstehen für denjenigen, der fehlt. Der Witwentröster, der seinen Beruf versteht, ist nichts anderes: Er ist der Joker. Das ist es, worauf ich hier hinweisen will. (Auch wenn ich im Mai 86 noch ein Stück davon entfernt war, dieser Joker zu sein.) Und auf die Witwe Neffe komme ich noch zurück.

Der Witwentröster lernt: Mangel führt zu Kleinlichkeit. An dem wenigen, was die Witwen besitzen, halten sie fest, als gelte es ihr Leben.
Ich brachte Obst zur Witwe Hermann, und die Witwe

Hermann erzählte mir, wie ihre Schwester Magda auf dem Friedhof in der Bleickenallee begraben worden war. (Das lag, als sie mir davon erzählte, gerade acht Tage zurück. Meistens hat es der Witwentröster mit viel älteren Erlebnissen zu tun.) Zunächst schwärmte die Witwe Hermann von dem Begräbnis, das sie der Schwester bereitet hatten: Wie schön der kleine Friedhof war, gerade im Frühsommer, wenn die Bäume blühten, wie die Sonne aufs Dach der Kapelle gefallen war, sodass das Kreuz auf dem Dach der Kapelle im Sonnenlicht glänzte, usw., doch ich spürte sofort, dass etwas nicht stimmte. Ich spürte, dass die Witwe Hermann mir eigentlich etwas anderes mitteilen wollte. Das Begräbnis bedrückte sie. Sie wollte etwas geraderücken. Oder das Begräbnis hatte sie an etwas erinnert. Oder sie wollte sich einfach beklagen.

»Über unsere Familie muss man Folgendes wissen, junger Mann!«, sagte sie. »Wir waren drei Schwestern. Ich will nicht behaupten, dass wir immer ein Herz und eine Seele waren. Es hat auch Enttäuschungen gegeben. Aber dass wir Schwestern waren, dass wir eine Familie waren, das war uns immer bewusst. Heute ist das anders. Sie dürfen mich nicht falsch verstehen: Ich bin sicher, ein junger Mann wie Sie hat Familiensinn. Aber in unserer Familie hat es kürzlich, auf dem Begräbnis meiner Schwester Magda, sehr viel Enttäuschung gegeben.«

So drückte die Witwe Hermann sich aus: »Es hat Enttäuschung gegeben.« Oder, bei einer anderen Gelegenheit: »Man stellt mitunter fest, dass nicht alles Gold ist, was glänzt.« Sie bestand darauf, sich allgemein und unpräzise auszudrücken. Was sie eigentlich meinte, war: Sie war enttäuscht. Oder sie war unzufrieden. Oder sie war wütend. Diese Ungenauigkeit ist eine Eigenart im Sprachgebrauch, die typisch für die Witwen ist. (Übrigens nicht weniger typisch: die Überzeugung der Witwen, der Wittentröster sei dankbarer und verständnisvoller als die eigene Familie.)

Acht Monate vor Magda war Karl gestorben, Magdas Mann, der Schwager der Witwe Hermann. (Der Witwentröster muss natürlich das Einmaleins der Verwandtschaftsgrade beherrschen. Wer nicht weiß, was z. B. eine Nichte zweiten Grades ist, eine Base, ein Nennonkel oder ein Patensohn, der kann in diesem Beruf gleich einpacken.) Jedenfalls hatte Magda, die Schwester der Witwe Hermann, Johanna gebeten –, das war die dritte Schwester im Bund – dass sie Karls gute Anzüge unter ihren Enkeln verteilte. (Unter Magdas und Lisbeths Großneffen also. Mehr Nachhilfe gibt es von mir nicht.) Karl war Postbeamter gewesen, ein fleißiger und sorgsamer Mann, so sorgsam, dass er sich die Auszahlung des wöchentlichen Haushaltsgeldes von seiner Frau im Haushaltsbuch quittieren ließ, und er hatte ein paar sehr gute Anzüge besessen, die er zu besonderen Anlässen trug.
An dieser Stelle übrigens fragte ich nach: »Besondere Anlässe?«
»Ein Anzug für Taufen, Konfirmationen, Hochzeiten, Beerdigungen«, sagte die Witwe Hermann, »einer für Jubiläen, Schulabschlüsse, Theaterbesuche, Konzerte. Und ein Sonntagsanzug für Elbspaziergänge, Verwandtenbesuche und Behördengänge.«
»Also schwarz, dunkelblau, mittelgrau?«, fragte ich.
»Ganz recht, junger Mann. Ich sehe, Sie wissen, was sich gehört. Schwarz, dunkelblau, mittelgrau. Das waren die guten Anzüge, die mein Schwager Karl besaß.«
Und um diese guten Anzüge, sagte die Witwe Hermann, wäre es schade gewesen, und Karl und Magda waren

ohne eigene Enkel. Sie selbst, die Witwe Hermann, ja auch. Und deshalb wurden die Anzüge unter Johannas Enkel verteilt.

Magdas Totenfeier: Es hätte eine schöne Totenfeier sein können. Sie hatten alles so sorgfältig vorbereitet: Trauerleinen mit schwarzgold erhabenen Lettern, ein Kranz mit einer langen weißen Schleife, der freundliche Pastor von der Bleickenallee. Aber da tauchten dann die Großneffen in Karls Anzügen auf, schwarz, dunkelblau, mittelgrau, als wäre eine Beerdigung ein Elbspaziergang, und sie hatten sich nicht einmal die Mühe gemacht, die Anzüge ändern und bügeln zu lassen. Nicht einmal die Hemden waren gebügelt, und sie trugen die guten Anzüge achtlos und zerbeult, dabei wären es doch nur ein paar Mark gewesen, das war nun der Respekt, den sie zeigten, es war zum Heulen, es war eine Schande, und sie hatte sich vor den Gästen geschämt.
(Die Witwe Hermann. Eine Witwe, wie sie im Buche steht. Rot geäderte Augen hinter dicken Brillengläsern. Und als sie sagte, sie habe sich vor den Gästen geschämt, da schlug sie zur Illustration beschämt die Augen nieder.)

Das Begräbnis der Schwester war nur der Anfang. Danach brachen die Wut und die Enttäuschung der Witwe Hermann sich freie Bahn. Die Enttäuschung der Witwe Hermann darüber, dass sie selbst keine Kinder hatte. Und die Wut auf die Neffen, denn die Neffen besuchten sie nicht. Trotz der Geschenke, die sie ihnen jahraus, jahrein gemacht hatte. Zu Weihnachten. Zum Geburtstag. Geld und Schokolade. 50 Mark zu Weihnachten, 30 Mark zum Geburtstag. Erst in der Luisenstiftung, sagte die Witwe Hermann, hatte sie damit aufgehört. In der Luisenstiftung dachte sie: »Jetzt werden sie mich besu-

chen. Jetzt ist Erntezeit. Jetzt werden sie mir ihren Dank abstatten nach allem, was ich für sie getan habe.«
»In einem dunkelblauen Anzug?«, fragte ich vorsichtig.
»Aber nein«, sagte die Witwe Hermann. »Nicht dunkelblau. Mittelgrau.«

Aber die Neffen kamen nicht. Sie dachten gar nicht daran. Und am Telefon waren sie patzig. Oder nachlässig höflich. Oder einfach nicht da.
(Besonders der Ausdruck »Erntezeit« verblüffte mich. Als hätte die Witwe Hermann jemals etwas gesät. Wenn, dann hatte sie ihren Mangel ausgesät. Die Witwen pflanzen ihren Mangel in die nachfolgenden Generationen und glauben, es erwarte sie eine Ernte. Ein Phänomen, auf das der Witwentröster immer wieder stoßen wird.)
»Ich verstehe, was Sie meinen«, sagte ich zur Witwe Hermann. »Leider muss ich jetzt los. Man wartet unten sicher auf mich.«

»Wir haben Kleiderschwund«, sagte Schwester Wiebke bei der Besprechung. »Die Weste von Frau Roth ist weg, die Bluse von Frau Schubert, das Halstuch von Frau Ahrens. Sag mal, Jan, nimmst du die Sachen mit aufs Zimmer, damit du nachts dran schnüffeln kannst?«
»Seid nicht so albern!«, sagte Schwester Therese. »Lasst uns zusehen, dass wir die Sachen wiederfinden. Frau Schubert hängt an ihrer Bluse, das wissen wir doch.«

Es hatte sich herumgesprochen, dass ich für die Nöte der Witwen ansprechbar war: für diese schwer zu begreifenden Nöte, die dafür sorgen, dass Witwen ruhelos durch den Korridor streifen, dass Witwen argwöhnisch

ihre Kleiderbügel bewachen, dass Witwen ungeheure Mengen von Schokolade in sich hineinstopfen, kurz gesagt: dass ich ansprechbar für den Witwenmangel war, um mir mal eine solche Tautologie zu erlauben. Die Witwen suchten meine Nähe. Auch die Witwe Voß, die Musikerin, eine ehrgeizige und eifersüchtige Witwe, hatte mitbekommen, wie beliebt ich geworden war.
»Ach Gott, wie ihr euch alle bezirzen lasst!«, sagte sie giftig im Saal, während ich nur zwei Schritte hinter ihr stand. Sie sagte es so laut, dass klar war, dass ich sie hören sollte. (Ich hätte allerdings auch sonst davon erfahren.)
Am Nachmittag klopfte ich besonders laut an ihre Zimmertür. Sie rief: »Wer ist da?« Sie wusste sofort, worum es ging. Ich schob den Servierwagen ins Zimmer und ließ mich in ihren Sessel fallen, ohne auf eine Einladung zu warten.
»Ich habe Ihre Bemerkung gehört«, sagte ich. »Ich würde gern ein paar Worte mit Ihnen darüber reden.«
Sie nickte.
»Wie soll ich anfangen, Frau Voß?«, sagte ich. »Sie sind intelligenter als die anderen. Sie wissen das selbst. Aber ich finde, Sie sollten nachsichtiger sein. Diese Frauen haben schließlich nicht mehr viel von ihrem Leben – anders als Sie. Sie haben Ihre Musik. Sie haben Ihre Interessen. Sie haben Ihre Intelligenz. Ein Gespräch, wie man es mit Ihnen führen kann, ist doch mit den anderen gar nicht möglich.«

Damit hatte ich sie schon gewonnen. Es war so einfach. Sie fühlte sich geschmeichelt, und sie lächelte schüchtern, und sie wusste überhaupt nicht, was sie antworten sollte.
»Ich habe eine Bitte«, sagte ich. »Sie sind den anderen so haushoch überlegen: Lassen Sie es sie nicht allzu sehr spüren.«

Drei Tage später sagte ich: »Ich würde gern etwas von Ihnen lernen, Frau Voß.«
»Was wollen Sie denn lernen?«
»Musik natürlich.«
Sie zögerte einen Augenblick. »Aber herzlich gern!«, sagte sie dann.
»Wann passt es Ihnen?«, fragte ich.
»Immer!«, sagte sie. »Mir passt es immer!«

Also nahm ich Musikunterricht bei der Witwe Voß. Wir übten mit Noten, aber ohne Klavier. Es hätte Aufsehen erregt, wenn wir uns gemeinsam an das Klavier im Saal gesetzt hätten, und ich wollte natürlich kein Aufsehen. Stattdessen summten wir. Wir saßen nachmittags, wenn ich das Obst verteilt hatte, im Zimmer der Musikerin, und sie summte eine Melodie, und ich summte ihr nach. Wir summten Stücke von Béla Bartók und »Für Elise«, den »Flohwalzer« und »Nehmt Abschied, Brüder«, und die Musikerin bemühte sich, streng mit mir zu sein. Natürlich stimmte kein einziger Ton, wenn ich summte. Ich bin überhaupt nicht musikalisch. Und wir summten immer mit gedämpfter Stimme, denn ohne dass wir uns darüber verständigt hätten, waren wir uns einig, dass niemand, der draußen auf dem Korridor vorbeiging, uns hören sollte. Es war eine aufregende Erfahrung: vor einer Musiklehrerin nach Lust und Laune summen zu dürfen und dann von ihr gelobt und korrigiert zu werden.
Sie konnte das tatsächlich, das Summen. Wenn sie summte, dann summte sie eine richtige Melodie, und sie schlug mit den Fingern den Takt dazu. Sie senkte konzentriert das Kinn auf die Brust, und ich konnte sehen, wie sehr sie es genoss, dass ich ihr zuhörte.

Nach ein paar Tagen sagte sie, es sei klüger, auf allzu eingängige Melodien zu verzichten, weil sich dabei sehr leicht Fehler einschlichen.
»Diese Melodien verführen dazu, dass man nur das hört, was man hören möchte. Das, was man zu hören gewohnt ist.«
Ich nickte. »Natürlich. Wenn Sie meinen. Sie sind die Lehrerin.«
»Ich schlage vor, dass wir fürs Erste bei den Übungen von Béla Bartók bleiben.«
Ich nickte wieder. »Ja, gern. Ich bin nicht auf schnelle Erfolge aus.«

Sie war nervös, wenn ich ihr im Saal begegnete. Sie blickte auf eine Weise zu mir herüber, die zu sagen schien: »Sprechen Sie mich bloß nicht an!« Während der Musikstunden ließ sie sich jedoch nichts anmerken.
»Sie müssen langsamer werden«, sagte sie. »Immer da, wo Sie unsicher sind, werden Sie schludrig und schnell. Sie müssen hinhören und den Takt halten.«
Bei einer anderen Gelegenheit sagte sie: »Sie denken, nur weil Sie eine tiefe Stimme haben, könnten Sie keine hohen Töne hervorbringen. Das stimmt nicht. Sie müssen sich nur trauen.«
Einmal gelang es mir, den Flohwalzer zwar melodisch falsch, aber im richtigen Tempo von vorn nach hinten durchzusummen, ohne Pause und ohne mich zu verhaspeln, und die Musikerin klatschte vor Freude in die Hände. »Es wird, junger Mann, es wird!«

Den Schwestern blieb nicht verborgen, dass der Ton sich veränderte.
»Jan wird bei den Alten richtig populär!«, bemerkte

Schwester Martina bei der Besprechung im Dienstzimmer.
»Das sind Frühlingsgefühle!«, sagte Schwester Therese und zwinkerte mir zu.

Schwester Sabine allerdings war nicht zufrieden. Als ich am späten Nachmittag von meiner Runde zurück auf die Station kam, stichelte sie: »Wenn du hier fertig bist, kannst du ein Buch schreiben: ›Die 5000 besten Wege, um sich vor der Arbeit zu drücken‹.«
»Klar«, sagte ich. »Wie bei der Bundeswehr: Tarnen, Täuschen, Verpissen.«
»Jetzt reicht's aber, ihr beiden«, sagte Schwester Therese. »Ich will hier solches Gerede nicht hören.«

Schwester Sabine: Sie ging im ersten Stock an meinem Servierwagen vorbei, schnappte sich einen Teller mit Obst, klopfte und riss im gleichen Augenblick die Tür bei der Witwe Jansen auf, knallte den Unterteller mit dem Obst auf den Beistelltisch, rief munter: »Zwischenmahlzeit!«, und war verschwunden, ohne sich noch einmal nach der Witwe umzusehen. Aber nach mir: Nach mir sah sie sich hämisch um, als sie am Ende des Korridors angekommen war.

Schwester Sabine: Jeden Nachmittag, wenn ich das Obst verteilt hatte, wartete sie auf mich. »So. Bist du jetzt wieder ansprechbar? Hier unten gibt es nämlich auch noch eine Menge zu tun.«

Die Tage wurden länger, es wurde wärmer, ich machte meine Runde mit dem Obst, und ich hatte Selbstvertrauen geschöpft. Aber es stank! Es ist in letzter Zeit zu

wenig vom Gestank die Rede gewesen. Denn daran hatte sich nichts geändert: Käsefüße stanken unter Gummistrümpfen, morgens weckten mich kalter Schweiß und heißer Urin und klamme, feuchte Bettbezüge. Wenn ich die Pflegestation betrat, wenn ich Decken zurückschlug, wenn ich Nachttöpfe leerte, wenn ich Windeln öffnete: Gestank! Der Gestank erwartete mich morgens und mittags und abends. Der Gestank: ein Lebewesen, das sich reckte und erhob. Der Gestank: ein Drache, der den Schlaf der Witwen bewachte. Die Witwen servierten mir Suppen mit Einlagen zum Tagesanbruch, schwarzgelbe Schmierspuren, dampfenden Matsch. Die Nachttöpfe trug ich mit weit ausgestrecktem Arm über die Pflegestation, ich hielt den Atem an, und ich schwitzte in meinen Plastikhandschuhen.
Auch im Mai muss man sich vorstellen: das Witwenwaschen, das Bettenmachen, den Zeitdruck am Morgen. Auch im Mai muss man sich vorstellen: Der Gestank und das sinnlose Gerede reißen ja nicht ab. Der Witwentröster betritt morgens ein Zimmer, und der Gestank schlägt ihm mit Wucht in den Magen, der Witwentröster öffnet die Vorhänge, und die Witwen begrüßen ihn mit sinnlosem Gerede, mit Nabelsträngen um den Hals ihrer Kinder, mit Männern, die sich hinter Türen verstecken, mit Brandgeruch, mit Schnee.
Und morgens beim Witwenwaschen hing die Witwe Stockhusen gekrümmt über dem Waschbecken, und ich tupfte zaghaft mit dem Waschlappen an die Geschwulst, und die Hände der Witwe Stockhusen zitterten, und ich wusste, wenn ich nicht zufasste, würde sie fallen, und ich warf den Waschlappen ins Waschbecken und packte sie unter den Armen, und sie ließ sich in meine Arme fallen, und der Urin tropfte zwischen ihren Beinen heraus auf den Linoleumboden. Morgens beim Witwen-

waschen suchte die Witwe Felter ihren Schuh, und während ich mit ihr vor dem Waschbecken stand, griff sie mit nassen, seifigen Händen nach mir und krallte sich in meinen Kittel und rief: »Junger Mann, junger Mann, warum helfen Sie nicht?« Morgens beim Witwenwaschen glitt mir die Witwe Schneider aus den Händen, doch es gelang mir, sie aufzufangen, ich fing sie auf und spürte ihr Gewicht in meinem Kreuz und ließ sie langsam auf den Boden sinken, und dort musste ich sie liegen lassen, bis die Schwestern Zeit hatten, um mir zu helfen.

Schwester Therese hatte etliche Male an die Tür der Witwe Meldorf geklopft, aber die Witwe Meldorf hatte sehr freundlich, sehr höflich, sehr bestimmt zu ihr gesagt, sie ziehe es zurzeit vor, unbehelligt zu sein, und Schwester Therese hatte es schließlich für klüger befunden, die Witwe Meldorf gewähren zu lassen.
Irgendwann im Mai bauten sich Bärbel und Annegret, die Putzfrauen, in ihren blauen Kitteln vor mir auf. »Was ist mit Frau Meldorf los? Sie lässt uns schon seit Tagen nicht mehr ins Zimmer. Sie sagt, sie will nicht, dass wir bei ihr putzen. Was haben wir ihr denn getan?«
»Sie hat sich mit Sabine gestritten. Sie lässt jetzt überhaupt niemanden mehr herein.«
»Und was ist mit dir?«, fragte Bärbel. »Du gehst doch auch ständig bei ihr rein. Sag ihr, dass sie sich nicht zu schämen braucht. Wir brauchen alle mal Hilfe.«
Ich sagte: »Ich weiß nicht, ob sie das jetzt hören will.«

Wenn ich der Witwe Meldorf mittags das Essen oder nachmittags die Obstmahlzeit brachte, traf ich sie dabei an, wie sie ihr Zimmer mit Handfeger und Schaufel und

einem feuchten Lappen putzte. Den Lappen wusch sie im Handwaschbecken aus.
»Bärbel und Annegret sind doch harmlos«, sagte ich zu ihr, nachdem ich ihr einige Male zugesehen hatte. »Warum lassen Sie sie nicht sauber machen? Schließlich bezahlen Sie dafür.«
»Harmlos?«, sagte die Witwe Meldorf. »Diese Fräuleins streichen die Treppenstufen mit Schmierseife ein. Das nennen Sie harmlos?«
»Und wie lange wollen Sie das durchhalten? Selber putzen und auf dem Zimmer essen und mit niemandem reden?«
»Bis sich Fräulein Sabine zu einer Entschuldigung durchringt. Das wäre das wenigste. Aber ehrlich gesagt weiß ich sowieso nicht, wozu ich mich mit diesen Hühnern abgeben soll.«
»Sie sind ja ganz schön arrogant!«
»Tun Sie doch nicht so!«, sagte sie. »Sie sehen es doch genauso wie ich!«

Es ist ja nicht schwer, sich vorzustellen, was die Schwestern so redeten. Wer beklagte sich? Schwester Sabine. Wer verteidigte mich? Schwester Therese.
»Jetzt ist er seit fast zwei Stunden am Obst-Verteilen.«
»Na und? Sieh es doch mal so: Solange er da oben unterwegs ist, herrscht Ruhe. Das musst du zugeben. Oder hast du in den letzten zwei Stunden eine einzige Klingel von oben gehört?«
»Und nachher wird's umso hektischer, weil er nur redet und nichts fürs Zubettgehen vorbereitet. Keinen Klostuhl, keinen Waschlappen, kein Handtuch, kein Nachthemd.«
(Verwirrend allerdings für Schwester Sabine: Das Klingeln hatte tatsächlich stark abgenommen.)

Schwester Sabine hatte hinnehmen müssen, dass die Witwe Meldorf im Dachgeschoss wohnen blieb. Sie hatte hinnehmen müssen, dass ich der Witwe Meldorf meine Hilfe anbot. Sie hatte hinnehmen müssen, dass sie bei der Besprechung im März einen ungünstigen Eindruck auf die Heimleiterin gemacht hatte. Sie hatte unreif und aggressiv gewirkt, Schwester Therese besonnen und ausgleichend. Für Schwester Sabines Hoffnungen, irgendwann die Stationsleitung zu übernehmen, natürlich ein Rückschlag. Und ich wusste, dass Schwester Sabine meinen Anteil daran kannte.

Irgendwann sagte sie bei der Dienstbesprechung, während ich genau neben ihr saß: »Wie lange kriegt Frau Meldorf das Essen denn noch aufs Zimmer geliefert? Wir sind doch kein Hotel!«
»Sie wird schon zur Vernunft kommen!«, sagte Schwester Therese.
»Das wird sie bestimmt nicht, solange Jan sie den ganzen Tag lang bedient.«
»Nun vergiss mal nicht, dass du diejenige warst, die sich mit ihr so zerstritten hat.«
»Was soll das denn heißen?«
»Wir können froh sein, dass Jan mit ihr auskommt!«
»Mit ihr auskommt! Wenn ich das schon höre! Er brät ihr Extrawürste und schleimt sich ein. Und die Arbeit bleibt liegen.«
»Sabine, vergiss die Sache jetzt mal für ein paar Wochen. Wir kriegen das schon wieder klar.«
Zu mir sagte Schwester Therese, als die anderen Schwestern gegangen waren: »Jan, du lädst dir eine große Verantwortung auf. Sieh zu, dass Frau Meldorf sich wieder beruhigt. Wenn der Vorstand Wind von der Sache bekommt, gibt's Ärger. Und zwar nicht zu knapp.«

Worauf wartete nun Schwester Sabine? Darauf, dass ich einen Fehler machte. Auf einen Fehler, der darauf hinwies, dass Schwester Therese die Kontrolle über mich verloren hatte. Auf einen Fehler, der darauf hinwies, dass Schwester Thereses Geduld mit mir ein Führungsfehler war. Und was für ein Fehler hätte das sein können? Eine ernst zu nehmende Beschwerde von Seiten einer Witwe. Eine sichtbare Vernachlässigung der Witwen. Oder Beschwerden der Angehörigen.

Also fing Schwester Sabine an, unauffällig, wie sie glaubte, Erkundigungen bei den Witwen einzuziehen. Sie fragte: »Alles in Ordnung bei Ihnen, Frau Greimel? Hat heute Morgen alles gut geklappt?«

»Na, Frau Thoms, wie ist die Stimmung? Sind Sie gut aus dem Bett gekommen?«

»Und Sie, Frau Trittau? Haben Sie rechtzeitig Ihr Frühstück gekriegt?«

»Nein«, sagte die Witwe Trittau. »Ich habe gar nichts gekriegt. Heute nicht und gestern nicht und vorgestern auch nicht. Immer isst die da mir alles weg!«

Sie zeigte mit dem Finger auf die Witwe Roth.

Und ich konnte mir kaum das Grinsen verkneifen, denn ich wusste ja aus eigener Erfahrung: Mit solchen Fragen erreichte man nichts.

Schwester Sabine fragte auch in den oberen Stockwerken.

»Frau Blunck, ich habe bemerkt, dass in letzter Zeit der junge Mann häufig bei Ihnen war. War alles in Ordnung? Hat er seine Arbeit ordentlich gemacht? Oder gibt es etwas, was Sie mir erzählen möchten?«

Aber die Witwe Blunck, die mir einige Nachmittage zuvor noch mit einem Stück Apfelsine zugeprostet hatte, schüttelte den Kopf und erinnerte sich an nichts.

Witwentrösten geht zuweilen ungeordnet und überstürzt vor sich. Am Ende eines Tages weiß der Witwentröster schon nicht mehr zu sagen, welche Gedanken ihm zu welcher Witwe eingefallen sind, wie und in welcher Situation sich plötzlich das zündende Wort, der zündende Blick, das zündende Lachen ergab, bei welcher Witwe der Witwentröster auf Anhieb das passende Wort bereithatte, bei welcher Witwe er erst drei Türen später eine Eingebung hatte, sodass er mitsamt dem Servierwagen kehrtmachen musste, um noch einmal an ihre Zimmertür zu klopfen; diese Dinge kommen oft unerwartet, ohne Vorbereitung, der Witwentröster ist der Joker, der den fehlenden Platz einnimmt, aber, um bei dem Bild zu bleiben, nicht er ist derjenige, der die Karten ausgeteilt hat. Er kann nicht planen, er muss improvisieren, er muss mit den Situationen so arbeiten, wie sie sich ergeben.

»Du bist ja ein richtiger Witwentröster geworden«, sagte Schwester Martina zu mir, als hätte sie den Ausdruck gerade eben erfunden. »Die Alten sind ganz versessen auf dich. Aber das weißt du sicherlich.«
Ich war vorsichtig. Ich dachte: Erst mal rauskriegen, wie viel sie weiß.
Sie merkte das. »Was ist eigentlich los mit dir?«, fragte sie. »Hast du Geheimnisse, oder was?«
»Quatsch!«, sagte ich. »Wieso sollte ich Geheimnisse haben?«

Ein paar Augenblicke später fragte sie weiter. »Was redest du denn immer mit den Alten?«
»Ach, alles Mögliche. Mich interessiert einfach, was sie so erlebt haben. War doch eine interessante Zeit, die sie mitgemacht haben.«

»Aber die wissen doch kaum noch was.«
»Das stimmt. Aber wenn man ein bisschen bohrt, kann man doch was erfahren. Eigentlich freuen sie sich ja, wenn man sich für sie interessiert.«

# 10. DER WITWENTRÖSTER BRINGT MEDIZIN
Juni 1986

Während ich nachmittags Obst verteilte, verteilte Schwester Therese die Medikamente. Häufig kreuzten sich unsere Routen, und mich störte, dass ich immer damit rechnen musste, ihr irgendwo in den oberen Stockwerken zu begegnen.

»Hör mal«, sagte ich Anfang Juni im Dienstzimmer zu ihr, »ich bin doch sowieso mit dem Obst unterwegs. Warum gibst du mir nicht die Medikamente für den Nachmittag mit?«

»Verboten«, sagte Schwester Therese. »Nur wir Examinierten dürfen Medikamente stellen.«

»Das bleibt ja auch so«, sagte ich. »Du bestückst in der Mittagspause das Medikamententablett, und ich übernehme bloß die Verteilung.«

Schwester Therese zögerte einen Augenblick.

»Na schön«, sagte sie dann. »Eigentlich hast du Recht. Aber du musst aufpassen, versprichst du mir das? Du musst dich konzentrieren! Es darf keine Fehler geben!«

»Keine Sorge«, sagte ich. »Ich habe Abitur.«

»Und häng's nicht an die große Glocke. Wenn jemand fragt: Du machst das nur ausnahmsweise, und du wirst genau von mir kontrolliert!«

Am Ende der Mittagspause händigte sie mir aus: ein Tablett mit 45 winzigen bunten Plastikbechern. Das stellte ich auf meinen Servierwagen mit dem Obst. Auf jeden Becher hatte sie in ihrer sorgfältigen Handschrift den Namen einer Witwe geschrieben. In den Bechern: Beruhigungsmittel, Herzmittel, Stärkungsmittel und Placebos in allen Farben und Kombinationen.
»Eins ist mir noch eingefallen«, sagte Schwester Therese, »wenn dir aus irgendeinem Grund das Tablett runterfällt: Sammel alles ein und komm sofort zu mir zurück! Fang auf keinen Fall an, auf eigene Faust zu sortieren!«
»Schon klar«, sagte ich. »Ist ja logisch. Mache ich nicht.«

Ich stellte der Witwe Trittau einen kleinen Plastikbecher mit einer hellblauen Tablette hin.
»Dies ist ein so genanntes Placebo«, sagte ich. »Sie sollen denken, dass die Tablette einen Wirkstoff enthält, aber in Wirklichkeit enthält sie nur Zucker und Farbstoff.«
»So?«, sagte die Witwe Trittau. »Dann geben Sie mal her!«
Ich nahm den Becher und kippte der Witwe Trittau die Tablette in die hohle Hand.
»Trinken Sie ein bisschen Saft dazu«, sagte ich. »Dann wirkt es besser.«
Zur Witwe Roth sagte ich: »Gretchen, hier kommt die Medizin. Gegen die Schildkrötenkrankheit. Du weißt Bescheid?«
Statt einer Antwort kaute die Witwe Roth auf ihrem Gebiss herum.
Zur Witwe Felter sagte ich: »Bisher haben Sie Beruhigungsmittel bekommen. Jetzt kriegen Sie ein Stärkungsmittel. Denn es geht doch so nicht weiter, finden Sie nicht?«

»Und dann?«, fragte die Witwe Felter mit weit aufgerissenen Augen. »Was passiert dann mit mir?«
»Wir wollen mal sehen«, sagte ich nachdenklich. »Wenn es Probleme gibt, wenden Sie sich bitte an mich!«
Die Witwe Coch, von der ich es nicht erwartet hätte, sagte: »Wieso bekomme ich kein Haloperidol? Junger Mann, wenn Sie mir Haloperidol besorgen, verrate ich Ihnen etwas.«
»Haloperidol? Ich würde mich strafbar machen.«
»Machen Sie sich nicht sowieso strafbar?«
»Was ist denn so toll an Haloperidol?«
»Ich meine doch nur: gegen die Unruhe.«
»Ihnen macht die Unruhe zu schaffen? Ich sage Ihnen mal, was mir zu schaffen macht: der Gestank!«
»Ja, der Gestank in diesem Haus ist erschreckend«, sagte die Witwe Coch gewichtig, aber dann straffte sie sich, saß stocksteif in ihrem Sessel, blickte, als ginge sie und mich das Thema nichts weiter an, nahm den kleinen Plastikbecher in die Hand und schluckte ihre Medizin.

Im ersten Stock zählte ich der Witwe Backhaus die Tabletten in die Hand: »Eine fürs Herz. Eine für die Venen. Und eine für Willi.«
Zur Witwe Eilers sagte ich: »Eine Tablette für Sie, kühl und glatt und weiß wie der Schnee.«
Zur Witwe Schubert sagte ich: »Drei Tabletten, alle für Sie. Von Schwester Therese ausgesucht. Ist das nicht schön?«

Im Dachgeschoss fragte ich die Witwe Rau: »Wieso riecht es bei Ihnen immer nach Huhn? Ich habe mit der Köchin gesprochen, und sie hat mir die Speisepläne gezeigt. Und aus denen geht hervor: Wir haben im ganzen

Jahr erst viermal Huhn zum Essen gehabt. Zweimal Hühnerfrikassee und zweimal Hähnchenschenkel.«
»Huhn«, sagte die Witwe Rau. »Ich rieche es. Riechen Sie es nicht?«

Ich ging mit Obst und Medizin durchs Haus, und die Medizin half mir weiter. Die Witwen sahen die Becher mit ihren Namen in meiner Hand, und es war schwer für sie, ihren Widerstand aufrecht zu halten. Sie wussten, sie brauchten die Medizin, und sie wussten, ich verlangte Antworten auf meine Fragen.

Ich brachte Medizin zur Witwe Backhaus und sagte zu ihr: »Ich möchte Ihnen ja glauben, Frau Backhaus. Niemand möchte das lieber als ich. Es macht mir keinen Spaß, Grobheiten mit Ihnen auszutauschen. Aber ein bisschen entgegenkommen müssen Sie mir schon.«
»Ja«, sagte sie eifrig. »Ja, natürlich, Herr Jan!« (Es war offensichtlich, dass sie nicht wusste, wovon ich redete.)
»Also, Frau Backhaus«, sagte ich, »Stichwort: Willi.«

Die Witwe Greimel im Erdgeschoss, die sich immer wieder allein auf den Weg zur Toilette machte, war durch ihre Stürze mit blauen Flecken übersät. Ich hielt den Becher mit ihrer Medizin in der Hand und stellte sie zur Rede.
»Warum machen Sie das? Sehen Sie sich mal Ihre blauen Flecken an! Das ist doch Absicht! Das ist die pure Absicht, meine Liebe! Ich werde mich nicht länger von Ihnen hinhalten lassen! Ich will endlich wissen, warum Sie das tun!«
Sie war ganz aufgelöst, nachdem ich bei ihr gewesen war, und fünf Minuten später kam Schwester Sabine in ihr Zimmer.

»Hallo! Wie sehen Sie denn aus? Ist Ihnen eine Laus über die Leber gelaufen?«
Aber die Witwe Greimel schwieg und schluckte an ihrer Medizin.

Zur Witwe Heesch sagte ich: »Sie sind eine brutale alte Schachtel!«
»Wieso brutal?«, sagte sie. »Wo bin ich denn brutal?«
»Die Art, wie Sie nicht mit mir reden, die ist brutal.«
»Sie sind ein lächerlicher junger Schnösel! Was haben Sie schon erlebt? Sie werden sich noch wundern!«
»Nee, Frau Heesch. Wenn überhaupt, dann werden wir beide uns wundern. So, und hier ist Ihre Medizin.«

Ich fragte die Witwe Blunck: »Warum gestehen Sie nicht ein, dass es Sie gekränkt hat, wenn Walter die Gefangenschaft als die schönste Zeit seines Lebens bezeichnete. Sie waren verheiratet! Die schönste Zeit seines Lebens, das hätte doch die Zeit mit Ihnen sein müssen.«
Witwe (verstockt): »Sie verstehen das nicht. Er war ein geistiger Mensch.«
Witwentröster: »Danach habe ich Sie nicht gefragt! Ich habe Sie gefragt, ob Sie gekränkt waren!«

»Wer hat Ihnen erlaubt, das Thema zu wechseln?«, sagte ich ein paar Tage später zu ihr, weil sie versuchte, mit mir vom Wetter und vom Essen zu reden. »Wir sind hier nicht beim Kaffeeklatsch, Frau Blunck!«
Und die Wirkung auf die Witwe Blunck war: Sie scheute. Sie schnaubte, und in ihren Augen stand Panik, ihre Nasenlöcher bebten, ihre Finger auf der Tischplatte fielen in einen nervösen Trab, dann in gestreckten, jagenden Galopp. Ich sagte es ja schon einmal: Witwen können nervös sein wie junge Fohlen.

»Jetzt hören Sie mal!«, sagte ich zur Witwe Nemethy. »Glauben Sie, ich mache das alles aus Spaß? Bilden Sie sich bloß nichts ein!«
»Was wollen Sie denn?«, fragte die Witwe Nemethy. »Sagen Sie's bitte. Wollen Sie Geld?«
»Geld?«, sagte ich. »Das ist wohl ein Witz. Sie haben doch überhaupt kein Geld.«
»Ich könnte mal nachsehen«, sagte die Witwe Nemethy.
»Und dann? Was kriege ich dann? 20 Mark von Ihrem Taschengeld? Lassen Sie's stecken.«

»So werden Sie Ihr Problem nicht lösen«, sagte ich zur Witwe Sudek. »Entweder Sie reden mit mir, oder Sie werden Ihrer Schwester ausgeliefert sein, und niemand wird Ihnen noch helfen.«
»Haben Sie mit ihr gesprochen?«, fragte atemlos die Witwe Sudek.
»Das kommt später«, sagte ich geheimnisvoll. »Zunächst einmal spreche ich mit Ihnen.«

Zur Witwe Körber, die mir weiter von ihren Reisen erzählen wollte, sagte ich: »Sie fahren jetzt nirgendwo mehr hin. Wie wäre es, wenn Sie sich mal mit der Gegenwart befassen? Sie stinken, wissen Sie das nicht?«
»Doch«, sagte die Witwe Körber kleinlaut.
»Na also«, sagte ich versöhnlich. »Dann können wir vielleicht bald mal zur Sache kommen.«
»Was ist denn die Sache?«, fragte die Witwe Körber schüchtern.
»Ich glaube, die Sache ist: der Hund, von dem Sie neulich erzählt haben. Was war das für ein Hund?«
»Ich weiß es nicht«, sagte die Witwe Körber. »Es war doch nur ein Traum.«
»Weiß ich nicht gilt bei mir nicht«, sagte ich. »Ich gebe

Ihnen bis morgen Zeit, mir einen Vorschlag zu machen, wer dieser Hund gewesen sein könnte.«

Und welchen Vorschlag machte mir die Witwe Körber am nächsten Tag?
»Herr Jan, könnte es nicht sein, dass dieser Hund in meinem Traum war, weil draußen in der Nachbarschaft ein Hund gebellt hat?«
»Frau Körber, Sie haben Glück: Ich will so tun, als hätte ich das nicht gehört.«

Im Juni rafften die Witwen noch einmal ihre Widerstandskraft zusammen. Mit Unwissenheit und mit Lügen versuchten sie, den Fragen des Witwentrösters zu begegnen. Sie stanken, und sie gaben vor, sich nicht zu erinnern. Es war der Gestank der letzten Anstrengung, des letzten Aufbäumens, denn die Witwen wussten, dass ihr Widerstand keinen Sinn mehr ergab. Die Furcht der Witwen verstärkte den Gestank, denn es war kein Irrtum mehr möglich, der Witwentröster kam nicht, um sich ein weiteres Mal abspeisen zu lassen, der Witwentröster kam nicht, um unverbindliche Worte zu wechseln, der Witwentröster kam und hielt die Medizin in der Hand und erwartete eine Antwort auf seine Fragen. Es gab kein Mittel, das den Witwentröster draußen vor der Tür zu halten vermochte, der Witwentröster hatte längst die Schwelle überschritten, er näherte sich und war nicht aufzuhalten, eine Flucht war nicht möglich, wohin sollten sie fliehen, es war zu spät, um zu fliehen, es hatte keinen Sinn mehr zu leugnen, der Witwentröster wollte die Wahrheit, die Schwestern wussten nichts und konnten nicht helfen, die Kinder wussten nichts und durften nichts wissen, die Witwe hatte jeden Fußbreit verteidigt, doch einige der anderen Frauen im Haus hatten schon die Waffen gestreckt, hatten sich, so war zu vermuten, heimlich nach der Niederlage gesehnt, hatten dem Ansturm des Witwentrösters nichts mehr entgegenzusetzen, und es stank im Haus, es stank vom Keller bis unter das Dach, es war ein atemraubender, betäubender Gestank, es war der Gestank der Furcht und des Trotzes und der Sehnsucht, es war der Gestank des Mangels.

Ich brachte Medizin zur Witwe Hofer, und ich sagte: »Sie wollten gestern, dass ich nicht wieder zu Ihnen komme, habe ich das richtig gehört?«
»Nein, nein, da haben Sie mich falsch verstanden!«, rief die Witwe Hofer, aber ich schüttelte langsam den Kopf.
»Ich höre, was ich höre«, sagte ich, »und es ist besser, wenn Sie keine Ausflüchte machen. Wir kommen sonst nicht weiter.«
Die Witwe Hofer sah aus, als wollte sie protestieren, aber sie besann sich. Sie nickte. Und ich, besänftigt, versprach ihr, am nächsten Tag wiederzukommen.

Der Witwentröster nimmt alles wörtlich. Wenn eine Witwe behauptet, es stehe ein Mann hinter der Tür, dann wird der Witwentröster hinter der Tür nachsehen, und, da er ihn dort nicht findet, nach diesem Mann zu forschen beginnen. Wenn eine Witwe sagt, es rieche nach Huhn, dann wird der Witwentröster diesen Geruch verfolgen. Er wird im Zimmer der Witwe nach Speiseresten suchen, er wird im Saal den Speiseplan überprüfen, er wird Fragen stellen. – Notfalls, aber da sind wir noch nicht, wird sich der Witwentröster selbst in ein Huhn verwandeln. – Keinesfalls wird der Witwentröster auf die Schwestern und auf die Angehörigen hören, die in solchen Fällen zu sagen pflegen: »Sie weiß ja nicht mehr, was sie sagt.«

Der Witwentröster nimmt alles persönlich: Ich hatte im April einen Brief von der Witwe Becker bekommen; inzwischen hatten wir Juni, und ich brannte darauf, der Witwe Becker endlich zu sagen, wie mir ihr Brief gefallen hatte.

»Frau Becker, was ich Ihnen schon lange sagen wollte: Ich lasse mir einen solchen Brief von Ihnen nicht bieten.«

Sie wusste sofort, von welchem Brief ich sprach.

»Sind Sie verrückt? Was haben Sie mit meinem Brief zu tun?«

»Ich habe ihn gelesen, und ich habe mir Gedanken dazu gemacht, und jetzt gebe ich Ihnen eine Antwort.«

»Sie schnüffeln in fremder Post herum, und dann werden Sie auch noch frech.«

»Ich habe mir den Brief kopiert. Wollen Sie, dass alle ihn lesen? Ihre ganze Gefolgschaft auf dem Weg in den Saal? Das würde Sie Ihren Spitzenplatz kosten.«

»Ich weiß nicht, wovon Sie reden.«

»Oh doch. Das wissen Sie genau.«

In diesem Fall interessierte mich gar nicht, was der Enkel der Witwe Becker getan hatte und warum er sich mit seiner Mutter zerstritten hatte. Auch die Tochter der Witwe Becker interessierte mich nicht. Mich interessierte, dass die Witwe Becker in ihrem Brief einen Ton angeschlagen hatte, den ich schon immer bei ihr mitschwingen hörte.

Ich sagte kühl: »So kommen wir nicht weiter, Frau Becker.«

Die Witwe Becker sagte: »Wer sagt Ihnen, dass ich mit

Ihnen weiterkommen will? Was wissen Sie schon? Sie haben doch noch gar nichts erlebt!«

Ich brachte Medizin zur Witwe Möller. Ich sagte zu ihr: »Ich hatte heute Nacht so ein Piepen im Ohr. Haben Sie das auch gehört? Erst dachte ich, es ist der Fernseher im Saal. Dann hörte ich aber, dass es eine Frauenstimme war. Ich glaube, irgendjemand hat heute Nacht sehr heftig ins Kissen geweint. Es hat mir so Leid getan. Ich wusste nicht, was ich tun sollte. Ich habe die ganze Nacht nicht geschlafen.«

Auch mit der Witwe Benken war ich noch nicht fertig. Ich wählte nicht den Halleyschen Kometen als Anknüpfungspunkt. Es hatte ja ohnehin nicht viel zu sehen gegeben. Nur den Zigarrenrauch und die Dunkelheit, und sie hatte das Husten unterdrückt. Aber es ging um ihre Familie. Nach dem Tod des Vaters (am Tag, an dem auch Gustav Stresemann starb) blieb die Mutter noch 30 Jahre am Leben. Und die Witwe Benken, die auch damals schon Witwe war, nahm die Mutter zu sich.
Woher stammte mein Eindruck, dass die Mutter ihr lästig gewesen war? Woher mein Eindruck, dass die Witwe Benken der Mutter übel genommen hatte, dass sie, die Mutter, noch am Leben war, aber der Vater nicht mehr? Und woher mein Eindruck, dass nun, vierzig Jahre später, die Witwe Benken vermutete, dass die eigene Tochter nicht anders empfand? Die Antwort lautet: Der Witwentröster weiß solche Dinge. Er hört sie, oder er spürt sie, oder er bringt sie in Erfahrung.

Die Witwe Benken glaubte, dass ihre Tochter ihr übel nahm, dass sie noch lebte. Der Tochter, glaubte die Wit-

we Benken, wäre es lieber, der Vater, von dem sie zu wenig gehabt hatte, würde noch leben. Die Witwe Benken hatte ein schlechtes Gewissen gegenüber ihrer Mutter, die lange tot war, und sie misstraute ihrer Tochter. Die Witwe Benken hatte ihre Tochter im Verdacht, obwohl sich die Tochter nichts anmerken ließ.
Also sagte ich zur Witwe Benken: »Ihre Tochter benimmt sich merkwürdig, wenn sie bei Ihnen ist.«
»Finden Sie?«
»Ich finde, sie benimmt sich so, als müsste sie Ihnen etwas beweisen.«
»Was sollte sie mir beweisen müssen?«
»Dass sie freiwillig zu Ihnen kommt. Dass sie gern kommt. Aber Sie glauben ihr nicht.«

»Nachfassen! Nicht lockerlassen! Dem Mangel auf der Fährte bleiben!« So lautete im Juni mein Motto, und das galt natürlich auch für die Witwe Heesch. Ich stellte mich im Korridor vor ihr Zimmer und lachte. Ich lachte, wenn ich in ihrem Zimmer gewesen war. Ich rief sie an und lachte. Ich blieb bei meinem künstlichen Lachen und ließ es manchmal in einer Art Wimmern ausklingen. Sie hörte zu. Sie legte den Hörer nicht auf. Ich hörte, wie sie atmete. Ich war derjenige, der schließlich den Hörer auf die Gabel legte. Und wenn ich am nächsten Tag zu ihr ins Zimmer kam, um ihr das Obst und die Medizin zu bringen, dann war ich die Höflichkeit und die Freundlichkeit in Person.

Es sind manchmal ganz kleine Dinge, mit denen der Witwentröster das Klima schafft, in dem seine Arbeit gedeiht: eine treffende Bemerkung zur passenden

Zeit, ein unerwartetes Um-die-Ecke-Kommen, wenn die Witwe allein vor dem Fahrstuhl steht und an ihrer Handtasche nestelt, ein versehentliches lautes Türenschlagen, wenn die Witwe in ihrem Sessel sitzt und gerade für ein paar Sekunden eingenickt ist. Wenn es sein muss, wird der Witwentröster klirrend einen Teller mit Obst fallen lassen, die Klingel der Witwe aus der Steckdose ziehen, Fenster verdunkeln, Toilettentüren klemmen lassen, Brandgeruch riechen – kurz, er wird alles tun, um das Klima zu schaffen, in dem seine Arbeit gedeiht.

Es war Mittagszeit. Die Witwen schliefen. Die Schwestern saßen im Dienstzimmer und tranken Kaffee und redeten und vermissten mich nicht. Im Stationsbadezimmer legte ich mir einen Bademantelgürtel um den Hals und streute mir weißes Wundpuder auf die Stirn und auf die Wangen. Dann schlich ich mich ans Bett der Witwe Thoms. Ich hockte mich neben sie und röchelte laut, direkt neben ihrem Ohr. Sie zuckte unruhig im Schlaf. Dann wachte sie auf.

WITWE: »Was willst du? Was machst du da?«

WITWENTRÖSTER: »Hilf mir! Ich habe einen Strick um den Hals!«

WITWE: »Was soll das?«

WITWENTRÖSTER: »Ich will die Wahrheit wissen.«

WITWE: »Was für eine Wahrheit?«

WITWENTRÖSTER: »Wie es wirklich war, als dein Sohn geboren wurde. Warum du ihm mit deinen Schauermärchen das Leben beschwerst. Warum du dafür sorgst, dass er die Nabelschnur, die zwischen euch hing, in seinem ganzen Leben nicht vergessen kann.«

WITWE: »Du bist übergeschnappt. Was redest du da? Was geht dich das an?«

WITWENTRÖSTER: »Ich habe das Thema nicht aufgebracht, aber jetzt habe ich ein Recht auf die Wahrheit.«
WITWE: »Geh nach Hause, du Spinner!«
WITWENTRÖSTER: »Ich bin hier zu Hause. Genauso wie du. Wir sind jetzt beide hier zu Hause.«

Der Schnee, der Schnee. Wann liegt in Hamburg schon Schnee? Bestimmt nicht im Juni 1986, als der Witwentröster mit Obst und Medizin seine Runde durch die Zimmer der Luisenstiftung macht. Als er sich im Zimmer der Witwe Eilers auf die Fensterbank setzt und darüber nachdenkt, was er bisher von ihr erfahren hat. Er weiß, dass sie Ausschau hält nach Schnee. Er weiß, dass ihr Mann und ihr Sohn im Schnee gefallen sind. Und er weiß, dass ihr Bruder aus dem Schnee zurückgekehrt ist. Und schließlich weiß er, dass sich die Witwe Eilers danach mit ihrem Bruder nicht mehr verstand.
Was macht der Witwentröster mit diesem Wissen? Der Witwentröster ist sich nicht zu fein, eine Postkarte mit einer Schneelandschaft zu senden an die Witwe Eilers. Und als eine Reaktion ausbleibt, folgt eine zweite Karte, dann eine dritte, usw. Es trifft sich gut, dass es im Wohnzimmer noch vom letzten Weihnachtsfest her einen Stapel Gratis-Postkarten mit Schneelandschaften gibt. Es sind mundgemalte Postkarten; sie tragen auf der Rückseite einen Spendenaufruf für einen guten Zweck. Und auch der Witwentröster verwendet ja die Karten für einen guten Zweck. Statt eines Textes malt der Witwentröster Schneeflocken mit vier Kugelschreiberstrichen auf die Rückseite. Ein Schneegestöber aus vierstrichigen Schneeflocken. Die Witwe Eilers hängt sich die Karten an die Wand. Und als die Witwe Eilers zwanzig Karten mit Schneelandschaften an der Wand hängen hat, Schneege-

stöber auf der Rückseite, da beginnt der Witwentröster zu fragen: »Welche gefällt Ihnen besser, die mit dem Stall oder die mit dem Tannenwald? Die mit dem Stern am Himmel oder die mit den Kindern auf ihren Schlitten?« Und die Witwe Eilers, die sich ohnehin für nichts anderes mehr interessiert als für Schnee, entscheidet sich für den Tannenwald, entscheidet sich für den Stern.

Auf einen Versuch, der etwas bewirkt, kommen zehn Versuche, die gänzlich misslingen. Wem diese Quote entmutigend niedrig erscheint, der sollte sich vor Augen führen: 45-mal jeden Tag tritt der Witwentröster vor eine neue Witwe, 45-mal jeden Tag unternimmt der Witwentröster einen neuen Versuch, und damit ist nur die Runde mit dem Servierwagen gezählt; die vielen anderen Gelegenheiten im Speisesaal und im Wohnzimmer und auf der Station kommen hinzu. Und die Gespräche mit den Angehörigen kommen hinzu und die unzähligen kurzen Begegnungen auf dem Korridor und die Gelegenheiten, die sich ergeben, wenn eine Witwe nach dem Witwentröster geklingelt hat. Und jeder folgende Tag bringt die Gelegenheit zu neuen Versuchen.

Abends stand ich wieder einmal im Zimmer der Assel. Ich sah mich um, aber ich konnte keine Bierflasche entdecken.
WITWENTRÖSTER: »Wo sind die Flaschen? Glauben Sie, Sie können mir etwas vormachen? Die Köchin hat sie schon abgeholt, stimmt's?«
Die Assel gab mir keine Antwort.

Auf die folgende Weise gewöhnte ich ihr das Biertrinken ab: Ich schrie sie an. Ich tat so, als müsste ich mich übergeben, wenn ich morgens zu ihr kam. Ich riss das Fenster weit auf, und ich zog demonstrativ drei Paar Plastikhandschuhe übereinander, bevor ich ihren Nachttopf berührte. Und dann rannte ich mit dem Nachttopf hinüber in die Toilette und fluchte laut und knallte mit dem Klodeckel und spülte dreimal nach. Ich gebe zu, ich war hart zu ihr. Aber schließlich war auch sie ein harter Brocken.

Im Juni stand es mit der Assel so: Sie schämte sich. Sie wurde angeschnauzt, wenn sie im Saal wie wild Signale in meine Richtung machte, denn auch den Schwestern ging ihr Lallen auf die Nerven. (Und Schwester Sabine, die doch eigentlich darauf aus war, mich bei einer Regelwidrigkeit zu erwischen, verpasste ihre Gelegenheit.) Die Assel erkannte, so hatte sie keine Chance gegen mich. Da blieb ihr nur das Vertrauen darauf, dass ich es gut mit ihr meinte.

Schwester Sabine sagte im Dienstzimmer: »Ist euch etwas aufgefallen? Frau Wiese trinkt nichts mehr! Ob ihr Sohn es ihr verboten hat?«
»Vielleicht hat er ihr einfach das Taschengeld gestrichen«, sagte Schwester Martina. Sie grinste gehässig.
»Sehr witzig, Martina«, sagte Schwester Wiebke. »Ich frage mich, was es da zu grinsen gibt. Ich möchte dich mal sehen, wenn du von ein paar Mark Taschengeld abhängig bist.«
»Kinder, Kinder!«, sagte Schwester Therese. »Eure Streitereien könnt ihr später austragen. Wir sind hier im Dienst!«
Das war das Erstaunliche an den Schwestern: Sie wunderten sich über solche Dinge nicht lange. Sie waren überhaupt nicht neugierig. Ein paar Sprüche bei der Dienstbesprechung, und das war es dann schon.

Was passierte mit der Assel? Sie gab das Trinken auf, und ihr Nachttopf stank nicht mehr so schlimm. Richtig laufen lernte sie nicht mehr, dabei kam zweimal die Woche ein Trainer. Aber am Ende sprach sie wieder. Wenn auch nicht viel und nur mit mir.
Die Assel und der Trainer: Der Trainer kam jeden Dienstag und jeden Donnerstag. Sie übten auf dem Korridor der Pflegestation, weil es da die Sicherheitsstange zum Festhalten gab. Die Assel sah aus, als wenn sie um Hilfe flehen wollte, sobald sie eine der Schwestern sah, aber aus ihrem Mund kam nur ein Lallen: »Nein, nein!« Ihre unsichtbaren Asselbeinchen zappelten hilflos in der Luft. Die zwei sichtbaren Beine der Witwe Wiese bewegten sich nicht.
Der Trainer redete sanft auf die Assel ein: »Versuchen Sie es! Es geht doch schon viel besser als in der letzten Woche! Geben Sie nicht auf!«
Also machte die Assel einen kleinen Schritt voran und rief: »Nein! Nein!«

Ein Nachmittag im Juni. Das Zimmer der Witwe Hofer. Der Witwentröster hat Obst und Medizin gebracht. Der Witwentröster hat das Fenster weit aufgerissen, um den Gestank aus dem Zimmer herauszulassen. Der Witwentröster hat Fragen gestellt, der Witwentröster hat Ausflüchte und Redensarten zu hören bekommen, und er hat klargemacht, dass er darauf besteht, auf seine Fragen eine Antwort zu erhalten. Seit bald zwei Monaten steht der Witwentröster jeden Nachmittag in diesem Zimmer, reißt das Fenster auf und besteht darauf, auf seine Fragen eine Antwort zu erhalten. Und die Witwe Hofer sitzt nun entkräftet in ihrem Sessel am Fenster.

»Mein Mann hat nie viel erzählt. Er sagte nur: Das Leben im russischen Lager war hart, und die übelsten deutschen Eigenschaften kamen ans Licht.«
»Was denn für Eigenschaften?«
»Das hat er nicht weiter erklärt.«
»Und was haben Sie sich dabei vorgestellt?«
»Was sollte ich mir denn vorstellen? Wir hatten alle eine schlimme Zeit hinter uns. Und es gab zu tun.«
»Sie wollten also gar nicht wissen, was Ihr Mann erlebt hatte.«
»Wir mussten an die Zukunft denken. Wir mussten zupacken. Wir hatten gar keine Zeit, uns den Kopf zu zerbrechen.«
»Aber jetzt haben Sie doch Zeit, sich den Kopf zu zerbrechen.«
»Warum sollte ich mir jetzt noch den Kopf zerbrechen?«
»Weil Sie stinken. Weil Sie Mangel leiden. Weil es höchste Zeit für Sie wird, sich mal den Kopf zu zerbrechen.«
»Ich kann gar nicht glauben, dass Sie so mit mir reden!«
»Frau Hofer, irgendjemand muss es doch tun!«

In Hamburg wurde die Bürgerschaft gewählt. Zwei Wahlhelferinnen vom Bezirksamt kamen in die Luisenstiftung, um den Witwen beim Wählen zu helfen.
»Was haben Sie denn früher gewählt?«, fragten sie, wenn eine Witwe nicht wusste, was sie ankreuzen sollte.
»Liste 2«, sagte die Witwe Trittau. »Ich habe immer Liste 2 gewählt.«
»Und welche Partei stand auf Liste 2?«
»Na ja, die LPD«, sagte die Witwe Trittau. »Oder wie heißt sie? Die Bauernpartei!«
»Schade«, sagten die Wahlhelferinnen, »aber in diesem Fall können wir nichts machen.«

Die Witwen aus den oberen Stockwerken wussten schon noch, wie man wählte. Zum Beispiel die Witwe Ahrens mit den hervortretenden Augen. Sie hatte schon einige Tage zuvor per Briefwahl gewählt. Aber sie hatte ihren Wahlzettel nicht an das Wahlamt geschickt, sondern an ihren Sohn. Und der rief erbost bei uns an.
»Wie kann das angehen? Wieso landet dieser Brief bei mir? Das ist Erpressung!«, brüllte der Sohn ins Telefon.
»Wieso Erpressung?«, fragte Schwester Wiebke, als Schwester Therese bei der Besprechung von dem Anruf erzählte.
»Er denkt, das war Absicht«, sagte Schwester Sabine. »Um zu zeigen, dass seine Mutter ihn vermisst. Dass sie ohne ihn nicht klarkommt.«
»Ach so!«, sagte Schwester Wiebke. »Also, der spinnt doch. Vielleicht hat er ein schlechtes Gewissen.«
»Ja«, sagte Schwester Sabine. »Das glaube ich auch.«
»Was ich nicht verstehe«, sagte Schwester Wiebke, »wieso gibt der uns die Schuld?«

Am Nachmittag sagte ich: »Frau Ahrens, ich hatte bisher nicht so viel Zeit für Sie, wie ich es wollte. Aber jetzt sollten wir nicht länger warten.«
»Ja, junger Mann«, sagte sie, als habe sie verstanden, wovon ich sprach.
Ich gab ihr ihre Medizin. Ich gab ihr einen Teller mit Obst. Ich setzte mich auf ihre Sessellehne. Ich suchte nach einem Anknüpfungspunkt. Ich sah das Foto ihres verstorbenen Mannes auf der Fensterbank stehen. Und dann war es ganz einfach.

Könige, Prinzessinnen, Prinzen. Die Welt der Galazeitschriften und des Kindermärchens. Das ist eine Welt, in der sich noch immer viele Witwen zu Hause fühlen.

Auch die Witwe Ahrens. Sie hatte Glupschaugen, ebenso wie ihr verstorbener Mann, und das brachte mich auf die Idee.
»Ich will Ihnen ein Geheimnis verraten: Ich bin der Froschkönig!«, flüsterte ich ihr von der Sessellehne aus ins Ohr.
Die Witwe Ahrens kicherte begeistert.

Ein paar Tage später fragte ich sie: »Frau Ahrens, wie geht's?«
»Wie soll's schon gehen? Man sitzt und wartet auf den Tod.«
»Was reden Sie da? Warten auf den Tod? Soll das schon alles gewesen sein? Haben Sie denn keine Wünsche mehr, die Sie sich noch erfüllen möchten?«
»Wünsche? Was für Wünsche sollte ich noch haben?«
»Das frage ich Sie.«
»Natürlich hat man noch Wünsche. Aber es ist doch zu spät. Jetzt hilft doch das Wünschen nicht mehr.«
»Im Märchen hilft das Wünschen immer.«

Das Wünschen half auch bei der Witwe Ahrens, und der Froschkönig wurde zum Prinzen. Die Witwe Ahrens traute ihren Glupschaugen kaum. Sie spitzte die Lippen zum Kuss. Dabei war es ja ganz anders: Die Prinzessin warf den Frosch an die Wand. Aber das wusste die Witwe Ahrens nicht.
»Sie irren sich!«, sagte ich zur Witwe Ahrens und legte ihr meinen Finger auf die gespitzten Lippen. »Die Prinzessin wirft den Frosch an die Wand. Alles andere ist Lüge und führt nicht zum Erfolg. Sie hätten ihn nicht küssen, sondern an die Wand werfen sollen. Dann hätte er sich in einen Prinzen verwandelt. Weil Sie nicht ehrlich waren, haben Sie all die Jahre eine Ehe mit einem Frosch ge-

führt. Und geben Sie jetzt nicht Ihrem Vater die Schuld. Der durfte Ihnen das nicht sagen. Sie hätten schon selbst auf die Idee kommen müssen.«
Und das wirkte, und die Witwe Ahrens warf das Bild ihres Ehemanns mit aller Kraft, die noch in ihr steckte, an die Wand. Und der Witwentröster sagte: »Bravo, Frau Ahrens!« und kehrte zurück zu seinem Servierwagen und schob eine Tür weiter.

Die Witwe Randow, Zimmer 1, gelähmt und zittrig von zwei Schlaganfällen, hatte ihre Töchter dazu erzogen, dass sie sich gegenseitig beaufsichtigten, und die Töchter folgten diesem Auftrag noch immer. Margot, die ältere Tochter der Witwe Randow, rief vormittags an, kam nachmittags zu Besuch und rief abends, nach dem Ende der Besuchszeit, noch einmal an. Und Monika, die jüngere Tochter der Witwe Randow, rief zumeist am Nachmittag an, aus dem Büro, also während Margot zu Besuch war oder kurz danach. Und Margot, die zu Besuch war, saß auf der Bettkante, und die Witwe Randow saß in ihrem Sessel, und das Gespräch zwischen ihnen verlief etwa so:
»Gestern habe ich um elf Uhr angerufen und Monika um vier. Erinnerst du dich? Und am Montag hat Monika erst um sechs angerufen. Als ich schon weg war. Weil sie so viel zu tun hatte, sagt sie.«
»Was hatte sie denn zu tun?«, fragte die Witwe Randow, als hätte nicht sie, sondern Margot mit Monika gesprochen.
»Mutti, wenn ich das wüsste«, sagte Margot.
»Ja, ja, die Monika«, seufzte dann die Witwe Randow, und Margot nickte viel sagend.

Bevor sie ging, stellte Margot das Telefon der Witwe Randow auf volle Lautstärke, damit die Witwe Randow keinen Anruf versäumte. Und ein bis zwei Stunden nachdem sie gegangen war, rief sie von zu Hause aus noch einmal an, um zu fragen, ob Monika inzwischen angerufen hatte oder ob sonst jemand angerufen hatte und ob alles in Ordnung war.

»Alles in Ordnung«, sagte die Witwe Randow dann am Telefon, und Margot machte am anderen Ende der Leitung eine kurze Bemerkung, und die Witwe Randow lachte.

»Da hat jemand für Sie angerufen«, sagte ich eines Abends zur Witwe Randow. »Es war Margot. Nein, Monika. Nein, Margot. Ach, tut mir Leid, ich weiß es nicht mehr. Eine von beiden hat angerufen und wollte Sie sprechen.«

»Welche denn nun?«, fragte die Witwe Randow.

»Tut mir Leid. Ich weiß es wirklich nicht mehr.«

An einem der folgenden Nachmittage, zwei Stunden nachdem Margot gegangen war, hielt ich die Witwe Randow auf der Toilette fest und sorgte so dafür, dass sie ihr Telefon nicht rechtzeitig erreichte.

»Frau Randow, warten Sie einen Augenblick. Tut mir Leid, dass ich so ungeschickt bin. Wir sind gleich fertig.«

Das Telefon klingelte.

»Das Telefon!«, keuchte die Witwe Randow.

»Ja, das war Ihr Telefon. Wer mag da anrufen?«

»Junger Mann, beeilen Sie sich!«

»Wir sind gleich so weit. Dann können Sie zurückrufen.«

»Ich weiß doch gar nicht, wer angerufen hat.«

»Ach ja, natürlich. Entschuldigen Sie, dass ich Sie aufgehalten habe. Ich wusste nicht, dass Sie einen wichtigen Anruf erwarten.«

Ich rief sie vom Dienstzimmer aus an (wie ich das auch bei der Witwe Heesch zu tun pflegte) und legte auf, wenn sie den Hörer abnahm. Dann ging ich in ihr Zimmer. Ich konnte sehen, wie es in ihr arbeitete.
»Glauben Sie, dass es Margot war? Oder Monika? Margot oder Monika? Wollen Sie zurückrufen? Ich wähle die Nummer für Sie. Nein? Warum nicht? Ist irgendetwas? Was glauben Sie denn, warum Margot angerufen hat? Oder glauben Sie, dass es Monika war?«

Später fragte ich sie: »Was glauben Sie, warum Monika aufgelegt hat? Hatten Sie Streit? Mir können Sie es doch erzählen.«
Und ein paar Tage später fragte ich: »Hat Monika inzwischen zugegeben, dass sie es war, die aufgelegt hat? Nein? Das verstehe ich nicht. Dann ist die Sache wohl doch ernster, als es im ersten Moment ausgesehen hat.«
Die Witwe Randow, zittrig von zwei Schlaganfällen, wurde so zittrig, dass sie schließlich nicht mehr lachte.

»Eine schöne Altersfreundschaft«, sagten die Schwestern, wenn von den Witwen Rüther und Schumann die Rede war. Ich teilte diese Auffassung nicht. Meiner Meinung nach war die angebliche Freundschaft der Witwen Rüther und Schumann nur eine Notgemeinschaft im Mangel.
Die Witwen Rüther und Schumann hatten es sich schön miteinander eingerichtet. Sie hatten es so schön miteinander, dass sie ihren Mangel nahezu vergessen hatten. Sie lachten und kicherten miteinander, und sie hielten sich bei Laune, indem sie Marianne ärgerten.
Die Witwe Rüther sagte zur Witwe Schumann: »Sie hat's gesehen. Aber sie hat nicht gesehen, wo ich sie hinge-

steckt habe. Ich habe sie einfach hinter den Blumentopf gesteckt.«
Die Witwe Schumann sagte: »Gut gemacht, Minna!« Sie kicherte.

Die Witwe Rüther steckte ihre Windeln in den Blumentopf neben dem Haupteingang. (Der Haupteingang gehörte zu Mariannes Putzrevier.) Mariannes Revanche: Sie legte das Gebiss der Witwe Rüther über Nacht in Rotwein ein. Die Zähne waren wochenlang dunkel angelaufen. Die Witwe Rüther weinte und hielt beim Essen und beim Sprechen die Hand vor den Mund. Und die Witwe Schumann stützte sie und tröstete sie und heckte mit ihr Rachepläne aus.

Was tat der Witwentröster, als die Zähne endlich wieder ihre weiße Farbe hatten und als die Witwen Rüther und Schumann wieder miteinander kicherten? Ich flüsterte der Witwe Rüther im Saal ins Ohr: »Was gibt es zu kichern? Denken Sie mal an die Schweinerei, die Sie letzte Nacht in Ihrem Bett veranstaltet haben! Alles vollgepisst! Ist das nicht zum Kotzen?«
Die Witwe Rüther hörte auf zu kichern.
Die Witwe Schumann fragte: »Was wollte er von dir, der junge Mann?«
Die Witwe Rüther antwortete ihr nicht.
Das war der erste Riss in der angeblichen Freundschaft.

Dann fuhr ich fort, indem ich die Windeln der Witwe Rüther an ausgesuchten Orten deponierte. Ganz so, wie die Witwe Rüther selbst es zu tun pflegte: Ich wählte Orte, die in Mariannes Tätigkeitsbereich fielen. Ich packte eine schmutzige Windel in die Geschirrspülmaschine in der Frühstücksküche. Die Witwe Rüther stritt alles ab, aber

Marianne glaubte ihr nicht. Und auch die Witwe Schumann glaubte der Witwe Rüther nicht. Und fragte sich, warum die Witwe Rüther sie nicht mehr ins Vertrauen zog. Und schließlich gelang es mir, eine Windel der Witwe Rüther in der Handtasche der Witwe Schumann zu platzieren. Und damit war Schluss mit dem Gekicher im Saal.

Die Witwe Schulz rollte mit schmerzverzerrtem Gesicht auf den Korridor.

»Schwester, ich glaube, ich brauche einen Einlauf. Es drückt so.«

»Nein, Frau Schulz«, sagte Schwester Sabine. »Nicht schon wieder. Sie sehen doch, wir haben genug zu tun.«

»Schwester. Bitte.«

»Ich habe nein gesagt. Sie müssen warten.«

Ich hatte vom Dienstzimmer aus zugehört. Als Schwester Sabine weg war, ging ich hinaus.

»Keine Chance, Frau Schulz!«, sagte ich. »Das sollten Sie doch wissen. Aber wissen Sie was?«

»Was denn?«

»Wenn Sie das noch mal machen, gebe ich Ihnen noch Kohletabletten obendrauf. Und dann wird's kritisch. Wollen Sie das riskieren?«

Schon ein paar Tage später gab es folgenden Dialog:

WITWENTRÖSTER: »Sie mögen doch gar keine Schokolade, Frau Schulz! Sie mögen was ganz anderes.«

WITWE: »Sie sind unbarmherzig, junger Mann!«

WITWENTRÖSTER: »Ach was, ›junger Mann‹. Hören Sie doch auf mit ›junger Mann‹!«

WITWE (laut): »Schwester! Schwester!«

WITWENTRÖSTER (äfft sie nach): »Schwester, Schwester! Sie machen sich lächerlich, Frau Schulz.«

Seit beinahe sechs Wochen besuchte ich die Witwe Voß zum Unterricht. Eine Unterrichtsstunde dauerte fünf bis zehn Minuten, manchmal nur drei oder vier Minuten, je nachdem, wie viel Zeit ich gerade hatte. Viel gelernt hatte ich nicht, musikalisch gesehen, aber die Witwe Voß wurde als Lehrerin immer besser. Wir summten Tonleitern, wir trommelten mit den Fingern Rhythmusübungen auf die Tischplatte, wir summten Béla Bartók und »Für Elise«.

Eine Mittagspause. Ich klopfte an ihre Tür und trat ein, ohne auf eine Antwort zu warten. Sie stand am Fenster und sah mich nicht an. Das war ungewöhnlich.

»Hallo, Frau Voß«, sagte ich. »Ich komme zum Unterricht.«

Sie nickte.

»Was ist los? Wollen Sie sich nicht setzen?«

Sie nickte wieder, aber sie setzte sich nicht.

»Ich muss Ihnen etwas sagen«, sagte sie.

Das also war der Augenblick, auf den ich hingearbeitet hatte. Ich war vorsichtig: Ich schwieg.

Sie sagte: »Ich habe Sie angelogen. Ich bin nie Musiklehrerin gewesen.«

»Oh«, sagte ich leise.

»Ja«, sagte sie. »Ich habe zwar selbst lange Jahre Unterricht erhalten, aber auf dem Konservatorium bin ich nie gewesen. Ich wollte mich immer um ein Studium bewerben, aber ich habe es ein um das andere Jahr verschoben. Ich fürchtete die Ablehnung. Ich wollte noch sicherer werden. Ich spielte nur noch allein, wenn niemand mich hörte. Ich ließ mir Jahr für Jahr die Bewerbungsunterlagen zusenden, aber ich bewarb mich nie. Und dann kamen die schlechten Zeiten, und dann war ich zu alt.«

Sie sah noch immer aus dem Fenster.

»Was werden Sie jetzt von mir denken?«
»Ich denke erst einmal gar nichts.«
»Ich habe mich davor gefürchtet«, sagte sie, »dass Sie von irgendwoher die Wahrheit erfahren könnten: dass ich nie Musiklehrerin gewesen bin. In all den vergangenen Wochen, seit Sie mich angesprochen haben, habe ich überlegt, was man im Büro von mir weiß. Was aus meiner Rentenabrechnung hervorgeht. Wie würde ich dastehen, wenn ich so lange wartete, bis Sie mich mit der Wahrheit konfrontieren?«
Sie war offenbar entschlossen, mir während des ganzen Gesprächs den Rücken zuzukehren.
Sie sagte: »Erst hier, in der Luisenstiftung, wo niemand mich kannte, habe ich mich daran erinnert, wie ehrgeizig ich war, als ich sechzehn, siebzehn Jahre alt war. Wo ist er geblieben, dieser Ehrgeiz? Was habe ich damit gemacht? Jetzt denke ich, er war immer da. Und wartete auf seine Gelegenheit. Sie waren die Gelegenheit.«
»Ja«, sagte ich. »Das ist mein Job.«
»Man wird ja nicht nach Zeugnissen gefragt, wenn man einen Platz in der Luisenstiftung beantragt«, sagte sie, und einen kurzen Augenblick lang schien sie die Sache mit Humor zu betrachten, und sie drehte sich zu mir um und lächelte spitzbübisch. »Wenn Sie es noch wünschen, setzen wir selbstverständlich den Unterricht fort!«

Das taten wir aber nicht. Ich kann nicht genau sagen, warum. Mein Gefühl sagte mir, ich hatte mein Ziel bereits erreicht, und jedes weitere Engagement wäre Zeitverschwendung gewesen.
Die Musikerin war einer meiner ersten eindeutigen Erfolge in meinem neuen Beruf. Es war ein beinahe zufälliger Erfolg, denn er beruhte fast ausschließlich auf Im-

provisation. (Ist das nicht ironisch? Auch die strengen Tonübungen des Béla Bartók waren für mich Teil einer großen Improvisation.)

Als ich von der Musikerin kam, wartete Schwester Sabine am Fuß der Treppe auf mich.

»Wo warst du?«

»Ich war oben bei Frau Voß.«

»Was wolltest du da?«

»Sie hat geklingelt.«

»Du spinnst mich an. Sie hat nicht geklingelt.«

»Spionierst du mir nach, oder was?«

»Nein, ich weiß nur zufällig, dass sie nicht geklingelt hat. In der letzten halben Stunde hat es überhaupt nicht geklingelt.«

»Warum hätte ich sonst hochgehen sollen?«

»Weil du wieder irgendwas gemauschelt hast.«

»Sabine hat gesagt, du bist oben bei Frau Voß gewesen. Was war denn los?«, wollte Schwester Therese abends wissen.

»Sie war so traurig«, sagte ich. »Da wollte ich sie trösten.«

»Traurig?«

»Ja. Sie hat schon seit Tagen nicht mehr vernünftig gegessen. Habt ihr das nicht bemerkt?«

»Und dann? Was hast du dann da oben gemacht?«

»Gar nichts. Ich habe sie einfach nur gefragt, ob sie traurig ist oder irgendwas. Sie hat mir nichts gesagt, aber ich glaube, sie hat sich gefreut, dass ich gefragt habe. Und ich glaube, sie ist wirklich wegen irgendwas traurig. Aber vielleicht sollten wir sie damit zufrieden lassen. Sie wollte nicht darüber reden.«

»Ist gut, Jan. Danke für dein Engagement. Ich habe nur

gefragt, weil Sabine sich darüber wunderte, dass du in der Mittagspause oben gewesen bist.«

Die Witwe Piehl hatte mich ermutigt, mich auf die Suche nach dem Mangel zu machen. Auch wenn sie es mir so direkt nicht gesagt hatte. Ihre Hoffnung war, dass ich mich eines Tages auch ihrem Mangel zuwenden würde. So ließ sie es mich zumindest glauben, und dass die Wahrheit etwas anders lag, fand ich erst später heraus.

Die Witwe Piehl sagte zu mir: »Ich höre, Sie kümmern sich fleißig um die Frauen. Sehr tüchtig von Ihnen. Aber für mich hatten Sie nicht sehr viel Zeit.«

»Das tut mir Leid.«

»Glauben Sie denn, ich bin in einer anderen Lage als die anderen?«

»Ich dachte, Sie kämen auch gut allein zurecht.«

»Ich würde mich freuen, wenn Sie mal wieder etwas länger reinschauen würden.«

»Aber gern, Frau Piehl. Das mache ich gern.«

»Dann bin ich gespannt.«

Ich ging schon am nächsten Nachmittag zu ihr. Ich lehnte mich an die Fensterbank. Die Witwe Piehl sprach so leise, dass ich mich anstrengen musste, um zu hören, was sie mir sagte.

»Schön, junger Mann. Wir haben beide nicht ewig Zeit, stimmt's? Also: Ich erzähle Ihnen mal was. Stellen Sie sich vor: ein Fest im Forsthaus Reinbek an der Loddenallee. Ich feierte meinen 75. Geburtstag. 17 Gäste. Ein teurer Spaß. Aber wirklich ein Spaß: Wir haben gebechert und gelacht, bis die Kellner im Stehen eingeschlafen sind. Übrigens: Elf der 17 Gäste sind inzwischen tot. Obwohl ich damals die Älteste war. Aber das nur nebenbei. Was ich eigentlich erzählen will: Mein Schwiegersohn, ein Polizeibeamter, einer der größten Feiglinge vor dem Herrn, erklärte im Suff, wenn ich nicht seine Schwiegermutter wäre, würde er meinen Keller aufgraben lassen. Denn einen solchen Geruch, wie er in meinem Keller vorherrsche, kenne er nur von vergrabenen Leichen. Das hat er natürlich nicht mir gesagt, sondern seinem Tischnachbarn. Aber er war betrunken und sprach so laut, dass sogar ich ihn hörte. Er war stinkend besoffen. Ich sagte quer über den Tisch hinweg: ›Dann mal los, Heinrich! Dann grab mal!‹ Da hat er sich vor Schreck gleich in die Hosen gepinkelt. Und meine Tochter musste ihn nach Hause fahren.«

Die wasserblauen, wässrigen Augen der Witwe Piehl schienen durch mich hindurchzusehen. Aber ein Glanz lag in diesen wässrigen Augen: herausfordernd, abschätzend, triumphierend.

Ich sagte: »Seltsam. Was könnte er damit gemeint haben?«

»Die Frage gebe ich zurück an Sie.«

»Das ist schwierig, Frau Piehl. Dafür werde ich Zeit brauchen.«

»Vergessen Sie nicht, junger Mann: Ich habe Ihnen schon sehr lange Zeit gelassen.«

Sobald der Witwentröster seine ersten Erfolge erzielt hat, wird er die Entdeckung machen, dass die Witwen ihm entgegenkommen. Sie möchten seinen Fragen zuvorkommen. Sie möchten ihren Willen zur Zusammenarbeit beweisen.

Die Witwe Nemethy winkte mir im Saal verstohlen. Ich nickte. Nach dem Essen ging ich zu ihr hinauf.

»Herr Jan, ich glaube, Schwester Sabine spioniert Ihnen nach.«
»Wie kommen Sie darauf?«
»Sie war am Vormittag bei mir und hat mich nach Ihnen gefragt.«
»Was hat sie denn gefragt?«
»Worüber Sie mit mir reden. Ob Sie Ihre Arbeit ordentlich machen. Ob es Grund zur Beanstandung gibt. Und natürlich soll ich Ihnen nichts davon sagen, dass sie gefragt hat.«
»Nett, dass Sie es trotzdem tun. Glauben Sie, dass sie sich auch bei anderen erkundigt hat?«
»Das weiß ich nicht.«
»Könnten Sie versuchen, es herauszufinden? Bei Tisch zum Beispiel? Indem Sie beispielsweise sagen: ›Ich hatte heute unerwarteten Besuch von Schwester Sabine.‹ Sie brauchen dann nur zu warten, was die anderen dazu sagen.«
»Oh. Ich weiß nicht, ob ich das fertig bringe. Aber wenn Sie möchten, versuche ich es.«
»Ja. Bitte versuchen Sie es.«

Ich glaubte nicht, dass die Witwe Nemethy etwas herausfinden würde, was ich nicht schon wusste. Aber es erschien mir sinnvoll, sie in einem Zustand der Alarmbereitschaft zu halten. In einem Zustand von Aufregung und Wachsamkeit. Und wenn sie doch etwas herausfand, was mich vor Schwester Sabines Nachstellungen schützte: umso besser.

Der Witwentröster kann nicht jede Spur bis an ihr Ende verfolgen. Er muss Erfolg versprechende von weniger Erfolg versprechenden Fällen zu unterscheiden lernen. Er muss ökonomisch arbeiten. Ich stellte fest, dass manchmal schon ein paar kurze Worte etwas bewirkten.

Die Witwe Felter versperrte mir mit ihrem Stock den Weg.
WITWE: »Ich bin bestohlen worden!«
WITWENTRÖSTER (im Ton tiefster Überzeugung): »Das ist wahr!«

Ich stürmte ins Zimmer der Witwe Neffe.
»Sie haben gewonnen!«, rief ich. »Eben kam ein Anruf. Sie haben zwei Wochen Traumurlaub auf den Seychellen gewonnen!«
»Wieso?«, fragte die Witwe Neffe.
»Na, Ihre Lotterie!«, rief ich. »Sie haben in der Lotterie gewonnen! Eine Reise für zwei Personen im Wert von 20.000 Mark.«
»Oh«, sagte die Witwe Neffe. Die Äderchen in ihrem Augapfel waren tiefrot.
»Oh ja!«, rief ich.

Seit siebzehn Jahren war die Witwe Jakob in der Luisenstiftung. Und seit ihre Bügel nicht mehr fielen, schlief sie fast den ganzen Tag. »Siebzehn Jahr, blondes Haar!«, sang ich leise, wenn ich Zimmer 4 auf der Pflegestation betrat, morgens zum Waschen oder nachmittags mit der Medizin, und aus irgendeinem Grund wachte die Witwe Jakob davon auf und sah mich misstrauisch an. Und dann nahm die Witwe Roth mir die Arbeit ab. Ich hatte ihr mit meinem Summen einen Ohrwurm ins Ohr gesetzt. »Siebzehn Jahr, blondes Haar«, summte sie nun ständig, wenn sie über den Korridor oder durch die Zimmer streifte. Ihr Gebiss trug sie dabei in der hohlen Hand.

Und die Witwe Jakob wachte auf und sah die Witwe Roth misstrauisch an.

Seit sie mir von der Beerdigung ihrer Schwester erzählt hatte, belauerte mich die Witwe Hermann mit ihren Blicken. Sie konnte ihre Augen kaum noch von mir lösen. Rotgeäderte Witwenaugen, die mich im Saal, im Wohnzimmer, auf den Korridoren verfolgten. Nur wenn ich in ihrem Zimmer stand, schlug sie die Augen nieder. Wenn ich in ihrem Zimmer stand, wartete sie auf irgendetwas. Wenn ich in ihrem Zimmer stand, hielt sie mich für einen ihrer Neffen, der nach Jahren der Mästung mit Geld und Schokolade endlich den Weg zu ihr gefunden hatte. Sie wartete darauf, dass ich mich offenbarte. Sie wartete gespannt und hielt den Atem an. Und wie enttäuscht sie war, wenn ich nach kurzem Aufenthalt ihr Zimmer verließ!

Der Witwentröster schreckt immer wieder auf aus seiner Versunkenheit in die Arbeit. Er bemerkt die Gänsehaut auf seinen Armen, den Druck auf seinem Magen, den Schweiß auf seiner Stirn. Morgens lässt er sich von Schwester Sabine herumkommandieren, er begleitet die Witwen auf die Toilette, vormittags, mittags, nachmittags, abends, am nächsten Morgen wäscht er Witwen und leert ihre Nachttöpfe und bezieht ihre Betten. Dies sind die Bedingungen seiner Arbeit, und wenn ich hier vom Sommer meiner Erfolge berichte, dann sollte niemand diese Bedingungen aus den Augen verlieren. Jeder, der sich in meinem Beruf versucht, soll wissen, worauf er sich gefasst machen muss.

Morgens vor dem Witwenwaschen sagte Schwester Sabine zu mir: »Heute kommen die Kinder von Frau Schneider zu Besuch. Beim letzten Mal haben sie sich über Urinflecken auf dem Bettlaken beschwert. Sieh also zu, dass du die Arbeit diesmal ordentlich machst.«
»So was ist wirklich peinlich«, sagte Schwester Wiebke.
»Es ist noch schlimmer. Es ist unprofessionell«, sagte Schwester Sabine. »Und jetzt fang an, Jan, sonst schaffst du wieder deine Runde nicht.«

Schwester Sabine ging durch die Zimmer und kontrollierte die Betten, die ich gemacht hatte. Ein falsch geknöpfter Bettbezug in Zimmer 4. Ein fehlendes Gummilaken in Zimmer 3. Eine Bett-Arretierung, die nicht richtig eingerastet war, bei der Witwe Roth in Zimmer 2.
»Weißt du, was passieren kann, wenn das Bettgitter nicht hält? Ist dir klar, was für Stürze das geben kann?«

Die Witwe Randow beschwerte sich bei Schwester Wiebke, dass sie falsch angezogen war. Die Witwe Rüther beschwerte sich bei Schwester Sabine, dass ihr Laken verknittert war. Die Tochter der Witwe Seligmann beschwerte sich bei Schwester Therese über den Zustand der Rückenwunde, und als Schwester Therese bei der Besprechung davon erzählte, blickten alle mich an, als seien sie sich einig, dass ich Schuld hätte am Zustand der Wunde!

Der Witwentröster wird immer wieder erleben, dass seine Motive in Frage gestellt werden. Es wird Witwen geben, die zu ihm sagen: »Sie sollten sich schämen!« Es wird Witwen geben, die sagen: »Wofür halten Sie sich?« Und der Witwentröster wird erleben, dass er gefragt wird:

»Was machen Sie da? Warum machen Sie das?« Oder: »Würden Sie mit Ihrer Mutter auch so sprechen?« Oder: »Haben Sie denn keine Mutter?«
Der Witwentröster braucht sich auf Fragen dieser Art nicht einzulassen. Er kennt seine Motive seit jenem ersten Morgen, an dem er die Luisenstiftung zum ersten Mal betrat. Jener erste Morgen, an dem er feststellte: Die Witwen stinken, und sie erinnern sich nicht.

Als ich am späten Nachmittag von meiner Runde zurückkam, pflanzte sich der Sohn der Witwe Thoms vor mir auf: »Ich sag Ihnen mal was: Wenn Sie meine Mutter schlecht behandeln, dann passiert Ihnen was. Und zwar nichts Schönes.«
Ich sagte: »Ich weiß schon. Sie legen mir einen Strick um den Hals, und dann ziehen Sie die Schlinge zu!«
»Ich warne Sie!«, sagte der Sohn. Dann ging er zu seiner Mutter ins Zimmer zurück.

»Gut, dass ich Sie treffe, junger Mann«, sagte ein paar Tage später der Sohn der Witwe Antoni zu mir.
»Was ist denn?«
»Was treiben Sie, wenn Sie bei meiner Mutter sind? Sie ist praktisch nicht mehr wiederzuerkennen.«
»Ach! Und Sie glauben im Ernst, Sie hätten sie vorher gekannt?«
Die Tochter der Witwe Antoni mischte sich ein.
»Seit Sie da sind, ist unsere Mutter überhaupt nicht mehr ansprechbar. Und Schwester Sabine sagte mir gerade, dass Sie jeden Abend für zwanzig Minuten bei unserer Mutter im Zimmer verschwinden.«
»Ja, genau. Wissen Sie auch, warum? Weil Ihre Mutter abends nach uns klingelt. Weil Ihre Mutter unter starkem Rheuma leidet. Weil Ihre Mutter Hilfe braucht!«

Der Sohn der Witwe Ahrens (ich erkannte ihn an seinen Glupschaugen) sagte zu mir: »Wo ist das Bild von meinem Vater geblieben?«
Ich sagte freundlich: »Es liegt im Nachtschrank. Es ist Ihrer Mutter zerbrochen. Ich wollte sie überreden, es neu rahmen zu lassen, aber sie wollte nichts davon hören.«
Der Sohn der Witwe Ahrens glaubte mir nicht. Aber er wusste nicht, was er sagen sollte, deshalb drehte er sich um und ging wieder zu seiner Mutter hinauf.

Und die Tochter der Witwe Benken sagte: »Schwester Therese sagt, Sie haben sich ausführlich mit meiner Mutter unterhalten?«
»Eigentlich nur einmal. Das war aber schon letzten November. Sie hat mir etwas über den Halleyschen Kometen erzählt.«
»Wie bitte?«
»Ja. Aber ich war kein vollwertiger Gesprächspartner für sie. Ich weiß ja nicht einmal, wann Gustav Stresemann gestorben ist.«
Die Tochter der Witwe Benken starrte mich an.

Ein letztes Beispiel. »Da kommt er!«, sagte die Witwe Nemethy zu ihrem Sohn. Und zu mir: »Wo warst du? Wir haben auf dich gewartet!«
Der Sohn wartete offenbar darauf, dass ich ihm etwas erklärte. Aber natürlich sagte ich nichts. Ich kuckte fragend zur Witwe Nemethy, und dann sagte ich: »Ich wollte Ihnen beim Auskleiden helfen. Schwester Sabine bat mich darum.«

Ein paar Tage nachdem der Sohn der Witwe Thoms mich angesprochen hatte, rief die Heimleiterin mich in ihr Büro. Sie sagte: »Junger Mann, es hat Beschwerden gegeben. Die Damen sind nicht einverstanden mit dem Ton, den Sie am Leibe haben.«
Ich sagte: »Ich wette, es waren nicht unsere Damen, sondern die Angehörigen, die sich beschwert haben.«
»Es spielt doch keine Rolle, von wem die Beschwerde stammt. Wissen Sie eigentlich, worüber wir hier reden? Wir reden über Menschenwürde!«
»Ich dachte, wir reden über den Witwenmangel.«
Die Heimleiterin sah mich an, als hätte ich den Verstand verloren.
Ich wartete diesmal nicht darauf, dass sie das Gespräch für beendet erklärte. Ich sagte: »Entschuldigen Sie, ich werde unten gebraucht«, und ging hinaus.

Aber es gab auch andere Fälle: Witwensöhne, die bereit waren zur Zusammenarbeit.
Der Sohn der Witwe Möller fragte, ob ich ein paar Minuten Zeit für ihn hätte. Er sah so müde aus, dass ich gleich wusste, was los war. Wir setzten uns in die Raucherecke am Fahrstuhl.
»Ich habe Ihnen die Sache noch nicht zu Ende erzählt«, sagte er. »Sie erinnern sich: der Ton in meinem Ohr. Die Übernachtung in der Wohnung meiner Mutter. Die Entdeckung: meine Mutter, die nachts in ihr Kissen weinte, als sie glauben konnte, dass ich schlief. Bis dahin habe ich es Ihnen erzählt. Erinnern Sie sich?«
Ich nickte. Ich sagte: »Natürlich erinnere ich mich.«
»Als wir am nächsten Morgen frühstückten, herrschte große Verlegenheit. Das heißt: Ich war verlegen. Meine Mutter nicht. Sie ahnte ja nicht, dass ich sie weinen ge-

hört hatte. Oder vielleicht war ihr am Morgen gar nicht mehr bewusst, dass sie geweint hatte. Ich war verlegen, aber ich riss mich zusammen und fragte sie, ob sie etwas auf dem Herzen habe, ob sie Kummer habe, ob sie mir etwas erzählen wolle. Sie tat so, als wisse sie von nichts. Zwei Stunden lang habe ich sie mit Fragen bestürmt, aber sie spielte die Unbeschwerte; sie tat so, als wisse sie nicht, wovon ich rede, sie versuchte andauernd, das Thema zu wechseln, und als ich vom Frühstückstisch aufstand, war ich so wütend, dass ich kein weiteres Wort mehr von ihr ertragen konnte. Und dann verabschiedete ich mich und fuhr nach Hause.
Und von da an war Ruhe. Fünfzehn Jahre lang. Ich habe sie hin und wieder besucht, ich habe ihr hin und wieder geschrieben, ich habe hin und wieder mit ihr telefoniert, aber den Ton habe ich all die Jahre nicht mehr gehört. Fünfzehn Jahre lang nicht.«
Ich sagte: »Und jetzt sehen Sie so müde aus, dass ich vermute: Er ist wieder da.«
»Genau. Seit einigen Tagen kommt er wieder. Es ist wie früher: der drängende, mahnende Ton in meinem Ohr. Wissen Sie etwas darüber? Weint meine Mutter im Schlaf? Haben Sie etwas gehört? Ich sage Ihnen die Wahrheit: Ich will gar nicht wissen, warum sie weint. Ich will nur, dass es aufhört.«
»Ich habe keine Ahnung«, sagte ich. »Ich habe nichts gehört. Und die Nachtwache hat auch nichts erzählt.«
»Können Sie irgendwas machen? Können Sie sie irgendwie zur Ruhe bringen? Ich will endlich wieder Ruhe haben.«
»Wie soll ich das anstellen?«
»Das weiß ich nicht. Machen Sie irgendwas, damit sie aufhört. Reden Sie mit ihr. Warum fängt sie denn jetzt, nach fünfzehn Jahren, wieder damit an? Ich halte das

nicht aus. Ich mache nachts kein Auge zu. Bringen Sie sie irgendwie auf andere Gedanken.«

»Okay. Ich werde sehen, was ich tun kann«, sagte ich.

»Und sagen Sie ihr auf keinen Fall, dass ich mit Ihnen gesprochen habe!«

Mehrmals täglich war ich bei der Witwe Meldorf im Dachgeschoss. Ich brachte ihr Essen, ich brachte ihr Obst, ich brachte Medizin. Ich half ihr beim Abwaschen. Ich brachte Tabletts und Geschirr aus ihrem Zimmer auf die Station zurück. Ich war seit Wochen der Einzige, mit dem sie sprach. Hin und wieder sah man sie über den Korridor im Dachgeschoss zur Toilette humpeln, den Kopf gesenkt, auf ihr Bein konzentriert, sonst sah man sie nicht.

»Was ist eigentlich mit Frau Meldorf? Lebt die noch?«, fragte einmal Schwester Martina beim Frühstück.

»Ich glaube schon«, sagte Schwester Sabine. »Vorgestern habe ich sie zum Klo gehen sehen. Es sei denn, das war Jan, und er hatte sich verkleidet.«

»Jan!«, sagte Schwester Martina. »Du musst uns einen Beweis bringen, dass Frau Meldorf noch lebt. Ein Foto von ihr mit einer aktuellen Zeitung in der Hand.«

»Glaubst du, dass du auf einem Foto erkennen könntest, ob sie noch lebt?«, sagte Schwester Sabine. »Vielleicht wäre sie ein bisschen blasser und noch ein bisschen steifer, aber sonst?«

»So, Leute. Schluss jetzt!«, sagte Schwester Therese. »Ich mag diesen Ton nicht.«

»Jan«, sagte die Witwe Meldorf Ende Juni zu mir, »ich möchte Sie um einen Gefallen bitten. Können Sie mir meine Kommode aus dem Keller heraufschaffen?«

»Was für eine Kommode?«
»Meine Spiegelkommode. Eine Antiquität. Als ich eingezogen bin, hat Schwester Therese sie in den Keller schaffen lassen. Vorübergehend, hat sie gesagt.«
»Da steht sie doch gut. Der Keller ist trocken. Es gibt ein ganzes Möbellager da unten.«
»Ich möchte sie aber hier oben haben.«
»Das ist nicht erlaubt.«
»Wieso soll das nicht erlaubt sein?«
»Das Zimmer wird zu voll. Die Schwestern brauchen den Platz für ihre Arbeit.«
»Seien Sie nicht albern. Sie wissen so gut wie ich, dass die Schwestern hier keinen Zutritt mehr haben.«
Ich zögerte einen Augenblick.
»Na gut«, sagte ich. »Ich mache es. Wenn Sie niemandem etwas sagen. Es geht aber nur, wenn sich die Kommode zerlegen lässt.«
»Das sollte kein Problem für Sie sein. Die Kommode ist schon oft zerlegt und wieder aufgebaut worden. Alles, was Sie brauchen, ist ein Schraubenzieher.«

Zwei Tage später, in der Mittagspause, ging ich in den so genannten Möbelkeller. Die Witwe Meldorf hatte mir die Kommode genau beschrieben: eine dunkle Kommode, anderthalb Meter breit, 80 cm in der Tiefe, Messingbeschläge an den Schubladen, ein Aufsatz mit einem drehbaren Spiegel, in Holz gefasst. »Seien Sie vorsichtig!«, sagte sie noch. »Es ist ein sehr gutes Stück!«
Der Keller war voll gestopft mit Gerümpel. Sessel, Schränke, Schaukelstühle. Jede Menge abgelegte Kleidung und Pflegeinventar, aufgerissene Kartons mit Windeln, Netzhosen und Saugunterlagen.
Gleich neben der Tür stand die Spiegelkommode. Ich brauchte knapp zwanzig Minuten, um sie zu zerlegen.

Dann ging ich zur Witwe Meldorf hinauf und sagte ihr, ich würde nach Dienstschluss wiederkommen, wenn nur noch die Nachtwache im Haus wäre. Die Witwe Meldorf fand meine Vorsicht offenbar übertrieben. Oder sie war beleidigt, weil ich in ihren Augen so wenig für sie riskierte.
Sie sagte: »Wenn Sie meinen, dass so viel Vorsicht vonnöten ist. Es ist immerhin mein Eigentum.«

Abends freute sie sich dann aber doch. Ich kam schnaufend ins Zimmer. Eine halbe Stunde später hatte ich die Kommode wieder zusammengesetzt. Die Witwe Meldorf war richtig aufgekratzt. Sie boxte mich gegen die Schulter.
»Das haben Sie klasse gemacht, Jan!«
Sie wühlte in ihrer Handtasche. Sie überlegte offenbar, ob sie mir ein Trinkgeld anbieten sollte. Das tat sie dann aber nicht. Sie zog stattdessen ein Taschentuch heraus und wischte damit über das Holz.

Am nächsten Morgen, als Sonnenlicht auf die Kommode fiel:
»Hübsch!«, sagte ich.
»Mahagoni!«, sagte die Witwe Meldorf.
»Jetzt kommt man hier wirklich kaum noch durch. Ich weiß nicht, wie Sie das Schwester Therese erklären wollen.«
»Überlassen Sie das mal mir, mein Lieber!«
In dem Augenblick bedauerte sie wohl, dass sie mir am Vortag kein Trinkgeld gegeben hatte.

Nach dieser Aktion war ich tagelang unzufrieden. Bei der Witwe Meldorf standen Aufwand und Ertrag in keinem vertretbaren Verhältnis. Ich hatte ermöglicht, dass sie im

Dachgeschoss wohnen blieb, ich hatte sie zu den Mahlzeiten in den Saal begleitet, ich war mit ihr spazieren gegangen, ich brachte ihr das Essen, und ich schmuggelte ihre Kommode aufs Zimmer. Und trotzdem behandelte sie mich immer wieder so kühl, als wäre ich ihr Angestellter. Also sprach ich sie ein paar Tage später darauf an.
WITWENTRÖSTER: »Frau Meldorf, ich bin nicht Ihr Angestellter.«
Die Witwe Meldorf tat erstaunt.
WITWE: »Bin ich unhöflich zu Ihnen gewesen? Ich bitte um Verzeihung.«
WITWENTRÖSTER: »Sie brauchen mich nicht um Verzeihung zu bitten. Ich wollte nur keine Missverständnisse aufkommen lassen.«
Die Witwe Meldorf nickte bedächtig. Als koste es sie ein klein wenig Mühe, sich mit meinen unberechtigten Sorgen zu befassen.
WITWE: »Seien Sie unbesorgt. Ich weiß genau, wovon Sie sprechen.«
Mit diesem Gespräch war ich genauso wenig zufrieden, aber ich beließ es vorerst dabei. Um die Wahrheit zu sagen: Bei der Witwe Meldorf fiel mir manchmal keine Antwort ein. Ich verabschiedete mich.

Schwester Martina sagte zu mir: »Hör mal, mich interessiert nicht, wer hier was treibt: deine Streitereien mit Sabine und das ganze Gerede im Dienstzimmer, wenn du nicht da bist. Aber du könntest dich zumindest ein bisschen normaler benehmen. Wir sind immerhin Kollegen.«
»Was für ein Gerede, wenn ich nicht da bin?«, fragte ich.
Das machte sie sauer.
»Ach, fick dich doch ins Knie, du Idiot!«, sagte sie.
»Okay«, sagte ich. »Wird gemacht.«

»Mir geht deine Heimlichtuerei sowas von auf die Nerven.«
»Ja, weiß ich. Verstehe ich.«
»Tolle Antwort.«

Schwester Wiebke sagte: »Ich werde aus dir nicht schlau. Meistens wirkst du so düster, und dann manchmal ganz ausgelassen. Mal denke ich, du würdest die Alten am liebsten umbringen, dann wieder denke ich, du hast sie eigentlich ganz gern.«
»Ich bin einfach noch nicht so routiniert wie ihr«, sagte ich. »Vielleicht noch nicht genügend abgebrüht.«
»Abgebrüht!«, protestierte Schwester Wiebke. »Ich bin nicht abgebrüht. Abgebrühtheit ist eine ganz schreckliche Sache. Das solltest du dir weiß Gott nicht zum Vorbild machen.«
»Nee, mache ich ja auch nicht«, sagte ich. »Entschuldige. Das war blöde gesagt.«

## 11. DER WITWENTRÖSTER BRINGT WASSER
Juli 1986

Es wurde heiß. Die Witwen tranken zu wenig. Mittags servierte die Köchin Obst mit Dickmilch und Salat mit süßer Sahne oder geraspelte Möhren, süß eingelegt in Zitrone und Zucker. Die Hitze schlug durch die geschlossenen Vorhänge ins Haus und erstickte die letzten Reste der Unruhe, die im Frühling aufgebrochen war. Die Witwen ermatteten. Sie trockneten aus, und ihre Haut wurde ledrig. Sie zogen sich in ihre Zimmer zurück. Sie seufzten. Sie stanken. Getrockneter Schweiß stank auf ledriger Haut. Kot, Urin und offene Wunden stanken, Alter, Mangel und Zerfall. Dünne Seidenblusen tränkten sich mit Schweiß, und Schweiß glänzte auf Kopfhäuten zwischen dünnen Haaren, und klebrige, beißende Urinpfützen lagen auf dem Linoleumboden; sie waren eingetrocknet in der Hitze, bevor sie jemand hätte bemerken und aufwischen können. Besonders im Dachgeschoss stauten sich die Hitze und die Gerüche des Tages und fanden keinen Abzug.

Der Urin in den Nachttöpfen war stark konzentriert: Gifte, Salze, beißende Laugen. Im grellen Sonnenlicht entdeckte ich Gestanksquellen, die mir bisher verborgen geblieben waren: Schweißflecken in Kniekehlen und Achselhöhlen der Witwen, grindige Ablagerungen in ihren Hautfalten, gelblich-farblose Absonderungen zwischen ihren Fingern und Zehen und auf der Kopfhaut.

35 Grad im Dachgeschoss, 30 Grad im ersten Stockwerk, 28 Grad auf der Pflegestation. Wir hatten alle Hände voll zu tun, um dafür zu sorgen, dass die Witwen genügend Flüssigkeit zu sich nahmen. »Austrocknung«, sagte Schwester Therese bei der Dienstbesprechung, »ist lebensgefährlich in dieser Hitze. Vor allem wegen der Medikamente. Alle auf der Pflegestation brauchen 100 Milliliter pro Stunde. Bei Frau Stockhusen schaffen wir das nicht, sie ist zu schwach, aber 50 Milliliter müssen es sein. Wer will das übernehmen?«
»Ich kümmere mich darum«, sagte ich.
»Okay«, sagte Schwester Therese. »Du bist ja sowieso den halben Nachmittag auf deiner Tournee. Aber denk dran: Es ist wichtig!«

Also trichterte ich, wann immer ich ein paar Minuten Zeit hatte, der Witwe Stockhusen mit einer Schnabeltasse etwas Flüssigkeit ein. Und die anderen Witwen hielt ich zum Trinken an: »Trinken Sie! Trinken Sie! Das ist jetzt lebenswichtig für Sie!«
Mein Servierwagen war schwer beladen: 45 Untertassen, auf jeder Untertasse ein halber Apfel, geschält und in Stücke geschnitten, ein Stück Apfelsine, ein Stück Birne. Das Tablett mit der Medizin. Und nun zusätzlich 15 Flaschen Mineralwasser mit reduzierter Kohlensäure, 5 Flaschen Vitaminsaft, ein Stapel transparente Plastikbecher mit Deckel und Strohhalm.

Die Hitze half mir bei meiner Arbeit. Ein paar Sätze genügten, und die Witwe befand sich am Rand ihrer Kräfte. Und am Rand ihrer Kräfte gab sie ihren Widerstand auf.

Und ich meinerseits lernte immer schneller dazu. Der Witwentröster lernt, das Wesen und die Erscheinung der Dinge voneinander zu unterscheiden. Dass Unfälle keine Unfälle sind, sondern Absicht. Dass Vergesslichkeit keine Vergesslichkeit ist, sondern Nicht-wissen-Wollen. Dass Kann-ich-nicht auf dem Friedhof liegt. Und Will-ich-nicht gleich daneben. In der Sommerhitze wurden mir diese Dinge so klar wie nie zuvor. Und die Witwen spürten nicht nur, dass sie mich nicht länger täuschen konnten, sie spürten auch, wie anstrengend ihr Widerstand für sie selber war.

Ich arbeitete fieberhaft. Wenn ich einen Augenblick stillstand, war mir gleich schwindlig. Schweiß tropfte mir von der Stirn. Ich wischte mir mit dem Kittel über die Stirn und arbeitete weiter. Ich brachte Obst, ich brachte Medikamente, ich brachte Wasser, ich stellte Fragen. Und nachts führte ich meinen Kampf gegen die Träume. Meine Träume wurden schneller, wilder, stärker, es waren rasende, schlafraubende Träume, aber jetzt ergaben sie einen Sinn. Die Träume des Witwentrösters waren heilende Träume. Die Träume des Witwentrösters waren die Träume eines Medizinmannes, der sich in Trance versetzt, um die richtige Medizin zu träumen. Und ich wusste: Auch die Witwen träumten von mir. – Woher ich das wusste? Sie sagten es mir.

»Ich habe letzte Nacht von Ihnen geträumt«, gestand mir die Witwe Meldorf.

»Was haben Sie denn geträumt?«

»Wir sind im Garten spazieren gegangen, und der Apfelbaum hat geblüht.«

»Das ist aber mal ein schöner Traum.«

»Nicht wahr?«

Und die Witwe Blunck sagte: »Sie standen im Garten

und haben gegraben. Sie wollten unbedingt etwas finden. Ihr weißer Anzug ist von der Erde ganz schmutzig geworden. Und dann hat Schwester Sabine nach Ihnen gerufen, und Sie mussten herein.«
Sonderbar fand ich einen Traum der Witwe Jansen. Sie sagte: »Sie waren bei mir und wollten mir etwas erzählen. Aber als Sie den Mund öffneten, kam nur ein Vogelgezwitscher heraus.«

Der Witwentröster nähert sich dem Höhepunkt seiner Erfolge. Er betritt ein Witwenzimmer, und die Witwe spürt seine Entschlossenheit, und sie gibt ihren Widerstand auf. Und nachts träumt der Witwentröster seine hellsichtigen Träume, er träumt die Fragen, die er den Witwen am nächsten Tag stellen wird, er träumt die Antworten, die die Witwen ihm geben werden, er träumt, was die Kinder der Witwen ihm anvertraut haben, in seinen Träumen fügen sich diese Dinge zusammen, er träumt von der Hitze und vom Wassermangel und vom Mangel der Witwen, der Mangel ist zu seinem Element geworden, er lebt im Mangel, er gedeiht im Mangel, und er findet im Traum den freien Platz.

Dennoch, noch einmal zur Erinnerung: Unter welchen Bedingungen leistet der Witwentröster seine Arbeit? Er hat auch in den besten Fällen immer nur wenige Minuten zur Verfügung. Er befindet sich auf seiner Runde durchs Haus, 45 Witwen erwarten seinen Besuch, warten den ganzen Tag nur auf seinen Besuch, leben in der Erinnerung an seinen letzten Besuch, fürchten seinen Besuch, hoffen auf das Ende seiner Besuche, und ein anstrengender Morgen liegt hinter ihm, Witwenwaschen, Bettenmachen, Zeitnot und Gestank. Ein kurzes Aufatmen in der

Mittagspause, es sei denn, die Schwestern bestehen darauf, die ganze Mittagspause hindurch dienstliche Einzelheiten zu diskutieren. Und dann der Nachmittag, die Runde mit Obst, Medizin, Wasser, die Runde durch 28, 30, 35 Grad Hitze, auch hier unter Zeitdruck, wenn auch nicht vergleichbar mit dem Zeitdruck am Morgen. Länger als anderthalb, zwei Stunden darf die Runde keinesfalls dauern, das ist schon das Äußerste, dann rückt schon das Abendessen heran, dann werden die Schwestern schon aufmerksam, dann wird schon Schwester Therese nervös, weil die Witwen zu lange auf ihre Medikamente warten müssen, und Schwester Sabine ist ohnehin unwillig und ungeduldig und wartet auf einen Fehler, auf eine Beschwerde, auf irgendeine Panne, die beweist, dass sie Recht gehabt hat.

Fünf Minuten lang regulierte ich hin und her, bis das Wasser die vorgeschriebene Temperatur erreichte: 38 Grad. Körpertemperatur. Ich schob die Witwe Greimel mit dem Rollstuhl ins Badezimmer. Ich zog ihr den Morgenmantel aus, ging halb in die Hocke, hielt den Rücken gerade und umarmte sie. Die Witwe Greimel schloss die Augen, um mich nicht ansehen zu müssen. Ich hob sie auf den Kran. Sie wog noch immer mehr als 80 Kilo, obwohl sie in der Hitze kaum noch etwas aß. Ich schnallte sie auf der Sitzfläche fest. Ich kurbelte sie hoch und schwenkte den Arm des Krans über die Wanne. Ich ließ sie herunter. Sie seufzte, als sie langsam ins warme Wasser sank. Sie hielt die Augen weiterhin fest geschlossen. Unsere letzte Unterhaltung arbeitete noch in ihr. Ich seifte ihre Schultern ein. Ich hielt noch einmal das Thermometer in die Wanne: 37,9 Grad. Ich schüttelte das Wasser vom Thermometer, eine schnelle Bewegung aus dem

Handgelenk, die ich mir von Schwester Sabine abgeguckt hatte, und als die Wassertropfen in die Wanne spritzten, wölbte sich ein großes rosa Ding in der Wanne, zwischen den Beinen der Witwe Greimel, und die Witwe Greimel stöhnte leise. Ich starrte ins Wasser und spürte, wie mir die Übelkeit in den Magen schoss. Die alte Witwen-Übelkeit. Ein großes, rosafarbenes, fleischfarbenes Ding wuchs langsam in das bläuliche Seifenwasser. Dazu kam der Seifengeruch. Ich rannte zur Tür und drückte die Klingel und blieb mit der Hand am Klingelknopf stehen.

Schwester Sabine war sofort da. »Was ist los? Das ist ja das Allerneueste, dass unser Witwentröster auf die Klingel drückt!«
»Bei Frau Greimel stülpt sich etwas aus dem Unterleib«, sagte ich. »Zwischen den Beinen.«
Schwester Sabine horchte auf. »Ein Gebärmuttervorfall! Das kann gefährlich sein.« Sie ging zur Wanne. »Lauf mal los und hol mir Handschuhe und sag Therese und Wiebke Bescheid.«
Ich zögerte. Ich stand noch immer neben der Klingel, zwei Meter von der Badewanne entfernt. Die Witwe Greimel war aufgewühlt von unserem letzten Gespräch. Ich fürchtete, sie könnte sich Schwester Sabine gegenüber etwas anmerken lassen. Vielleicht war der Gebärmuttervorfall ein Zeichen, dass ich sie überfordert hatte. Ich dachte: Das war zu viel Druck! Jetzt kommt alles heraus!
Schwester Sabine merkte, dass ich sie nicht mit der Witwe Greimel allein lassen wollte. Sie kuckte misstrauisch. »Was ist los? Glaubst du, ich komme nicht klar? Ist irgendwas? Jetzt mach endlich!«

Der Witwentröster hat keine Zeit mehr für Geplänkel. Er öffnet die Tür zu einem Witwenzimmer, und er spürt, schon bevor er eingetreten ist, ob es sich lohnen wird, ein paar Minuten zu bleiben, oder ob es Zeitverschwendung ist. Und so sagt er es auch zu den Witwen:
»Frau Schubert, ich bin nicht hier, um meine Zeit zu verschwenden.«
»Frau Randow, sind Sie sicher, dass Sie mich sprechen wollen? Sie stehlen mir sonst meine Zeit.«
»Frau Körber, ich bin in Eile, ich muss schleunigst weiter, es sei denn, es ist wirklich wichtig.«
Und die Witwen spüren, dass die Zeit des Witwentrösters kostbar geworden ist, und sie verzichten auf Ablenkungsversuche, und sie hüten sich, den Zorn des Witwentrösters zu erregen.

Der Witwentröster weiß, er muss in Bewegung bleiben. Er muss improvisieren. Er lässt sich von seinen Einfällen leiten. Er nimmt in Kauf, dass neun von zehn Versuchen misslingen. Der Witwentröster weiß: Improvisation folgt gewissen Regeln. Improvisation heißt nicht, ins Blaue hinein zu agieren.
Bei der Witwe Benken jedoch tat ich genau das: Ich sprach ins Blaue.
Es war ein Julinachmittag in ihrem Zimmer. Ich brachte Wasser, Obst und Medizin. Ich sprach die Witwe Benken mit ihrem Mädchennamen an. Ich zog die Vorhänge zu und breitete eine kleine Decke über die Nachttischlampe und knipste die Glühbirne an und sagte mit tiefer Wahrsagerstimme: »Du wirst heiraten und Kinder haben, Hilde Frerichs. Einen Beruf lernst du nicht. Du wirst deinen Mann und deinen Sohn sehr früh verlieren, wie du auch deinen Vater zu früh verloren hast, und deine Mutter und deine Tochter werden wie Fremde für dich sein.«

Und die Witwe Benken lauschte schweigend der Weissagung, die ihr gemacht wurde, und trotz der Hitze, die im Zimmer herrschte, zog sie ihre Strickjacke fester.

Ich brachte Wasser zur Witwe Blunck. Ich war in Eile, aber die Witwe Blunck wollte mir etwas sagen, und sie war nervös und brauchte ihre Zeit. Also setzte ich mich.
»Als Walter tot war, bin ich noch einmal nach England gefahren. Ich fuhr mit dem Schiff, wie wir es immer getan hatten. Ich war so seekrank wie noch nie. Ich spuckte mir die Seele aus dem Leib. Ich war bleich wie ein Gespenst, und dann noch die dunkle Trauerkleidung, die ich trug. Die Stewards sahen mich ganz mitleidig an. Einer setzte mich in einen Sessel und brachte mir ein Glas Wasser. Er fragte mich, wo ich herkäme und wohin ich reiste und ob es jemanden gebe, der mich am Anleger abholen werde, und er war sehr freundlich zu mir.
Ich sagte ihm: ›Ja, ich werde erwartet, in England holt mich jemand ab.‹ Ich wollte nicht, dass er sich Sorgen machte. Er war so ein netter junger Mann.
In England fuhr ich noch einmal an die Orte, die ich mit Walter zusammen gesehen hatte. Ich wollte ihm nahe sein. Ich vermisste ihn. Ich vermisste seine Stimme. Ich fuhr nach Blackpool, in die englischste aller englischen Städte, wie er immer gesagt hatte. Ich wohnte in unserer Pension, ich ging auf unsere Pier, um die Möwen schreien zu hören, und ich ging abends allein in unseren Pub. Aber ich fühlte mich schrecklich und ganz fehl am Platz. Es war eine schreckliche Reise. Die Engländer in der Pension mokierten sich: ›Vorsicht, still jetzt, da kommt die Frau von dem verrückten Deutschen.‹ Als ob ich sie nicht verstanden hätte. Walter hat ja auch immer geglaubt, dass ich nichts verstehe. Immer hat er mich korrigiert. Meine

Aussprache und die Fremdwörter, und alles wusste er besser. Na ja. Wir sind zwanzig Jahre nach England gefahren. Natürlich konnte ich verstehen, was diese Leute sagten. Und plötzlich habe ich sie so abscheulich gefunden. Plötzlich habe ich all die Reisen mit Walter so abscheulich gefunden. Und ich sehnte mich nach der Heimreise, und ich sehnte mich nach zu Hause. Die Stewards auf dem Schiff waren die einzigen Menschen, die freundlich zu mir waren. Junger Mann, verzeihen Sie, aber ich muss es Ihnen sagen: Diese Stewards auf dem Schiff – sie sahen genauso aus wie Sie. Jung, schlank, mit einer weißen Uniform.«

Vier Tage waren seit dem Gebärmuttervorfall der Witwe Greimel vergangen. Vier Tage, in denen ich sie unablässig bearbeitet hatte. »Reden Sie mit mir, Frau Greimel! Trinken Sie etwas! Bleiben Sie sitzen! Bleiben Sie bei der Sache! Sie haben nicht mehr ewig Zeit! Trinken Sie etwas! Reden Sie! Sie sollten keine Angst vor mir haben!«

Und dann redete sie. Es war in der Mittagspause. Erstickende Hitze, Stille im Haus. Die Witwe Greimel saß in ihrem Sessel und redete leise, die Witwe Seligmann röchelte, die Witwe Jakob schlief. Und ich passte auf, dass mir von den gemurmelten, schwerfälligen Worten der Witwe Greimel keines entging.

»Mein Mann hat getrunken. Nicht nur hin und wieder. Er hat jeden Abend schwer getrunken, ein ganzes Leben lang. Können Sie sich vorstellen, was das für eine Frau bedeutet? Er hat Bier und Korn getrunken. Eine Flasche Korn und zwölf Flaschen Bier, das war nicht ungewöhnlich für ihn. Können Sie sich das vorstellen? Ich habe mir etwas anderes erhofft, als ich jung war. Er war ein flotter junger Mann, als ich ihn kennen lernte. Wir sind uns unten in Övelgönne beim Schwimmen begegnet. Zwei Kilometer von hier. Das war 1921. Erst nach der Hochzeit habe ich begriffen, dass er ein Trinker war. Aber was konnte ich da noch tun? Da war es zu spät. Es war nicht üblich, dass man sich scheiden ließ. Heute tun das ja alle. Meine Enkelin ist letztes Jahr geschieden worden. Nach vierzehn Jahren Ehe. Das ist nicht richtig, finde ich. Was Gott zusammengefügt hat, soll der Mensch nicht scheiden. Ich habe nie daran gedacht, mich scheiden zu lassen. Immerhin, mein Mann hatte Arbeit, und er behielt seine Arbeit. Auch als viele andere sie verloren. Das Arbeiten hat er immer ernst genommen. Er ist nie betrunken zur Arbeit gegangen. Getrunken hat er nur abends. Die Arbeit war ihm wichtiger als ich.

In den ersten Jahren haben wir dauernd gestritten. Wir haben jeden Tag miteinander gestritten. Ich fühlte mich so betrogen. Ich machte ihm Vorwürfe wegen der Trinkerei. Dass er das ganze Geld vertrank. Dass wir nie ausgingen. Dass ich immer allein mit den Kindern war. Dass es kein schönes Leben war. Wir haben uns andauernd gestritten, aber schließlich kam der Krieg, und er war vier Jahre fort, und ich dachte, es wäre vorbei.

Später hat es mich nicht mehr so gestört. Nach dem Krieg. Er kam nämlich wieder. Insgeheim hatte ich geglaubt, dass er nicht wiederkommen werde. Er hat wieder mit dem Trinken angefangen, sobald es wieder etwas gab. Er hatte gleich wieder Arbeit. Er hat immer Arbeit gehabt. Das Geld, das er verdiente, bekam ich nicht zu sehen, aber wenigstens das Pfandgeld hatte ich für mich. Ich trug die Flaschen zur Brauerei, nicht in den Laden, weil ich mich schämte. Und manchmal lobte er mich, weil ich seine Spuren beseitigt hatte. ›Du hast ja ordent-

lich aufgeräumt‹, sagte er. Und er hat mich nie nach dem Pfandgeld gefragt. So viel Anstand hatte er immerhin. Es war ja auch nicht viel. Aber wenn ich drei, vier Tage sparte, hatte ich ein kleines Taschengeld. Für ein Stück Butterkuchen oder eine Zeitschrift.
Ich wusste, dass er sich ums liebe Leben trank. Ich konnte es sehen. Ich konnte es riechen. Können Sie sich vorstellen, was das für eine Frau bedeutet? Er war so ausgezehrt, er schwitzte nachts, und manchmal, wenn er neben mir lag, roch ich seine Innereien durch den Alkohol hindurch. Die waren in seinem Atem. In ihm drin ging alles kaputt. Das konnte ich riechen.
Wenigstens hatte ich das Pfandgeld. Und später würde mir die Rente bleiben. Natürlich, er war mein Mann, und er war der Vater meiner Kinder, und er hat immer Arbeit gehabt. Aber es konnte doch nicht so weitergehen.
Ich weiß noch: Er war gerade aus dem Krankenhaus zurück. Er jammerte. ›Wie es schmerzt, du kannst es dir gar nicht vorstellen.‹ Er trank aber weiter. Trotz seiner Schmerzen. ›Ja, trink nur!‹, sagte ich zu ihm. ›Dann haben wir es bald geschafft. Dann haben wir es hinter uns.‹«

Mittagshitze. Mittagsstille. Kein Laut, kein Hauch im ganzen Haus. Besuch bei der Witwe Schröder im Dachgeschoss. Ich trug ein Blutdruckmessgerät in der Hand. Mein weißer Kittel war durchnässt von Schweiß. Ich muss ausgesehen haben wie ein junger Arzt. Die Witwe Schröder verfolgte mit sehnsüchtig-verwirrtem Blick jede meiner Bewegungen.
Wir gingen noch einmal zurück nach Südwestafrika. Wir gingen zurück in die Hitze und Trockenheit und zurück in die Stille. Und zurück zu diesem schwarzen Arzt. Es war mir noch immer zu selbstgefällig, was die Witwe

Schröder von ihrem Leben in Afrika erzählte. Mich störte dieser auftrumpfende Ton, in den sie immer wieder verfiel. Ich hatte ja bereits eine Vorstellung, wo ihr Mangel zu suchen war. Ich wusste von der lebenslangen Entführung durch ihren Vater. Ich wusste von dem fetten Kaufmann und davon, dass die Ehe der Witwe Schröder kinderlos geblieben war. Und ich wusste, dass die Witwe Schröder im Zorn und im Mangel zurück nach Deutschland gekommen war. Aber wo war ihr Mangel, wenn sie mit den Witwen im Saal redete? Warum hörte sie nicht auf mit ihrer Angeberei? Mit der Schönheit der Landschaft, der Stille, dem Himmel. Mit den hölzernen Masken auf ihrer Fensterbank. Was lag ihr noch an der Bewunderung der Witwen, nachdem ich ihr meinen Trost angeboten hatte?

Ich sagte: »Frau Schröder, möchten Sie zurück nach Afrika?«

Ich sagte: »Gegen Ihr Rheuma gibt es ein altes Rezept. Ein Herero-Rezept. Wir brauchen trockene Rinden und etwas Rinderfett. Wollen wir es ausprobieren?«

Ich sagte: »Frau Schröder, Frau Biesterfeld, wann sehen wir uns wieder?«

Ich sagte: »Aber Frau Schröder, Ihnen zittern ja noch immer die Knie!«

Schwester Sabine ertappte mich, als ich mit dem Messgerät auf die Station zurückkam.

»Was willst du denn mit dem Blutdruckmesser?«, sagte sie. »Wo warst du überhaupt schon wieder? Spielst du hier Doktor Mabuse oder was?«

Aber das war nicht mehr als eine schwache Erinnerung an ihr altes Misstrauen. Sie fragte nur, um etwas zu fragen. Sie erwartete gar keine Antwort.

Später am Nachmittag brachte ich Wasser zur Witwe Jansen. Sie saß in ihrem Sessel am Fenster und hielt Ausschau nach den Vögeln im Garten. Aber mit ihren schlechten Augen konnte sie kaum etwas sehen.
»Na, Frau Jansen? Wie sieht es denn aus bei Ihnen? Irgendwie habe ich das Gefühl, Sie möchten mir heute etwas erzählen.«
»Wie schön, dass Sie da sind, junger Mann. Ich habe schon den ganzen Nachmittag an Sie gedacht.«
Ich sah auf meine Armbanduhr. Ich setzte mich zur Witwe Jansen auf die Sessellehne. Ich sagte: »Okay. Fangen wir an. Aber leise. Wir müssen sehr, sehr leise sprechen.«
Die Witwe Jansen fing an.
»Bei uns im Garten gab es Vögel. Unsere Kinder waren schon erwachsen. Susi war 24, und Moni war 28. Herbert war sechs Jahre zuvor aus der Gefangenschaft zurückgekehrt. Die Gefangenschaft hatte ihn verändert. Vom Krieg redete er nie, aber die Gefangenschaft, die machte ihm zu schaffen.
Wir fuhren jeden Tag in den Garten. Bei jedem Wetter. Wir hatten 400 Quadratmeter Grundstück und die Laube darauf. An der Tür Efeu. Schön sah das aus. In den Beeten Tomaten, Karotten und Kohl. Die Tomaten haben geschmeckt, das kann man sich heute gar nicht mehr vorstellen. Das gibt es heute nicht mehr, solche Tomaten. Ganz rot und würzig und süß. Es war überhaupt eine nette Siedlung: Satzung, Kassenwart, vierzig Kleingärtner, alles fleißige Leute, Leute wie wir. Gefeiert wurde immer reihum, jedes Wochenende, am Sonnabend. Nichts Großes; es wurden ein paar Würstchen gegrillt, jeder brachte aus seinem Garten etwas mit.
Herbert hatte hinter der Laube einen kleinen Schuppen für die Geräte gebaut; es war mehr ein Unterstand als ein Schuppen, aber Herbert sagte Schuppen dazu, und er

hatte ihn schließlich mit seinen eigenen Händen gebaut. An Geräten hatten wir einfach alles: Rechen und Jätehacken und Spaten, die Schubkarre, die große Heckenschere. Der ganze Schuppen war voller Geräte. Herbert gab viel Geld dafür aus, obwohl wir sparen mussten, und ich muss sagen, er pflegte die Geräte. Wenn er etwas nicht mochte, dann war es, eine Arbeit ohne passendes Werkzeug tun zu müssen. Das war überhaupt das Schlimmste für ihn. Das erinnerte ihn an die Gefangenschaft. Wenn ihn etwas an die Gefangenschaft erinnerte, fing er an zu schnaufen.

Und dann brütete die Amsel vor der Schuppentür. Vier Eier, später vier junge Amseln. Sie wissen ja, wie die Amseln sind: Die Männchen singen so schön, aber die Weibchen sind ganz unscheinbar.

›Das Nest muss da weg!‹, sagte Herbert.

›Paps, ich warne dich, lass die Vögel zufrieden!‹, sagte Moni. ›Wenn ein Mensch am Nest war, kommen die Eltern nicht mehr zurück. Das weißt du doch. Die Vögel riechen das.‹

›Man kriegt ja die Tür überhaupt nicht mehr auf!‹

›Dann bleibt sie eben mal zu. Leih dir doch ein paar Geräte von Krause.‹

›Ach, hör doch auf mit Krause. Der hat ja nicht mal einen vernünftigen Spaten.‹

›Du brauchst doch jetzt gar keinen Spaten.‹

Und Herbert tat, was Moni ihm sagte, weil er immer tat, was wir ihm sagten, aber innerlich murrte und schnaufte er.

Und dann war die Reihe mit Feiern an uns. Herbert besorgte ein Fass Bier. Die anderen brachten Fleisch und Gemüse für den Grill. Krause kam auch. Lachte schon, als er zur Gartenpforte hereinkam. Lachte überhaupt immer. Krause war so ein Lustiger. Riss den ganzen Abend

Witze. Nur Herbert fand ihn nicht lustig. Krause hatte sich vor der Front gedrückt. ›Kennt den Ernst des Lebens nicht‹, sagte Herbert. Und Herbert soff an dem Abend, das halbe Fass hat er allein ausgesoffen, ein Zwanzig-Liter-Fass. Und dann ging er mit seiner Grillschürze hinter die Laube, um seinen Druck abzulassen. Und da hat er den jungen Vögeln in die geöffneten Schnäbel gepisst, mit minutenlangem, dampfendem Strahl, wie bei uns zu Hause, wo man es durch die ganze Wohnung hörte, er ließ seinen Druck ab, bis zwei von den Vögeln nicht mehr atmeten. Dann kam er zurück und grölte.
Ich habe es erst am nächsten Morgen entdeckt. Zwei erstickte Vögel im Nest. Ertrunken. Und Herberts Spuren um das Nest herum. Seine Stiefel, sein Urin. So warm war es nicht, dass das alles schon verdunstet gewesen wäre. Ich wusste sofort, was passiert war. Gesagt habe ich nichts. Aber ich habe oft daran denken müssen.
Die Amseleltern kamen wieder. Zwei Junge lebten ja noch. Ich konnte sehen, wie erleichtert Moni war. Sie guckte andauernd nach ihnen, ganz vorsichtig, aus der Entfernung. Auch sie wusste genau, was passiert war. Darüber gesprochen haben wir nie.
Später wollte er darüber sprechen. Als er begriffen hatte, dass wir wussten, was geschehen war. Er war immer so wütend. Er war anders, seit er aus der Gefangenschaft zurückgekehrt war. Er wurde sehr wütend, über ganz unsinnige Dinge. Und er schnaufte immer so. Bei der Gartenarbeit. Beim Trinken. Beim Pinkeln. Ich höre das heute noch: sein Schnaufen. Das hatte er aus der Gefangenschaft mitgebracht.
Er wollte über diese Vögel sprechen, das wusste ich. Er wollte sich bei mir ausweinen. Wie Männer eben sind. Wahrscheinlich wollte er mir sagen, Amseln brüten vier- bis fünfmal im Jahr, die sterben nicht aus. Er wollte sich

auswеinen, aber Recht haben wollte er auch. Und er belauerte mich ständig, weil er auf eine Gelegenheit wartete. Aber ich wollte nicht darüber reden. Es ließ sich ja nicht mehr ändern.
Als Moni ihre Tochter bekam, schenkte er der Kleinen einen Wellensittich. Gleich zur Geburt. Was für ein Unsinn! Was soll ein Säugling mit einem Vogel? Das ist doch unhygienisch in so einer kleinen Wohnung. Aber Moni mochte nichts sagen. Herbert machte ein unerträgliches Getue um diesen Vogel. Brachte Futter mit. Spielzeug. Ein Vogelbad. Einen Beißring. Schnaufte, wenn er das Spielzeug in den Käfig hängte. Wirklich, es war unerträglich.«

Mit jedem Tag wurde es heißer. Die Heimleiterin war überhaupt nicht mehr zu sehen. Der Urin verdunstete aus den Nachttöpfen, und nur Salzkristalle blieben am Boden zurück. Der Kittel klebte mir am Körper, und der Schweiß lief mir aus den Haaren in den Nacken, und auch die Kittel der Schwestern klebten vor Schweiß, und unter Schwester Martinas Kittel, der zeitweise vor lauter Schweiß fast transparent geworden war, leuchtete ihr roter BH und verdrehte den Witwensöhnen die Köpfe.
Es war so heiß, dass die Assel hartnäckig in ihrem Keller blieb und hoffte, dass das Wetter sich verschlechtern würde. Sie seufzte, wenn ich zu ihr kam, und vermied meinen Blick.
Es war so heiß, dass die Witwe Roth noch langsamer als sonst durch den Korridor schwamm, und als ich auf sie zukam, teilte sich ihr Morgenmantel, und darunter war sie nackt.
Ich ging auf sie zu, um ihr den Gürtel wieder zuzubinden. »Was willst du von mir?«, sagte sie zu mir.

»Nichts«, sagte ich. »Nur deinen Morgenmantel zubinden.«
Sie sagte: »Geh weg! Fass mich nicht an!«
»Pass bloß auf, Gretchen!«, sagte ich. »Du kommst auch noch an die Reihe!«
Es war so heiß, dass viele Witwen sich mit Rollstühlen in den Saal bringen ließen, weil ihre Kraft für den Weg nicht mehr reichte. So war die Prozession in der Hitze auf acht Witwen zusammengeschrumpft. Sie schlichen langsam durch den Korridor auf uns zu. Die Schwestern standen mit Plastikflaschen und Strohhalmen am Rand des Korridors und boten den Witwen zu trinken an.
Schwester Wiebke sagte zur Witwe Becker: »Bravo! Sehr tapfer! Ich habe gewusst, dass Sie durchhalten würden. Trinken Sie etwas!«
Die Witwe Becker, auf ihre Krücken gestützt, nahm einen Zug aus dem Strohhalm.
»Ich danke Ihnen, Schwester Wiebke!«, sagte sie feierlich. Und dann sah sie, dass auch ich am Rand des Korridors stand, und sie humpelte wortlos weiter.
Und schließlich war es so heiß, dass ich übermütig wurde. Ich sagte zu Schwester Therese: »Frau Weinert läuft heute im Mittelfeld, wollen wir wetten?«
»Wieso glaubst du das?«, fragte Schwester Therese.
»Sie wirkt angeschlagen.«
»Angeschlagen?«
Jetzt merkte ich, dass ich unvorsichtig gewesen war.
»Wegen der Hitze«, sagte ich schnell. »Angeschlagen von der Hitze.«
Aber Schwester Therese hörte mir gar nicht mehr zu. Sie wischte sich mit ihrem Kittel über die schweißfeuchte Stirn.

Die Witwe Körber, erster Stock, es ist ein heißer Julinachmittag, und nach wochenlangen Bemühungen in Hitze und Gestank beginnt plötzlich diese Witwe zu reden. Sie redet heiser, zornig, trotzig, Widerstreben und Ungeduld in ihrer Stimme, als sei es eigentlich überflüssig, dass sie noch rede, als hätte ich die ganze Zeit schon gewusst, was sie mir nun zu sagen habe. Als strecke sie die Waffen vor meiner Unnachgiebigkeit, aber nur, um danach endgültig und für immer unbehelligt zu sein. So, als sei das, was sie mir zu sagen habe, dazu geeignet, mir endlich die Fragen auszutreiben. So, als verbiete sich danach jedes weitere Wort.

»Ich habe meinen Mann ins Feuer geschickt.«
»Wie haben Sie das gemacht?«
»Ich habe dafür gesorgt, dass er sich freiwillig meldet.«
»Und wie haben Sie das gemacht: dafür gesorgt?«
»Ich habe es ihm einfach gesagt. Ich habe ihm gesagt, es ist jetzt deine Pflicht, dass du dabei bist.«
»Und was hat er gesagt?«
»Er hat gesagt: Willst du mich hier nicht mehr sehen? Ich habe gesagt: Männer haben ihre Pflichten, und Frauen haben ihre Pflichten. Wir sind Mann und Frau.«
»Und was hat er da gesagt?«
»Er hat gesagt: Wenn du es so siehst. Ich bin wohl feige gewesen. Danke, dass du es mir gesagt hast.«
»Und warum haben Sie das gesagt?«
»Er hatte keine Arbeit. Er war unzufrieden. Ich war auch nicht zufrieden. Er wäre sowieso eingezogen worden. Und dann gleich an die Front. Ich dachte, es ist besser, er meldet sich freiwillig. Da hat er einen besseren Stand.«
»War das denn so?«
»Ja, damals war das so. Aber er ist gefallen. In Danzig.«

»Danzig – war das nicht gleich am Anfang?«
»Ja.«
»Denken Sie oft an ihn?«
»Nein. Nicht oft. Manchmal. Zu seinem Jahrestag. Als er gefallen ist.«
»Wann hatte er Geburtstag?«
»Im Januar.«
»Wann ist er gefallen?«
»Im September.«
»Hat er Ihnen geschrieben?«
»Ja, hat er. Er hat sich noch einmal bedankt. Dass ich ihn an seine Pflicht erinnert habe. Dass er mit Stolz zurückkehren kann.«
»Aber er ist nicht zurückgekehrt.«
»Nein.«

Besprechung im Dienstzimmer. Die Mittagshitze. Schwester Wiebke fächelte sich Luft zu. Schwester Martina hatte ihren Kittel bis zum Busen aufgeknöpft. Schwester Therese trug einen tiefroten, entzündet aussehenden Abdruck von ihrer Brille auf dem Nasenrücken. Nur Schwester Sabine, mager, sommersprossig und schnell, zeigte keine Wirkungen der Hitze. Sie sagte: »Frau Möller scheint beschlossen zu haben, sich nur noch flüssig zu ernähren. Marianne sagt, sie hat seit zwei Wochen nur noch Suppe und Getränke zu sich genommen.« Schwester Wiebke sagte: »Ist doch vernünftig, bei den Temperaturen. Sie will ihre Wasserspeicher auffüllen.«

So wusste ich, dass sich bei der Witwe Möller ein Erfolg anbahnte. Ich ging gleich nach der Besprechung zu ihr hinauf.
Ich sagte: »Frau Möller, ist es so weit?«

Sie sah mich an. Sie nickte. Und damit war meine Arbeit getan. Bei der Witwe Möller reichte schließlich eine einzige Frage, ich brauchte nur zu fragen: »Frau Möller, ist es so weit?«, und sie begann, mit hohem Ton in ihr Kissen zu weinen.

»Weinen Sie nicht ins Kissen!«, sagte ich. »Weinen Sie laut heraus. Weinen Sie so laut, wie Sie können.«

Also heulte die Witwe Möller laut auf.

Sie heulte drei Tage lang, und sie heulte so laut, dass die Witwe Trittau im Erdgeschoss ihre Milchsuppe von sich schob und verlangte: »Sagen Sie ihr, dass sie aufhören soll!«

Die Witwe Möller heulte so laut, dass die Schwestern alle Viertelstunde ihr Zimmer betraten und sagten: »Frau Möller, bitte, was ist denn bloß los?« Aber die Witwe Möller antwortete ihnen nicht.

Die Witwe Möller heulte so laut, dass ihr Sohn, der per Ton im Ohr an sie angekoppelt war, einen Hörsturz erlitt. Er rief im Dienstzimmer an und verlangte, mich zu sprechen. »Ich hatte einen Hörsturz. Es ist der Ton! Unternehmen Sie etwas!«

Ich sagte am Ende des zweiten Tages zur Witwe Möller: »Ihr Sohn hat einen Hörsturz erlitten. Aber machen Sie sich keine Sorgen. Das liegt nur am Stress. Er ist jung. Er wird sich bald erholt haben. Die meisten Menschen erhalten zehn bis vierzehn Tage nach einem Hörsturz ihr volles Gehör zurück.«

Ich sagte: »Sie dürfen noch nicht die Tränen trocknen, Frau Möller! Machen Sie weiter! Weinen Sie weiter!«

Die Witwe Möller heulte drei Tage lang, und dann hörte sie auf zu heulen, und sie weigerte sich, mit irgendjemandem ein Wort darüber zu sprechen. Und nach drei Tagen rief der Sohn wieder an und sagte: »Es ist vorbei! Jetzt ist es endlich für immer vorbei! Fragen Sie mich nicht, wo-

her ich das weiß. Ich weiß es einfach, und das ist genug. Und gestern habe ich mit meiner geschiedenen Frau telefoniert. Das erste Mal nach all den Jahren!«
Und dann dauerte es noch einmal drei Tage, und dann traf ein Päckchen mit Schokolade bei uns ein. Eine zweistöckige Packung »Merci«. Und an wen war dieses Päckchen adressiert? »An die Schwestern und den jungen Mann.«

Witwentrösten ist in mancher Hinsicht wie Fußball. Es gibt Standardsituationen, auf die man sich vorbereiten kann: Anstoß, Eckball, Freistoß, Elfmeter. Eine Standardsituation im Witwentrösten ist zum Beispiel die folgende: Eine Witwe hat Besuch von ihrem Sohn gehabt. Sie ist nun aufgekratzt und traurig zugleich. Sie möchte das Erlebnis festhalten, sie möchte darüber reden, sie möchte das Erlebnis fortdauern lassen, aber sie weiß, es wird höchstens ein paar Stunden dauern, dann wird sie sich eingestehen müssen, sie ist wieder allein. Davor fürchtet sie sich. Und aus Furcht unterdrückt sie die Regungen, die der Besuch bei ihr hervorgerufen hat. Das heißt: Sie schweigt. Sie drängt den Besuch aus ihrem Bewusstsein. Sie zieht die Leblosigkeit der Traurigkeit vor. Und hier schreitet der Witwentröster ein.

WITWENTRÖSTER: »Sie sehen traurig aus, Frau Schubert!«
WITWE: »Nein, nein, ich bin nur etwas müde.«
WITWENTRÖSTER: »Ihr Sohn war da.«
WITWE: »Ja. Er hat mir Blumen mitgebracht. Sind die nicht schön?«
WITWENTRÖSTER: »Und jetzt ist er weg. Und kommt frühestens in vier Wochen wieder.«
WITWE: schweigt.

Witwentröster: »Warum besucht Ihr Sohn Sie so selten? Er wohnt doch hier in Altona.«
Witwe: »Er hat wahrscheinlich viel zu tun.«
Witwentröster: »Viel zu tun? Ihr Sohn ist 64 Jahre alt, Frau Schubert. Er ist im Ruhestand. Und er hat mir erzählt, dass er lange Elbspaziergänge unternimmt. Dafür hat er Zeit.«
Witwe: »Ich weiß doch auch nicht, was er hat. Aber mit den Schwestern verstehe ich mich gut. Ist es nicht schön, wie sie sich um uns kümmern?«
Witwentröster: »Ich habe Sie nach Ihrem Sohn gefragt.«
Witwe: »Ich fand es schön, dass er gekommen ist.«
Witwentröster: »Sie gehen mir auf die Nerven, Frau Schubert. Gibt es eigentlich irgendetwas, was Sie nicht schön finden?«

Wie beim Fußball geht es auch beim Witwentrösten immer um Strategie und handwerkliches Können einerseits, um Improvisation andererseits. Man muss sich das Zusammenspiel von strategischer Vorbereitung und Improvisation in einem Fußballspiel vor Augen halten: Die Spieler platzieren sich für den Augenblick, in dem der Ball ins Spiel kommt, sie haben in langen Wochen des Trainings eine Strategie vorbereitet, sie haben eine Vielzahl möglicher Spielzüge und Varianten eingeübt, die sie nun, wenn die entsprechende Spielsituation eintritt, mühelos abrufen können, aber von dem Moment an, wo der Ball sich bewegt, zählt vor allem die Improvisation – das geschulte Ballgefühl, die geschulte Aufmerksamkeit, das geschulte Reaktionsvermögen.
Es sind eine Menge Vorurteile über Improvisation im Umlauf. Improvisation bedeutet nicht: ins Blaue hinein agieren. Improvisation bedeutet nicht: nicht zu wissen, was man tut. Und Improvisation bedeutet nicht: verant-

wortungslos und aufs Geratewohl zu probieren. Improvisation hat Regeln. Improvisation basiert auf einem Vorrat von Erfahrungen. Improvisation vertraut auf handwerkliches Können, im Fußball wie im Witwentrösten. In den Begriffen des Witwentrösters: Improvisation kennt noch nicht das Ergebnis, aber Improvisation erkennt falsche Töne und weiß Wahrheit von Lüge zu unterscheiden. Und bei der Witwe Schubert, um auf mein Beispiel zurückzukommen, wusste ich, dass sie lügen würde, noch bevor sie den Mund geöffnet hatte.

Die Witwe Schubert hatte zwei Söhne allein großgezogen. Eine Leistung, die jeder anerkennen wird. Aber als sie endlich begonnen hatte, mir davon zu erzählen, fragte ich mich: Wer hatte die Leistung erbracht, die Witwe Schubert oder ihre Söhne?
Sie erzählte nicht in einem Stück. Ich fragte, sie antwortete. Meistens fragte ich dreimal, bevor sie antwortete. Meistens musste ich nachfassen, energisch werden, Medikamente zurückhalten, drohen, bevor sie mir antwortete. Es war keine angenehme Arbeit.
Was ich hier wiedergebe, ist eine Zusammenfassung dessen, was die Witwe Schubert mir bei verschiedenen Gelegenheiten erzählte. Was ich hier nicht wiedergeben kann: ihren Tonfall. Werbend, süßlich, bestrebt, ein Einverständnis herzustellen, noch bevor der erste Satz gesagt ist. Viele Witwen sprechen in diesem Tonfall. Die Witwe Schubert beherrschte ihn wie keine andere.

Eine Geschichte aus den späten zwanziger Jahren: Der Mann der Witwe Schubert war arbeitslos und machte Schulden und ernährte die Familie nicht. Und deshalb trennte sich die Witwe Schubert von ihm. Zu ihrer Zeit, also vor dem Krieg, ein sehr ungewöhnlicher Schritt.

»Wir trennten uns in aller Freundschaft«, versicherte mir die Witwe Schubert. »Wir gaben uns die Hand und wünschten uns Glück.«
Aber so, wie sie mir davon erzählte, klang es, als sei es mit der Freundschaft nicht weit her gewesen. Es klang so, als habe er sie im Stich gelassen. Sie behauptete das eine: dass sie sich in aller Freundschaft getrennt hatten, und ließ das andere durchklingen: dass er sie im Stich gelassen hatte. Und der Eindruck, der sich insgesamt ergab, war: wie tapfer sie ihr Schicksal annahm.
Ihren zwei Söhnen, mit denen sie nun allein war, schärfte sie ein, dass sie von Glück sagen konnten. Und 15 Jahre lang lebten sie so, von 1924 bis 1939, und nicht an einem einzigen Tag vergaß die Witwe Schubert, ihre Söhne darauf hinzuweisen, wie sehr sie von Glück sagen konnten. Sie konnten von Glück sagen, dass sie sich hatten. Sie konnten von Glück sagen, dass sie niemanden vermissten. Sie konnten von Glück sagen, dass sie das Geld zum Leben hatten. Und der ältere Sohn, er hieß Thomas und aß gern Brathähnchen, meldete sich freiwillig für den Krieg, obwohl er 1939 gerade 18 Jahre alt war. Und er überlebte den gesamten Krieg, obwohl er fünfeinhalb Jahre lang Soldat war. Der jüngere Sohn, er hieß Bernd, wollte nicht in den Krieg. Aber er wurde eingezogen und fiel. Das war, wenn man die Witwe Schubert erzählen hörte, gewissermaßen typisch für ihn. Er war nicht überlebensfähig in einer Veranstaltung wie einem Krieg. Er ähnelte seinem Vater. Der hatte nicht einmal im Frieden eine Familie ernähren können. Thomas meldete sich freiwillig und überlebte, Bernd wurde eingezogen und fiel.
»Der arme Bernd!«, sagte die Witwe Schubert. »Er hat kein langes Leben gehabt. Aber die Jahre, die wir miteinander verbracht haben, die waren doch schön. Wir konnten von Glück sagen, dass wir uns hatten.«

Die Witwe Schubert sagte zu mir: »Die Jungen haben ihren Vater nicht vermisst. Sie haben nie nach ihm gefragt. Auch später nicht, als sie größer waren. Es gab ohnehin nicht viel über ihn zu erzählen. Er war kein schlechter Mensch. Er war nur der Verantwortung nicht gewachsen. Ihm fehlte das Durchhaltevermögen. Thomas, mein Älterer, war ganz anders als er. Er war so selbstständig. Er war schon als Kind so erwachsen. Er hatte einen starken Verantwortungssinn. Wenn er Kummer in der Schule hatte, habe ich ihm gesagt, wie stolz seine Lehrerin auf ihn ist und wie stolz ich auf ihn bin und was für eine große Hilfe er mir ist. Dass er doch der Mann in unserem Haus ist. Dann war der kleine dumme Kummer gleich vergessen.«

»Und dann kam der Krieg, als er 18 Jahre alt war, und er hat sich freiwillig an die Front gemeldet. Er war fünf Jahre im Krieg. Ein halbes Jahr hat er verwundet im Lazarett gelegen, aber dann ging er gleich zurück an die Front. Das war eine schwere Zeit für mich. Aber man wächst an den Prüfungen, die das Schicksal bereithält. Ich fragte mich zuerst: Warum tut er mir das an? Sucht er das Abenteuer? Aber dann fand ich die Antwort: Es war sein Verantwortungssinn. Er hatte doch immer diesen Verantwortungssinn.«

»Ich freue mich so, wenn er mich besuchen kommt. Wir haben schwere Zeiten erlebt, aber wir können von Glück sagen. Und ich finde es schön, dass ich jetzt hier bin. Ich finde es schön, wie die jungen Schwestern sich um uns kümmern.«

Alles Bisherige hatte ich mühsam aus ihr herausgequetscht. In der Sommerhitze wurde es leichter. Ich machte nachmittags meine Runde durch das Haus, ich brachte Obst und Wasser und Medizin, und die Witwe

Schubert wartete bereits auf mich. Ich hatte kaum die Tür geöffnet, da begann sie schon zu reden.
»Einmal kam ich nachmittags nach Hause. Thomas stand in der Tür, als ich die Treppe heraufkam. ›Mutti, du brauchst gar nicht so zu lachen. Bernd hat einen Unfall gehabt.‹ Es klang sonderbar: Es klang triumphierend. Als wäre er eifersüchtig auf den armen Bernd gewesen. Zum Glück war Bernd nichts weiter passiert. Er hatte bloß Schürfungen am Bein und war am gleichen Abend aus dem Krankenhaus zurück. Ich habe nie verstanden, warum Thomas so geredet hat. Als hätte er Freude daran, mir eine schlechte Nachricht zu überbringen. Ich denke heute, es war seine Art auszudrücken, wie sehr ihm der Schreck in die Glieder gefahren war. Wissen Sie, ich habe immer versucht, fröhlich zu sein und mir die Last nicht anmerken zu lassen.«

WITWENTRÖSTER: »Übrigens, Ihr Sohn hat mir erzählt, dass er wieder geheiratet hat.«
WITWE: »Ist das nicht schön?«
WITWENTRÖSTER: »Es ist seine vierte Ehe. Und er hat Sie zum vierten Mal nicht zur Hochzeit eingeladen.«
WITWE: »Seine Frau ist reizend. Ich freue mich für ihn.«
WITWENTRÖSTER: »Sie kennen sie doch kaum. Sie war doch erst einmal hier.«
WITWE: »Ich habe mich darüber gefreut, dass sie gekommen ist.«
WITWENTRÖSTER: »Sie ist nur aus Mitleid gekommen. Weil sie weiß, dass Ihr Sohn Sie so selten besucht.«
WITWE: »Das stimmt nicht. Warum sagen Sie das? Ich möchte kein Mitleid.«

WITWENTRÖSTER: »Denken Sie manchmal an Ihre Ehe?«
WITWE: »Es ging einfach nicht. Es hatte keinen Sinn. Ich

kann es doch heute nicht mehr ändern. Zu dritt hatten wir es viel besser: ich mit meinen Söhnen.«
WITWENTRÖSTER: »Wieso ging es nicht?«
WITWE: »Wir waren zu jung. Wir waren beide noch nicht reif dafür.«
WITWENTRÖSTER: »Aber Sie waren reif dafür, zwei Kinder zu erziehen?«
WITWE: »Ich bin jetzt müde. Auf Wiedersehen.«

WITWENTRÖSTER: »Sie reden so eine Scheiße, dass es zum Himmel stinkt. Hat Ihnen das schon mal jemand gesagt?«
WITWENTRÖSTER: »Reden Sie endlich, Frau Schubert! Reden Sie! Was ist das für ein Geschwätz? Was ist das für eine Freude, die Sie angeblich empfinden? Worüber freuen Sie sich?«
WITWENTRÖSTER: »Ich habe eher das Gefühl, Ihnen fehlte das Durchhaltevermögen. Ihr Mann konnte nicht mit Geld umgehen. Sie konnten nicht mit Problemen umgehen. Deshalb haben Sie ihn rausgeworfen. Und dann haben Sie Ihren Söhnen weisgemacht, der Vater habe sie verlassen.«
WITWENTRÖSTER: »Ihr Sohn hat damals versucht, sich umzubringen. Zu dem Zweck wollte er in den Krieg. Der Krieg war die Chance, einer Mutter zu entkommen, die ihm stets einschärfte, dass er von Glück sagen konnte, obwohl er selbst gar kein Glück empfand. Und Sie reden sich ein, es sei Verantwortungssinn gewesen, dass er sich für den Krieg gemeldet hat.«

Ich kam noch einmal auf den Unfall zurück, von dem die Witwe Schubert gesprochen hatte.
WITWENTRÖSTER: »Natürlich hat Ihr Sohn es genossen, Ihnen schlechte Nachrichten zu überbringen. Er hatte

endlich mal die Möglichkeit, Ihnen einen Schreck einzujagen.«

WITWENTRÖSTER: »So langsam habe ich das Gefühl, der Vater Ihrer Kinder lebt noch. Ich habe das Gefühl, Sie sind gar keine Witwe, Frau Schubert!«

WITWE: »Das habe ich doch nie behauptet.«

WITWENTRÖSTER: »Sie sind eine Betrügerin!«

WITWENTRÖSTER: »Ihr jüngerer Sohn ist im Krieg gefallen. Ihr älterer Sohn ist verwundet aus dem Krieg zurückgekehrt. Ihre Söhne haben alles getan, um Ihnen zu beweisen, dass von Glück nie die Rede sein konnte, aber Sie erwarten noch immer, dass sie von Glück sagen sollen. Jetzt hören Sie mal zu, Frau Schubert: Was muss denn noch passieren, damit Sie merken, dass von Glück keine Rede sein kann?«

Auch das kann Witwentrösten sein: Nachdem die Witwe dem Witwentröster ihre gesammelten Lügen aufgetischt hat, erzählt der Witwentröster der Witwe die wahre Geschichte.

Der Witwentröster feiert Erfolge, und Erfolge zeugen Erfolge. Ich brachte Wasser zur Witwe Randow, und die Witwe Randow, halb gelähmt und zittrig nach zwei Schlaganfällen, konnte noch lachen, und auch sprechen konnte sie noch, und im Juli, als es heiß war und nach unzähligen Anrufen, die sie nicht erreichten, hatte ich sie so weit, dass sie sich auch erinnern konnte.

»Mein Mann hatte beschlossen, dass er nicht aus dem Krieg zurückkehren würde. Er schrieb unseren Töchtern einen Brief. Ich hatte sofort eine merkwürdige Ahnung, weil ich mir nicht erklären konnte, wie dieser Brief zu uns nach Hause gekommen war. Es war kein Feldpostbrief. Es war auch kein gewöhnlicher Brief. Es war gar keine Marke auf dem Brief. Und es gab ja auch gar keine reguläre Postzustellung mehr. Jemand musste den Brief persönlich in den Briefkasten geworfen haben. Ich öffnete den Brief und las statt eines Datums oder einer Anrede eine Überschrift: ›Was Euer Vater getan hat‹. Zwei Blätter, ganz eng beschrieben, vorn und hinten. Ich habe den Brief überflogen, und als ich begriff, was für eine Art von Brief das war, habe ich ihn sofort im Ofen verbrannt. Die Mädchen haben nichts erfahren. Schließlich war ich diejenige, die weiter mit ihnen zu leben hatte. Nicht er. Ich werde heute noch zornig, wenn ich daran denke, was er unseren Töchtern antun wollte. Sie waren damals dreizehn und fünfzehn Jahre alt. Dreizehn und fünfzehn! Er war so ein Feigling! Ich habe vergessen, was er auf dem Gewissen hatte. Ich will es nicht wissen. Es war Unrecht von ihm, dass er die Mädchen damit beschweren wollte. Ich weiß nicht, wann und wo er gefallen ist. Wenn er überhaupt gefallen ist. Vielleicht hat er selbst Hand an sich gelegt. Ich traue es ihm zu. Es ist mir gleich. Ich will es nicht wissen! Ich denke nicht mehr an ihn. Ich denke schon lange nicht mehr an ihn.«

Die Witwe Reimers. Ich habe sie noch nicht erwähnt. Eine Witwe aus dem ersten Stock. Die Schwestern nannten sie »Gänseliesel«, denn sie trug Bauernkittel und stank nach nassen Daunenfedern und gab nur unverständliches Geschnatter von sich. Als hätte sie seit Jahren nur noch mit Tieren geredet. Sie war schon mit neunzehn Jahren Witwe geworden, und danach lehnte sie es ab, sich neu zu verheiraten. Ihre Begründung: »Ich habe meinen Mann geliebt.« So viel erfuhr ich von ihrer Nichte.

»Guten Morgen, Frau Reimers!«, sagte ich zu ihr, wenn ich im ersten Stock zum Witwenwaschen eingeteilt war. »Haben Sie gut geschlafen?«
Sie glotzte mich an. Ich lächelte hartnäckig und sah mich dabei in ihrem Zimmer um. Ich zog die Vorhänge auf. Ich ließ Wasser ins Waschbecken einlaufen. Es dauerte mehrere Minuten, bis sie mir antwortete.
»Morgen«, schnatterte sie.

Mitte Juli, nachdem ich fast drei Monate lang täglich bei ihr gewesen war, mit Obst, mit Medizin, mit Wasser, änderten wir plötzlich unseren Ton miteinander. Es war so, als hätte sie über Nacht Vertrauen gefasst. Ich ahmte ein Huhn nach und schlug mit den Flügeln und gackerte, und die Witwe Reimers lachte. Ich muhte wie eine Kuh. Ich wieherte wie ein Pferd. Ich gackerte und kratzte mit den Fingernägeln an ihrer Tür. Ich rief »Kikeriki«, wenn ich morgens ihre Gardinen aufzog oder wenn ich nachmittags das Wasser brachte, und die Witwe Reimers schnatterte und lachte.
So ging es ein paar Tage. Und dann war ich bei ihr im Zimmer und wollte ihr das Wasser bringen, und sie nahm ein Obstmesser, das auf dem Beistelltisch neben ihrem Sessel lag, und ging auf mich los. Sie war langsam und schwerfällig, und ich hatte keine Mühe, mich in Sicherheit zu bringen, aber eine Überraschung war es trotzdem. Und die zweite Überraschung war: Ich hatte das Gefühl, sie machte das nicht zum ersten Mal.

Bei der Dienstbesprechung beschwerte ich mich.
»Wie kann es angehen, dass Frau Reimers ein Messer neben ihrem Sessel liegen hat?«
»Wieso? Das ist doch nur ein Obstmesser.«
»Sie ist damit auf mich losgegangen!«

»Was?«, rief Schwester Therese, »ist dir was passiert? Ich rufe ihren Hausarzt an. Und das Messer nehmen wir ihr weg.«

Die Witwe Reimers entschuldigte sich nicht bei mir. Aber ihre Nichte, die gleich am nächsten Tag zu uns kam, alarmiert durch einen Anruf von Schwester Therese, erzählte mir Folgendes: Die Witwe Reimers war im Krieg mit dem Messer auf den jungen Russen losgegangen, der plötzlich bei ihr auf der Türschwelle stand. Er trug ein schmutziges Hemd und schwere Stiefel, und eine Maschinenpistole hing über seiner Schulter. Und die Witwe Reimers ging direkt auf ihn los. Eine tapfere Frau. Eine mecklenburgische Bäuerin, die sich wehrte, auch wenn sie sich fürchtete.
Doch der junge Russe, sagte die Nichte, kam ein paar Tage später zurück. Er hatte auch diesmal seine Maschinenpistole nur über die Schulter gehängt. Aber diesmal hatte die Witwe Reimers kein Messer zur Hand. Und diesmal, das war zu sehen, hätte er sich ohnehin nicht vertreiben lassen.

Einige Tage später stand ich schweigend auf der Türschwelle der Witwe Reimers. Schweigend und abwartend wie der junge Soldat. Schweigend und abwartend, als trüge ich schwere Stiefel und hätte eine Maschinenpistole über die Schulter gehängt, trat ich durch die Zimmertür, und die Witwe Reimers sah mich in ihrem Zimmer stehen, und ihre Augen verrieten, dass sie mich sofort erkannte.

Ich brachte Wasser zur Witwe Schulz, und die Witwe Schulz klagte über Schmerzen in ihrem Unterleib, und ich nutzte die Gelegenheit, die sich mir bot. Ich sagte im Dienstzimmer: »Frau Schulz hat geblutet. Da waren richtige Blutränder an der Windel. Dabei hat sie gar keine Schokolade gegessen. Es ist also nicht ihre Schuld. Ich finde, wir müssen ihr helfen.«

»Natürlich müssen wir ihr helfen, Jan!«, sagte Schwester Therese. »Was glaubst denn du? Dass wir ihr nicht helfen würden, wenn es ihre Schuld wäre?«

»Nein, so habe ich das nicht gemeint.«

»Schon gut. Wir sind alle etwas überarbeitet.«

»Überarbeitet?«, sagte Schwester Sabine. »Der Herr Witwentröster ist überarbeitet? Mir kommen die Tränen!«

Aber ich dachte nicht daran, mich von Schwester Sabine provozieren zu lassen. Ich ging zurück zur Witwe Schulz.

»So, Frau Schulz. Ich habe meinen Teil getan. Nun sind Sie an der Reihe.«

»Womit?«

»Womit wohl? Ich will etwas hören. Und zwar über Rita. Oder vielleicht über Schwester Wiebke?«

Die Witwe Schulz schwieg.

»Na ja. Jetzt wird sich erst mal eine der Schwestern um Sie kümmern.«

Und kurz darauf kam der Nachmittag, auf den ich lange gewartet hatte und auf den, wie ich wusste, auch die Witwe Schulz lange gewartet hatte.

Die Witwe Schulz rief: »Schwester! Bitte helfen Sie mir! Es drückt so!«

»Frau Schulz, was ist denn schon wieder? Sie wissen doch, wir haben auch ohne Ihre Geschichten genug zu tun!«

»Aber diesmal ist es anders, Schwester! Es ist dringend! Es drückt mich! Es zerreißt mich! Es will heraus!«
»Herrje. Dann fahren Sie schon mal ins Badezimmer! Wir kommen gleich und helfen Ihnen.«
»Danke, Schwester. Vielen, vielen Dank.«

Also halfen Schwester Sabine und Schwester Martina der Witwe Schulz. Und der Witwentröster blieb in Hörweite des Stationsbadezimmers, denn er wusste, dass geschehen würde, worauf er lange gewartet hatte.
Die Witwe Schulz nach dem Ausräumen (mit ihrer eigentümlich leisen Stimme, dabei wie immer ihr flehender Ton): »Schwester, Schwester, wie sieht es aus? Darf ich es sehen?«
»Ist es ein Junge oder ein Mädchen?«, gackerte Schwester Martina, und Schwester Sabine stöhnte, und die Witwe Schulz keuchte vor freudiger Erwartung.

Ich brachte Wasser zur Witwe Backhaus, und die Witwe Backhaus war schwach und ausgetrocknet durch die Hitze, und auch sie begann zu reden.
»Willi kam nach Russland in Gefangenschaft und kehrte nicht wieder. Ich habe ihn 1944 zum letzten Mal gesehen. Da hatte er ein paar Tage Urlaub. Als er zu seiner Einheit zurückkehren musste, flehte ich ihn an: ›Geh nicht wieder hin!‹ Er sagte nur: ›Wie stellst du dir das vor?‹«
»Meine jüngste Tochter wurde im Februar 1945 geboren. Und im August bekam ich Flüchtlinge aus Schlesien zugewiesen: einen Witwer mit zwei Kindern. Er hieß Johannes Backhaus, war zwanzig Jahre älter als ich, Lehrer für Mathematik. 1955 haben wir geheiratet. Wir mussten Willi für tot erklären lassen. Es hatte keinen Sinn mehr zu warten.«

»Und dann behauptete meine Zwillingsschwester Karla im Jahr 1960, sie habe Willi in Hannover gesehen. ›Ganz eindeutig Willi‹, sagte sie. ›Unser Willi!‹ Sie sagte es vor der ganzen Familie. Also auch vor Johannes. Mir ist der Atem stehen geblieben. ›Das ist sehr unwahrscheinlich, Karla!‹, sagte Johannes in seinem Lehrer-Ton. Wir sind seitdem auseinander, Karla und ich. Ich habe kein Wort mehr mit ihr gesprochen. Sie ist nervenkrank. Man muss sie bedauern.«

Ich fragte: »Sie haben kein Wort mehr mit Ihrer Zwillingsschwester gesprochen?«
»Nein.«
Die Witwe Backhaus hatte kein Geschick im Lügen. Ihre Augenlider flatterten. Aber ich verschob weitere Nachfragen auf den nächsten Tag.
Am nächsten Tag fragte ich: »Sie haben kein Wort mehr mit Ihrer Zwillingsschwester gesprochen?«
»Nein.« (Flatternde Augenlider.)
»Das glaube ich Ihnen nicht.«

So ging es fast zwei Wochen lang. Ich betrat das Zimmer der Witwe Backhaus, ich stellte Obst und Medizin und Wasser vor sie hin, und ich sagte ihr, dass ich ihr nicht glaubte, und ich wiederholte meine Frage: »Sie haben kein Wort mehr mit Ihrer Zwillingsschwester gesprochen?«
Witwe: »Nein, habe ich nicht.«
Witwe: »Nein, wirklich nicht.«
Witwe: »Nein, ganz bestimmt nicht.«
Witwe: »Nein, nein, kein einziges Mal, kein einziges Wort.«

Einmal war ihr Widerstreben so groß, dass sie schützend ihre Hände über den Kopf hielt, als ich ihr Zimmer betrat.
Ich sagte: »Was machen Sie denn da? Sie tun ja so, als würde ich Sie schlagen wollen!«
»Nein, nein«, keuchte die Witwe Backhaus.
»Ich habe Sie noch nie geschlagen, und ich werde Sie auch nicht schlagen«, sagte ich böse. »Aber wenn Sie solche Angst vor meinen Fragen haben, wird es wohl höchste Zeit, dass jemand sie stellt!«

Schließlich gab die Witwe Backhaus ihren Widerstand auf.
Witwe (nervös): »Ich habe später mit meiner Schwester gesprochen. Als mir das, was sie erzählt hatte, keine Ruhe mehr ließ. Ich habe sie angerufen, wenn Johannes aus dem Haus war.«
Witwentröster: »Wenn Johannes aus dem Haus war? Das heißt, Sie haben sie mehrfach angerufen?«
Witwe: »Ich habe sie immer wieder angerufen, bis zu ihrem Tod vor vierzehn Jahren. Ich habe immer wieder angerufen und immer wieder gefragt. Obwohl ich ganz sicher wusste, dass sie log. Aber wenigstens das sollte sie zugeben. Ich wollte, dass sie mir endlich sagte, dass sie gelogen hatte.«
Witwentröster: »Und was haben Sie bei diesen Anrufen gefragt?« (Der Witwentröster spricht jetzt streng, ruhig, geschäftsmäßig, es braucht von seiner Seite keine Anstrengung mehr, seine Stimme stellt klar, er wird keine weiteren Ausflüchte dulden.)
Witwe: »Ich habe gefragt: Wo hast du ihn gesehen? Wie hat er ausgesehen? Was hat er getan? Hat er dich gesehen? Hatte er Gepäck? Sah er aus, als würde er zur Arbeit gehen? Oder von der Arbeit kommen? Sah er traurig aus?

Sah er fröhlich aus? War jemand bei ihm? Was für Kleidung hatte er an? Bist du sicher, dass er dich nicht gesehen hat? Hör mal, es ist ganz und gar unmöglich, dass das Willi gewesen sein soll!«

Witwentröster: »Was noch?«

Witwe: »Wie ist das Wetter gewesen? Wieso warst du überhaupt in Hannover? Was wolltest du in Hannover? Hast du gewusst, dass er da ist? Verbirgst du etwas vor mir?«

Witwentröster: »Hat sie geantwortet?«

Witwe: »Sie hat jedes Mal etwas anderes erzählt. Mal sagte sie, dass es ganz sicher Willi gewesen war. Dann wieder sagte sie, nein, ganz sicher sei sie sich nicht mehr. ›Warum fragst du mich so viel?‹, sagte sie immer. ›Warum fährst du nicht einfach selbst dorthin?‹ Sie war nervenkrank. Man konnte ihr nicht glauben. Sie hat die ganze Zeit gelogen.«

Witwentröster: »Beim Roten Kreuz haben Sie nicht nach ihm suchen lassen?«

Witwe: »Nach der Heirat nicht mehr. Er war ja für tot erklärt. Außerdem: Wenn man nicht gefunden werden will, dann wird man auch nicht gefunden.«

Ende Juli sagte ich zur Witwe Backhaus: »Ich finde, es ist jetzt an der Zeit, dass wir uns auf die Suche nach Willi machen.«

Witwe: »Aber er ist doch tot.«

Witwentröster: »Das wissen Sie doch gar nicht. Insgeheim glauben Sie es selber nicht.«

Witwe: »Aber was soll ich denn tun?«

Witwentröster: »Wenn ich Willi wäre, was würden Sie mir sagen wollen?«

Witwe: »Weiß ich nicht.«

Witwentröster: »Weiß ich nicht gilt bei mir nicht.«

Und schließlich sagte ich zu ihr: »Wenn ich Willi wäre, was hätten Sie mir zu sagen? Wie hat er ausgesehen? Was gab es Besonderes an ihm? Woran würden Sie ihn wieder erkennen?«
WITWE: »Natürlich würde ich ihn wieder erkennen.«
WITWENTRÖSTER: »Aber woran?«
Und die Witwe Backhaus rief heftig: »Natürlich würde ich dich wieder erkennen! Was glaubst denn du! Ich würde dich immer wieder erkennen!«

Zehn- bis fünfzehnmal täglich brachte ich Wasser zur Witwe Stockhusen.
WITWENTRÖSTER: »Hör mal, wollen wir nicht endlich die Operation machen lassen?«
WITWE: antwortet nicht.
WITWENTRÖSTER: »Es wird dir gut gehen im Krankenhaus. Das Essen ist dort viel besser als hier!«
WITWE: murmelt etwas Unverständliches. Sie hat Schmerzen. Sie hat seit Wochen nichts mehr gegessen. Sie bewegt den Kiefer, als würde sie kauen.
WITWENTRÖSTER: »Hast du gewusst, dass unsere Köchin früher einen Imbiss in der Innenstadt hatte?«
WITWE: antwortet nicht.
WITWENTRÖSTER: »Ich finde, sie kocht noch immer so, als würde sie einen Imbiss leiten. Immer all das Fett in unserem Essen!«
WITWENTRÖSTER: »16 Kilo hat deine Schwiegertochter verloren. 16 Kilo!«

Ich blieb ein paar Tage lang bei dem Thema.
WITWENTRÖSTER: »Fett. Deine Geschwulst ist auch aus Fett, nicht? Warum hast du sie dir nie wegmachen lassen? Es wäre doch gar nicht schwer gewesen. Deine Kinder

haben das nicht verstanden. Deine Kinder glauben, du willst sie bestrafen mit deiner Fettgeschwulst.«
WITWE: antwortet nicht.
WITWENTRÖSTER: »Aber wofür willst du sie bestrafen? Ich bin sicher, du hast einen Grund. Und zwar einen Grund, der so ausgefallen ist, dass du ihn niemandem erzählen magst.«

Ein paar Tage später.
WITWENTRÖSTER: »Oder es ist ein ganz einfacher Grund. Und du hältst ihn nur für kompliziert. Es ist ein ganz einfacher Grund, und er ist ganz und gar unberechtigt, und deshalb schämst du dich, und deshalb schweigst du, und deshalb schämst du dich auch für die Fettgeschwulst auf deiner Wange, und deshalb isst du jetzt nichts mehr. Du hast aufgehört zu essen, weil du sterben möchtest. Du möchtest sterben, weil du dich so schämst. Du möchtest sterben, damit du dich nicht mehr so schämst. Du möchtest sterben, damit die anderen sich schämen.«
WITWE: antwortet nicht.

WITWENTRÖSTER: »Warum hast du es nicht wegmachen lassen?«
WITWE (sehr leise): »Ich wollte schön sein.«
WITWENTRÖSTER (ebenfalls leise): »Schön sein?«
WITWE: »Ja. Aber so, dass die anderen es nicht sehen.«

Es war heiß, und die Hitze ließ die Witwen austrocknen, und der Witwentröster hielt das Glas mit dem Mineralwasser in der Hand, und es war so heiß, dass auch die Witwe Weinert ihren Widerstand aufgab.
»Ich weiß es noch wie heute. Es war morgens um halb

drei. Ich hörte den Schlüssel im Schloss. Er war besoffen. Ich stand auf und machte das Licht an. Und dann sah ich: Er hatte sich im Suff ein Eisernes Kreuz auf die Kehle tätowieren lassen. Ich habe geschrien.«

»Und?«

»Er hat gemurmelt: Mutti, lass mich zufrieden, ich gehe jetzt schlafen!«

»Und dann?«

»Dann habe ich das Licht wieder ausgeschaltet. Er ist grunzend ins Badezimmer gegangen, hat gegurgelt, den Zahnputzbecher von der Konsole geschmissen, ich habe im Dunkeln in der Küche gestanden. Ich habe gezittert. Er ist einfach ins Bett gegangen.«

»Warum hat er das getan?«

»Es hat bestimmt mit seinem Vater zu tun. Sein Vater hat das Eiserne Kreuz nicht bekommen.«

»Ihr Mann.«

»Ja. Mein Mann. Er war vorgeschlagen für das Eiserne Kreuz, aber dann ist er gefallen.«

»Hat man nicht damals den Soldaten auch nachträglich das Eiserne Kreuz verliehen?«

»Es gab niemanden mehr, der es ihm hätte verleihen können.«

»Wann ist denn Ihr Mann gefallen?«

»Im April '45.«

»Mein Beileid.«

»Nun seien Sie nicht albern, junger Mann!«

(Die Witwe Weinert erschrickt über ihre freche Antwort. Plötzlich ist sie wieder schüchtern.)

Immer wartete ich darauf, dass Schwester Sabine sich mir in den Weg stellen würde, aber sie kriegte einfach nichts mit. Alles, was sonderbar war am Verhalten der

Witwen, schoben die Schwestern, schob auch Schwester Sabine auf die Hitze. Und selbst wenn sie mich mit dem Blutdruckmesser bei der Witwe Schröder erwischte und einen Augenblick lang ihr altes Misstrauen spürte, so war sie nicht in der Lage, die richtigen Fragen zu stellen, und nicht in der Lage, irgendetwas zu beweisen.

Schwester Martina sagte: »Na, wie geht's deinem Liebling?«, wenn ich bei der Witwe Meldorf gewesen war. Oder: »Übt ihr wieder fürs Altenpflege-Examen?« Oder sie fragte: »Was redest du bloß immer mit den Alten? Da möchte ich zu gern mal Mäuschen sein.« Aber das waren nur Sprüche. Tatsache war, dass das Klingeln beinahe völlig aufhörte, wenn ich auf meiner Runde durch das Haus war. Die Witwen wussten, dass ich kam, sie erwarteten mich, sie bereiteten sich vor auf die Begegnung, und für die Dauer dieser anderthalb, zwei Stunden am Nachmittag hatten sie die Schwestern fast völlig vergessen. Und für die Schwestern wurde die Arbeit leichter, und sie wussten, dass das mit meiner Runde durch das Haus zusammenhing, und so kam es, dass auch Schwester Sabine mir nichts anhaben konnte.
Hin und wieder versuchte sie es noch. Sie zog Erkundigungen ein: »Ist der junge Mann heute bei Ihnen gewesen?«, »Was hat er gesagt?«, »Was hat er getan?«, »Warum hat das so lange gedauert?«, »Aber Frau Greimel, Frau Weinert, Frau Randow, warum reden Sie denn nicht mit mir?«, aber die Witwen spürten, dass sich Schwester Sabines Fragen mit den Fragen des Witwentrösters nicht messen konnten, und sie sagten Schwester Sabine kein Wort.

Ein Frühstück. Die Köchin hatte wie immer alles herangefahren, was sie in ihrer Kellerküche auftreiben konnte: Eier, Brötchen, Käse, Schinken, Marmelade, Honig und Joghurt.
Schwester Sabine sagte, während sie an ihrem Brötchen kaute: »Jan, was ist eigentlich mit den Betten in Zimmer 3?«
»Kannst du mal aufhören mit dem Gestichel?«, sagte Schwester Martina. »Es läuft doch im Moment wirklich gut. Jan ist doch fleißig. Auch wenn er es vielleicht anders macht, als du es gern hättest.«
»Und was ist mit den Betten?«, sagte Schwester Sabine.
»Ach, komm!«, sagte Schwester Wiebke, »Scheiß auf die Betten!«
»Das besorgen schon die Alten für uns«, sagte Schwester Sabine spitz, und Schwester Martina brach in Gelächter aus, und die Köchin lächelte nachsichtig.

Schwester Therese hatte Nachrichten für die Witwe Sudek: Die Schwester der Witwe Sudek lag auf der Krankenstation des Pflegeheims Bahrenfeld. Sie hatte Atemnot und wurde immer dünner.
»Gebt mir etwas zu essen!«, rief die Witwe Sudek sofort. In den folgenden Tagen löffelte sie trotz der Hitze literweise süße Milchsuppe in sich hinein. Und sie verfolgte besessen, wie sie täglich schwerer wurde.
»Das ist ihre Art, mit der Angst um ihre Schwester fertigzuwerden«, sagte Schwester Wiebke.
Aber ich wusste, dass das nicht stimmte. Die Witwe Sudek aß um ihr Leben. Jedes Kilo, das sie zwischen sich und ihre Schwester bringen konnte, sollte sie beschützen vor der Gefahr, die ihr drohte.
»Junger Mann, können Sie mir ins Badezimmer helfen?

Ich möchte auf die Waage!«, sagte sie drei- bis viermal am Tag.
»Sie waren heute Morgen erst auf der Waage«, sagte ich.
»Ja. Und jetzt möchte ich noch mal dorthin.«

Als die Witwe Sudek zehn Kilo zugenommen hatte, brachte Schwester Therese neue Nachrichten: »Ihre Schwester hat jetzt schon zehn Kilo abgenommen. Wir sollten sie besuchen fahren. Ich rufe uns ein Taxi und begleite Sie hin.«
»Nein! Nein!«, rief die Witwe Sudek. »Auf gar keinen Fall.«
»Wie können Sie so herzlos sein?«, sagte Schwester Therese.
»Herzlos?«, rief die Witwe Sudek. »Damit hat das gar nichts zu tun!«

Ich sagte später zur Witwe Sudek: »Das ist ja alles schön und gut. Aber jetzt sollten wir zur Sache kommen. Sie haben Ihr ganzes Leben lang Angst vor Ihrer Schwester gehabt. Was wollen Sie machen, wenn es Ihre Schwester nicht mehr gibt?«
»Was ich dann machen will?«
»Ja. Was machen Sie dann?«

Dann starb die Schwester der Witwe Sudek. Und die Witwe Sudek weigerte sich, zum Begräbnis zu gehen. Sie sei zu schwach, behauptete sie. Sie brauche mehr zu essen.
Und Schwester Therese schüttelte den Kopf, aber sie drängte sie nicht.

»Was wollen Sie jetzt machen, wo Sie keine Angst mehr haben müssen?«, sagte ich, als ich allein bei der Witwe Sudek im Zimmer stand. »Jetzt sind Sie immer noch Witwe, und stinken tun Sie auch, und sterben müssen Sie auch.« Ich sagte: »Ich glaube, Frau Sudek, Sie haben vor etwas ganz anderem Angst. Sie haben Angst vor der Erinnerung daran, wie Sie Witwe wurden. Sie haben nur Angst vor Ihrer Schwester gehabt, um nicht an das Eigentliche denken zu müssen: dass Sie eine Witwe sind und dass Sie stinken und dass Sie Mangel leiden und dass Sie daran nichts mehr ändern können!«

Ende Juli bat mich die Witwe Piehl in ihr Zimmer.
WITWE: »Heute sprechen wir mal nicht von mir. Ich weiß, Sie tun Ihr Bestes. Aber ich mache mir Sorgen. Nicht meinetwegen.«
WITWENTRÖSTER: »Wieso? Was ist denn?«
WITWE: »Wissen Sie eigentlich, was Sie sich aufbürden, junger Mann? Übernehmen Sie sich nicht?«
WITWENTRÖSTER: »Machen Sie sich keine Sorgen, Frau Piehl! Ich habe alles im Griff. Ich bin doch kein Anfänger mehr.«
Sie sah mich etwas zweifelnd an. Ich setzte mich noch einmal.
WITWENTRÖSTER: »Was soll das heißen, Frau Piehl? Sind Sie eifersüchtig?«
WITWE: »Ach, gehen Sie! Sie sind albern!«

Die Besserwisserei der Witwe Piehl ärgerte mich. Ich fand, ich hatte keinen Grund mehr, mir ihre Andeutungen gefallen zu lassen. Es war der Sommer meiner Erfolge, und es war höchste Zeit, die Witwe Piehl auf ein paar Regeln hinzuweisen: Jede Witwe hat ihren Mangel, und der Witwentröster hört, was er hört, und er ist niemandem Rechenschaft schuldig.

»So«, sagte ich, »es reicht jetzt, Frau Piehl, wir werden ein paar Worte reden müssen.«

Der Witwentröster wischt die Bemerkungen der Witwe Piehl mit einer Handbewegung beiseite. Der Witwentröster wischt den Blick aus wässrig-blauen Augen beiseite. Der Witwentröster stellt sich hinter den Sessel der Witwe Piehl und legt seine Hände auf ihre Schultern und spricht mit ruhiger Stimme die Sätze, die die Witwe Piehl hören muss. Die Sätze, auf die die Witwe Piehl all die Jahre gewartet hat. Die Sätze, nach denen sich die Witwe Piehl all die Jahre gesehnt hat. Der Witwentröster weist die Witwe Piehl in die Schranken. Der Witwentröster ersetzt den Schwiegersohn, der so kläglich versagte, obwohl er doch Polizist war. Der Witwentröster deckt auf, was die Witwe Piehl ihn unbedingt aufdecken lassen will. Sie hat tatsächlich Leichen im Keller. Aber was sind das für Leichen?

Die Witwe Piehl stank, weil sie sich für etwas Besonderes hielt. Auch das kann Mangel sein. Die Witwe Piehl hielt sich für interessant, die Witwe Piehl glaubte, sie könne den Witwentröster einschüchtern und lenken, die Witwe Piehl bildete sich ein, sie könne bestimmen, was zu geschehen hatte und wann es geschah.
Der Witwentröster darf sich niemals einschüchtern lassen! Auch nicht von den wässrigen Augen der Witwe Piehl! Der Witwentröster ist gezwungen zur Improvisation, aber bei aller Improvisation muss er doch das Ziel vor den Augen behalten: die Suche nach der Vielgestaltigkeit, die Suche nach dem freien Platz. Aber der Witwentröster selbst muss den Platz finden, nicht die Witwe darf es sein, die ihm den Platz zuweist.

Witwentröster (hält das Tablett mit der Medizin in der Hand): »Was glauben Sie, wer Sie sind, Frau Piehl?«
Witwentröster: »Für wen halten Sie sich?«
Witwentröster: »Glauben Sie, dass ich freiwillig hier bin?«
Witwentröster: »Glauben Sie, diese Art von Arbeit macht mir Spaß?«
Witwentröster: »Wissen Sie, wen Sie vor sich haben?«
Witwentröster: »Ich bin sechzig Jahre jünger als Sie, Frau Piehl.«
Witwentröster: »Sie benutzen die zwei Ehemänner, die Sie begraben haben, um junge Männer wie mich einzuschüchtern.«
Witwentröster: »Ihre Besserwisserei war Ihr Mittel, um von Ihrer Hässlichkeit abzulenken. Aber jetzt sind Sie hier. Hier gelten andere Regeln. Hier mache ich die Regeln! Was kann ich dafür, dass Sie so hässlich sind? Was kann ich dafür, dass Sie als Kind schon so hässlich gewesen sind? Zwei Männer haben Sie einfangen können, aber mich nicht!«
Witwentröster: »Hier wird Klartext geredet! Hier ist nicht der Ort, um vom Wesentlichen abzulenken. Ich erinnere Sie an Ihre eigenen Worte, Frau Piehl: Das Wesentliche ist das, was am nächsten liegt! Sie sind hässlich, und Sie sind es immer gewesen, und das ist Ihr Mangel, und das wissen Sie so gut wie ich!«
Witwe (spricht jetzt nicht mehr leise): »Mangel? Was soll das sein? Ich verstehe Sie nicht! Sie sind nicht mehr bei Trost! Sie haben vor lauter Eifer den Verstand verloren! Diese Frau Meldorf hat Ihnen den Kopf verdreht!«
Witwentröster: »Zwei Männer haben Sie unter die Erde gebracht. Dabei haben Sie in Ihrer Jugend geglaubt, dass Sie keinen Einzigen abkriegen würden. Diese zwei Männer sind Ihr ganzer Stolz, und Sie werden

nicht müde, darauf hinzuweisen: Witwe, Witwe. Der Leichengeruch im Keller. Damit bloß niemand vergisst, dass Sie zwei Männer abgekriegt haben.«
Witwe: »Ich sehe Sie noch vor mir! Letzten Winter! Trostlos waren Sie! So trostlos wie unsere Frauen hier! Und jetzt werden Sie mopsig! Sie sollten sich schämen!«
Witwentröster (ruhig): »Ich denke nicht daran.«

Die Witwe Steffen erinnerte sich buchstäblich an gar nichts: nicht daran, dass ihre Tochter ihre Tochter war, nicht an ihren eigenen Namen, nicht an die Namen derer, mit denen sie tagtäglich sprach. Zweimal im Monat war ich dazu eingeteilt, mit ihr spazieren zu gehen. Regelmäßige Spaziergänge waren der einzige Weg, um zu verhindern, dass sie aus der Luisenstiftung flüchtete. Sie hatte das früher häufig getan, war kopflos in Richtung Hohenzollernring gehumpelt, verlor einen Schuh im Philosophenweg oder vergaß ihre Handtasche auf einer Bank im Rathenaupark, und hatte die Schwestern für einige Stunden in Atem gehalten.

Wir schafften es bis zur Himmelsleiter. Auf dem letzten Kilometer war ich in Versuchung, sie einfach stehen zu lassen.
Witwentröster: »Frau Steffen, wir kehren jetzt besser um.«
Witwe: »Ja, schön, schön. Ein schöner Spaziergang. Es war nett mit Ihnen. Darf man nach dem Namen fragen?«
Witwentröster: »Ich heiße Jan. Aber Frau Steffen, das wissen Sie längst. Sie kennen mich doch.«
Witwe: »Ach tatsächlich? Dann bitte ich sehr um Entschuldigung.«

WITWENTRÖSTER: »Sie machen mich wahnsinnig! Wir kehren jetzt um!«

»Du siehst blass aus«, sagte Schwester Therese, als ich zurückkam. »War es so schlimm?«
»Die Frau ist die Härte!«, sagte ich.
»Tja«, sagte Schwester Therese. »Sie ist alt.«

Abends ging ich noch einmal bei der Witwe Meldorf vorbei.
»Heute musste ich mit Frau Steffen spazieren gehen. Das war vielleicht anstrengend!«
»Sie mussten?«
»Ja, regelmäßig wird einer dazu verdonnert. Sonst wird sie nämlich unruhig und haut ab.«
»Na, na. Sie gehen doch ganz gern spazieren. Und das mit dem Abhauen kann man ja wohl niemandem verdenken.«
Ich versuchte ihr klarzumachen, dass es nur eine Pflichtübung gewesen war. Wie nervenaufreibend die Witwe Steffen gewesen war. Ich hatte aber keinen Erfolg.
»Mein Lieber, wenn Sie Spaziergänge unternehmen wollen, brauchen Sie mich nicht um Erlaubnis zu fragen. Aber erzählen Sie mir nicht, Sie seien gezwungen worden. Ich mag solches Gerede nicht.«

Es war einmal eine Witwe, die hieß: die Witwe Antoni. Sie hatte einen jungen Mann, der kam jeden Abend, um ihr zu helfen. »Fester!«, »Höher!«, rief die Witwe Antoni, wenn der junge Mann bei ihr war. Und als es immer heißer wurde, da konnte die Witwe Antoni den Abend kaum mehr erwarten.
»Heute wird es etwas länger dauern!«, sagte sie. Sie

sprach noch heiserer als sonst. Ich schob die Glastür hinter mir zu. Ich zog die Plastikhandschuhe über. Die Witwe Antoni keuchte. Ich half ihr beim Ausziehen. Sie zitterte. Ich schwitzte. Auch die Witwe Antoni hatte einen Schweißfilm auf der Haut.
Sie hatte sich den Stuhl bereitgestellt. Sie beugte sich vornüber.
»So, junger Mann!«, sagte sie.
»Ja, Frau Antoni«, sagte ich.

Ich war nicht rechtzeitig zur Dienstübergabe zurück. Die Schwestern hatten schon angefangen.
»Na, wie war's?«, fragte Schwester Martina.
Ich sagte: »Entschuldigung, heute hat es etwas länger gedauert.«
Schwester Martina sagte: »Komisch. Bei euch beiden dauert es von Tag zu Tag länger.«

Und dann war es so heiß, dass die Witwe Antoni nichts mehr aß und ihr Zimmer nicht mehr verließ. Sie wartete nicht mehr auf meinen Besuch. Sie verbrauchte vier Tuben Rheumacreme pro Woche und ein Hunderter-Paket Plastikhandschuhe. Und wenn die Witwen im Saal zum Mittagessen versammelt waren, waren die heiseren Befehle der Witwe Antoni durch zwei Wände hindurch zu hören: »Kommen Sie höher! Kommen Sie höher, höher!«
»Meine Güte!«, sagte Schwester Therese. »Jan, sieh doch mal nach, was da los ist!«
Durch die Milchglastür sah ich den Umriss der Witwe Antoni. Sie war nackt. Sie hielt ihre Beine gespreizt. Sie zitterte. Sie verrieb einen Streifen Salbe auf einem Plastikhandschuh. Sie rieb die Salbe auf ihren Oberschenkel. Sie wanderte höher. Sie stieß ein heiseres Krächzen aus.

Ich klopfte an die Tür. Ich wollte um etwas Rücksichtnahme bitten. Aber die Witwe Antoni hörte mein Klopfen nicht.

Abends bei der Besprechung sagte Schwester Therese: »Mit Frau Antoni wird's langsam peinlich. Habt ihr das auch gehört? Wir müssen aufpassen, dass die Tür zum Saal immer geschlossen ist, damit es wenigstens ein bisschen Schalldämpfung gibt.«
»Was ruft sie da eigentlich immer?«, fragte Schwester Wiebke.
»Sie ruft nach Jan«, sagte Schwester Martina.
»Quatsch!«, sagte ich. »Sehr witzig, Martina!«
Schwester Wiebke unterdrückte ein Kichern. Keiner sagte mehr etwas.

Am nächsten Tag kam Schwester Wiebke wieder auf den angeblichen Kleiderschwund zu sprechen: »Jetzt fehlen auch die Blusen von Frau Benken und Frau Nemethy. Wisst ihr etwas? Wo können die sein?«
Das waren Fragen, die mich nicht interessierten, und offenbar interessierten sich auch die anderen Schwestern nicht dafür. Schwester Therese kontrollierte das Medikamentenblatt, Schwester Sabine blätterte im Dienstbuch, und Schwester Martina suchte nach ihren Zigaretten.

Die Witwe Heesch sprach nur noch zögernd und leise. Sogar den Schwestern fiel es auf.
»Weiß jemand, was mit Frau Heesch los ist? Sie wirkt so verschreckt«, sagte Schwester Therese irgendwann bei der Besprechung.
»Keine Ahnung«, sagte Schwester Sabine.

»Ich auch nicht«, sagte Schwester Wiebke.
»Die Hitze«, sagte Schwester Martina.
»Im Moment pfeifen doch alle auf dem letzten Loch«, sagte Schwester Wiebke.
Ich sagte natürlich kein Wort.

Die Witwe Heesch: Ich rief sie an und lachte, und ich ging an ihrer Tür vorbei und lachte, und ich lachte nachts vor ihrer Tür, wenn sie im Bett lag und schlief. Und endlich verlor die Witwe Heesch die Nerven. Sie suchte nach jemandem, dem sie sich anvertrauen konnte.
»Dieses Gelächter vor meiner Tür. Ich kann es nicht mehr ertragen!«, sagte sie zu Schwester Therese.
»Was für ein Gelächter?«
»Irgendjemand lacht immer vor meinem Zimmer. Ich glaube, es ist der junge Mann.«
»Das kann ich mir nicht vorstellen«, sagte Schwester Therese. »Wie kommen Sie darauf?«
»Weiß ich nicht«, sagte die Witwe Heesch. »Ich weiß nicht, wie ich darauf komme. Aber ich bin sicher, dass er es ist.«

WITWENTRÖSTER: »Sie haben sich bei Schwester Therese über mich beklagt.«
WITWE: »Nein, habe ich nicht.«
WITWENTRÖSTER: »Doch, haben Sie. Schwester Therese hat es mir erzählt. Hören Sie auf zu lügen.«
WITWE: »Was wollen Sie von mir?«
WITWENTRÖSTER: »Sie hätten das nicht tun sollen. Was wir zu besprechen haben, ist eine Sache nur zwischen uns.«
WITWE: »Ja, aber was wollen Sie denn von mir?«
WITWENTRÖSTER: »Ich will die Wahrheit von Ihnen hören.«

WITWE: »Sie wissen es doch längst.«
(Ich wusste es nicht. Aber das sagte ich ihr nicht.)
WITWENTRÖSTER: »Ich will es von Ihnen hören.«
WITWE: »Sie sind unbarmherzig, junger Mann.«
WITWENTRÖSTER: »Also?«
WITWE: »Geben Sie mir Zeit bis nach dem Sommerfest. Sechs Wochen noch.«
WITWENTRÖSTER: »Okay. Sechs Wochen. Aber keinen Tag länger.«

Wenn ich am Ende meiner Runde die Witwe Meldorf besuchte, wenn ich noch zu sehr im Schwung war von meiner Arbeit mit den anderen Witwen, wenn in meinem Ton noch etwas von dem Ton mitschwang, den ich den anderen Witwen gegenüber anschlug, dann wurde die Witwe Meldorf ganz steif, ihre blauen Augen wurden schwarz, ihre Stimme wurde spröde, kurz angebunden, gepresst, sie bat mich zu gehen, sie habe noch zu tun.
Ich war höflich. Ich fragte nicht: »Was haben Sie denn bitte schön zu tun?« Ich verabschiedete mich.

»Jan«, sagte die Witwe Meldorf einmal im Juli, »in letzter Zeit machen Sie den Eindruck, als hätten Sie Fieber. Sie sind so aufgeregt. So leichtfüßig. So überschäumend. Ich kenne Sie kaum wieder!«

»Jan«, sagte die Witwe Meldorf ein paar Tage später, es war ihre gepresste Stimme, »Sie brauchen nicht so häufig zu mir zu kommen. Ich sehe doch, Sie haben bis über die Ohren zu tun.«

Am 13. Juli hatte sie Geburtstag. Sie wurde achtzig Jahre alt. Schwester Therese bestand darauf, ihr zu gratulieren. Sie klopfte vormittags an ihre Tür. Und so entdeckte sie die Kommode.
»Das darf doch nicht wahr sein!«, sagte sie. »Wie haben Sie die Kommode heraufbekommen?«
»Das ist mein Geheimnis«, sagte die Witwe Meldorf.
»Nee, ich weiß schon«, sagte Schwester Therese. »Ich weiß schon, wer Ihnen da ein Geburtstagsgeschenk gemacht hat. Wir reden ein anderes Mal darüber. Also: Herzlichen Glückwunsch!«

»Jan, was fällt dir ein?«, sagte Schwester Therese. »Die Kommode muss in den Keller zurück. Da oben passt ja nicht mal mehr ein Rollstuhl durch.«
»Sie hat doch gar keinen Rollstuhl«, sagte ich.
»Du weißt genau, was ich meine. Wann hast du das überhaupt gemacht? Hat dir jemand geholfen? War das eine Nacht-und-Nebel-Aktion oder was?«
»Das darf ich nicht sagen«, sagte ich.
Schwester Therese schüttelte den Kopf und fing an, das Medikamententablett zu bestücken.

Abends, als nur noch die Nachtwache da war, stand ich mit einer Flasche Sekt bei der Witwe Meldorf vor der Tür.
WITWE: »Das freut mich, dass Sie kommen! Ist diese Sommerluft nicht wundervoll?«
WITWENTRÖSTER: »Ja, wundervoll.«
Ein Strauß Kornblumen stand auf der Fensterbank. Von Schwester Therese. Eine Schachtel »Mon Chéri« von der Heimleiterin lag auf dem Tisch. Mehr Geschenke gab es nicht. Ich öffnete den Sekt, den ich mitgebracht hatte. Ich trank die Flasche praktisch allein. Die Witwe Meldorf nippte nur an ihrem Glas. Ich bewunderte die Korn-

blumen, und die Witwe Meldorf, deutlich beschwingt von einem winzigen Schluck Sekt, erzählte von den Feldern im Mecklenburgischen. Dahin war sie früher mit ihrem Mann gefahren, nach Schwerin, an die Ostseeküste, ins Fischland. Am liebsten aber ins düstere Elbetal: Zweimal machten sie im Herbst Urlaub auf einem Hof in einem kleinen Walddorf im Elbetal.

»Es war wirklich unheimlich dort, besonders bei Nacht. Es war so dunkel und still, dass ich unter einem Baum in der Dunkelheit stand und nicht mehr wusste, ob es außer mir überhaupt noch Menschen gab. Mir hat das sehr gefallen«, sagte die Witwe Meldorf.

»Und wann war das?«, fragte ich.

»Das war im Juni. Nein: im Juli. Im Juli 1930.«

Ich erzählte vom Ärger wegen der Kommode. »Schwester Therese hat sich richtig aufgeregt. Aber sie weiß, dass sie mir zurzeit nichts anhaben kann.«

»Kann sie das nicht?«, fragte die Witwe Meldorf.

»Nein, das kann sie nicht«, sagte ich.

Die Witwe Meldorf nippte an ihrem Sekt. Sie fragte nicht, was ich damit meinte.

Ich stellte mich vor die Spiegelgarderobe, kippte den Spiegel so, dass ich mich und auch die Witwe Meldorf darin sehen konnte, und verkleidete mich. Ich zog den Trenchcoat an, der, wie ich wusste, einmal ihrem Mann gehört hatte. Ein beiger Trenchcoat mit braunen Knöpfen. Sie hatte ihn bei ihrem Einzug getragen. Und bei ihrer Rückkehr aus dem Krankenhaus. Ich setzte seinen Hut auf, ich band seinen Schal um den Hals. Es war heiß im Zimmer, sodass ich im Trenchcoat sofort zu schwitzen begann.

WITWENTRÖSTER: »Heute ist es ganz besonders still hier oben.«

Die Witwe Meldorf war ganz auf ihr Glas Sekt konzentriert.
Dann war ich fertig verkleidet.
WITWENTRÖSTER: »Herzlichen Glückwunsch, Katia!«
Ich hatte sie noch nie beim Vornamen genannt. Die Witwe Meldorf war verwirrt, das sah ich durch den Spiegel.

Der Rest des Abends verlief höflich. Die Witwe Meldorf war verärgert. Oder enttäuscht. War sie wirklich um zehn schon so müde? Ich verabschiedete mich.
»Bis morgen!«
»Ja«, sagte die Witwe Meldorf, »Wiedersehen, Wiedersehen!«

Zehn Tage später, am Freitag, den 23. Juli 1986, übertrug das Fernsehen in einer mehrstündigen Sondersendung die Hochzeit des englischen Prinzen Andrew mit Sarah Ferguson, genannt »Fergie«. Die Witwen wurden seit Wochen durch die Zeitschriften, die im Wohnzimmer herumlagen, auf das Ereignis eingestimmt. »Wir dürfen uns auf eine Traumhochzeit freuen!«, schrieben die Zeitschriften.
Die Schwestern, die Köchin und ihre Helferin und der so genannte Heimbeirat, bestehend aus einigen Dachgeschoss-Witwen, fassten den Beschluss, dass das Mittagessen durch ein warmes Buffet ersetzt werden sollte, damit die Witwen keine Minute des Geschehens versäumten. Die Witwe Meldorf schnaubte, als ich ihr am Mittwoch von dem Arrangement erzählte. »Königskinder!«, sagte sie. »Eine Hochzeit von Königskindern! Und dafür wird die heilige Ordnung auf den Kopf gestellt? Nicht zu fassen!«

Sie ließ sich aber am Freitag pünktlich von mir nach unten ins Wohnzimmer bringen. Niemand schien sich darüber zu wundern, dass sie nach so langer Zeit wieder auftauchte. Nur Marianne begrüßte sie begeistert. »Hallo, Frau Meldorf! Was für eine Freude! Ich habe Sie vermisst.«
»Danke, Marianne! Sehr freundlich von Ihnen!«, sagte die Witwe Meldorf. Und dann verfolgte sie aufmerksam die Zeremonie im Fernsehen: das Läuten der Kirchenglocken in der großen Kathedrale in London, das Eintreffen der Gäste, die Queen, Prinz Charles und Prinzessin Diana, Könige und Königinnen aus zahlreichen europäischen Ländern, die Ansprache des Erzbischofs von Canterbury, das bewundernde Raunen der Witwen, als sie die Schleppe am Hochzeitskleid der Braut sahen, den Kuss der Brautleute. Die Hochzeitsgäste im Fernsehen sangen: »God save the Queen«, und die Witwen summten mit: »Da-da-da-da-da-daa, da-da-da-daa-daa.«

Später las ich in der Zeitung, dass 350 Millionen Zuschauer rund um den Erdball die Fernsehübertragung angesehen hatten. Im Wohnzimmer und im Speisesaal der Luisenstiftung war tagelang von nichts anderem die Rede.
»Das Kleid! Was für ein wunderschönes Kleid!«
»Sie hat so schöne rote Haare!«
»Ich finde, sie ist etwas pummelig!«
»Aber nein! Sie ist kräftig! So soll es auch sein. Sie wird ihm gesunde Kinder gebären!«
»Ihr Vater ist Herzog, nicht?«
»Nein, der Vater von Prinzessin Diana ist Herzog. Fergies Vater war Major bei der königlichen Leibwache.«
»Oh! Ein Major!«

Ende Juli: Die Witwe Meldorf trank zu wenig. Sie aß nur noch Obst und Nachtisch. Sie schlief am hellen Tag und lag nachts wach.
»Sie sehen müde aus!«, sagte ich einmal, als ich ihr morgens das Frühstück brachte.
»Ja«, sagte sie. »Ich habe gestern Abend so lange auf Sie gewartet, und dann konnte ich nicht einschlafen.«

Einmal sagte sie nachmittags: »Vorhin bin ich eingenickt, ich war so erschöpft von der Hitze, und da habe ich geträumt.«
»Was haben Sie denn geträumt?«
»Dass wir durchs Elbetal gewandert sind. Dass wir auf der Deichkuppe ausruhten und die Aussicht genossen.«
Ich fragte: »Wer ist ›wir‹?«
Sie schwieg verwirrt.

Ein paar Tage später erzählte sie mir: »Früher legte ich mich, wenn ich die Hausarbeit erledigt hatte, oft am Nachmittag für eine Stunde aufs Bett. Ich döste und fiel in einen Halbschlaf, und im Halbschlaf raste mein Leben auf sein Ende zu. Ich zählte: 40, 50, 60, 70. Nicht Stundenkilometer, sondern Jahre. Ich spürte im Traum, wie die Jahre vergingen. Mein Leben stürzte in einer rasenden Bewegung aufs Ende zu. Ich hatte wahnsinnige Angst vor diesem Traum und wachte jedes Mal mit einem Schrecken auf.«
»Ja«, sagte ich. »Das kann ich mir vorstellen. Aber zum Glück war es ja nur ein Traum.«

Und als es Ende Juli am heißesten war, wurde sie leichtsinnig. Sie machte sich allein auf den Weg die Treppe hinunter. Sie erzählte mir auch hinterher nicht, wohin sie gehen wollte. Sie erzählte mir nur, wie sie umkehren

musste und wie sie es beinahe nicht zurück ins Zimmer geschafft hätte.
»Wie können Sie so unvernünftig sein!«, sagte ich. »Der pure Wahnsinn! Ich hätte nicht gedacht, dass Sie so einen Quatsch machen, Frau Meldorf!«
Sie ließ es sich gefallen. Sie war ganz kleinlaut.
Witwe: »Heute sind Sie sehr streng mit mir. Aber ich habe es ja auch verdient. Es war unvernünftig von mir. In dieser Hitze. Es herrscht ja wirklich eine unglaubliche Hitze. Ich sollte vernünftiger sein.«
Von ihrem Alter sprach sie nicht.

Zwei Tage später versuchte sie es noch einmal. Diesmal wurde sie von Marianne entdeckt. Und Marianne, Verehrerin der Witwe Meldorf, war so klug, nur mir davon zu erzählen.
»Hör mal, Jan«, sagte sie. »Wegen Frau Meldorf. Ich habe sie heute auf der Treppe gefunden, und es sah aus, als hätte sie einen Schwächeanfall. Du musst gut auf sie aufpassen.«
»Mache ich, Marianne«, sagte ich. »Versprochen.«

# 12. DER WITWENTRÖSTER IST SOHN, EHEMANN, LIEBHABER

August 1986

Wie soll ich beschreiben, was es bedeutet, Witwentröster zu sein? Wie beschreibe ich die Vielgestaltigkeit? Alte Frauen, noch einmal jung, warfen mir feurige Blicke zu. Alte Frauen strafften die Schultern und reckten den Busen und riefen mich bei Namen, die sie seit Jahrzehnten nicht mehr gerufen hatten. Ich glitt auf leichten Füßen durch die Zimmer und antwortete ihren Rufen und änderte meinen Namen und meine Gestalt. Alte Frauen waren noch einmal jung und verfolgten mich mit ihrer Sehnsucht und ihrem Zorn. Sie sprachen leise, weil die Kinder schliefen. Sie rückten ihre Strümpfe. Sie richteten ihr Haar. Alte Frauen waren noch einmal jung und ließen mich spüren, wie verlassen sie waren: von den Vätern verlassen, von den Männern verlassen, allein in einer Trümmerwelt.
Ich legte meinen Arm um die Schultern dreißigjähriger Frauen, ich legte meine Hand auf den Busen junger Mädchen, ich zog in den Krieg und nahm Abschied, ich überstand Jahre des Schreckens und der Lebensgefahr, ich kehrte aus dem Krieg zurück und feierte das Wiedersehen. Ich tröstete über Angst und Sehnsucht und Verzweiflung, ich gab Hoffnung und Stärke, ich spürte junge Witwenwangen an meinem bärtigen Kinn. Das ist Witwentrösten. Witwentrösten ist ein unermesslicher Beruf.

Mit jeder Witwe, die er tröstet, wird der Witwentröster um eine Tonart reicher. Ich lernte Strenge und Freundlichkeit, Vertrautheit und Abkehr, Enttäuschung und Versöhnung, Wut und Freude und Verzweiflung. Ich sprach mit hundert verschiedenen Stimmen, ich trug hundert verschiedene Namen, ich trat auf in hundertfach verschiedener Gestalt. Und die Witwen warteten auf mich, die Witwen öffneten mir die Tür, die Witwen wurden blass und rot und wieder blass, wenn sie mich sahen, die Witwen streckten mir die Arme entgegen und fassten sich ans Herz.
Die Witwen erinnerten sich. Erinnerungen waren die Währung, mit der sie mich bezahlen konnten, wenn sie mich festhalten wollten, Erinnerungen waren, was plötzlich aus ihnen hervorbrach, lange vergessene Bilder wurden bei meinem Anblick für die Witwen lebendig, plötzlich war es ihr eigener Wunsch, sich zu erinnern. Und dann wurde ich zu einem Teil ihrer Erinnerung.

Ich stand bei der Witwe Schneider in Zimmer 3. Ich sagte mit meiner tiefsten Stimme: »Schneider? Sagten Sie, Sie heißen Schneider? Sie werden lachen, meine Liebe, oder auch nicht, aber unsere Namen ähneln sich sehr.«
Und die Witwe Schneider, geborene Schneider, 85 Jahre alt und 85 Kilogramm schwer, war ein junges Mädchen und wurde bleich und rot und wieder bleich, und dann lachte sie, und gleichzeitig auch nicht, denn Tränen stiegen ihr in die Augen, und sie tastete nach einem Taschentuch.

Die Witwe Rau verjüngte sich um 40 Jahre, als ich ihr Zimmer betrat, und sie stand in ihrer Küche, und sie war noch keine Witwe, und sie schepperte mit den Töpfen und sprach laut und zornig und entschieden. Und sie knallte die Kartoffeln mit so viel Schwung auf den Tisch,

dass die Gabeln kleine Luftsprünge machten; dabei wusste sie doch, dass ich das nicht aushalten konnte. Was konnte ich schon noch aushalten, seit ich zurückgekehrt war? Das fragte doch auch sie sich jeden Tag. Nicht einmal ein Türenschlagen konnte ich noch aushalten. Und sie konnte meine Empfindlichkeit nicht aushalten. Sie hatte einen Mann geheiratet. Ein Wrack war aus dem Krieg zurückgekehrt. Andererseits, andere Männer gab es nicht. Nur dass ich eben auch keiner mehr war. Und das spürte ich selbst.
Und wie ich es spürte: Ich stand im Zimmer der Witwe Rau, das nicht mehr ihr Witwenzimmer, sondern ihre Küche war, und ich stand gebückt und eingekrümmt, und ich schnupperte an meinen Händen. »Ich stinke wie ein Huhn«, sagte ich. »Ich muss mich mal waschen.«
»Blödsinn«, sagte sie. »Was hast du denn nur? Du stinkst nicht. Komm, hilf mir mal, mach dich nützlich.«
Ich sah sie nicht an.
»Du findest mich nicht mehr sehr nützlich, nicht?«
Sie sagte: »Leg nicht jedes Wort auf die Goldwaage. Sei keine Memme. Fass mal mit an!«

Ein paar Augenblicke später, ein paar Zimmertüren weiter, war ich der Bruder der Witwe Eilers. Der Bruder, der aus dem Schnee zurückgekehrt war. Und ich wusste: Die anderen beiden, der Ehemann und der Sohn, die waren nicht zurückgekehrt. Und ich sagte: »Es war nicht meine Schuld. Ich habe die beiden in deiner Küche zuletzt gesehen. Wir wollten uns schreiben. Erinnerst du dich?«
Und die Witwe Eilers sagte: »Ja, ich erinnere mich. Geh nicht wieder fort. Es ist nicht deine Schuld. Ich bin dumm gewesen. Ich wollte dich dafür bestrafen, dass du zurückgekehrt bist.«

Ich war ein schwarzer, struppiger Hund, der seine Krallen an der Zimmertür wetzte, und im nächsten Augenblick war ich der Ehemann der Witwe Körber, und ich sagte: »Ich bin doch zurückgekommen!«, und die Witwe Körber starrte mich an. Ich sagte: »Ich wollte mich noch einmal bedanken.« Ich ging ganz nahe an sie heran. Ich sagte: »Ich wollte mich dafür bedanken, dass ich zurückkommen darf.« Und mein Atem war der heiße Atem des Hundes, und die Witwe krümmte sich unter meinem Atem, aber die Wut war aus meinen Augen verschwunden, und sie waren nicht mehr blutunterlaufen und schrecklich.

Der Witwentröster war Sohn, Ehemann und Liebhaber. Er sprach mit der Stimme des verstorbenen Vaters, sein Lächeln war das Lächeln des verstorbenen Bruders, seine Hände waren die Hände des verstorbenen Mannes, das Witwentrösten kostete mich keine Anstrengung mehr, ich glitt wie von selbst an den freien Platz. Ich öffnete Türen und flüsterte. Ich öffnete Vorhänge, ich setzte mich an Betten, ich streifte Nachthemden über, ich bettete Witwen auf Kissen, ich deckte sie zu. Ich sagte »Guten Morgen!« und »Gute Nacht!« und »Wie hast du geschlafen?« und »Träum was Schönes!«

Der Witwentröster öffnet eine Tür und spricht mit einer feinen und leisen und freudigen Stimme, und dann öffnet er eine andere Tür, und er spricht mit einer rauen und kraftvollen und lauten Stimme, und er öffnet eine dritte Tür und spricht hustend und heiser und ohne Hoffnung, und er tut dies unter den Augen und Ohren der Schwestern, unter den Augen und Ohren der Angehörigen, und sie bemerken es nicht. Sie spüren diese neue Erregtheit der Witwen, sie spüren die Nervosität und die Anspannung und die Ungläubigkeit, sie spüren, dass vor den Augen der Witwen noch jemand anwesend ist, sie spüren beim Witwenwaschen und beim Anziehen und Ausziehen, dass keine der Witwen mehr bei der Sache ist, aber sie können sich nicht erklären, was vor sich geht, sie verstehen die Arbeit des Witwentrösters nicht, sie verstehen nicht einmal die Grundbegriffe seiner Arbeit, und deshalb vermögen sie ihn nicht zu hindern.

Immer wieder, täglich, über Wochen hinweg, war ich der heimgekehrte Mann der Witwe Rau. Ich schlich gebückt durchs Zimmer. Ich schnupperte an meinem Kittel.
»Ich stinke nach Huhn!«, sagte ich.
»Red keinen Unsinn!«, sagte die Witwe Rau.
»Ich rede keinen Unsinn«, sagte ich. »Du weißt doch, wie es mit mir ausgehen wird.«
Ich rief nachmittags im Zimmer der Witwe Rau: »Ich rieche nach Huhn, ich bewege mich wie ein Huhn, ich bin plump wie ein Huhn, ich bin ein Huhn. Gack-gaaaaack.«
»Was ist nur mit dir?«, sagte die Witwe Rau. »Warum stellst du dich so an?«

»Wo ist Ihr Mann?«, fragte ich die Witwe Blunck. »Ist er an Deck? Darf ich hereinkommen?«
Ich trat in die Kabine und schloss hinter mir die Tür.
»Es sind noch mehr als zwei Stunden bis zur Ankunft«, sagte ich. »Aber die meisten Passagiere stehen schon an der Reling und halten Ausschau nach Land.«
Die Witwe Blunck sah angstvoll zur Tür. Sie war so nervös wie eh und je. Nervös wie ein junges Fohlen.
Ich sagte: »Dein Mann wird sich hier nicht blicken lassen. Auch er steht an Deck. Er hält Ausschau nach seinem Lager. Er ist mit seiner Vergangenheit beschäftigt. Aber du: Du bist noch zu jung. Komm her zu mir!«

Ich stellte mich hinter ihren Sessel. Ich legte meine Hände auf ihren Nacken, auf ihre Schultern, auf ihre Brust. Sie rührte sich nicht. Sie atmete so leicht, dass ich kaum eine Bewegung spürte.
Es polterte auf dem Korridor.
»Ich muss gehen«, flüsterte ich. Ich zog meine Hände zurück. »Vergiss mich nicht. Und gute Reise.«

Ich war der Ehemann der Witwe Eilers, ein Ehemann, der nicht gefallen, sondern doch noch heimgekehrt war, und ich nahm die Witwe Eilers in den Arm.
»Ich bin zurück«, sagte ich heiser.
»Ja«, flüsterte sie. »Du bist zurück.«
Ich presste sie an mich. Ich presste ihren Unterleib an meinen.
»Ich muss eine Menge mit dir bereden«, sagte ich. »Aber das machen wir später. Jetzt bin ich erst mal wieder da.«
Ich presste sie noch stärker an mich. Ich ließ sie spüren, wie stark, wie erregt ich aus dem Krieg heimgekehrt war.
»Versprich mir«, sagte ich, »dass du mir zuhören wirst. Dass du zu mir halten wirst. Dass du dich deines heimgekehrten Mannes nicht schämen wirst.«
»Ja«, sagte sie. »Ich verspreche es dir.«

Zur Witwe Randow im Erdgeschoss sagte ich bitter: »Du hattest kein Recht, meinen Brief zu verbrennen. Dadurch habe nicht mehr ich ein böses Geheimnis, sondern du. Du trägst seit vierzig Jahren ein böses Geheimnis, und deshalb stinkst du, und deshalb kommen die Mädchen nicht von dir los.«

Ich setzte mich ans Bett der Witwe Schubert. Sie war ganz schwach von der Hitze, und sie hatte sich ein feuch-

tes Tuch auf die Stirn gelegt. Sie sagte: »Junge, warum wolltest du mich immer erschrecken?«
»Damit du endlich aufhörst, alles schön zu finden.«
»Ich wollte euer Bestes. Ich habe alles nur für euch getan!«
»Ich weiß. Du bist immer so tapfer gewesen. Und deshalb mussten wir genauso tapfer sein.«

Ich sagte zur Witwe Backhaus: »Wie gern wäre ich schon früher gekommen. Ich habe Tag und Nacht an euch gedacht. Aber als sie mich rausließen, war es zu spät. Da war der andere schon da. Hat er gut für dich gesorgt?«
Die Witwe Backhaus nickte, aber ihr schossen die Tränen in die rot geäderten Augen.
Ich sagte: »Sei nicht traurig. Ich bin dir nicht gram.«

»Ich bin nicht groß darin, Abschiedsreden zu halten«, sagte ich zur Witwe Nemethy. »Aber ich kenne ein Lied, und Sie kennen es auch. Braun, braun, braun sind alle meine Kleider, braun, braun, braun ist alles, was ich hab. Darum lieb ich alles, was so braun ist« (und hier fiel die Witwe Nemethy mit dünner Stimme mit ein), »weil mein Schatz begraben liegt.«

»Ich werde da sein«, sagte ich zur Witwe Bettin. »Ich habe immer auf dich gewartet, und ich werde weiter auf dich warten.«
»Ja, warte auf mich, mein Kleiner«, sagte die Witwe Bettin. »Lange dauert's nun nicht mehr.«

Und wieder stand ich im Zimmer der Witwe Blunck. »Wir hätten nach Italien oder nach Frankreich fahren sollen«, sagte ich leise zu ihr. »Nach Paris. In die Stadt der Liebe.«

»Amore«, kicherte die Witwe Blunck.
»L'amour«, korrigierte ich sie.
Sie senkte den Kopf und lächelte verschämt.
»L'amour«, sagte ich versöhnlich und legte meinen Arm um sie.

»Schnee«, sagte ich zur Witwe Eilers, »Schnee, Schnee, Schnee. Ich habe ihn so satt, diesen Schnee. Ich möchte Sonne und Wärme.«
»Das weiß ich«, sagte sanft die Witwe Eilers.

Der Witwe Ahrens, die mich erwartete mit hervortretenden, roten, entzündeten Augen, schenkte ich ein Passbild von mir. »Wichtig ist jetzt nur noch: du und ich! Zeig niemandem dieses Bild! Nicht den Schwestern und nicht deinem Sohn!«
Ich sagte: »Warte, ich habe eine Idee.«
Ich nahm der Witwe Ahrens das Bild noch einmal aus der Hand, ich warf es auf den Boden, ich fuhr zweimal mit dem Schuh darüber hin, ich hob das Bild dann wieder auf, es war nun schmutzig und etwas zerkratzt, und ich gab es der Witwe Ahrens in die Hand.
»Wenn jemand fragt: Wir tun so, als hätte ich dieses Passbild aus der Tasche verloren. Du hast es aufgehoben, und dann hast du einfach vergessen, es mir zurückzugeben.«
Sie nickte.
»Aber so weit darf es gar nicht erst kommen. Versteck es gut! Am besten im Nachtschrank! Und zu niemandem ein Wort!«
»Natürlich!«, keuchte die Witwe Ahrens. »Ich sage niemandem ein Wort!«

Ich ging von Zimmer zu Zimmer, ich klopfte, und die Türen wurden mir geöffnet, ich ging gebeugt, gebückt,

geschlagen, befreit, ich ließ die Schultern hängen und war abgemagert aufs Skelett, ich kam zu Kräften, ich rappelte mich auf. Ich war Sohn, Ehemann, Liebhaber. Ich wurde erwartet und gefürchtet, ich wurde vermisst und verflucht. Ich kannte jeden Witwenmangel. Ich fand bei jeder Witwe den freien Platz. Der Nachmittag dehnte sich ins Unendliche, ich sprach mit 45 verschiedenen Stimmen, ich hörte auf 45 verschiedene Namen.
»Wenn du mir geholfen hättest«, sagte ich zur Witwe Rau.
»Wenn du nicht so streng gewesen wärest«, sagte ich zur Witwe Greimel.
»Wenn du mich einmal angeschrien hättest«, sagte ich zur Witwe Schubert.
»Hermine!«, sagte ich zur Witwe Sudek.
»Leda!«, sagte ich zur Witwe Hofer.
»Anna!«, sagte ich zur Witwe Nemethy.
Und »Ach!« und »Oh!« und »Dass du jetzt da bist!«, sagten die Witwen, wenn sie etwas sagten, und streckten ihre Arme nach mir aus.

Es ist heiß in den Zimmern der Luisenstiftung, die Witwen sind alt und ausgetrocknet und ledrig, und leise und trocken klingt meine Stimme in den Zimmern der Witwen, aber die Witwen hören mir zu. Sie erheben sich aus ihren Sesseln, sie recken ihre Brüste, sie richten ihr Haar. »Leise, leise!«, sagen sie, weil nebenan die Kinder schlafen, »Sprich leise, sprich weiter, ich höre dir zu.«

Die Witwen Coch und Randow schliefen, und ich setzte mich ans Bett der Witwe Schulz.
»Dass wir das noch erleben dürfen«, sagte ich zur Witwe Schulz. »Ein Junge oder ein Mädchen, darauf kommt es nicht an. Was zählt, ist, dass wir weiterleben dürfen, dass

wir nicht einfach spurlos verschwinden. Und die Schwestern: Wer hätte das gedacht. Erst so barsch, und dann doch so lieb. Sie haben sich mit uns gefreut. Sie haben sich an unserer Freude gefreut. Wir haben erfahren dürfen: Freude zeugt Freude.«

Abends beugte ich mich über das Bett der Witwe Thoms:
»Wie geht's dir, Mutti?«, fragte ich.
»Wolfgang!«, sagte die Witwe Thoms.
»Ja, Mutti!«, sagte ich. »Ich bin hier.«
»Mutti«, sagte die Witwe Thoms. »Bitte sag das noch mal.«

Und später am Abend, lange nach Dienstschluss, kauerte ich am Bett der Witwe Benken.
»Heute Nacht soll es einen Kometen geben«, sagte ich.
»Wollen wir ihn ansehen?«
Sie antwortete nicht. Ich entriegelte die Rollen an ihrem Bett und schob sie leise ans Fenster. Ich zog die Vorhänge auf.
»Wir werden Geduld haben müssen«, sagte ich.
»Ja«, sagte sie.
»Es sind viele Jahre vergangen«, sagte ich.
»Viele Jahre«, sagte sie.
»Deine Mutter wird schimpfen«, sagte ich.
»Das macht nichts«, sagte sie.

Bei der Witwe Trittau.
WITWENTRÖSTER: »Du?«
WITWE: »Ja?«
WITWENTRÖSTER: »Schläfst du schon?«
WITWE: »Nein.«
WITWENTRÖSTER: »Woran denkst du?«
WITWE: »An gar nichts.«

WITWENTRÖSTER: »Man kann doch nicht an gar nichts denken.«
WITWE: »Ich horche. Auf die Geräusche von draußen.«
WITWENTRÖSTER: »Was hörst du?«
WITWE: »Gar nichts.«
WITWENTRÖSTER: »Machen wir uns morgen einen schönen Tag?«
WITWE: »Ja.«

Die Witwe Roth legte sich in meinen Arm, sie presste sich eine Sekunde lang an mich, sie blickte mich an, sie lächelte mich an, als würde sie mich erkennen oder als würde sie irgendjemanden in mir erkennen, sie schob ihr Gebiss im Mund hin und her, dann machte sie sich wieder auf den Weg.

»Sei keine Memme!«, sagte die Witwe Rau.
»Ich habe von den Vögeln geträumt«, sagte die Witwe Jansen. »Es war nicht richtig, was du mit den Vögeln getan hast.«
»Schön, dass du da bist!«, sagte die Witwe Bettin.
»Ich habe von dir geträumt«, sagte die Witwe Blunck.
»Bist du es?«, fragte die Witwe Eilers.
»Wo bist du gewesen?«, fragte die Witwe Roth.
»Geh nicht wieder fort!«, sagte die Witwe Körber.
»Geh nie wieder fort«, sagte die Witwe Neffe.
»Wann kommst du wieder?«, fragte die Witwe Weinert.
»Ich komme morgen wieder«, sagte ich.
»Ich gehe doch gar nicht fort«, sagte ich.
»Ich bleibe doch bei dir!«, sagte ich. »Ich gehe nie wieder fort!«

Es ist in diesem Bericht viel vom Gestank die Rede gewesen. Wie er sein Wesen ändert und seine Gestalt und immer neue Angriffsflächen findet. Ich habe gesagt: Der Gestank in einem Witwenheim ist ein Lebewesen, das die Zimmer und die Korridore beherrscht, das sich im Lauf des Tages bewegt, das gähnt, das sich reckt, das müde mit dem Schwanz schlägt, das sich schüttelt, das sich erhebt. Der Gestank in einem Witwenheim ist wie ein gewaltiger Drache, der sich morgens erhebt und seinen Dampf ausstößt, der seinen übel riechenden schuppigen Leib von einer Seite auf die andere wälzt, der seinen Schwanz wie eine Peitsche knallen lässt, und übel riechende, stinkende Schuppen segeln herab. Und der Witwentröster ist der Einzige, der erkennt, dass es sich hier um ein Lebewesen handelt, dass das ganze Witwenheim von einem gewaltigen Lebewesen beherrscht wird, dass der gesamte Tagesrhythmus des Witwenheims ausgerichtet ist am Tagesrhythmus dieses gewaltigen Lebewesens.

Doch dies war der Sommer meiner Erfolge: Der Gestank verstärkte sich, und dann klang er ab. Ein Zittern durchlief den Leib des Drachens, und der Drache lag still. An die Stelle der Einläufe, die die Schwestern vornahmen, waren die Fragen des Witwentrösters getreten. Ich stellte eine Frage, und die Witwe erschrak, und ich fragte erneut, und die Witwe suchte nach einer Antwort, und ich fragte ein drittes Mal, und die Witwe wand sich und wehrte sich und wusste doch, sie würde mir nicht entkommen, und irgendwann, Witwen sind hartnäckig, und es konnte Wochen oder Monate dauern, irgendwann gab sie ihren Widerstand auf, und uralte Ablagerungen in ihren Eingeweiden lockerten sich, lösten sich, wurden aus dem Darm entlassen und herausgeschwemmt.

Man muss die Witwen in die Enge treiben. Man muss den letzten Satz aus ihnen herausholen. Wie auch immer dieser letzte Satz lautet. Der Witwentröster wird spüren, wenn er beim letzten Satz angelangt ist. Wenn sich die Witwe zu ihrem Mangel bekennt. Er wird spüren, ob die Witwe wirklich nicht mehr zu sagen weiß oder ob sich hinter diesem letzten Satz noch weitere Lügen verbergen.
Und was geschieht dann? Mit dem letzten Satz gibt die Witwe ihren Widerstand auf. Sie gibt die Verstellung auf. Sie gibt die Lüge auf. Sie lächelt nicht mehr werbend, sie versucht nicht mehr, einen Eindruck zu machen, sie ist ganz bei sich angekommen und verzichtet darauf, sich um das Bild zu kümmern, das sie abgibt. Und in diesem Augenblick geschieht das Unerwartete: Sie stinkt nicht mehr.

Im August 1986 erlebte ich es jeden Tag: wie eine Witwe die Verstellung aufgab. Wie sie tief durchatmete. Wie ein Gestank von ihr ausströmte. Wie sie mit jedem Wort, das sie sprach, ein bisschen Gestank aus ihrem Körper entließ. Wenn sie endlich gesagt hatte, worüber sie all die Jahre geschwiegen hatte, wenn sie endlich ihren Mangel beim Namen genannt hatte, dann war der Gestank für einen Augenblick verschwunden.
Ich betrat ein Witwenzimmer, ich schnupperte, und ich roch die Seife in der Seifenschale, ich roch das Kölnisch Wasser auf der Ablage über dem Waschbecken, ich roch das Obst auf dem Servierwagen, aber den Witwengestank roch ich nicht. Und auf der Pflegestation hing ein Sommerduft, den es den ganzen Sommer lang nicht gegeben hatte, ich roch Blumen und Gras und hin und wieder eine Brise von der Elbe. Ich roch sogar den Apfelbaum im Garten, der wieder trug. (Und ich war während

des Sommers zu beschäftigt gewesen, um das Knospen der Blüten und das Reifen der Früchte zu bemerken.)
Und die Heimleiterin traute sich aus ihrer Höhle im ersten Stock, sie trug wie immer ihre dunkle Sonnenbrille, sie schnupperte und roch den Sommerduft und sprach mich darauf an. »Jan, denken Sie nur, der Apfelbaum trägt wieder. Wie ist das möglich?«
»Keine Ahnung«, sagte ich. »Hat er denn im letzten Jahr nicht getragen?«
Und die Witwe Jansen klingelte nach mir, und auch sie sagte: »Herr Jan, Herr Jan, Sie müssen aus dem Fenster sehen: Der Apfelbaum trägt wieder.«
Ich nickte bedeutungsvoll mit dem Kopf. »Ja. Es sieht so aus, als hätten wir Erfolg gehabt.« (Mir war inzwischen eingefallen, warum der Baum wieder trug: Herr Ruppelt, der Gärtner und Küster, hatte im Frühjahr rund um das Wurzelwerk eine Schicht Komposterde aufgetragen. Ein bewährtes Mittel, um Bäume wieder zum Tragen zu bringen, hatte er mir erklärt.)

Auch die Angehörigen und die Schwestern bemerkten die Veränderung. Die Tochter der Witwe Randow kam auf die Station und sagte: »Hier riecht's so gut! Habt ihr Hausputz gemacht?« Und Schwester Wiebke sagte beim Frühstück: »Hat jemand Marianne was ins Wischwasser getan? Es riecht hier überall so frisch.«

Je stärker der Mangel ist, den eine Witwe leidet, desto mehr fürchtet sie sich vor dem Tod. Das muss der Witwentröster sich zunutze machen. Er muss den Witwen vor Augen führen, dass der Tod nicht mehr fern ist. Manchmal sehnt gerade die Witwe, die einen starken Mangel leidet, den Tod herbei. Dennoch fürchtet sie ihn.

Die Witwe Schneider, Zimmer 3, 85 Jahre alt und 85 Kilogramm schwer, hatte sechs Plastikteller auf dem Tisch ausgebreitet. Sie wischte einen nach dem anderen mit dem Ärmel ab.
WITWE: »Riechen Sie mal! Riechen diese Teller nicht komisch? Ich habe sie jetzt schon dreimal im Waschbecken gespült, aber ich bekomme den Geruch nicht weg.«
WITWENTRÖSTER: »Warum haben Sie Angst?«
WITWE: »Ich habe keine Angst.«

Ich brachte ihr Räucherstäbchen. Die Witwe Schneider bedankte sich artig. Sie wusste nicht, was sie damit anfangen sollte. Sie war aber zu verschüchtert, um mir das zu sagen.
WITWENTRÖSTER: »In Asien vertreibt man damit die schlechten Gerüche, die der Tod ins Haus bringt.«
WITWE: »Wieso der Tod?«
WITWENTRÖSTER: »Sind Sie schon einmal mit dem Tod in Berührung gekommen?«
WITWE: »Junger Mann, ich verstehe Sie nicht.«
WITWENTRÖSTER: »Der Tod. Ich spreche vom Tod. Denken Sie denn niemals an den Tod? Haben Sie noch nie mit dem Tod zu tun gehabt?«
In diesem Moment kam die Witwe Felter zur Tür herein. Sie blieb im Türrahmen stehen, den Stock leicht vor sich ausgestellt, und starrte uns an.

Später sagte Schwester Therese zu mir: »Hast du Frau Schneider Angst gemacht?«
»Nein. Wieso? Du weißt doch, wie sie ist. Plötzlich fing sie an, über den Tod zu reden, und ich habe mehr oder weniger gar nichts dazu gesagt.«
»Ach so. Frau Felter war nämlich ganz aufgeregt. Aber

ich habe nicht herauskriegen können, was sie eigentlich wollte.«

Unter dem Dach war es so heiß, dass sich die Witwe Hofer in Fantasien erging. Sie bildete sich ein, dass sie von Rapskäfern verfolgt wurde. Rapskäfer saßen überall in ihrem Zimmer und flatterten zu ihr herüber und setzten sich auf ihre Haut.
Ich sagte: »Kein Wunder, dass die Rapskäfer zu Ihnen wollen. Sie sind ja ganz gelb auf der Haut.«
Sie sah mich panisch an.
Ich sagte: »War nur ein Scherz!«
Sie kratzte sich.
Ich sagte: »Hören Sie auf, sich zu kratzen! Davon wird es nicht besser. Wir sollten jetzt nachdenken. Wann haben Sie die Käfer zum ersten Mal gesehen?«
Die Witwe Hofer war zu verängstigt, um mir zu antworten. Sie kratzte sich wieder.
»Trinken Sie etwas!«, sagte ich. »Ich komme bald wieder! Und lassen Sie uns hoffen, dass nicht der Tod uns in die Quere kommt!«

Auch mit der Witwe Körber sprach ich über den Tod. »Es wird Zeit für Ihre letzte Reise!«, sagte ich zu ihr. »Ich bin sicher, die letzte wird die wichtigste sein.«

Bei der Witwe Ahrens. Hervortretende Augen. Ausgetrocknet und entzündet. Andauerndes Blinzeln. Ein Flattern in ihrem Gesicht.
Witwentröster: »Nach mir wartet nur noch der Tod auf dich.«
Witwe: »Das weiß ich, junger Mann.«
Witwentröster: »Wollen wir zusammen auf ihn warten?«

»Hör mal«, sagte ich zur Witwe Bettin, »wenn du tot bist, gibt es da jemanden, der auf dich wartet?«
»Ja«, sagte die Witwe Bettin. »Hans wird da sein und auf mich warten. Das weiß ich bestimmt.«
Und wieder fragte ich: »Wer ist denn Hans?«
Und wieder war die Antwort: »Bist du Hans?«

Ich stoppte die Witwe Roth auf dem Korridor. Sie schlug um sich wie eine Ertrinkende. Ich packte sie am Handgelenk. Ich sagte zu ihr: »Ich kann dich freigeben, oder ich kann dich bei mir behalten. Ich werde dich freigeben, wenn du mir sagst, was du noch keinem anderen gesagt hast.«
»Was willst du?«, sagte heiser die Witwe Roth.
»Sag mir, warum du immer noch lebst.«
»Damit du mich loslässt!«, sagte die Witwe Roth.
Irgendetwas in der Art, wie sie es sagte, die heisere Stimme, der zu Boden gewandte Blick, gab mir das Gefühl, auch bei ihr hatte ich meine Arbeit getan.

Als Erste starb die Witwe Stockhusen. Sie war seit Wochen sehr schwach, sie hatte seit Wochen kaum gegessen, und die Hitze hatte sie weiter entkräftet. Sie wurde immer dünner und immer spitzer im Gesicht, und die Geschwulst auf ihrer Wange wirkte fremdartig und gewaltig.

Die Schwestern ärgerten mich mit ihrem Gerede.
»Frau Stockhusen wird bald sterben«, sagte Schwester Sabine. »Man sieht das Dreieck in ihrem Gesicht.«
Schwester Wiebke sagte: »Sie nimmt kaum noch Wasser auf. Das bringt sie um.«
Ich fand, das war alles Angeberei. Sie wollten mir bewei-

sen, dass sie Bescheid wussten mit Leben und Tod. Dass ich, trotz der Monate, die hinter uns lagen, noch immer bloß ein dummer Anfänger war.
Abends, bei der Besprechung vor Dienstschluss, sagte ich zu Schwester Therese: »Hör mal, wenn es dir recht ist, bleibe ich heute Nacht hier unten bei Frau Stockhusen.«
»Was soll das?«, wollte Schwester Sabine wissen. »Wieso willst du plötzlich Sterbewache halten?«
Schwester Therese sagte: »Lass ihn. Wenn er es möchte, dann ist er auch der Richtige dafür.«
Und zu mir: »Okay, Jan. Wenn du dir das zutraust. Aber schlaf nicht ein. Und gib mir Bescheid, wenn du mich brauchen solltest.«
Einen Augenblick später fügte sie hinzu: »Falls sie wirklich heute Nacht stirbt, bin ich diejenige, die sie morgen früh wäscht. Das habe ich ihrem Sohn versprochen.«

Also saß ich nach Dienstschluss am Sterbebett der Witwe Stockhusen. Sie hatte ihre Augen gerade so weit geöffnet, dass ich die Äderchen in ihrem gelbstichigen Augapfel sah. Sie keuchte. Ich hatte eine 20-ml-Spritze mit Wasser gefüllt. Ein Strohhalm ersetzte die Kanüle. Ich hielt den Strohhalm an ihren Mundwinkel, aber sie öffnete die Lippen nicht.
Das Fenster war gekippt. Die Sommerhitze drang durch die Gardinen. Die Witwen Roth und Trittau schliefen. Es polterte im Nachbarzimmer: die Witwe Schneider. Die Witwe Stockhusen drehte den Kopf. Es war eine winzige Bewegung. Die Haut auf der Geschwulst wirkte jünger, straffer und heller als die Haut im übrigen Gesicht.
Ich saß unbequem. Ich sah zur Witwe Roth hinüber. Sie war aufgewacht. Sie sah mich an. Sie war ganz ruhig. Dann schloss sie die Augen. Sie hatte das Interesse ver-

loren. Es war ein Augenschließen wie ein Achselzucken. Eine typische Gretchen-Geste.
Ein paar Sekunden lang brabbelte die Witwe Trittau im Schlaf. Ich traute mich nicht, meinen Platz zu verlassen. Ich hatte Durst, und ich war müde, aber ich wollte nicht einschlafen. Ich träufelte der Witwe Stockhusen Wasser in die Mundwinkel, um etwas zu tun.
Die Witwe Stockhusen starb nachts um halb zwei. Ich verpasste den Moment, wo es geschah. Ich nahm um kurz nach halb zwei noch einmal die Spritze, aber plötzlich wusste ich, sie war tot.

Ich ging ins Dienstzimmer. Die Nachtwache lag auf dem Sofa und döste.
Ich sagte: »Frau Stockhusen ist tot. Sie ist ganz friedlich gestorben. Therese hat gesagt, falls sie heute Nacht stirbt, wäscht sie sie morgen früh. Ich gehe jetzt ins Bett.«
»Hey, warte mal«, sagte die Nachtwache. »Nicht so schnell! Lass uns bitte noch zusammen den Paravent aufstellen. Falls ich noch mal rein muss in das Zimmer.«

Ein paar Nächte später starb die Witwe Jakob. Wenn ich nicht die kleine Delle in die Kommode geschlagen hätte, wäre die Witwe Jakob noch heute am Leben, davon bin ich überzeugt. Sie war unsterblich, bis ich sie erlöste. Sie starrte wochenlang fassungslos auf die Bügel, die nun nicht mehr fielen. Dann gab sie auf. Sie hatte eine Menge Schlaf nachzuholen: Sie schlief 18 bis 20 Stunden am Tag. Und wenn sie wach war, klingelte sie nicht mehr, und ihre Kleider und ihre Strickjacke, die nun bewegungslos an der Kommode hingen, interessierten sie nicht mehr. Und als es im Juli heiß wurde, seufzte sie im Schlaf, und irgendwann, während sie schlief, muss sie beschlossen haben zu sterben.

Die Witwe Jakob starb unauffällig. Keiner war bei ihr, bis auf die Witwen Greimel und Seligmann, ihre Zimmernachbarinnen, aber von denen hatte die Witwe Jakob nie Notiz genommen, und nun nahmen die Zimmernachbarinnen vom Tod der Witwe Jakob keine Notiz.
Sie hat sich mir nicht anvertraut. Ich wusste so gut wie nichts über sie. Nach siebzehn Jahren in der Luisenstiftung wusste niemand im Haus etwas über sie. Dennoch glaube ich, dass meine Arbeit bei ihr nicht ohne Wirkung geblieben ist. Irgendetwas ist in ihr vorgegangen, als ihre Bügel nicht mehr fielen. Ich glaube, sie hat ihren Frieden gemacht. Manchmal denke ich, sie hat siebzehn Jahre lang gespukt, so wie das Gespenst von Canterville, sie klapperte mit ihren Bügeln, wie das Gespenst von Canterville mit seinen Ketten gerasselt hatte, und nun war sie erlöst.

Bei der Dienstübergabe an die Nachtwache klingelte das Telefon. Schwester Therese nahm ab. Die Heimleiterin war am Apparat. Sie brüllte so laut ins Telefon, dass alle im Zimmer sie verstehen konnten.
»Was ist los da unten? Marianne hat behauptet, Frau Jakob sei tot. Das kann doch nicht wahr sein! Frau Jakob ist seit siebzehn Jahren hier.«
»Heute Nachmittag ist sie gestorben.«
»Warum haben Sie mir nicht Bescheid gesagt?«
»Ich habe Sie zweimal angerufen, aber Sie sind nicht ans Telefon gegangen.«
»Frau Jakob ist seit siebzehn Jahren hier! Ich habe sie von meiner Vor-Vorgängerin übernommen.«

»Beruhigen Sie sich. Wir müssen alle mal sterben. Frau Jakob war schon sehr alt.«
»Es ist unglaublich, wie Sie mit mir reden! ›Wir müssen alle mal sterben‹! So lasse ich nicht mit mir reden! Ich habe das Gefühl, Sie verstehen überhaupt nicht, wie dieses Haus funktioniert!«
»Meine Güte!«, sagte Schwester Therese, nachdem die Heimleiterin den Hörer aufgeknallt hatte. »Vielleicht bräuchten wir hier mal eine Supervision.«

»Nicht den Toten«, hat jemand gesagt, »sollte unsere Anteilnahme gelten, sondern den Hinterbliebenen.« Dem hätten die Witwen, die den Heimbeirat bildeten, sicherlich zugestimmt, als die Witwe Voß, die Musikerin, gestorben war.
Sie starb zwei Tage nach der Witwe Jakob. Die genauen Umstände wurden in der Luisenstiftung so oft rekapituliert (es gab sogar eine polizeiliche Untersuchung), dass ich mich an jede Einzelheit erinnere. Abgesehen davon, dass ich seit dem Ende unseres Unterrichts sowieso gespannt war, wie es mit ihr weitergehen würde.

Sie verließ morgens gegen viertel vor elf das Heimgelände. Sie trug einen dunkelblauen Sommermantel – viel zu warm in der Hitze. Sie marschierte zügig durchs Eingangstor, blickte, ohne stehen zu bleiben, kurz nach rechts, etwas länger nach links, dann betrat sie die Fahrbahn. Die Elbchaussee war zu dieser Zeit praktisch leer. Nur ein einzelner blauer Golf kam aus der Richtung Altonaer Rathaus. Der Fahrer trat mit aller Kraft auf die Bremse, als er die Musikerin die Fahrbahn betreten sah, doch sein Fahrzeug brach zur Seite hin aus, zum rechten Fahrbahnrand hin, streifte mit der Ecke der Kühlerhaube die Musikerin an der Hüfte und schleuderte sie auf den Bürgersteig zurück. Das Auto kam am Kantstein zum Halt. Der Fahrer sprang hinaus und lief zur Musikerin: Sie war bereits tot.

Ebenfalls um viertel vor elf versammelte sich im Wohnzimmer der Heimbeirat. Es fehlte nur noch die Musikerin. Man wartete. Es war nicht das erste Mal, dass sie auf sich warten ließ. Um fünf vor elf sagte die Witwe Blunck: »Es gibt auch Pflichten gegenüber der Gemeinschaft!«, und sie wischte mit dem Daumen über das Glas ihrer Armbanduhr.
Um zehn nach elf stürmte Schwester Wiebke ins Wohnzimmer. Sie rief: »Frau Voß hat einen Unfall gehabt!«
»Wann?«, wollte die Witwe Weinert gerade fragen, aber Schwester Wiebke war schon wieder verschwunden.

Im Erdgeschoss drängten sich die Schwestern, die Köchin und ihre Helferin, die Putzfrauen. Ein bleicher Autofahrer, etwa dreißig Jahre alt, telefonierte im Dienstzimmer. Bald blinkten vor dem Tor die Lichter eines Rettungswagens. Zwei Polizisten kamen ins Haus (plötzlich waren so viele junge Männer im Haus!) und ließen sich von ihm schildern, wie es zu dem Unfall gekommen war.
»Ich bin ausgesprochen langsam gefahren«, sagte der Autofahrer. »Das mache ich immer. Ich habe erst vor einem halben Jahr meinen Führerschein gemacht. Die alte Dame sah nach rechts und nach links und hat mir eine halbe Sekunde lang direkt in die Augen geblickt. Und dann ging sie trotzdem auf die Fahrbahn.«

Am Dienstag kam der Autofahrer wieder ins Haus. Seine Erschütterung, so empfanden wohl die Witwen Neffe, Weinert und Blunck, war schwer mit anzusehen. Sie lu-

den ihn ins Wohnzimmer, auf eine Tasse Tee und zu etwas Gebäck, zu seiner Stärkung.
»Einem jungen Mann einen solchen Schrecken einzujagen!«, entrüstete sich die Witwe Blunck. »Man möchte fast sagen, es sieht ihr ähnlich.«
Auch am Mittwoch erschien der Autofahrer. Die Musikerin und ihren letzten Blick würde er nie vergessen; der Vorsatz war ihm anzusehen. Wieder kümmerten sich die Witwen um ihn.
Am Donnerstag, bei Tee und Gebäck am Nachmittag, der Autofahrer war wieder im Haus, verstört und schüchtern noch immer, bemerkte die Witwe Weinert, sie sei am Morgen um ein Haar von einem Lieferwagen erfasst worden, der mit hoher Geschwindigkeit um die Ecke bog. Die Witwe Blunck sah sie misstrauisch an, aber der junge Autofahrer bemerkte es nicht.
Am Freitag näherte sich die Witwe Benken dem Tisch, an dem die Witwen und der Autofahrer saßen, aber sie wurde vertrieben. Die Witwe Neffe sagte in ihrem freundlichsten Tonfall: »Meine Liebe, es tut mir sehr Leid, aber wir sind hier gerade unter uns. Ich bin sicher, Sie haben Verständnis.«
Am Sonnabend fand die Trauerfeier statt. Natürlich nahm der junge Autofahrer teil. Nach der Beerdigung jedoch, als ihn die Witwen Neffe, Weinert und Blunck zu einer Tasse Tee in die Luisenstiftung luden, hatte er schon einen anderen Termin. Er gab den Witwen zum Abschied die Hand, er bedankte sich für ihre Fürsorge und wünschte ihnen weiter alles Gute.
Am Sonntag, beim Abendbrot, sagte die Witwe Neffe zur Witwe Blunck: »Ich habe im Abendblatt gelesen, Unfalltote sind oft so entsetzlich entstellt, dass ihre Angehörigen sie möglichst rasch vergessen wollen.«
»Wenn ich mir überlege, wie grausam der Brustkorb

durch den Aufprall hätte zerquetscht werden können … Man sollte wirklich nicht mehr daran denken!«, entgegnete hasserfüllt die Witwe Blunck.

Dreizehn weitere Witwen starben im August. Ich gebe zu: Ich war selbst überrascht. Jeder Tag brachte einen neuen Todesfall. Die Witwe Heesch entzog sich meinen Fragen durch Tod. Das war am 18. August. Sie starb an Herzversagen, sagte der Arzt, der später hinzugerufen wurde, aber jeder weiß, Herzversagen ist ein weiter Begriff. Ich habe nie erfahren, was sich hinter ihrem Satz »Wer lacht, hat noch Reserven« verbarg. Am Tag darauf, am 19. August, starb die Witwe Coch. Ich war derjenige, der die Tote entdeckte: Als ich ins Zimmer kam, lag sie am Boden wie eine Turnerin, die vom Reck abgeglitten ist. Sie hatte sich das Genick gebrochen. »Besser aufpassen«, zitierte ich sie in Gedanken. »Sie hätte besser aufpassen müssen.« Dann gab ich Schwester Therese Bescheid. Die Witwe Möller weinte so laut, dass ihr Sohn einen Hörsturz erlitt und sich wieder erholte, und dann starb auch sie. Das war am 20. August. Sie hatte 50 Jahre lang ungetröstet in ihr Kissen geweint, bis ich sie fragte: »Ist es so weit?« Und im Dienstzimmer lag immer noch die Schokolade, die der Sohn uns geschickt hatte. Auch die Witwe Piehl starb, Anni Piehl, Witwe, Witwe; sie hatte zwei Ehemänner abgekriegt und zwei Ehemänner beerdigt, und sie starb am 21. August. Ich war nicht dabei, als sie starb. Und ich war tagsüber derart beschäftigt, dass ich erst bei der Dienstbesprechung am Abend erfuhr, dass sie in der Nacht zuvor gestorben war. »Anni Piehl, Witwe Witwe ist tot«, sagte Schwester Wiebke feierlich, und Schwester Therese seufzte. Und es ging immer weiter: Die Witwe Körber starb am 22. August, zwei Stunden vor Dienstbeginn, und am 23. August, nachmittags, starb die Witwe Schneider zwischen ihren Plastiktellern, und sie hielt das Geschirrtuch noch in der Hand. (Und die Plastikteller, so sauber sie auch abgewaschen waren, landeten auf dem Müll, denn ihre Kinder hatten keine Verwendung dafür.) Die Witwe Seligmann starb am 24. August. Bei ihr war verwunderlich, dass sie überhaupt so lange durchgehalten hatte. Die Schwestern hatten ihren Tod ja schon lange vorher erwartet. Was es mit den weißen Kratzern auf sich hatte, wurde auch bei ihrem Tod nicht aufgeklärt. Es starben außerdem: die Witwe Sudek (am 25. August – hatte ihre Schwester also doch noch Erfolg gehabt?), die Witwe Felter (am 26. August), die Witwe Jansen (am 27. August) und die Witwe Blunck (am 28. August). Ferner die Witwen Gebhardt (29. August) und Eilers (30. August).

Die Schwestern saßen im Dienstzimmer und redeten über die Ereignisse der vergangenen Wochen. Sie brachten, wie alles, was in der letzten Zeit geschehen war, auch das gehäufte Sterben mit der Hitze in Zusammenhang.
»Es liegt an dieser unglaublichen Hitze. Die Hitze bringt sie um«, sagte Schwester Wiebke.
»Wassermangel und Medikamente. Am Ende richten die Medikamente sich gegen die Alten«, sagte Schwester Martina.
»Ich weiß nicht. Ich verstehe es nicht«, sagte Schwester Therese. »Bis zum Sommerfest hätten sie doch noch durchhalten können.«
»Was ich nicht verstehe«, sagte Schwester Sabine, »solche Sterbeserien gibt es doch sonst nur nach Weihnachten. Haben wir irgendwelche Feiertage hinter uns, von denen ich nichts mitgekriegt habe?«

# VIERTER TEIL
# HOCHZEIT

# 13. DAS SOMMERFEST
## Sonntag, 7. September 1986

Im Dienstzimmer erklärte Schwester Therese mir stolz, wie sie es angestellt hatte: »Es war ganz einfach. Ich brauchte nur meinen Namen zu sagen, da ließ sie mich herein. Ich habe so getan, als sei es ganz selbstverständlich, dass ich zu ihr kam. Weil wir ja dringend das Fest vorbereiten müssten. Als würden wir vor allem ihretwegen feiern. Sie hat sich auch sofort darauf eingelassen. Kein Wort mehr von dem alten Streit. Du kannst dir nicht vorstellen, wie erleichtert ich bin. Ich werde den Kontakt jetzt nicht abreißen lassen. Und sie hat sogar erlaubt, dass in nächster Zeit ich ihr das Essen bringe!«
Bei der letzten Bemerkung wollte ich widersprechen, doch Schwester Therese kam mir zuvor:
»Jan! Du weißt, wie lange ich darauf gewartet habe, dass die Lage sich entspannt!«

So stolz war Schwester Therese auf ihren Erfolg, dass sie mir ihr Gespräch mit der Witwe Meldorf in allen Einzelheiten schilderte. Nur mir: Die anderen Schwestern waren irgendwo im Haus unterwegs.
»Sie hat mir die Tür geöffnet, und ich habe sie gleich gefragt: Hat der junge Mann es Ihnen gesagt? Wir feiern bald unser Sommerfest. Wissen Sie schon, was Sie anziehen wollen? Vielleicht etwas Helles, Sommerliches? Et-

was Feierliches? Und wollen Sie jemanden einladen? Ich habe Ihnen das Programmheft mitgebracht. Schließlich sind auch Sie Gastgeberin. Beim Fest wird natürlich ein Fotograf anwesend sein. Und nächste Woche schicke ich die Friseurin zu Ihnen hinauf.«
Und die Witwe Meldorf, sagte Schwester Therese, bestand darauf, dass Schwester Therese sich setzte, und so saßen sie beieinander und besprachen im besten Plauderton die Einzelheiten für das Fest: eine Kaffeetafel sollte auf dem Rasen des großen Vorgartens stehen, erläuterte Schwester Therese der Witwe Meldorf, für vier Uhr nachmittags war eine Ansprache des Pastors geplant, später ein Grillfeuer und eine kleine Kapelle mit Blasmusik, vorausgesetzt, das Wetter spielte mit; das konnte man nicht vorhersagen, da musste man auf das Glück vertrauen, andernfalls musste man das Geschehen in den Speisesaal verlegen.
»Aber«, sagte die Witwe Meldorf, »bisher gibt das Wetter ja keinen Anlass zur Sorge. Was für ein Sommer! Ich finde, manchmal ist es schon richtiggehend zu heiß.«
»Manchmal?«, sagte Schwester Therese zur Witwe Meldorf. »Meine Liebe, Sie haben wirklich keine Ahnung, was in den letzten Wochen hier los gewesen ist.«

Als ich am gleichen Abend der Witwe Meldorf das Essen brachte, sagte sie: »Jan, in den nächsten zwei Wochen brauchen Sie nicht mit dem Essen zu mir zu kommen. Das habe ich mit Schwester Therese vereinbart. Sie wird sich eine Weile um mich kümmern.«
Ich nickte. »Davon habe ich schon gehört.«
»Bitte verstehen Sie mich nicht falsch!« (Sie lächelte.) »Sie haben ja jetzt eine Menge andere Dinge zu tun.«
Ich fühlte mich noch immer überrumpelt von dieser

plötzlichen Eintracht. Dennoch spürte ich: Bei der Witwe Meldorf bahnte sich etwas an. Ein Erfolg meiner Arbeit. Eine Veränderung. Sie bereitete sich vor. Sie konzentrierte sich auf etwas Kommendes. Ich kannte ja mittlerweile die Anzeichen. Und deshalb protestierte ich nicht.

Ein paar Tage später sagte Schwester Sabine im Dienstzimmer zu mir: »Dreimal darfst du raten, was Frau Meldorf sich im Versandhaus bestellt hat.«
»Was denn?«
»Ein weißes Kleid!« Schwester Sabine gackerte.

Die Todesfälle der vorangegangenen Wochen hatten die Belegschaft so stark dezimiert, dass das Sommerfest nun gleichzeitig eine Art Werbeveranstaltung zur Neubelegung der frei gewordenen Betten sein sollte, und der Heimvorstand hatte, auf Betreiben des Geschäftsführers und gegen die Stimme der Heimleiterin, die sich ohnehin scheute vor jeder Art von öffentlichem Auftreten, den Tag zum Tag der offenen Tür erklärt.
Zwei Tage vor dem Fest begann Marianne, die Korridore mit Papierblumen, Luftschlangen und Girlanden zu schmücken. Die Heimleiterin lief durchs Haus und fauchte nervös: »Was soll der Unsinn, Marianne? Hier sieht es aus wie in einem Zwergenheim! Wenn du schon so alberne Girlanden aufhängst, dann nimm dir wenigstens eine Trittleiter!«
Und Marianne, die die Girlanden und den Papierschmuck von ihrem Taschengeld bezahlt hatte, biss die Zähne zusammen und besorgte sich aus dem Keller eine Trittleiter.

Sonntag, 7. September 1986. Der erste Sonntag im September: seit mehr als dreißig Jahren der Tag, an dem die Luisenstiftung das große Sommerfest feierte.
»Hoffentlich hält das Wetter«, sagte Marianne beim Frühstück ungefähr hundertmal. »Und hoffentlich macht mir Frau Rüther keinen Ärger.«
Die Witwe Rüther hatte aber schon Ärger gemacht. Sie hatte morgens um neun in Mariannes Putzeimer uriniert, und Marianne hatte es beim Putzen nicht gemerkt. Schwester Sabine machte sie nun darauf aufmerksam.
»Marianne, wo du gerade Frau Rüther erwähnst: Ich finde, es riecht ziemlich streng, wo du gefeudelt hast. Hat Frau Rüther dir da was beigemischt?«
Marianne war so wütend, dass sie dunkelrot anlief.
»Es hat doch schon den ganzen Morgen so verbrannt gerochen, wegen der Milchsuppe«, sagte sie, »dass ich nichts anderes riechen konnte.«
»Verbrannt?«, sagte die Köchin, die am Servierwagen lehnte und Kaugummi kaute, »Marianne, ich bitte Sie! Die Milchsuppe war nicht verbrannt!«

Ab elf Uhr war ich draußen im Garten eingeteilt, um dem Küster beim Aufbauen zu helfen. Er siezte mich: »Lassen Sie uns zuerst die Tische aufstellen, Herr Oltrogge. Das sind die schwersten Brocken.«
Er beobachtete genau, ob ich mit meinen Händen etwas anzufangen wusste. Ich gab mir Mühe. Aber dann klemmte ich mir beim Ausklappen einer Gartenbank die Finger – woran ich merkte, dass auch ich nervös war.
Warum ich nervös war? Weil sämtliche Witwen im Garten versammelt sein würden, sämtliche Angehörige, das gesamte Personal. Weil sie alle miteinander reden würden. Für mich, den Witwentröster, dessen Arbeit am bes-

ten unter vier Augen gedeiht, alles andere als ein beruhigender Gedanke.
»Was war denn bei Ihnen in letzter Zeit los?«, sagte der Küster. »Ich habe gehört, die alten Damen sind in der Hitze reihenweise gestorben?«
»Ja«, sagte ich. »Es war erschreckend. Ich habe so etwas noch nie erlebt.«
»Na ja. Woher denn auch«, sagte er. »Aber hören Sie: Sie sind jung. Nehmen Sie es sich nicht zu sehr zu Herzen.«
»Nee«, sagte ich, »keine Sorge. Das mache ich nicht.«
Schließlich hatten wir unter den Kastanienbäumen des vorderen Gartens Tische und Bänke für mehr als zweihundert Personen aufgestellt. Der Küster verabschiedete sich bis zum Nachmittag: »Bis nachher! Ich muss noch meinen schwarzen Anzug bügeln!«

Auch ich wurde für den Nachmittag neu eingekleidet: In der Mittagspause verteilte Marianne frische Kittel an die Schwestern, und ich bekam einen frischen Pflegeranzug. »Auf besonderen Wunsch der Heimleiterin«, sagte sie zur Erklärung. »Damit wir einen guten Eindruck machen vor unseren Gästen.«

Ich will es kurz machen: Auf dem Sommerfest unterlief mir der Fehler, auf den Schwester Sabine die ganze Zeit gewartet hatte. Und zwar in der größten Öffentlichkeit, die in einem Witwenheim überhaupt denkbar ist: vor zweihundert Gästen. Und noch in der entscheidenden Sekunde, als die Witwe Meldorf vor mir stand, begriff ich nicht, was eigentlich geschah. Ich sehe die Szene oft vor mir, als würde ich sie von außen betrachten.

Zweihundert Gäste sind im Garten der Luisenstiftung versammelt: die Kinder und Enkelkinder der Witwen, Schwiegertöchter, Schwiegersöhne, Neffen und Nichten. Sämtliche Mitglieder des Heimvorstandes haben sich eingefunden, der Geschäftsführer des Trägerverbandes, auch einige Mitglieder des Kirchenvorstands und eine Gruppe von Abgeordneten der Bezirksversammlung von Altona, kurz: eine richtige kleine Öffentlichkeit. Im Schatten der hohen Kastanienbäume stehen Tische, Bänke und Gartenstühle. Im Sonnenlicht, bei den Blumenrabatten, schimmert ein Kuchenbuffet. Die Blasinstrumente einer Mietkapelle lehnen am Geräteschuppen, und vor der hohen Buchenhecke baumelt an einem Stangengerüst ein großer Grill. Die Schwestern und das Küchenpersonal zeigen sich, in frisch gestärkten Kitteln, bei den Witwen oder an der großen Freitreppe zum Haupteingang. Die Heimvorstände und die Kirchenvorstände haben sich unter die Gäste gemischt. Der Garten der Luisenstiftung ist, an diesem Höhepunkt des Jahres, zum Leben erwacht.

Es geht gegen vier Uhr nachmittags. Der Pastor spricht. Er begrüßt die Versammelten im Namen der Witwen. Er nennt den Anlass einen freundlichen und vertrauten, und er spricht von einer schönen und lieb gewordenen Tradition. Er spricht über den Segen langen Lebens, auch über die damit verbundenen Mühen und Beschwernisse, und gelangt so zum Gedanken der Caritas. »Die Hinwendung zu den Schwachen«, sagt er, »ist tiefstes und ursprünglichstes christliches Gut.« Gerade leitet er zur Verbundenheit der Generationen über, zu Fürsorge, Vertrauen und Partnerschaft, zu beiderseitigem Geben und Nehmen, als plötzlich eine der Heimbewohnerinnen, eine zarte, schlohweiße Frau von etwa achtzig Jahren, sie trägt ein weißes Haarband und ein weißes Kleid, sich vom Arm der sie stützenden Schwester löst. Mit einem hohen Seufzer, der ihr augenblicklich alle Aufmerksamkeit verschafft, der auch den Pastor seine Rede unterbrechen lässt, und mit unbeholfenen, gleichwohl schnellen Schritten humpelt sie auf den jungen Zivildienstleistenden zu, der in seinem weißen Pfleger-Kittel am Fuß der Treppe steht. Sie erreicht ihn, bevor der offenbar weiß, dass er gemeint ist, und sie wirft ihm ernst, entschlossen, feierlich ihre Arme um den Hals. Sie ruft mit dünner, überlauter Stimme, sodass es durch den ganzen Garten hallt: »Ja, Liebster, jetzt bist du mein, und ich bin dein!« Dann presst sie ihm, da noch alles in Schweigen gebannt ist, ihren Mund auf seinen Mund. Sie schließt die Augen, sie zieht seinen Nacken zu sich herunter, sie wird gleich – wer weiß?, als er endlich, nun dunkel angelaufen, sein Gesicht zurückreißt, ihre Ellenbogen packt und sie mit erschrockener Heftigkeit von sich stößt, sodass sie, deren Beine so schnell nicht arbeiten, hintenüberkippt und mit Hinterkopf und Schultern und Rücken hart auf den Boden schlägt.

Da liegt dann die alte Frau, während noch längst niemand sich zu rühren vermag. Sie liegt so unbewegt, dass um den Schädel, dass um ihr Rückgrat zu fürchten ist. Der junge Mann indessen steht zu ihren Füßen, steht, nein, taumelt, als könne er das Gleichgewicht nicht halten, als wolle er dem Schaden, der gewiss schon angerichtet ist, einen weiteren hinzufügen dadurch, dass er mit seiner ganzen jugendlichen Masse auf die kleine Frau hinunterstürzt.
Nicht lange steht er so, für einen Augenblick nur. Mit dem ersten Laut, der aus dem Publikum zu hören ist, mit einem ärgerlichen Gebrabbel, das eine der Heimbewohnerinnen in die Stille hinein vernehmen lässt, fängt sich

der junge Mann, besinnt sich. Nicht, sich zur Liegenden hinabzubeugen, nicht, sich von ihrer Unversehrtheit zu überzeugen, sondern: sich umzudrehen und, ohne einen Blick zurück, über die Blumenrabatten hinweg, vom Fest fort, durch das große Tor hindurch, der Straße entgegenzulaufen.

Das Publikum, die Festgesellschaft erwacht. Man blinzelt aufgeschreckt im Sonnenlicht, man kommt zu Atem und empört sich. Zornig ruft man durcheinander, zornig ruft man, brüllt man dem jungen Mann hinterher. Zwei Schwestern bücken sich, nachdem sie eilig ihre Schützlinge in andere Hände übergeben haben, zu der kleinen alten Frau hinunter. Die gibt keinen Laut von sich. Mit Augen, in denen nichts zu lesen ist, blickt sie den Schwestern entgegen, rührt sich nicht, tut keinen Wimpernschlag.
Im nächsten Augenblick schon wird ein Krankenwagen angefordert. Den Sanitätern sagt man: »Die alte Dame ist gestürzt, jetzt liegt sie auf dem Rücken und bewegt sich nicht.«
Die Sanitäter setzen eine Trage auf dem Rasen ab und packen eilig ihren Instrumentenkoffer aus.

Eine halbe Stunde später ist der Zwischenfall noch immer in aller Munde. Die Sanitäter haben die alte Frau abtransportiert. Die Schwestern, die Heim- und die Kirchenvorstände bemühen sich um die erregten Gäste: Von einem unerhörten Vorfall ist die Rede, von Körperverletzung, von einem Skandal. Man werde dem nachgehen, versichern die Vorstände den Gästen, versichert die Heimleiterin den Gästen, versichern auch die Schwestern den Gästen, man werde einen solchen Vorfall keinesfalls auf sich beruhen lassen.

Die Heimbewohnerinnen jedoch sind unterdessen unruhig geworden. Sie, die noch weniger als irgendjemand sonst begreifen, was eigentlich geschehen ist, wollen sich vom Kuchenbufett nicht länger fern halten lassen. Ungeduldig fordern sie ihr Recht, ihren Tag, sodass nach einiger Zeit auch Schwestern und Gäste ihr Zögern überwinden und man, wohl oder übel, fortfährt im Programm.

# FÜNFTER TEIL
# VERBANNUNG UND RÜCKKEHR

## 14. IM KELLER
September 1986 bis Dezember 1986

Ich rannte. Ich rannte durch das große Tor hindurch, ich rannte, ohne hinzusehen, quer über die Elbchaussee, ich wusste jedoch, trotz meiner Verwirrung, dass man mich in meinem weißen Pflegerkittel weithin sehen konnte, ich rannte den Hang zur Elbe hinunter, ich rannte nach links, den Spazierweg entlang, es ging bergan, zur Aussichtsplattform gegenüber dem Containerhafen, ich lehnte außer Atem am Geländer, ich starrte auf die Kräne und Warnblinklichter im Hafen, ich lauschte auf das Dröhnen der Entlademaschinen, ich lauschte in den Abend und in die schwarze Nacht.

Am nächsten Morgen fing die Köchin mich ab. Sie stand vor dem Umkleideraum, von Schwester Therese dort platziert. Sie sagte: »Herr Jan, ich soll Ihnen ausrichten, Sie möchten bitte für ein paar Tage zu uns in die Küche kommen.«
Sie fasste mich am Arm und führte mich gleich ab.
»Stellen Sie mir bloß keine Fragen! Und stören Sie unsere Arbeit nicht!«

Vier Tage lang saß ich bei der Köchin und ihrer Helferin in der Küche. Ich saß wie angenagelt auf dem Küchenstuhl. Sie redeten kein Wort mit mir.

In der Mitte der Küchenarbeitszeile war eine elektrische Dosenöffnermaschine installiert, die von Köchin und Helferin in Schichten bedient wurde. Die Köchin stand an der Maschine und kippte den Inhalt der Konserven in die Töpfe auf dem Herd, die Helferin blätterte in der Bildzeitung und las alle Meldungen vor, die von Interesse waren. Nach einer Viertelstunde tauschten sie die Plätze, und dann wurden die gleichen Meldungen ein zweites Mal vorgelesen, während die Maschine surrte und das Dosengemüse und das Obst für den Nachtisch in die Töpfe plumpsten.
Ich saß in der Ecke am Küchentisch und hörte zu. Oder ich sah durch das kleine Küchenfenster nach draußen. Ich konnte jedoch aus meiner Ecke nur ein Stück Müllcontainer und ein Stück Hecke hinter dem Parkplatz erkennen. Woran ich dachte? Ich erinnere mich genau: Ich dachte an gar nichts.

Am Donnerstag hatte die Köchin genug. Nachmittags stieg sie zu Schwester Therese hinauf und beschwerte sich: »So geht es nicht weiter! Wir sind doch nicht seine Bewacherinnen. Er sitzt uns nur im Weg, und wir kommen mit der Arbeit nicht voran.«
Am Freitag brachte sie mir einen Zettel von Schwester Therese: »Du hast uns unglaublich blamiert! Wir haben nach dem Fest zwei Stunden lang die Fragen des Vorstands beantworten dürfen! Dabei wissen wir ja selbst nicht, was los war. Du kannst froh sein, dass Frau Meldorf nichts weiter passiert ist. Das hätte schlimm ausgehen können! Ich kann Dich jetzt hier oben nicht mehr einsetzen. Außerdem ist zu erwarten, dass es ein disziplinarisches Nachspiel gibt. Hoffen wir – auch in Deinem Interesse! – dass Frau Meldorf sich bald erholt. Fürs Erste erledigst Du bitte ein paar Inventurarbeiten: Wäsche,

Pflegemittel und Pflegemobiliar. Ich habe die Köchin instruiert. Sie wird Dir alles erklären.«

Also führte mich die Köchin am Freitagmittag in den so genannten Möbelkeller. (Es war der gleiche Raum, aus dem ich im Juni die Kommode der Witwe Meldorf entführt hatte.) Es war kalt dort; es gab keine Heizung. Um mich herum türmte sich Gerümpel: ausrangierte und eingelagerte Möbel, Müllsäcke voller Kleider, Pflegeinventar aller Art, aufgerissene Kartons mit Windeln und Netzhosen und Saugunterlagen. Mein Auftrag lautete: Ich sollte aufräumen und eine Liste führen. Ich sollte zählen: Windeln, Saugunterlagen, Netzhosen, Einwegspritzen, Nierenschalen und Lätzchen. Ich sollte abgelegte Kleider ordnen und zu Stapeln schichten – Winter- und Sommerkleider getrennt und nach Konfektionsgrößen sortiert. Ich sollte Knöpfe an Bettbezüge nähen und zusehen, dass ich ein paar unbenutzte Gummilaken fand. Ein ausrangiertes Pflegebett sollte ich prüfen, ob es reparierbar war. Ich sollte Möbel an die Wände rücken, die Kleiderhaufen hineinsortieren und die Schranktüren mit Etiketten bekleben. Zum Beispiel: »Winterkleider, gut erhalten, Größen 36 bis 40«. Oder: »Strumpfhosen, Baumwolle«, »Strumpfhosen, Wolle«, »Schlüpfer, alle Größen«, »Hausschuhe und Pantoffeln, Größen 36 bis 39, gereinigt.« Außerdem sollte ich einige rissige Wärmflaschen mit Fahrradflickzeug flicken.
Die Köchin kaute Kaugummi und erklärte mir, was Schwester Therese ihr aufgetragen hatte. Sie drückte mir Schreibzeug und Klebe-Etiketten in die Hand. Ich fror, und sie sah die Gänsehaut auf meinen Armen. Sie sagte: »Legen Sie los, dann wird Ihnen wärmer!« Dann schloss sie die Tür.

Ich begann sofort mit der Arbeit. Dennoch kroch mir die Kälte in die Knochen. Ich arbeitete schneller. Ich wühlte mich durch Strumpfhosen und Schlüpfer und Sommerkleider, durch Wolle und Baumwolle, durch die Größen 38 bis 40 und 40 bis 42. Aus den Kleidern stieg, durch Waschpulver, Kälte und Kellerluft hindurch, der Geruch, der nun schon so lange mein täglicher Begleiter war. Ich hängte geknöpfte Sommerkleider auf Bügel und roch den Geruch des Mangels. Ich rollte Wollstrumpfhosen zu Knäueln, und der Geruch Hunderter Witwen, die ungetröstet gestorben waren, verbreitete sich und schlug mir auf den Magen und sträubte mir die Haare auf der Haut. Hin und wieder hielt ich inne und lauschte, ob ich Geräusche von oben, von der Pflegestation, hören konnte, aber die Mauern waren zu dick.

Ich verzichtete aufs Mittagessen, um mich nicht zur Köchin und ihrer Helferin in die Küche setzen zu müssen. Am Nachmittag war mir so kalt, dass ich einen Stapel Witwenkleider auf das ausrangierte Pflegebett warf und mich unter den Kleidern begrub. Ich legte mir Kleider über die Füße, über die Knie und über die Hüfte, ich zog mir Kleider über den Bauch und über die Schultern. Ich häufte immer mehr Kleider über mir auf. Langsam wurde mir wärmer. Irgendwann schlief ich ein.
Als ich erwachte, war es dunkel draußen, und der Dienst war lange vorbei. Leise verließ ich den Keller und schlich mich hinauf auf mein Zimmer. Dort schlief ich gleich wieder ein.

Morgens zum Dienstbeginn betrat ich den Keller, ich begrub mich unter Witwenkleidern, ich schlief. Hin und wieder stand ich auf, wühlte im Gerümpel, schrieb etwas in die Liste für die Inventur. Abends wartete ich, bis ich wusste, dass die Schwestern gegangen waren. Dann schlich ich mich auf mein Zimmer. So vergingen mehrere Wochen.

Was passiert, wenn der Witwentröster wegen eines Fehlers mitten aus fieberhafter Aktivität heraus in die Verbannung geschickt wird? Er wiederholt die entscheidende Szene immer wieder aufs Neue. Er sucht den Punkt, wo er anders hätte agieren müssen.
Immer wieder fiel mir die Szene auf dem Sommerfest ein. Wie mir die Witwe Meldorf um den Hals gefallen war. Wie das Publikum die Hälse reckte. Wie der Sohn der Witwe Thoms um Luft rang, weil er plötzlich alles verstand.
Auf dem Fest hatte ich mich schlimmer als der blutigste Anfänger benommen: unvorbereitet und unbeholfen und unprofessionell. Auch wenn der Witwentröster immer angewiesen ist auf Improvisation: Auf wichtige Ereignisse sollte er vorbereitet sein. Niemals darf er den Witwen die Initiative überlassen!

Ich lag im Keller unter Witwenkleidern, ich schlief, ich träumte, ich wachte auf. Und dann, als ich aus einem meiner Träume erwachte, war mir plötzlich klar, wo der eigentliche Fehler lag: Die Witwe Meldorf hatte mich gemeint. Sie, die so unberührt geblieben zu sein schien, sie, die immer so distanziert war und kühl, war am tiefsten berührt von meiner Gegenwart. Die anderen Witwen hatten Söhne, Ehemänner, Liebhaber gemeint. Sie hatte mich gemeint. Und ich: Ich hatte mir, im Umgang mit ihr, gestattet, was ich mir bei keiner anderen Witwe gestattet hatte und was bei keiner anderen Witwe möglich war: für ein paar Augenblicke außer Acht zu lassen, wo ich mich befand.

Ich versuchte mir vorzustellen, was die Schwestern oben redeten: Schwester Sabine würde sagen, sie habe es immer gewusst. Man hätte mich strenger beaufsichtigen sollen. Und der Witwe Meldorf hätte man frühzeitig die Grenzen aufzeigen sollen. Schwester Martina würde einen Witz über die Witwe Meldorf machen. Schwester Wiebke würde sie empört zur Ordnung rufen. Und Schwester Therese würde sich auf die Lippen beißen.

Anfang Oktober wurden die Betten wieder gefüllt. Ich lag unter Witwenkleidern und lauschte. 16 Autos fuhren draußen auf dem Parkplatz vor: Taxis oder die Autos von Angehörigen. 16-mal im Lauf eines Vormittags wurde die Klingel gedrückt, 16-mal wurde die Gegensprechanlage betätigt, und 16-mal, stellte ich mir vor, nahmen Schwester Therese und Schwester Sabine die neuen Witwen mit einstudierten Worten in Empfang: »Schön, dass Sie jetzt bei uns sind. Herzlich willkommen!«

In der zweiten Oktoberwoche kam der Pastor in den Keller. Ich hörte ihn gerade noch rechtzeitig, um aus dem Bett zu springen und meine Inventurliste und den Kugelschreiber zur Hand zu nehmen.
»Jetzt ist schon ein ganzer Monat vergangen«, sagte der Pastor, als er die Tür hinter sich geschlossen hatte. »Wir sollten miteinander reden.«
Er setzte sich auf einen Karton mit Windeln.
»Ganz schön kalt bei Ihnen!«, sagte er. »Also, Jan, nun sagen Sie mal: Was ist los?«
»Nichts Besonderes. Ich mache Inventur.«
»Wir haben im Vorstand über Sie gesprochen. Die Stimmung ist für Sie nicht günstig. Man hat zuerst eine Straf-

anzeige erwogen. Bei der Abstimmung gab es dann aber keine Mehrheit. Nun hat der Geschäftsführer ein Disziplinarverfahren gegen Sie verlangt.«

»Das kann er ja machen.«

Es gab eine Pause. Der Pastor raffte seine Geduld zusammen.

»Es wird kein Disziplinarverfahren geben, dafür sorge ich«, sagte er. »Aber sagen Sie mir bitte, was da auf dem Sommerfest los war.«

»Halluzinationen durch Geruchsvergiftung«, sagte ich.

Er überging das.

»Ich weiß nicht, wie es zu so etwas kommen konnte«, sagte der Pastor, »aber ich weiß, dass Sie sich in den letzten Monaten sehr für Frau Meldorf eingesetzt haben. Das habe ich auch dem Geschäftsführer gesagt.«

Ich widerstand der Versuchung, dem Pastor zu sagen, dass Frau Meldorf für mich nicht »Frau Meldorf«, sondern die Witwe Meldorf war und dass ich mich nicht nur für die Witwe Meldorf, sondern auch für alle anderen Witwen eingesetzt hatte. Ich wollte mit dem Pastor keine Grundsatzdiskussion beginnen: über das Witwentrösten, über den Mangel und über das Wesen von Trost. Ich wäre ihn so schnell nicht wieder losgeworden, wenn ich ihm zum Beispiel dargelegt hätte, dass seine Kirche, was das Trösten betrifft, ein Totalausfall war. Wenn ich ihm erklärt hätte, dass man als Witwentröster immer ein Anfänger bleibt und dass man auf Improvisationen angewiesen ist. Oder wenn ich von den 5000 Jahren angefangen hätte. Er hätte mir sicherlich aufmerksam zugehört, denn ich glaube, er witterte inzwischen, dass ich eine Konkurrenz für ihn darstellte. Vor allem aber wollte ich nicht meinen Fehler auf dem Sommerfest erörtern.

Mir wurde die Antwort erspart, denn in diesem Augenblick knickte der Windelkarton unter dem Gewicht des

Pastors zusammen, und der Pastor konnte sich gerade noch auffangen, indem er sich auf dem Steinboden abstützte. Er schien sich dabei wehzutun, denn er rieb sich das Handgelenk und sagte: »Verflixt!«
Fünf Minuten später, nachdem ich noch immer nichts weiter gesagt hatte, verabschiedete er sich. Er sah sauer aus, als er ging.

Ich träumte. Ich träumte tagsüber im Keller, wenn ich auf dem Pflegebett lag und mich mit Witwenkleidern gegen die Kälte zu schützen versuchte, ich träumte nachts in meinem Zimmer in meinem eigenen Bett. Mein Schlaf war so unruhig wie seit dem vergangenen Winter nicht mehr. In meinen Träumen die Witwe Meldorf: »Ich mache mir nichts aus Obst. Aber setzen Sie sich doch für einen Augenblick!« In einem der Träume: die Witwe Meldorf, die in jugendlicher Grätsche auf dem Treppenabsatz saß, und der Oberschenkelhals war gebrochen. In einem anderen Traum: die Witwe Meldorf, die mir in einem weißen Kleid entgegenhumpelte, und zweihundert Festgäste sahen uns zu.

Ende Oktober hatte ich die Kleider gestapelt. Ich hatte die Wärmflaschen geflickt, die Windeln, die Saugunterlagen und die Netzhosen gezählt. Ich hatte genug von der Kälte. Ich hatte genug von meinen Träumen. Ich bat die Köchin, Schwester Therese auszurichten, dass ich meine Arbeit beendet hatte.
»Gut«, sagte die Köchin. »Sage ich ihr.«
Ich gab ihr einen Zettel mit. »Liebe Therese. Ich weiß, ich habe einen Fehler gemacht. Es tut mir Leid. Aber Du hast doch immer gesagt, dass ich auch hier bin, um etwas

zu lernen. Ich würde gern auf die Station zurückkommen und es in Zukunft besser machen.«

Schwester Therese kam nicht herunter, um das Ergebnis meiner Arbeit zu begutachten. Sie antwortete auch nicht auf meinen Brief. Sie ließ mir einfach durch die Köchin sagen, ich solle bitte schön im Keller bleiben.
Ich beschloss, mich an Schwester Sabine zu wenden. Ich passte sie in der Dunkelheit nach Dienstschluss auf dem Parkplatz ab.
»Sabine, könnte ich kurz mit dir reden?«
»Was machst du hier? Was willst du?«
»Ich will auf die Station zurück.«
»Das geht nicht. Therese will das nicht.«
»Und du? Würdest du mich zurückkommen lassen, wenn du Stationsleiterin wärest?«
»Spinnst du? Ich bin nicht Stationsleiterin.«
»Aber das könnte sich doch ändern. Ich werde an den Vorstand schreiben und alles erklären. Ich werde denen schreiben, wie alles war und dass Therese mir freie Hand gelassen hat. Und dass wir auf dich hätten hören sollen. Und falls du, nur mal angenommen, irgendwann die Station übernehmen solltest, komme ich zurück.«
»Du willst Therese in die Pfanne hauen.«
»Nein. Ich will nur zugeben, dass ich meine Kompetenz überschätzt habe. Du hast das gewusst. Du hast uns gewarnt. Wir hätten auf dich hören sollen.«
»Hm«, sagte Schwester Sabine. »Wenn du das so siehst: okay. Das ist nicht mehr als die Wahrheit. Ich würde nicht zustimmen, wenn es nicht die Wahrheit wäre, um das mal klarzustellen.«
»Das weiß ich, Sabine. Ich hätte auch nichts anderes erwartet.«

Auf meinem Zimmer schrieb ich gleich lautende Briefe an die Heimleiterin und an den Vorsitzenden des Heimvorstands: »Ich bedaure wirklich, was auf dem Sommerfest geschehen ist. Ich habe einen Fehler gemacht. Ich möchte ihn wieder gutmachen. Bitte berücksichtigen Sie zu meinen Gunsten, dass die Stationsleitung mich stets ermutigt hat, mich in persönlicher Weise um Frau Meldorf zu kümmern. Ich habe meine Kompetenz überschätzt. Ich hätte auf Schwester Sabine hören sollen, die mich immer wieder, auch in Gegenwart der Stationsleitung, vor Selbstüberschätzung gewarnt hat. Sie dürfen sicher sein, dass ich den gleichen Fehler nicht noch einmal machen werde. Ich bitte darum, bald wieder auf der Station eingesetzt zu werden, um meinen Zivildienst in sinnvoller Weise zum Ende zu bringen.«

Dann wartete ich. Der November ging vorbei, es wurde Dezember, Adventszeit. Ich erhielt keine Antwort auf meinen Brief. Es war so, als hätte man mich vergessen. Ich saß im Möbelkeller, ich bedeckte mich mit alten Witwenkleidern, die ich von meinen sorgsam aufgebauten Stapeln zog, ich grub mich so tief in die Witwenkleider ein, dass mich ihr Geruch wie eine Decke umhüllte. Ich wartete, bis der Dienst zu Ende war. Manchmal ging ich mittags in die Küche und ließ mir etwas vom Mittagessen geben, aber die Köchin und ihre Helferin schwiegen beharrlich, während ich aß, und schienen es gar nicht erwarten zu können, dass ich ihre Küche wieder verließ.

Ich versuchte, die Kälte zu vertreiben, indem ich über einige Fragen nachdachte, die mir schon länger im Kopf herumgingen: Wie lange überlebten die Witwen früher ihre Ehemänner? War es schon immer so, dass die Männer vor den Frauen starben? Wie lange leben heutzutage im Durchschnitt die Männer? Wie lange leben heutzutage im Durchschnitt die Frauen? Wie war in früheren Jahrhunderten der Durchschnitt? Seit wann gibt es in Deutschland die Ehescheidung? Seit wann wird sie auch in größeren Bevölkerungskreisen praktiziert? Werden wir es in den kommenden Jahren mit Geschiedenen zu tun haben anstelle von Witwen? Und welche Folgen werden sich daraus ergeben? Welchen Mangel hat eine Geschiedene? Ist eine Geschiedene, die am Grab ihres geschiedenen Mannes steht, eine Witwe? Ist eine Geschiedene, die sich wieder verheiratet und deren erster Ehemann stirbt, eine Witwe? Ist sie, wenn ihr zweiter Mann stirbt, eine zweifache Witwe?

Ich wartete. Es war kalt, es war dunkel, ich ließ die Leuchtstoffröhre ausgeschaltet, ich verlor das Gefühl dafür, wie die Tage vergingen. Immer wieder träumte ich von der Witwe Meldorf. Wohnte die Witwe Meldorf noch immer in ihrem Zimmer unter dem Dach? Unternahm sie Spaziergänge im Elbetal in ihren Träumen? Spaziergänge, bei denen nicht klar war, wer sie begleitete? Und wer brachte nun das Tablett mit dem Essen zur Witwe Meldorf hinauf? Schwester Sabine? Schwester Therese? Schwester Martina? Die Witwe Meldorf kannte die Namen, auch wenn sie die Namen nicht kennen wollte. Und bevor ich erwachte, träumte ich, dass die Witwe Piehl zu mir sagte: »Junger Mann, es gibt noch viel zu tun.«

Am Anfang der letzten Dezemberwoche lag endlich die Nachricht vor meiner Tür. Sehr kurz. Ein gefalteter Zettel. »Jan. Am 1. Januar ist für Dich Dienstbeginn auf der Station. Therese.« Keine Erklärung. Kein Gruß.

# 15. DER WITWENTRÖSTER KEHRT ZURÜCK

Januar 1987 bis Mai 1987

Gleich am Neujahrsmorgen begann ich den Dienst.

»Aha!«, sagte Schwester Wiebke.

Schwester Martina sagte: »Lange nicht gesehen!«

»Ist nicht meine Schuld«, sagte ich. »Ich musste ja erst meine Strafe absitzen. Da wollte ich euch hier oben nicht in Verlegenheit bringen.«

»Das war doch keine Strafe«, sagte Schwester Wiebke. »Aber es kam ja auch kein Wort von dir. Und wie du den Pastor hast abblitzen lassen!«

»Das war keine Strafe«, präzisierte Schwester Sabine, »das war eine Vorsichtsmaßnahme. Und die war angebracht. Aber darüber sind wir uns ja einig.«

»Völlig einig«, sagte ich.

Schwester Therese hatte Ende Dezember überraschend gekündigt, und da ihr noch ein beträchtlicher Resturlaub zustand, verließ sie die Luisenstiftung beinahe vom einen auf den anderen Tag. (Warum hatte Schwester Therese gekündigt? Weil sie Heimweh hatte nach ihrem geschiedenen Mann? Weil ihr das Zimmer, das sie an ihr erstes Zimmer im Schwesternwohnheim erinnerte, inzwischen doch zu klein geworden war?)

Eigentlich wollte ich erst mal vorsichtig fragen: »Wie

geht es denn Frau Schulz und Frau Randow?«, aber tatsächlich platzte ich sofort heraus: »Wie geht es Frau Meldorf?«
Schwester Martina kuckte mich an. »Du weißt, dass sie hier unten ist, oder?«
Ich sagte: »Nein, das wusste ich nicht.«
Schwester Sabine sagte: »Jan, für dich gibt es jetzt keine Extratouren mehr! Du erledigst das gleiche Pensum wie die anderen auch. Und du lässt Frau Meldorf zufrieden. Für Frau Meldorf bin nur noch ich zuständig!«
Schwester Wiebke sagte: »Warum hast du den Pastor so abblitzen lassen? Ich verstehe dich nicht. Der wollte dir helfen! Ich finde, du bist echt ein Arschloch.«
Schwester Martina sagte, als wir das Dienstzimmer verließen, um uns an die Arbeit zu machen: »Vielleicht wirst du dich jetzt endlich normaler benehmen.«

Fünfzehn Monate waren vergangen, seit ich die Station das erste Mal betreten hatte. Die Gerüche schlugen mir entgegen wie am ersten Tag. Die Witwen hatten alles vergessen. Sie erinnerten sich an nichts. Und die wenigen, die mein Gesicht erkannten, sahen mich an, als wäre ich ein Gesicht aus ihrer Vergangenheit. Ich war zu einem Teil ihres Mangels geworden.

Die Witwe Meldorf hatte man ins Zimmer 2 verlegt. Ihr Bett war das Bett der Witwe Stockhusen, und ihre neuen Zimmernachbarinnen waren die Witwen Trittau und Roth. Ich wollte klopfen, als ich vor der Tür stand, aber auf der Pflegestation wird nun mal nicht geklopft. Ich ging hinein. Die Witwen Roth und Trittau hielten ihren Mittagsschlaf. Die Witwe Meldorf saß in einem Rollstuhl am Fenster. Sie trug das weiße Kleid, das sie am Tag des

Sommerfestes getragen hatte. Sie kehrte dem Zimmer den Rücken zu und sah nach draußen.
»Frau Meldorf! Ich bin's. Ich bin wieder da!«, sagte ich leise.
Sie bewegte sich nicht. Sie antwortete nicht. Ich beugte mich zu ihr hinab. Sie sah starr aus dem Fenster. Aus ihrem Blickwinkel war nur der graue Himmel zu sehen.

Ich ging an meinem ersten Tag mindestens zehnmal in ihr Zimmer, aber die Witwe Meldorf nahm keine Notiz von mir.
»Ist sie jetzt immer so?«, fragte ich Schwester Sabine. »Und hat sie jetzt immer den Rollstuhl?«
»Ja«, sagte Schwester Sabine. »Und du lässt sie bitte zufrieden.«

Die Heimleiterin rief mich nachmittags in ihr Büro und sagte: »Ich lasse Sie nur auf die Station zurück, weil Schwester Therese so überraschend gekündigt hat. Ich hoffe, es wird keine weiteren Zwischenfälle mehr geben. Ich gehe davon aus, Sie werden mit Schwester Sabine gut zusammenarbeiten. Ich bin auf der Suche nach einer neuen Pflegekraft, aber es hat sich noch niemand Geeignetes vorgestellt. So lange werden wir die zusätzliche Arbeit irgendwie hinkriegen müssen. Ich rechne mit Ihrem Einsatz.«
Meinen Brief aus dem Keller erwähnte sie nicht.

Meine Rückkehr war so überstürzt beschlossen worden, dass Schwester Sabine versäumt hatte, die Angehörigen darauf vorzubereiten. Der Sohn der Witwe Thoms

kuckte ungläubig, als er mich sah. »Sie trauen sich noch hierher? Sie sollten sich schämen!«, sagte er.
Ich sagte: »Ich habe mich längst für den Vorfall entschuldigt.«
»Entschuldigt!«, sagte der Sohn der Witwe Thoms. »Sie machen es sich ja einfach.«
Und der Sohn der Witwe Ahrens kam hinunter auf die Station, als er hörte, dass ich zurückgekehrt war, und er sagte drohend zu mir: »Ich habe das Foto meines Vaters neu rahmen lassen. Ich hoffe, es wird nicht wieder zerbrechen.«
Die Tochter der Witwe Randow sagte während ihres Besuches am Nachmittag: »Na, gibt man Ihnen eine zweite Chance? Ich hoffe, Sie haben inzwischen das Bettenmachen geübt!«, und die Tochter der Witwe Benken sagte: »Ich habe meine Mutter gefragt. Sie weiß überhaupt nichts von einem Kometen!«

Ich nahm das Witwentrösten nicht wieder auf. Es war nicht mehr möglich. Schwester Sabine hätte es nicht zugelassen. Sie überwachte mich vom Witwenwaschen am Morgen bis zum Zubettbringen am Abend. Sie hatte immer etwas für mich zu tun. Und wenn sie mal nicht wusste, wo ich war, dann schickte sie Marianne, um mich zu suchen. Und Marianne, Verehrerin der Witwe Meldorf, entgeisterte Zeugin des Geschehens auf dem Sommerfest, weigerte sich noch im Januar standhaft, ein einziges Wort mit mir zu sprechen, ließ sich wie ein Spürhund von Schwester Sabine auf die Suche nach mir schicken, stand, wenn sie mich gefunden hatte, zwergenhaft und erzürnt im Türrahmen, wortlos, und ließ mich nicht aus den Augen, bis ich mich zurückmeldete auf der Station.

Ich tat Dienst, wie die Schwestern ihn taten, ich kämpfte mich durch das tägliche Pensum, Witwenwaschen am Morgen, Bettenmachen, Anziehen, Ausziehen, ich krümmte mich unter dem Gestank.
»Haben Sie meine Schuhe gesehen, meine Schuhe sind gestohlen worden!«, sagte eine der neuen Witwen.
»Ich weiß von nichts«, sagte ich. »Wenden Sie sich an Schwester Sabine.«
»Hilfe!«, sagte die Witwe. »Bitte helfen Sie mir doch!«
»Ja, ja«, sagte ich. »Ich gebe Schwester Sabine Bescheid.«

Die Witwen hatten alles vergessen, aber es gab eine Ausnahme: die Assel.
»Ich habe auf Sie gewartet«, sagte sie beim Zubettgehen zu mir.
Ich sagte: »Frau Wiese, Sie haben ja reden gelernt!«
Sie strahlte.
Sie hatte zu reden gelernt, auf ihre alten Tage noch, und nun erzählte sie mir all die Dinge, deretwegen sie einige Jahre zuvor ins Lallen verfallen war. Es ging um ihre Ehe. Eine Ehe, in der man das Reden verlernt? Genauso war es gewesen, und die Assel hatte auf mich gewartet und reden gelernt, um mir von dieser Ehe zu erzählen. Und die Assel war gar keine Witwe: Sie hatte einen geschiedenen Mann, der sie jedoch nicht besuchte, und ich hatte es fünfzehn Monate lang nicht gewusst.
Ich sagte: »Warum haben Sie mir das nicht schon früher erzählt?«
Die Assel sagte: »Ich konnte nicht reden.«

Die Assel sprach anders als ein Kleinkind, das zu sprechen lernte. Die Assel hatte ja auch in den Jahren, in de-

nen sie gelallt hatte, alles verstanden; sie hatte nur die Wörter nicht mehr selbst formen können.
»Wann haben Sie Ihren Mann zuletzt gesehen?«
»Als ich ausgezogen bin.«
»War das vor oder nach Ihrem Schlaganfall?«
»Nach.«
Sie sprach beinahe fließend. Nur hin und wieder bekam sie bestimmte Wörter nicht glatt heraus oder verschluckte einzelne Buchstaben.
»Wir hatten Steit.«
»Sie meinen Streit.«
»Ja. Steit.«

Anfang Februar beobachtete ich wieder die Fußpflegerin bei ihrer Runde über die Station. Sie klappte ihren Instrumentenkoffer auf und bearbeitete mit Scheren, Feilen und kleinen Meißeln die eingewachsenen Zehennägel der Witwen. Dort hatte sich die Verwandlung zu Schildkröten bereits vollzogen. Die Nägel waren gekrümmt und verhornt und mit einem Panzer von trockenen Schuppen überzogen. Aber es war nicht die tröstliche Art von Verwandlung, die der Pastor in seiner Weihnachtspredigt versprochen hatte. Ich wusste, die Witwen hatten sich verwandelt, weil ich mich nicht um sie gekümmert hatte.
Besonders fortgeschritten war der Prozess bei der Witwe Hermann. »Wirklich seltsam«, sagte Schwester Sabine zur Fußpflegerin. »Wir haben so etwas noch nie erlebt. Die Füße sehen aus wie bei einem Reptil.«
»Stillhalten!«, befahl die Fußpflegerin, als sie bei der Witwe Hermann den Meißel ansetzte, und die Witwe Hermann betrachtete ausdruckslos ihre verwachsenen Fußnägel und hielt still.

Die Witwe Meldorf saß tagein, tagaus in ihrem weißen Kleid am Fenster. Nur war das Kleid nun nicht mehr weiß, es war grau und schmutzig, sie gab es nur abends zum Ausziehen her, am nächsten Morgen verlangte sie es zurück. Sie war ganz unbeirrt: Entweder das weiße Kleid, oder sie würde gar nichts anziehen. Und ihre Stimme: hoch, schrill, dünn und heiser, halb die Stimme eines kleinen Kindes, halb die Stimme der Witwe Jakob, wenn sie uns wegen ihrer Bügel gerufen hatte.

»Ich brauche heute das weiße Kleid!«, rief die Witwe Meldorf am Morgen. »Das weiße Kleid! Mein weißes Kleid!«

Schwester Martina sagte zu mir: »Wir haben es jetzt ein paar Mal so gemacht, dass wir das Kleid abends gewaschen und in den Heißlufttrockner geworfen haben, damit sie es morgens wieder anziehen kann, aber von so einer Behandlung wird ein Kleid natürlich auch nicht besser.«

Mitte Februar. Schneeregen. Regen. Die Witwe Trittau beschwerte sich, dass sie nichts zu essen habe, die Witwe Trittau beschwerte sich, dass die Witwe Meldorf, »die Weiße da«, ihr das Brötchen vom Frühstück gestohlen habe, nur die Milchsuppe habe sie eben noch retten können, doch davon könne keiner leben, von Milchsuppe allein könne man ja wohl nicht überleben.

»Aber das ist doch ganz ausgeschlossen«, sagte ich zur Witwe Trittau, »diese Dame dort, das ist übrigens Frau Meldorf, Ihre Zimmernachbarin, die kennen Sie doch, die stiehlt niemandem mehr etwas.«

Nur einmal in meinen letzten Monaten auf der Station war ich mit den Witwen allein. Denn Anfang März war noch immer kein Ersatz für Schwester Therese gefunden, sodass wir noch immer in Unterbesetzung arbeiteten, und die Schwestern waren so erschöpft, dass sie alle gleichzeitig krank wurden.

Als ich morgens das Dienstzimmer betrat, klingelte das Telefon. Die Heimleiterin war am Apparat.

»Jan, ich muss mich jetzt auf Sie verlassen können. Die Schwestern sind krank, ein Grippevirus, ich weiß nicht, was ich tun soll. Ich telefoniere schon seit gestern Abend herum, aber ich bekomme keine der Aushilfen an den Apparat.«

»Okay«, sagte ich. »Ich schaffe das schon. Aber eines könnten Sie doch tun: Halten Sie mir die Angehörigen vom Hals.«

Ich war allein mit 45 Witwen. Ich ging still von Zimmer zu Zimmer. Ich flüsterte und wechselte Windeln.

»Heute bleiben alle im Bett«, sagte ich zur Witwe Randow. »Wir machen uns einen faulen Tag.«

Einige Witwen aus den oberen Stockwerken standen ohne Hilfe auf und zogen sich an, aber als ich durchs Haus ging und ihnen erklärte, die Schwestern seien krank und nur ich sei im Dienst, zogen sie es vor, in ihren Zimmern zu bleiben.

Die Köchin und ihre Helferin waren von dem Virus verschont geblieben. Um acht brachten sie den Servierwagen auf die Station, und um halb neun verteilte ich Milchsuppe im ganzen Haus.

Es war ein schweigsamer Tag. Draußen ein verhangener Himmel. Es war noch immer winterlich. Ich hatte die Klingel ausgeschaltet, und im Haus herrschte Stille. Ich

saß am Fuß der Treppe, dort, wo sich die Korridore trafen, und lauschte. Und in der Stille hörte ich die Gedanken der Witwen: »Wann bist du alt? Es ist Winter. So lange schon ist Winter. Wie viele Winter hat es gegeben? Sind auch die Vögel alt? Es hat schon immer Vögel gegeben. Die Krähe dort hat schon auf der Tanne gesessen, da war ich noch ein Kind.«
»Wann bist du alt? Wie viele Winter waren da, bevor du alt warst? Wer sind die anderen hier? Sind sie auch alt? Wo waren sie in den anderen Wintern? Sind die Vögel alt? Es hat schon immer Vögel gegeben. Vielleicht waren es andere Vögel. Früher hat es viele Vögel gegeben. Jetzt sind auch die Vögel alt. Horch!, die Vögel ...«

Später brachte mich die Witwe Trittau zum Lachen. Ich öffnete am Mittag die Vorhänge, und sie sagte: »Horch mal, da draußen, ich hab die Vögel angemacht!«

Abends hatte ich den Verdacht, die Heimleiterin hatte ihre Bemühungen um Verstärkung stillschweigend aufgegeben. Auch die Nachtwache kam nicht. Ich schlief im Dienstzimmer auf der Couch.

In der vierten Nacht kam die Nachtwache zurück.
»Was ist denn hier los?«
»Die Schwestern sind alle krank.«
»Willst du behaupten, du hast den ganzen Tag allein Dienst gemacht?«
»Nicht nur heute. Ich bin seit Montagmorgen allein hier. Mehr als Essen verteilen und Windeln wechseln habe ich aber nicht gemacht. Ich habe auch alle im Nachthemd gelassen.«
»Das kann doch nicht wahr sein. Das glaube ich erst, wenn ich mit Sabine gesprochen habe.«

»Es stimmt wirklich. Kein Witz.«
»Dann fange ich jetzt sofort mit dem Waschen an.«

Am fünften Tag kamen die Schwestern zurück. Alle auf einmal. Blass und mit geröteten Nasen. Schwester Martinas Nase war so rot wie der BH unter ihrem Schwesternkittel, Schwester Wiebke war heiser, und Schwester Sabine sah so dünn aus wie schon lange nicht mehr.

Anfang April. Es war eine Belohnung für meinen Einsatz in der Grippezeit: Schwester Sabine erlaubte mir, die Witwe Meldorf im Garten spazieren zu fahren.
Die Luft war kühl, aber die Sonne schien. Die Witwe Meldorf saß im Rollstuhl, sie trug ihr fleckiges weißes Kleid.
Ich sagte: »Nun kommen Sie, das Wetter ist doch schön!«
Ich zog ihr einen dicken Wintermantel über das Kleid.
»Wo ist der Trenchcoat?«, sagte ich.
Sie antwortete nicht.
Ich schob ihren Rollstuhl. Der Apfelbaum stand kahl in der Mitte der Wiese. Ich wusste, er würde in diesem Jahr nicht wieder tragen. Die Buchenhecke glänzte schwarz und war löchrig und nackt. Nach einer halben Runde um das Gelände, als wir gerade erst beim Schuppen waren, wollte die Witwe Meldorf ins Haus zurück. Sie jammerte wie ein kleines Kind: »Rein. Ich will wieder rein.«

Nachts träumte ich von der Witwe Meldorf. Ich träumte von ihrem Mangel. Ich spürte im Traum ihren Mangel. Mangel: das einsame Warten in der Dunkelheit. Mangel: die Erinnerung. Mangel: die enge Windel an den Beinen, das Eingeschnürtsein, die schweren Atemzüge der anderen Witwen im Zimmer.

»Weißt du, was Frau Meldorf mir vorhin erzählt hat?«, sagte Schwester Martina ein paar Tage später zu mir.
»Nein«, sagte ich. »Was denn?«
»Dass sie das schlimme Bein schon immer gehabt hat. Ein Geburtsfehler, hat sie gesagt. Aber, hat sie gesagt, ich habe mich daran gewöhnt. Ich komme gut damit zurecht.«
»Das heißt, sie hat mit dir gesprochen?«, sagte ich. »Zusammenhängend und in ganzen Sätzen?«
»Ja«, sagte Schwester Martina. »Tut sie das bei dir nicht?«

Schwester Sabine hatte Erfolg gehabt. Eine zweite Zivildienststelle war bewilligt worden, sodass ich nicht nur einen, sondern gleich zwei Nachfolger hatte. Am 1. Mai trafen sie ein. Sie hießen Stefan und Tom, und die Arbeit machte ihnen Spaß. Sie nannten die Witwen »Omis« oder »Grufties«, und sie alberten herum. Nach zwei Wochen hängten sie ein Schild an den Fahrstuhl: »Bitte die Bewohnerinnen nicht mit Schokolade füttern!« Die Tochter der Witwe Randow lachte, als sie aus dem Fahrstuhl stieg. Auch Schwester Sabine lachte, als sie das Schild vom Fahrstuhl entfernte.
»Ein bisschen mehr Ernst, die Herren!«, sagte sie.

Leute wie Stefan und Tom waren natürlich nicht die Nachfolger, auf die ich gewartet hatte. Leute wie Stefan und Tom waren die Art von Nachfolgern, auf die die Schwestern gewartet hatten.
Als es wärmer wurde, rannten Stefan und Tom im T-Shirt über die Station. Sie machten Witze mit den Witwen. In Zimmer 1 spielten sie Quiz-Show mit der Witwe Banderup (eine der Neuen, die im Oktober gekommen waren).

»Was ist gelb und sehr gefährlich, Banni?«, fragte Stefan.
Die Witwe Banderup rief: »Schwefel!«
»Bravo!«, rief Tom. »Woher hast du das gewusst?«
»Wir hatten einen Kolonialwarenladen!«, sagte die Witwe Banderup. »Edeka. In der Arnoldstraße. Kennen Sie die?«

Dann veranstalteten sie ein Wettrennen auf dem Korridor. Jeder hatte eine Witwe im Rennen. Ziel war das Klo. Stefan sagte: »Klar ist Banni schneller. Aber unterwegs vergisst sie, wo sie überhaupt hinwollte. Ich setze auf Ida.«
Tom sagte: »Um einen Zehner?«
Die Witwen Banderup und Trittau gingen mit Stock und Handtasche an den Start.
Stefan: »Los, Ida, los!«
Tom: »Heb die Füße hoch, Banni! Lauf zum Klo!«
Stefan: »Gib nicht auf, Ida! Du schaffst es!«
Die Witwe Trittau ging mit deutlichem Vorsprung ins Ziel, und Stefan gewann einen Zehner.

Die Witwe Roth machte sich auf ihre Reise über den Korridor. Stefan rief: »Ey, Gretel, alte Rinde! Wohin bist du denn wieder unterwegs?«
Die Witwe Roth sagte: »Lass mich zufrieden! Du bist ein Trottel!«
Und Stefan lachte.

Wer Witwen tröstet, wird reich belohnt. Der Witwentröster erhält die Möglichkeit, ein interessantes und vielgestaltiges Leben zu führen. Ich habe über 5000 Jahre hinweggetröstet. 5000 Jahre: eine astronomische Zahl. Der Anfänger wird sich eine solche Zeitdauer kaum vorstellen können. Vielleicht sind manche der Sternenlichtstrahlen, die nachts in unsere Zimmer fallen, 5000 Jahre alt. Vielleicht gibt es Steine oder Flüsse oder Vulkane, die 5000 Jahre alt sind. Vielleicht gibt es Algen oder Korallen, die 5000 Jahre alt sind. Vor 5000 Jahren, habe ich gelesen, entstanden die ersten ägyptischen Pharaonendynastien, und die Sahara begann auszutrocknen, und die Jäger der Steinzeit begannen mit der Zähmung und Zucht von Schafen und Wildrindern, und die Eisenzeit hatte noch nicht einmal begonnen. Vor 5000 Jahren, habe ich gelesen, wurde die Astrologie erfunden – und seitdem beobachten die Menschen die Konstellationen der Planeten am Himmel, um Aufschluss über ihr Schicksal zu erhalten. Merkur und Jupiter, Venus und Mars, der ewige Tanz der Planeten; seit 5000 Jahren zeichnen die Menschen ihn auf.

Der Witwentröster, der seinen Namen verdient, wird weitermachen. So wie ich es tue. Er wird ein neues Witwenheim finden, in dem er seine Arbeit fortsetzen kann. Er wird aus seinen Erfahrungen lernen. Bestimmte Fehler wird er nicht mehr machen. Der Witwentröster, wenn er seinen Namen verdient, wird streng mit sich sein. Er wird sich nicht erlauben, sich wohl zu fühlen im Zimmer einer Witwe. Er wird auf Geburtstagsbesuche nach Feierabend verzichten. Er wird sich mit keiner Witwe befassen, ohne ihrem Mangel auf den Grund zu gehen. Er wird Klartext reden und auf Fortschritten bestehen.
Witwentrösten ist ein einzigartiger Beruf. Witwentrösten ist: das Leben in der Vielgestaltigkeit. Witwentrösten ist nicht: das Leben in der eigenen Gestalt. Das muss man sich klarmachen, wenn man Witwen trösten will. Dem Anfänger, der in der Regel ein junger Mensch ist, fällt das naturgemäß schwer.

Der Witwentröster ist ein Stellvertreter, das ist sein Beruf. Der Witwentröster existiert nicht als eigene Person. Der Witwentröster sucht den Mangel, der Witwentröster findet den Mangel, und dann besetzt er den freien Platz. Der Witwentröster hat eine Lücke zu füllen, nicht mehr und nicht weniger. Das, denke ich heute, ist das ganze Geheimnis.

Der 20. Mai 1987 war mein letzter Tag im Dienst. Ich machte morgens die Zimmer 1, 3 und 2: die Witwen Randow und Schulz und Banderup in Zimmer 1, die Witwe Thoms und zwei Neuzugänge in Zimmer 3, die Witwen Trittau, Roth und Meldorf in Zimmer 2.
Mittags tranken wir im Dienstzimmer eine Flasche Sekt. Das hatte Schwester Martina organisiert. Wir stießen an.
»Jetzt verlässt uns also unser erster Zivi!«, sagte Schwester Wiebke.
»Unser Witwentröster!«, sagte Schwester Martina.
»Man hat ja seltsame Dinge von dir gehört«, sagte Stefan.
»Ach ja? Was denn?«, sagte ich.
Schwester Wiebke mischte sich schnell ein. »Was wirst du jetzt machen?«, fragte sie. »Studieren?«
»Weiß ich noch nicht«, sagte ich.
Das war gelogen. Ich wusste längst, dass ich nicht studieren würde. Ich hatte bereits einen Vertrag als Aushilfskraft im Städtischen Pflegestift Bahrenfeld. Dort gab es zweihundert Witwen, die auf mich warteten. Niemand hatte dort von unserem Sommerfest gehört, niemand würde mich an meiner Arbeit hindern, unendliche Möglichkeiten erwarteten mich. Aber das brauchten die Schwestern nicht zu wissen.

13.45 Uhr. Ich ging ins Zimmer 2, um mich zu verabschieden. Die Witwe Trittau wühlte im Kleiderschrank. Die Witwe Roth schob ihr Gebiss aus dem Mund und ließ es in die hohle Hand fallen. Dann legte sie es auf die Bettdecke. Die Witwe Meldorf saß in ihrem Sessel und schlief.

»Tschüs, Gretchen«, sagte ich. »Tschüs, Frau Trittau.«

14 Uhr. Ich ging in mein Zimmer und zog mich um. Ich nahm mein Gepäck.

14.15 Uhr. Ich blickte vom Parkplatz noch einmal hinauf zu den Fenstern der Pflegestation. Schwester Sabine fuhr die Witwe Meldorf mit dem Rollstuhl ans Fenster in der Raucherecke. Die Witwe Meldorf sah genau in meine Richtung. Ich winkte. Die Witwe Meldorf sah mir in die Augen. Sie winkte nicht zurück.

SERIE PIPER

## Gabriele Wohmann

### *Vielleicht versteht er alles*

*Erzählungen. 310 Seiten. Serie Piper*

Frauen sind schwer zu durchschauen und behalten ihre Geheimnisse für sich, sinniert Timon einigermaßen hilflos – und das nicht ganz zu Unrecht, wie er feststellen muß. Gabriele Wohmann deckt in dieser und vierundzwanzig anderen gekonnten Erzählungen die verborgenen Mechanismen unseres alltäglichen Zusammenlebens auf: Da ist zum Beispiel der verklemmte Vater, der sich in die prominente und verführerische Freundin seines sonst so mißratenen Sohnes verliebt. Da ist die vom Ehemann gelangweilte Tochter, die ihre wechselnden Liebhaber vom Apparat der Eltern anzurufen pflegt. Oder die junge Studentin, die von der erfahrenen Ehefrau ihres geliebten Professors in verblüffend souveräner Manier abserviert wird. In den tiefgründigen und oft ironisch nachsichtigen Geschichten beweist Gabriele Wohmann aufs neue die ganze faszinierende Bandbreite ihres Könnens.

05/1461/01/L

## Karin Scholten

### *Und dann wirst du wach*

*Roman. 224 Seiten. Serie Piper*

Gibt es so etwas? Eine Art psychische Schlafkrankheit, die einen jahrelang in einer Welt leben läßt, die es so gar nicht gibt? Und dann wird man wach und ist blaß und reist mit einem Sarg nach Hause zurück. Carla jedenfalls ergeht es so – sie ist Mutter der aufgeweckten zehnjährigen Julia, verheiratet mit einem erfolgreichen Anwalt und auf dem besten Weg, Karriere zu machen. Nur in ihrer Ehe kriselt es seit längerem, und das kann sie gerade jetzt nicht gebrauchen. Carla plant, ihre angeschlagene Ehe während des Weihnachtsurlaubs auf der Antillen-Insel Curaçao in Ordnung zu bringen. Sie hat sich gut vorbereitet. Doch auf Curaçao begegnet sie Ev. Auch Ev hat einen Plan, und der hat mehr mit Carla zu tun, als diese ahnen kann … Ein Roman über die lähmende Macht des Vertrauten und die Kraft des Erwachens.

05/1470/01/R

## Julie Myerson

### *Die Frau mit den Lilienknochen*

*Roman. Aus dem Amerikanischen von Sabine Maier-Längsfeld. 299 Seiten. Serie Piper*

Verzweifelte Liebe, Eifersucht und fieberhafte Leidenschaft verbindet Laura mit dem fünfzehn Jahre jüngeren Billy. Doch zwischen ihr und dem Geliebten steht die Erinnerung an ihr verlorenes Kind – und der verhaßte Ehemann, dem sie zu lebenslangem Dank verpflichtet ist. Julie Myersons Roman über Sehnsucht und Obsession im Viktorianischen London betört mit einer morbiden Sinnlichkeit, aus deren Umarmung man sich nicht so schnell befreien wird.

»Meisterlich schafft die britische Schriftstellerin Julie Myerson es, in ihrem subtilen Roman Spannung und Atmosphäre zu erzeugen und mit Sprache zu brillieren.«
Hamburger Abendblatt

## Stefan Beuse

### *Die Nacht der Könige*

*Roman. 212 Seiten. Serie Piper*

Eine, höchstens zwei Wochen hofft Jakob Winter für diesen Auftrag zu brauchen. Dann will er seiner Familie in den Sommerurlaub folgen. Doch die Begegnung mit der rätselhaften Lilly führt ihn an die Abgründe seiner Existenz. Wer ist sie? Und warum versucht Jakob Winter verzweifelt, ihr näherzukommen? »Die Nacht der Könige« – Amour fou und rasanter Kriminalroman zugleich.

»Eine überaus spannende Geschichte, die satt und süffig, nach dem Muster eines Psychothrillers, erzählt wird … Beuse weiß, daß jede vermeintliche Wirklichkeit eine Konstruktion ist. Entsprechend führt er seinen Helden durchs Leben und uns, seine Leser, aufs Glatteis. Das liest sich gut und hinterläßt am Ende eine erhebliche Irritation.«
Martin Lüdke, Die Zeit

05/1469/01/L

05/1472/01/R